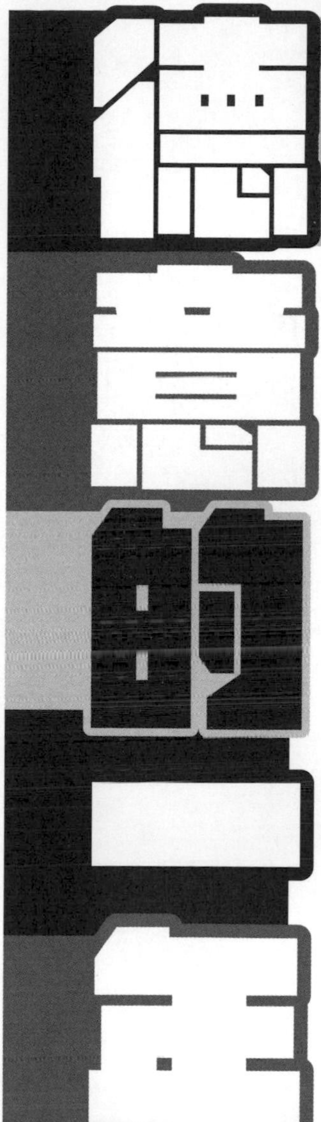

賴以威——著

目錄

Part 1 秋 Herbst

Part

2

冬 Winter

Part 3

春 Frühling

Part 4 夏，與另一個秋 Sommer und noch ein Herbst

前言

得知這本書要出版時，我一方面很開心，可也有些不安。

畢竟這是我十年前的作品，而且是基於我在德國的求學歷程改編。不知道大家有沒有過這種經驗，翻開以前的日記，或是多年前的網路貼文，「我以前竟然會講這些話嗎……」都會有些不好意思。

不只自己覺得不好意思，還要出版成書，尷尬直接放大一百倍。這大概就是我的第一反應了。

出版前，我回頭重新梳理一次文章，一方面訝異十年前的我如此中二，一方面也讀得很開心（同樣是類似於看日記的懷念感），原本想要大修特修的文章，最後只約略潤飾了一些部分。畢竟，那都是當年的我發自內心的想法，我相信十年前的我也絕對不會同意讓一位大叔亂改自己的文章。我也在想，雖然這些內容，對於已經是老師的自己來說略顯青澀，但對學生，或是對二十到三十歲的年輕人而言，搞不好更貼近他們的心聲。

塑造一個我想要的自己

這本書雖然是主打異國生活體驗，書中有各種文化衝突與趣事，還有貫穿全書的愛情故事。但我更認爲它是一本成長小說，探討的是「念博士班」帶來的成長。

現今的社會充斥著所謂的「學歷無用論」，或是更針對一點的「念博士要幹嘛」。或許，對某些人來說這的確是一種浪費，但以我自己的經歷而言，我認為是非常值得、珍貴的一段光陰。這段時間裡，我只需要專注在手中的研究議題，可以想得非常深入、非常仔細，哪怕只是一點點不確定的地方，也可以奢侈地花上個把月來好好研究。

我學會了如何定義問題、如何尋找解決方法。

更重要的是，我學到跟自己對話，問自己到底喜歡什麼，告訴自己該怎麼去做。我現在如果有一些小小的成果，多半得歸功於這段博士班的時光。書中出現的角色們，我的臺灣指導教授、德國指導教授都教了我很多。我的臺灣跟德國的實驗室同學們；有的一絲不苟非常嚴謹；有的是時間管理大師，看起來總是很悠哉然後事情都做完了；有的看起來也很悠哉但事情眞的都沒做完，只會出一張嘴。和他們合作共事的過程中我學到很多。我就像個調色瓶，從他們身上各選了我想要的顏色，或是扔掉了那些覺得不好的顏色，混合成了現在的我。

「有時間慢慢塑造一個你想要的自己」是我念博士班最大的收穫，也是這本書裡，年輕的我試圖想跟大家分享的部分，有些會很明確地說出來，有些則用演的，由書中的主角來讓大家感受。

閃閃發亮的時光

純粹以「過生活」來說，念博班跟在德國的三年經歷，也是讓我很懷念的時光。我在二十四歲時獲得出國交換一年的機會，後來又再去了兩年。那之前，我都住在家裡；那之後，我應該也不會再有機會在歐洲住上這麼長的一段時間。好比旅行時感官會特別敏銳，在國外居住的那段時間，周遭的一切事物色彩都特別鮮豔、感受都特別鮮明。

我很粗心跟狀況外，按著被切到的手在街上跑來跑去求救，上學第一天在墓園下車，跟朋友約晚上吃飯結果搭錯車跑到德國比利時邊界，打電動聽到噠噠噠的聲音以爲是音效逼眞，下一秒冰箱就碰一聲壞掉，忘了關水導致宿舍淹大水……這些事情除了最後一件責任不全在我，其他都是眞實事件。這些事情發生的當下，當然是焦慮或煩惱的不得了。但事後回想，都成了自娛娛人的有趣回憶。更別提，那幾年我趁著假日旅行，或是參加研討會，造訪了世界各地許多城市。在這個因爲疫情而全球停滯的兩年期間，更顯得過去這段飛來飛去的生活是那麼令人懷念。

這本書很輕鬆，我希望能帶給你一段開心的閱讀時光，看著主角各種出糗、尷尬、然後成長。如果你是大學生或是研究生，也希望這本書能稍微回答一下你一定自問過的問題：

「我爲什麼要念研究所？」

「念書到底能讓我學到什麼？」

念書當然是爲了讓你學到某個領域的專業知識，但我相信，應該不只如此。

最後，雖然已經很多年了，但還是要感謝科技部科國司的大力支持，讓我能獲得充分的經濟支持，才能出國交換。現今的科技部科國司有更多、更全面的交流補助。同樣的，教育部也有許多相關的計畫，趕快去看看吧！

Part 1

秋

Herbst

這件事具體而微地反映了
我對整個歐洲生活的想像：
遠看很美好，近看全都不是這麼一回事。

1. 行李箱裡塞了感冒病毒

“Guten Morgen.”（早安。）

“Morgen, Woher kommen Sie?”

「嗯……可以說英文嗎？」

海關人員用「剛剛先說德文的可是你耶」的眼神瞪著我。我感到有些抱歉，但沒辦法，我只是按照大多數人學語言的習性，硬記住幾句德文而已。除了各式各樣的打招呼，我還會「Entschuldigung」（對不起）、「Scheisse」（狗屎，目前我所知道最髒的德文髒話）以及「Ich liebe dich」（我愛妳），後面兩句我不認爲在這裡能派上任何用場。

“Entschuldigen Sie.”

「沒關係，你從哪裡來？」

他邊翻護照邊問我問題，瞧他翻得那麼起勁，我都忍不住想湊過去看了。

「臺灣。」

「你在臺灣的工作是？」

「研究生。」

「你搭哪個班機來？」

「華航 CI-013。」

「你來德國做什麼？」

「我要去 RWTH Aachen 大學做研究助理。」

他抬起頭來，眼神變得有點不一樣了。

傳聞果然沒錯，Rheinisch-Westfälische Technische Hochschule Aachen（德國阿亨理工大學，簡稱 RWTH Aachen）在臺灣一點名氣都沒有，大多數人連要念出這一大串字母都有問題——包括我在內，但在歐洲，它可是享有「歐洲ＭＩＴ」的封號。

海關的送分題口試總算結束，我實在不大懂爲什麼海關老是喜歡玩這種快問快答，或許這是他們在連續十年都沒碰上恐怖分子排隊闖關的情況下，少數能從工作中得到的樂趣。

“Willkommen.”

他把護照還給我，說了句跟「頂好超市」名字很像的德文。

我回頭望了一下排在後頭跟我同班機的一群臺灣大嬸，她們像啦啦隊一樣對著我握拳打氣，只差沒拉出大字報要我好好加油。

「少年郎，給你那個女朋友一點顏色瞧瞧，讓她知道你這款好男人有多難找！」

幾小時之前，當飛機努力穿越一個又一個時區時，我在三萬呎的高空上跟大嬸們娓娓道出來歐洲的原因，她們全都站在我這邊。

「你那麼帥。」（打從五歲陪老媽上菜市場，大嬸們就這麼說了。）

「那麼會讀書。」

「人又上進。」

「剛剛上廁所還讓我先。」

「上飛機還知道要拿耳塞和眼罩。」

大嬸們不斷挑出各種我自己都沒想到可以稱之爲優點的部分鼓勵我。

如果選老婆能像去光華商場組裝電腦一樣，那我希望老婆能有——

林志玲的身材、周子瑜的眼睛、新垣結衣的氣質、郭台銘的帳戶（Macbook都可以灌Windows了，我組裝老婆選配個男生條件也不爲過吧），再插上8G的菜市場大嬸個性，以及袖子的酒窩。

不，我要退貨最後一項，我再也不想看到那個酒窩了。

我已經決定把「整臺」前女友留在臺灣，任憑她再怎麼捨不得我、再怎麼渴望挽回，我也不理她了！

來到行李託運區時，我那有如難民家當般的行李箱在輸送帶上孤單地旋轉。這麼說對行李箱不太公平，畢竟難民氛圍是由插在行李箱外面，老媽堅持要帶的「夏天絕對有用」的草蓆營造出來的。在草蓆以及綁在外頭的藍色睡袋合力烘托下，我順利獲選爲本班機最有潛力攜帶違禁品闖關的人，在申報檢定關卡前被攔了下來。

海關人員在我的「熊出沒注意」內褲和中藥滷包堆裡練習鐵砂掌，分裝好的甘草、陳皮、桂皮、花椒、八角被他一包包拿起來把玩。依照我攜帶的中藥品項，我敢肯定此刻他手上已經沾滿滷味的味道了。

"Don't you bring guns or drugs with you?"（你沒有攜帶槍枝或毒品吧？）

"Yes."（嗯，對啊。）

"What?!"

鐵砂掌學徒一臉驚恐——通常只有好萊塢電影的大反派才會這樣冷靜自若地承認，再從大衣裡掏出機槍掃射機場，挾持兩百個人質。而我只是個忘了國一教過，回答英文否定問句時「Yes」和

「No」陷阱的傢伙。

「喔，不是，對不起，我是說沒有帶。」

語言這檔事，紙上談兵和實際使用起來果然有段差距。

經過一番折騰，我來到法蘭克福機場的地下火車站，鑽進白底鑲著紅線條的ＩＣＥ子彈頭火車，沿著地理課本上的萊茵河，行經前西德首都波昂（Bonn）、大城市科隆（Köln），一路發射到未知的阿亨（Aachen），座落於德、荷、比三國交界的一個小鎮。

未來一年，我將徹底改頭換面。

校方先替我訂了暫時落腳的旅館，距離阿亨主火車站（Hauptbahnhof）❶很近，用走的就可以到。天氣很涼爽，散步時很舒服，相較之下臺北空氣就像加溫過的膠水。我拿著地圖特意繞進公園體驗一下這不曾感受過的秋意，果然像走在畫裡一樣優美。

嗯，如果可以，我想搶走畫家那過多的黃色顏料，禁止他再添加落葉了。

第四次蹲下來清理卡在輪子裡的落葉時，我忍不住埋怨起來。當時我還不知道，這件事具體而微地反映了我對整個歐洲生活的想像：遠看很美好，近看全都不是這麼一回事。

“75 EUR pro Tag.”

旅館老闆娘放棄用德文跟我溝通後，在紙上留下這幾個字。「Tag」在「Guten Tag」（你好）裡出現過，所以我知道是「天」；「pro」依照字首及字數推論，應該是per……，一晚臺幣三千多塊！

瞬間我瞳孔張到快跟五十元銅板一樣大，入境隨俗的比喻就是兩歐元銅板那麼大。幸好德國教授先預付了兩週房租，不然我得問他們接不接受在浴缸動手術賣腎臟的支付方案。

放行李進房間，我壓抑住拿出電腦測試旅館無線網路的渴望，將護照和歐元藏在鞋子裡出去晃晃。儘管是星期六，路上行人卻比平日臺大校園裡閒晃的學生還少，鮮少看到超過五層樓的建築物，天空奢侈地一大片展開。

這座城市到底有多少人？

我繞進一間在臺北幾乎絕跡的傳統雜貨店（Kiosk），買了一份刊登租屋廣告的報紙《阿亨新聞報》（*Aachener Nachrichten*）。二・五歐元。左右張望試圖在電線桿上找看看有沒有出租廣告小貼紙，可惜連電線桿也找不到，只好作罷。

買了張電話卡，我一屁股坐上路邊長凳，扮演起日本的中年失業上班族，邊用紅筆在報上畫圈圈邊打電話找房子。

"Can you speak English?"

"!@#$%^&*"

"Sorry, I can't speak German. Can you speak English?"

"!...@...#...$...%...^...&...*"

財哥體[1]一…個…字…母…一…個…字…母…慢…慢…拼…出…來也沒用啊！問題不是速度！

此刻我才意識到，語言不通非常麻煩。

但我更納悶的是，自己爲什麼到現在才意識到這一點？

我眞是相當遲鈍，總要等到問題攤在眼前才知道非同小可了。

我試著打公共電話回家訴苦，卻看不懂使用方法，還沒撥通，五十分歐元就被吃掉了。不過，出電話亭後，我心情卻好上許多，因爲至少打不通時它用英文說了：

"The number you dialed is incorrect."

這是來到阿亨之後，我第一句聽得懂的話。

受到時差影響，我回旅館躺了一會兒。醒來後，我發現自己感冒了。

走到大廳，牆上掛了一個傳統類比式溫度計，裡頭的水銀頂著刻度：攝氏十五度，而我身上只穿著短袖電機系系服。

我回去加了幾件衣服，然後學會一個新道理：短袖穿再多件都不會暖。

披了件外套出門，我找到一間門口掛著大大紅色「A」字的「Apotheke」（藥局）買成藥，再度挑戰語言。幸運的是白袍藥劑師英文非常流利，比我更像是外國人。

這句話的邏輯正確嗎？他的確是外國人，可是我現在在德國而他是德國人……我的頭更痛了。

「你有什麼症狀嗎？」

「唔……」

我發現自己的詞彙量少到不足以表示「我喉嚨有點癢癢的，頭昏昏的，咳起來聲音也怪怪的，還會流鼻水」，只好現場live幾次咳嗽外加對方不喊安可就演出的超級大噴嚏。

藥劑師一臉恍然大悟，拿了盒橘色的藥給我。此時加碼奉送的鼻水更讓我博得一包衛生紙作爲贈品。

1：網路迷因，是一種行文風格，表現為每一個字、詞中間都會加入刪節號，起源於臉書粉絲團「財哥專業檳榔攤」。

「要是有任何副作用要盡快就醫喔。不然，也可以回來店裡找我。」

踏出店門，門口的廣告看板收進去了，玻璃門上寫著週六營業時間只到下午，週日公休。

我想像今晚起了副作用，我或許得像古早電影裡演的一樣，敲著鐵門請他幫忙？

我買了一份臺灣也有的沙威瑪塡肚子，這裡的烤肉柱像施打過類固醇，比兩人環抱的小樹還粗。麵包也不太一樣，臺灣的像從隔壁7-11偷出來的大亨堡麵包，這邊則比較接近漢堡麵包。土耳其老闆把切下來的肉屑掃到漢堡裡，放了過量但不會有人介意的生菜，再指著一堆醬料問我要加哪一種。

"chilis."（辣椒醬。）

被這樣問讓我覺得好像在買鹽酥雞，挺開心的。可惜我不會說「一點點就好」，只好瞪著眼睛看他把漢堡內側抹得像剛被開膛手傑克謀殺完。

拿著沙威瑪回到房間，被潔白且過度柔軟的床鋪吸附住，我瞬間陷入深層睡眠。我夢到袖子拉著我要去吃德國豬腳；我夢到在公園長凳上，她靠在我旁邊，手裡搓弄落葉發出窸窣的聲響；我夢到她掛著擔憂的表情牽著我的手，坐在床邊希望我感冒趕快好，她的手是那麼柔軟、有熱度。

醒來時，我發現原來手中握的是還有微微溫熱的半個沙威瑪。氣死了，她幹嘛在夢裡對我這麼好，現實生活中她可不是這樣的！

窗外天空透出夕陽的彩霞，時間是晚上八點，房裡只有我和行李的影子。我配自來水把藥丸呑下去，就算這是毒藥讓我今晚絕命於此，也得過幾天才會被人發現。

這裡是歐洲，這裡是阿亨，一粒卡在三國國界齒縫上的花生米。

這裡，沒人認識我。

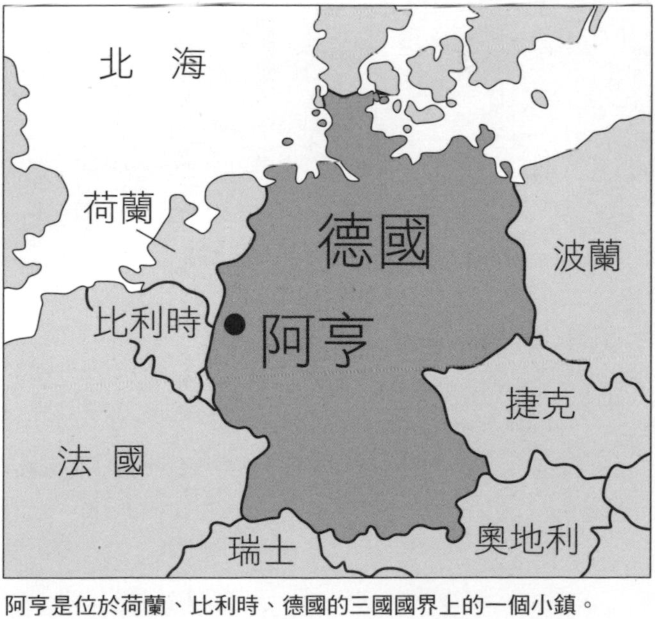

阿亨是位於荷蘭、比利時、德國的三國國界上的一個小鎮。

❶ 德國一座城市經常有好幾個火車站（Bahnhof），而最大的主要車站就稱為Hauptbahnhof。例如阿亨就有Aachen Hauptbahnhof、Aachen Schanz、Aachen West、Aachen-Rothe Erde四個車站，出發前我花了一段時間才搞清楚這個陷阱，讓我不至於拖著三十公斤的行李降落在根本沒人的月臺。

2. 袖子戰爭

六月底，我被袖子甩了。

更慘的是，我連爲什麼被甩都不知道。

雖然知道理由並不能改變什麼，就好比收了卷才知道答案是C不是D，要改也來不及了，但從小到大歷經無數次考試，總是被父母師長稱讚是好學生的我，依然習慣要訂正，找出犯錯的原因。

更何況，我一直覺得自己走在正確的道路上，扮演著好男友的角色。

好吧，可能我矮了大概十公分，送給袖子的生日禮物是拍賣網站上的不知名包包而不是什麼高檔名牌，但這都不足以構成她要離開我的原因啊。

……是吧？

慘案發生在袖子生日當天，在這之前，我沒想過有人會用「甩掉交往五年的男友」當作送給自己的生日禮物。

當晚，因爲論文投稿期限快截止了，我和袖子又提前在上週末慶祝生日，我的實驗室就這麼變成了案發現場。

袖子的姊妹淘們常常不了解追求者眾的袖子爲什麼會跟我在一起。

「難不成他在某些我們不知道的地方表現傑出?!」

哈！眞要這麼想的話也不錯。

算了，我一點也不在意她們怎麼想的，畢竟我只想做袖子的好男友，而不是「袖子姊妹淘的好男友」。如果要扮演她們的好男友，那很簡單。只要每天接送上下班，假日開車載她們出去玩，聊聊偶像劇的劇情、朋友的八卦，身體力行「邏輯論」的第一課：空集合交集空集合等於空集合。

袖子不喜歡我說她朋友太多壞話，我先就此打住吧。

我要說的是，我和袖子交往，是認眞以結婚爲前提，希望能互相扶持、共同爲將來努力的伴侶。要是今天換成我生日她要忙工作，我也很樂意陪她。

更何況，案發前兩小時，我還要袖子去參加同事替她辦的生日派對，不用留在這裡。是袖子把頭枕在我手臂上，帶著比鞋貓劍客還要溫柔一萬倍的表情說：

「重要的日子沒有和重要的人一起過，那還算什麼重要的日子呢？」

沒想到，那是她對我說的最後一句浪漫情話。

一整晚下來，袖子接到無數的祝賀電話，

「謝謝……喔，我在我男朋友的實驗室……他有研究要忙啊……還好啦……呵呵。」

不斷響起的電話鈴聲讓我無法專心寫程式。我想像得出電話那頭的每個朋友一聽到「生日還待在男朋友的實驗室」，臉上會露出什麼表情。

她們一定會把我列入「不懂情趣的死宅男」排行榜第一名，遙遙領先第二名。對於榮登榜首，我僅以微笑頷首致意，不打算發表任何得獎感言。

看完兩集日劇後，袖子湊過來問我：

「等等我們去醉月湖或是總圖前面散步、看夜景好嗎？」

今晚天氣很好，下午一場雨讓傍晚天空變得透明，去湖邊散步一定很舒服。

「我沒帶筆電在身上，沒辦法工作咧。」

「好～～那你快忙吧。」

袖子笑了一下，點開第三集日劇來看。她的手機已經接上電源，沒有一支手機能在播放一百次陳奕迅的〈明年今日〉之後還有電的。

那是我們最喜歡的一首歌，我們同時拿它作爲手機鈴聲。所以每次跟袖子在一起，我都會誤以爲自己很多人找。

陳奕迅又被迫唱了二十次，接完某通電話，袖子又靠過來說：

「公司前輩跑來這裡拿禮物給我，就你知道……一直想追我的那個。」

「又是他，眞是不死心。」

這個追求者曾當過袖子工作上的「mentor」（職場導師），所以我特別有印象。不過，他是卸下了這層身分才開始追袖子的，他的說法是：

「我不希望因爲工作職務而占到任何便宜，我只想以一個喜歡妳的男生身分來追妳。」

這話完全是狗屁、邏輯不通、自打嘴巴！如果他今天不是袖子的mentor，哪有辦法說出「不希望因爲工作……」這種道貌岸然的臺詞！然而，袖子卻眞認爲他是公私分明的好前輩，儘管拒絕了對方，還是希望保持朋友關係。有時候事情多轉一個彎就會看到不同的結論，但人們常喜歡就停在自己想像的那個轉角，你覺得他是個好人，他講的話就會更印證他是。

爲了表示公平與理性思考，也有可能是我不爽他想追袖子，所以他的每一句話我都可以解讀成別有用心。

合理估算，只有低於〇．一的可能。

「你陪我下去拿好嗎？」

「可是我程式有問題解到一半，現在沒辦法耶。」

沒有寫過程式的各位也許不太能理解，debug❶到一半的工程師，就像上廁所上到一半那樣滿臉痛苦，只想趕快解完。你能想像把上廁所上到一半的人拉出去見情敵的畫面嗎？

遺憾的是，袖子還眞沒寫過程式，而這裡，也是引爆袖子戰爭的蘆溝橋事變。

袖子認爲自己的二十五歲生日不該在這種鬼地方度過，愛慕者這麼有心（她沒說出來，不過我幫她補上了）跑來送禮物，我竟然連陪她下去面對這尷尬的場面都不肯。我則認爲從頭到尾都是她自願留下來的，沒有人逼她。

還有，這裡雖然髒了點，但它不是個鬼地方。

「他想追妳才那麼勤快，追到了最好還是這樣。」

「所以你承認你是追到了就變一個樣。」

這個時候，袖子的邏輯就挺好的。

「是妳說重要的日子要跟重要的人過，我才讓妳留下來的！」

我覺得情侶吵架並不比「你推我、我推你」就打起來的小孩高明到哪裡去，雙方輪流在對方的話頭上添一點惹毛人的新元素，眞的不行就翻舊帳，或是來段跳針式的控訴。

具體細節各位若有興趣，試著回想自己跟另一半吵架的片段，再把人物背景稍微修改一下，就能得到相當接近的內容了。

總計袖子對我的指控包括：

無趣、自私，不用心經營感情。

我針對她的指控做出完美反擊，可惜完美是我自己定義的，她顯然不這麼認為。只是我內心也隱約感受到，自從去年袖子開始上班而我繼續攻讀研究所，我們之間逐漸浮現一道看不見的鴻溝。偶爾她會講些我聽不懂的東西，我有些想法以前只要說到一半她就能理解，現在得重複個好幾次，她才會發出「喔～～」的聲音。

而且是邊看手機邊發出的聲音。

但因為我們總習慣在問題還沒成為問題之前忽視它，這個狀況始終沒有解決。

或許我的確沒有用心經營這段感情吧？

吵架時，「行有不得反求諸己」是大忌，我暫且放下這個念頭，專心生氣。

「你真的以為我喜歡把頭靠在你肩膀上看你寫程式嗎？」

「我不喜歡那樣，因為打字會有點不方便。不過，如果妳堅持的話。」

「我如果這麼喜歡，幹嘛不自己念電機系就好了?!」

因為妳聯考數學只有五十分，連手機升級都是我幫妳弄的。

就算在氣頭上，我可不會真的這麼白目說出這些話。

嗯，為什麼袖子用一種前所未有的生氣眼神看著我？等等，我好像說出口了……

「你知道嗎？我那麼配合你體諒你課業繁忙，每天一下班什麼聚會也不去就跑來實驗室陪你，我朋友都勸我不要再這樣跟你耗下去浪費青春，像你這種只活在自己世界的無趣傢伙，根本不會懂得我的付出。但我始終相信有一天，你會知道我對你有多好。」

她的朋友果然覺得我很無趣，而且比我想像中更早就這麼想了。但意外的是……袖子也這麼想？

「我何嘗不希望假日我們能去看場電影，吃吃網路上人家推薦的餐廳，偶爾還可以去郊外走走。我要的一點都不多，只要能『**稍微**』像正常情侶就好。」

她用了不怎麼稍微的口氣說了「稍微」這兩個字，讓整句話聽起來相當諷刺。周遭的空氣震懾於袖子的憤怒，連風都不敢吹了。

此刻的我有三種選擇：分別由大腦掌管「感情區域」、「理智區域」以及剛剛才意識到的「抓狂區域」所提出的建議——

感情區域：蠢貨！竟然讓心愛的人這麼難過，難道你忘記你答應過她，要讓她成為全世界第二幸福的人，因為最幸福的人是我們自己！你最好在切腹之前先向她道歉，趕快挽回這段感情。

理性區域：我們固然有不是，但這麼說吧，冰凍三尺非一日之寒，演變成這樣雙方都要負責。衡量目前的狀況，你得先安撫她，要是她就這麼離開，絕對會讓那個 mentor 前輩有機可乘。先做好危機處理，再跟袖子好好聊聊，找出彼此都能接受的相處模式。

還有，別忘了，你的 bug 還沒解出來。

抓狂區域：什麼叫做稍．微．像．正．常．情．侶！難道她不能體諒我們有多忙嗎！被朋友煽動一下就開始暴動。付出？如果她指的是晚餐時她夾給我的那塊肉排，那她恐怕忘了自己說的是：「給你吃，我怕胖。」別傻了，我們該做的是跟她說：要走就走遠一點！

我停頓了一秒，決定挽回感情才是最重要的。我一手拉住袖子，另一手在空中揮了幾下，像是要把抓狂區域的建議拍掉，但它太過頑強，怎樣都不肯輕易離開。

看到我的反應，袖子用鼻子輕輕「嗤」了一聲。她說：

「你放手吧，我不想再這樣了，我要過有趣的人生。」

一陣風揚起晒衣架上的袖子，她飄啊飄地消失在黑暗中，只留下地上的幾滴水漬，無聲地責備我害它們被遺棄在這裡。

「妳會後悔的，想不到妳這麼不了解我！」

「算了，回去解 bug 吧。」

抓狂區域跟理性區域對著空曠的走廊各說了一句話，安慰我別管她了。一轉身，我的眼淚就像壞掉的水龍頭，怎麼也停不下來了。

我把自己摔回位子裡，拿廁所偷來的滾筒衛生紙猛擦眼淚，再用僅存的一絲理智納悶著，爲什麼只是袖子說要離開我，我就像被掏空了一個大洞，呼吸困難，眼前螢幕一片漆黑。

喔，好吧，螢幕是進入休眠狀態了。

沒人說過我無趣，這有兩種可能——

第一是我其實很有趣。

第二則是，除了袖子之外，從來沒有其他人待在我身邊。

袖子曾經開玩笑地說：

「我朋友都說你像一杯**白開水**，沒有任何味道。」

難道她當時在暗示我太無趣了嗎？

我想到那個 mentor 可能正像中了樂透般狂喜不已，畢竟他喜歡的女孩在生日當天出現在他面前，還被男朋友氣哭了。

還有什麼時候比現在更適合展開攻勢？

他最好能繼續遵守他那「不想占便宜」的遊戲規則！

我緩緩站起來，從口袋裡掏出手機，從一整排都是袖子的來電與未接來電中，隨便挑了一組回撥給她。

手機響了一聲，進入語音信箱。

---

❶ 工程師最怕的就是東西設計好了卻不如預期地運作。這表示裡頭有蟲（bugs），而且通常不只一隻蟲，你得開始好好除蟲（debug）了。根據非官方統計，設計的時間永遠比不上 debug 的時間，蟲的數目跟每個人的粗心大意成正比，因此我的蟲往往多到像蚯蚓窩一樣。

3. 浪子不回頭

白開水到底哪裡不好了？泡茶、泡咖啡，連伏冒熱飲都需要白開水，我就不信今天誰回家打開水龍頭流出來的是可口可樂，他會興奮得衝去臉書分享。

好吧，他可能會分享，但等到他想洗澡的時候，絕對不會開心到哪兒去。

而且，為什麼袖子會說我是白開水呢？

打從進了電機系，就常聽到親戚們開玩笑說，我將來會「窮得只剩下錢。」

「我有個朋友的兒子在竹科上班，每天加班加到十一點。週末嗎？還好啊，兩天去一天就行了。」

「聽說隔壁的阿威每年除了銀行帳戶的數字增加，體檢報告也有好多指數增加哩……」

諸如此類的話語像一盞盞探照燈，把我眼前原本應該充滿不確定的二十年照得一清二楚。

考進研究所之後，我開始提前體驗這樣的生活（銀行帳戶的部分除外），每天都去實驗室報到。儘管一開始我有些抗拒，但當你任何時候踏進實驗室，看到的景象都是「只有你的位子是空的」，幾次之後你也會忍不住坐下來，用自己的背影填滿那個空缺。

想要「窮得只剩下錢」，也不是那麼簡單的事，誰叫每個人都想把這句話掛在嘴邊，而當你身邊的人都努力朝這個目標邁進，你沒有太多選擇，只能跟他們一樣，或甚至比他們還努力。

從那時候起，我彷彿開了天眼，可以看見每件事情標上的紅利點數，深信自己要累積足夠了，才能去兌換「美好的未來」。

而我越認真，待在實驗室的時間就越來越長。

袖子對我很好，常陪著我努力工作，雖然她已經是在臺北一〇一上班，月入四五萬的ＯＬ，而我還是個得去幫忙改考卷賺助教薪水的研究生。

就因爲這樣，我更要加倍打拚，讓自己這支潛力股早日變成績優股，而不是淪爲潛水股。

我更努力，待在實驗室的時間也就更長。

分手兩週以來，除了反覆在內心上演這些ＯＳ，起先我還想著：

今天袖子應該會打來了吧。如果她語氣冷冰冰的，那我也要強勢一點；如果她一打來就痛哭失聲，那我就溫柔一點，趕快叫她搭車來找我。嗯，算了，這次換我去找她好了；如果她站在實驗室的門口，呵呵……

袖子完全沒打來。

我忍不住打給她，這一打就沒完沒了，我比五年沒有騙到人的詐騙集團還認真，瘋狂想聯絡上她。但她切掉我電話的手速竟然越來越快，眞不該教她打「魔獸爭霸」的！

從此，我成了裝載著滿腹苦水與淚水的人形容器，把自己擱在實驗室的角落。袖子對我的批評不斷在腦海裡盤旋，她眞的不跟我聯絡了嗎？

要是她嫌我無趣，我可以改啊。我是爲了我們的未來才這樣拚命念書的，不然我也很想快快樂樂地享受人生，例如把光榮公司出的《三國志》一代到十二代再全破一次，不，十次！

我氣得跑去袖子公司附近的高級餐廳吃飯，這是她一直想要吃，但我總嫌太貴不肯來的餐廳。

在這裡，我順利找到發洩怒氣的對象。這些打扮時尚的男女會來這家餐廳的原因，有三分之一是網路上說好吃；三分之一是價格貴得讓自己看起來很有面子（在7-11結帳時順便把一千元丟進愛心捐款箱難道沒有同樣效果嗎？）；六分之一是旁邊便宜的餐廳客滿了；只有其他不到六分之一的人，才是發自內心喜歡這裡的食物，或是像我這樣，想要氣一氣根本不知道我來的女友。

好吧，可能只有我是抱著這種蠢想法。更糟的是，當服務生殷勤地幫我點餐，還露出像是我付他薪水的感激笑容，彎腰替我加水（爲了避免他再來加水，接下來一個半小時我都沒碰過那個杯子），比起面對十萬行的程式碼，我還眞的有點不知所措。

回想上次去這樣的餐廳，已經是半年前的事了；上次去墾丁玩，是高中畢業旅行了；上次出國……有人認識能幫忙回溯前世的催眠師嗎？

仔細想想，我的生活被一只看不見的圖釘固定，當每個人都如同顯微鏡下不斷扭動亂竄的細胞，我卻像蓋玻片上的汙點，一動也不動地停在那兒。難怪身邊總是沒有太多朋友，難怪連袖子這隻小細胞，也終究離我而去。

「黃奕森，開會時不要發呆好不好。」

教授在臺上瞪我。

我回過神來，才意識到自己每日每夜都在思索這個問題，而我和袖子也如同兩條交點在過去的直線，朝著另一端的未來，繼續發散、遠離。

「是這樣的，我有一位德國教授朋友，他手上有一項國家型計畫，但是原本預定加入的兩個研究助理臨時離開，他已經找到一個希臘的博士後幫忙，還缺一個人，問我能不能出借他一個博士生一年。」

教授的聲音斷斷續續傳來，德國與希臘……袖子跟我說過，她想去歐洲度蜜月，要去德國、去希臘，還要去巴黎。她說要在香榭大道上漫步，我則可以去旁邊的咖啡廳測試 Wi-Fi。

如今這一切都成空了，只因爲她一意孤行，倒掉了我這杯白開水。

「如果你跟袖子沒有分手，搞不好可以一起去歐洲，享受兩人世界修補感情呢。」

動感在一旁低聲對我說。

「我跟她又沒分手！我們只是……三週又兩天沒有聯絡而已。」

我賭氣地回嘴，把手挪到桌子底下，用手機上網連到袖子的臉書首頁，這是我現在唯一能看到她的地方。

袖子在塗鴉牆上新增了一則留言：

有些事情是要彼此去感受的。說出來，就算改了，也都太遲了……

她在說什麼？她在說什麼？她在說什麼？!

她只是跟我說「我們的相處有點問題」，又不是按了原子彈發射鈕轟炸掉我們的感情，爲什麼會太遲了!!

我氣得一陣暈眩，要是我再老個三十歲，動感就得對我施行心肺復甦術了（希望他記得，最新版本的急救準則已經取消口對口人工呼吸了）！

「好，黃奕森，那你趕快準備一下行李和護照，簽證我會請助理幫你辦好的。」

教授拍拍我的肩膀：

「看到你失戀之後能這麼振作，我很欣慰。未來一年我相信你會成長許多的。」

我想跟教授說我沒失戀，只是沒聯絡「三週兩天又十三個小時」，但教授可能會要求我統一單位，好吧，那就是二十三·五十二天，精準到小數點下第二位。

但我更納悶的是，為什麼我站著，還雙手握拳？

我一轉頭，就看見動感像孟克名畫《吶喊》裡的人物一樣，雙手捧著臉驚愕地說：

「你剛剛忽然像降乩一樣，站起來大吼：

『這樣就要跟我分手？很好，我不要再當蓋玻片上的黑點了！』

『誰叫她一直躲在一〇一電梯裡害電話都不通，我要一走了之，讓她出來找不到我！』」

聽動感這麼一說，氣得快腦充血的我才想起來好像是有這回事……

就這樣，我決定去德國了。一個對我來說除了Benz、BMW、希特勒、柏林圍牆以外毫無概念的地方。我知道這很幼稚，但我嚥不下這口氣，我要讓袖子後悔離開我。《蛋白質女孩》裡說過，報復舊情人的最好方法就是變成她理想中的情人，要嘛我就是變得很帥，不然就是變得超浪漫。只是就算現在打籃球、喝高鈣奶粉配生雞蛋、鞋墊裡塞綠豆也不太可能再長高十公分，整形又太貴，我只能選後者。

只要能從那些可憐到餐廳裡明明有位子，卻老愛坐在人行道上吸灰塵的歐洲佬身上學會一些世俗所謂的「浪漫」、「情趣」，幾年後當我們在某個晚宴上相遇，我能毫不遲疑地講出什麼紅酒和起司是最好的「結婚」❶時，袖子必然會後悔跟我這樣的好男人分手。

如果她想要復合呢？

嗯……那就要看我身邊的黛安·克魯格（Diane Kruger）❷願不願意讓她當小的了！

我是沒意見啦。

幾天後，我開始有點後悔不該意氣用事，但訪問學者的長期簽證已經核發下來了。在教授「越早出發越好」的要求下，我訂了隔週的機票，分手事變一個月後就要到歐洲了。

回家收拾行李，老爸很生氣地把漫畫搶走，放了一本《戰國策》進去：

「不是說要改變嗎？看這個才有幫助。」

我懷疑他是想把漫畫留著自己看，不過我也捨不得拿《銀魂》當鍋墊，這樣也好。

出發前，看著實驗室的座位變空，衣物一件一件被裝箱，經過某個地方時會想到可能是出國前最後一次造訪。

更糟的是，那些地方都有袖子的影子。

分離的感覺像壓抑在地底的鮮紅岩漿，從裂縫中一點一點地滲出來。

在機場等待登機的時候，我把通訊軟體上的暱稱改成了「Aachen的一年」，這是從《普羅旺斯的一年》得到的靈感。

我闔上電腦，想像這個暱稱留在袖子手機裡的景象，如果她沒把我封鎖的話。

---

❶ 據說紅酒和起司就像五十嵐和夜市小吃一樣，是最好的組合。好吧，這是我從漫畫《神之雫》學到的。誰說看漫畫的小孩會變壞，看漫畫的男朋友要不得。

❷ 電影《國家寶藏》的女主角，喔，這可是我跟袖子一起去看的電影，她還怪我不常跟她出去玩。

4. 電子錢包在墓園也通用嗎？

經過不明藥品及巨無霸沙威瑪的能量補充，感冒病毒總算有足夠體力展開自己的歐洲自助旅程，讓我回到孤單但至少健康的一個人。

星期一大清早，我去德意志銀行存錢。銀行門口有個隔夜醉漢在大唱 rap，趁他跑去對旁邊的雕像罵髒話，雕像不怕他反而讓他更火大時我趕緊溜進銀行。

「你好，我要開戶。」

「這邊請。」

原本以爲在櫃檯前幾分鐘就可以結束的作業，櫃員竟然領著我走進了一個小隔間，還端來機場貴賓室才有的玻璃瓶裝果汁招待我。

我看起來很像偷了家裡十億元逃出國，讓他們以爲是銀行大戶的富二代嗎？

我仰頭喝光蘋果汁，免得等等被收回去。

承辦人員在我面前攤開厚達五公分的說明手冊，請我仔細閱讀開戶條例。很遺憾，內容也是以德文天書寫成，就算用火烤或咬破手指抹上幾滴處男的鮮血，也不會出現中文翻譯。

一個字都看不懂的我使出來阿亨之後最新覺醒的能力，露出訴說著「helpless」的笑容。

「您不懂德文嗎？不好意思，那請讓我解釋給您聽。」

他露出兩排足以代言牙膏廣告的潔白貝齒，一條條仔細講解。我不禁懷念起隨便走進臺灣任何一家銀行，櫃檯人員總是可以邊跟同事聊天，邊熟練地用藍筆圈著表格說：

「簽這裡、這裡、這裡，還有這裡。好～～這樣就可以了，謝謝。」

這是另一種層面的「無知就是福」。

「不好意思，我有點趕時間，我們可以快一點嗎？」

我忍不住打斷這位講解到有點陷入狂喜的牙膏代言人，他一定是那種會把使用手冊認眞讀完再開始使用電器產品的人。

一個月後，我才知道大部分的德國人都會這麼做。

他隆起胸肌上的名牌寫著「楊森」（Jensen），不過名牌底下倒沒有附註文字解釋姓名由來，或是這個名字將可獲得幾％的額外利率優惠。

「那你需要電子錢包嗎？」楊森用有點失望的語氣問我。

這東西我好像聽過，一種與信用卡之間有著微妙差異的孿生兄弟，或許這也是懂得生活情趣的男人必須學著使用的東西，結帳時只要輕描淡寫地說：「讓我用電子錢包吧。」袖子就會對你另眼相看。

「電子錢包在這邊很好用嗎？」

「基本上有了這個，您出門就不需要帶現金了。」

我想起每次從口袋裡掏出皺成一團的鈔票付帳時，袖子都會微微地跟我保持距離。起先我還以爲她是要給我伸展的空間好把鈔票拉直。

她說那是大叔才會有的舉動，那肯定不是在暗示我很成熟。

「那我要這個功能。」

「沒問題，你的願望實現了！」

他的語氣就像我剛摸了阿拉丁神燈。

「既然您是來大學工作、有固定薪水，要不要考慮我們提供的投資組合呢？包括股票、債券……」

身為時代男性，懂得理財也是必要的。我點頭表示感興趣。

但楊森卻拒絕我了——

「您只在這裡待一年，根據我們的內部統計，投資不滿五年的客戶要獲利是比較困難的。因此我們不打算讓您投資。」

「那你幹嘛跟我介紹這個？」

「這是例行流程。」

我眼前跳出了人肉對話視窗——

「請問您想投資基金與股票嗎？是、否。下一頁。」

「抱歉，您無法投資，請回上一頁。」

「請問您想辦信用卡嗎？是、否。下一頁。」

「請問您想持有多少額度？五百歐元、一千歐元、一千五百歐元。下一頁。」

「抱歉，您目前只能選擇五百歐元，請回上一頁。」

「請問您想選擇定存嗎？是、否。下一頁。」

「抱歉，您的錢還在鞋子裡無法定存，請回上一頁。」

寫這套流程的傢伙肯定很有幽默感，打定主意要嘲弄每個只來德國一年的人。

既然有「基本上到哪裡都能用」的電子錢包，離開銀行時，我只留下十歐元在身上——這樣既不怕被搶，還可以理所當然地拒絕不時會拿個紙杯向你乞討的遊民。

我前往學校行政大樓領取學生證。經過這兩天的查訪，我發現RWTH沒有一塊完整的校區，校舍跟五歲小孩啃過的太陽餅一樣，散落得到處都是，可能民宅旁或酒吧對面就有一間系館。主要的行政大樓則是一幢古蹟和一棟名叫「Super C」的摩登建築，但它的外觀看起來比較像是希臘字母Γ（gamma）而不是C。

「C的下半部被埋在地下，所以從外觀是看不出來的。」

經過一小時的冗長排隊叫號終於輪到我時，我忍不住先問了這個問題，行政小姐和藹地向我解釋，一邊把一張類似肯德基折價券的A4紙張遞給我，上面有好幾張可以沿線撕下的小卡片。

「這是你的學生證和學生季票，可以搭乘整個西北萊茵邦的所有大眾交通工具。學校考慮到學生會不小心遺失，所以這張紙上有好幾份學生證，一共是一百九十二歐元。」

想不到德國的環保意識如此先進，連學生證都退化成一張紙了。我難掩興奮地掏出那永久無法銷毀的電子錢包塑膠卡。

「不好意思，這邊不能刷卡。」

我一定要回德意志銀行指控他們的不實廣告。

我把卡片收回來，但手上還是緊捏著折價券學生證不肯放開，我可不要再等一小時。至少可以先付十歐元當訂金取貨，下次再來付款吧？

「你去提錢吧，兩個巷口外有一臺提款機，我在這邊等你。」

行政小姐露出諒解的微笑，跟原先想像中把學生困在一間緩慢時光之屋（不然怎麼會這麼慢）裡的巫婆完全不一樣。我立刻飛奔出去，再氣喘吁吁拿著兩百歐元趕回來。一進門時，有幾個中東學生從頭巾下對我投以哀怨的眼神，我抬頭一看才發現，我離開的這十五分鐘內隊伍完全沒有前進，那位小姐眞的只有在「等」我。

不需要柯南也不需要金田一用爺爺的名義發誓，效率低迷的原因已經揭曉了。

🍺

處理完事情，我又吃了個沙威瑪當中餐，這是唯一價格可以接受的食物，大量的蔬菜和肉類也能確保營養攝取均衡。

我發現不同店家的沙威瑪價錢可以差到一、兩倍，臺灣的早餐店可不會發生這種事。很顯然歐洲的沙威瑪市場尚未達到經濟學所說的「完全競爭」❶狀態，價格才會有如此大的波動。

我跳上公車，前往位於市郊的研究所。

因爲沒有硬性查票，前後門都有人上車。離後門比較近的我硬是走到前門上車，想炫耀一下新的學生證。

順便確認一下我眞的可以搭公車。

從司機的笑容以及我往後走時他沒從駕駛座衝出來把我扯下車來推測，我安全了。

一路上風景很好，竟然還有系館外頭放了沙灘躺椅，這裡的人到底過著什麼樣的日子啊。

隨著兩旁建築物減少，我的腎上腺素開始分泌。昨天上網查資料發現，阿亨某些公車的終點站是在外國，如果下錯站就要跑到比利時或荷蘭去了。

這樣的擔憂在一看到公車即將繞上貌似高速公路的交流道時，像搖過的可樂汽泡一樣迅速脹滿整個腦袋。我眼前先閃過電影《捍衛戰警》在公路上挾持公車的畫面，接著趕緊把腎上腺素用在正確的地方——穿過兩個德國人按電鈴下車。

還好沒坐到荷蘭去，不然眞是太笨了！

下車的地方剛好有一大片露天花市，車站的站名像是寫著「西××」，應該是個西邊市集之類的吧，再去問人就好了。

我這麼安慰自己。

穿過花市再往前走幾步，空氣中瀰漫起一陣異樣的靜謐，一個人影都沒有，只有無數直立的石碑。這樣的場景我在電影裡看過，如果再加上幾臺黑頭車、幾個穿著黑西裝黑洋裝的外國人，天空中飄著細雨，女仕的淚水從黑色頭紗後滴落……

我在「西墓園」下車了!?

爲什麼第一天上班的我要趕在墓園匆匆忙忙地下車呢!?

賣花的德國大媽身影在我後方出現，她一臉狐疑地看著我，就算是她手上的蘭花也知道，我這張東方臉孔不可能是來掃墓的。大媽手往馬路上指了一指，我轉過頭去——

公車竟然還在那裡！

我把耳機音量調到最大聲，以杜絕任何尷尬的笑聲進入半規管[2]，硬著頭皮回到車上。

在墓園下車跟到荷蘭才下車，到底哪個比較笨呢？

我後來一直在思考這個問題。

2：耳內構造，主管平衡感。

❶ 夜市的鹽酥雞就是完全競爭市場，因為賣的人太多，鹽酥雞吃起來又差不多（好，我知道這邊有人要有意見了，但難道我們真的要在這裡開始討論哪一攤鹽酥雞夠格賣貴一點哪一攤不夠格嗎？），所以大家都把價格壓到最低，沒有一間敢用比較高的價錢賣自家的雞屁股。

5. 不是廢核嗎？怎麼有人體核能發電廠？

循著手裡的地圖，我一腳踏進未來一年要待的研究所——Lehrstuhl für Integrierte Systeme der Signalverarbeitung（ISS），中文翻譯爲「積體信號處理系統所」。

常識告訴我們，越難念的東西通常越複雜越厲害。「咧兒史杜兒、福、英特兒辜瑞一梯……」非常好，念起來就像把舌頭忘在家裡一樣彆扭。如果等等看到大型強子對撞器[1]，我也不會太意外。

「你的名牌已經掛在二〇四號實驗室門口了。」

祕書前幾天在E-mail裡這樣說。

這說不通啊。按照臺灣實驗室動輒十人一間的規模，如果每個人都把名字掛在門口，整扇門簡直就會像國小畢業紀念冊被全班瘋狂簽名的最後一頁般，慘不忍睹。

雅各・約旦

法蘭茲・偉特

奕森・黃

只有三個人？

我探頭往裡望。

門梁上有個很大的紙製麋鹿頭，寬敞的辦公室擺了幾張灰白色桌子和幾個書櫃，正對面的牆上是兩扇大玻璃窗，兩三叢樹枝從半掩的窗口探進來，在桌面抖下了幾片落葉。剩下的空間裡，就算擺上一套室內高爾夫球組、兩三部健身腳踏車，也還夠讓情侶玩起「不要跑、呵呵呵，追不到、嘻嘻嘻」的貓抓老鼠遊戲。

室內高爾夫球組最後一洞的位置坐著一個德國人，中短髮，髮色類似外婆家的舊式木製衣櫃，是那種被陽光晒得有點褪掉的棕色。深邃的輪廓配上媲美裘德洛的美人尖，就算我是男的，也能清楚感受到他外貌的魅力。

如果我們一起去夜店，他不但能完全抵銷我對女孩造成的排斥力，還可以瞬間在我們周圍凝聚出一圈愛慕者，就像一群圍在糖果旁的螞蟻。

他的頭隨著耳機裡的音樂節奏微幅晃動著。音樂一結束，他注意到佇在鹿頭底下像要被吃掉的我，立刻漾起迷人的笑容走了過來。大約一百七十五公分的身影停在我面前，我注視著他右臉頰上深深的酒窩，第一次覺得酒窩真的可以倒酒進去，或許能從他海藍色的眼睛裡舀出一盎司來看看。

「你好。」（中文）

「你好，嗯?!你說中文?!」（中文）

「噢，不好意思，我昨天只學了『你好』而已，其他你說的我都聽不懂。」

他伸手搔搔自己的短髮，「我叫雅各，雅各．約旦。很高興認識你。」

「我叫奕森．黃。」

我們禮貌性地握了握手。看著雅各直望過來的眼神，我暗自慶幸不是身在需要用擁抱或接吻來打招呼的國家。

稍微確定一下，嗯，我的確是慶幸而非遺憾。

我的座位在雅各正對面，彼此保持著那種被世仇父母拆散的情侶再怎麼死命彎腰、伸手也搆不到對方的距離。難道以後我每天早上都得先走到他旁邊握手打招呼，再回到自己的位子上？

這讓我感覺他像是一臺人肉打卡機，而我們每天將握手打卡……嗯，這樣或許還不賴？

該死，我得把手機桌面改成袖子的照片以確認性向沒變。

附帶說明，我已經不喜歡她了，我只是因爲手機裡沒有其他女生的照片。

「另一位同事法蘭茲今天請假，明天你就可以見到他了。」

「嗯。」

雅各走回自己的位子，用眼角對我旁邊靠門的座位拋了個媚眼，我有種錯覺，藍色塑膠皮製的椅子瞬間變紅了一下，看來雅各的魅力連非生物也抵擋不住。

中午一到，雅各走到我認爲不應該出現在實驗室的掛衣架旁，拿起外套問我：

「吃飯嗎？」

我站起來，把壓在屁股下面皺得像一團醬菜的外套抖了抖穿起來，跟在雅各身後，一路持續用「嗯」回答他不斷拋出的話題，好像我已經便祕了一個世紀。我們之間彷彿在進行一場比賽，看是他強大的社交能力先崩潰，還是我先講出「嗯」以外的回答。

這邊我得強調，我保持沉默並非出於少男的矜持，而是我眞的不知道該如何用英文正常交談（用德文？我只能說你連第一篇都沒有好好看！），每次我一有想法，就馬上被「要用哪個單字來表達」

給打敗，最後甚至被絕地大反攻，連想法都快沒了。

走出系館，雅各說：「其他人要去學生餐廳，但得翻過一個小山丘，穿過牧羊的草原才能到。我們兩個通常不喜歡浪費這麼多時間，就去旁邊的小餐廳。」

說實話我挺想瞧瞧羊的，在臺灣這可是得大老遠跑去清境農場，或者打開電視才能看到的，更何況竟然是「在系館附近的羊」!?不過一早沒吃早餐，此刻已瀕臨飢餓三十的我，恐怕爬山丘爬到半路就會先衝去啃羊腿了。

我們去的餐廳，跟臺灣的學生自助餐廳一樣，要排隊拿菜、點菜。話說回來，這裡本來就是學校的餐廳，看來是我對異國風情懷抱了太多想像，以爲歐洲連學生餐廳也會有穿著黑背心長圍裙的侍者過來問你：「今天想喝白酒還是紅酒呢？」

噢，不同之處來了。

如果說跟外國人講話，像是在看沒有字幕的3D電影；那餐廳白板上寫的菜單，就絕對類似於莎士比亞的草稿或是茅山道士橫著寫的符咒。點菜時，雅各先是摸摸自己的肚子，一會兒又像搖頭娃娃晃著頭說話，拉丁裔女服務生被這麼一逗，也笑得花枝亂顫起來。她一邊擺出中國古代女性掩嘴微笑的矜持姿態，一邊抖著手叉了一塊最大的肉排，放到雅各盤子裡。完全看不懂菜單的我拿了可樂、沙拉、甜點後，指著雅各的盤子示意我也要一份。女服務生連看都沒看我，就隨便叉起了一塊乾癟小肉排。

當我正暗自叨念著PTT最愛說的「人帥眞好」（同時思考英文該怎麼說——“The more handsome you are, the better life you have”？），雅各對她說了什麼，讓她仔細挑了塊大肉排給我，把原本的兒童餐肉排留給我後頭那位胖胖的仁兄。我可以感受到他不滿的呼吸吐在我背上。

於是，我得到一大塊不知道是什麼肉做的肉排（Google告訴我阿亨的名產是馬肉，讓我有點不舒服），還有一坨馬鈴薯，上面淋了跟肉顏色很像的棕色醬汁。雅各說這是肉熬出來的醬汁，跟肉很搭，這樣何必要把醬汁熬出來再澆上去，直接保留在肉裡不就好了嗎？

甜點則是一團看似草莓口味的未知物。

正當我想以「傳說中的歐洲步調」好好享用午餐時，雅各對我說了一聲「Guten Appetit.」（用餐愉快），接著就像一部精密設計的儀器，優雅迅速地重複「切肉→沾醬→撈點馬鈴薯→放進嘴裡」的一系列動作。我則因爲秉持安西教練❷的訓示——「左手只是輔助」，切肉、叉肉都用右手，因此得不斷兩手交換刀叉，像手法拙劣的魔術師在交換面前的三個杯子。

不到十分鐘，雅各就吃完了。

德國高鐵的設計師一定是參照雅各的食道打造出高速鐵路。

我劈里啪啦地開始趕進度，他很客氣地說：

「沒關係，反正我也不想那麼早回去，你慢慢吃吧。」

說完後雅各不發一語，靜默地看著我，讓我有種死刑犯在吃最後一餐的恐懼感。

與新同事共享的第一餐，在以可樂灌食馬鈴薯泥的動作中結束。

常有人會因爲吃飯時聽到有關排泄物的話題而反胃，我倒是完全不受影響，我覺得食物就是食物，光憑想像是不會改變它們的味道的。但也因爲如此，不管我怎麼想像傳說中的歐洲美食有多好吃，這頓飯還是有點難以入口。

回家時我才知道，雅各就住在我落腳的旅館附近，今早他也在公車上，其實是他猜到那可能是要來報到的我，才叫司機停車的。

聽到這邊很感動吧。

「他腦袋有點問題，搞不清楚方向。你沒看他背個登山背包，把家當都帶在身上。」

幾個月後有一次他喝醉，重複了這句當時說過的話。

不過我一點都沒放在心上，因爲他後來說出的祕密，要比這個再勁爆50dB[3]，也就是十萬倍。

---

❶ 一種複雜到無法在一個註釋內解釋清楚的機器，簡單來講就是「能產生小宇宙爆炸的模擬器」。不是《聖鬥士星矢》裡的小宇宙喔，什麼，我不能在註釋裡面再講出需要註釋的東西嗎？

❷ 會來看這則註釋的人，你真的該去買一套《灌籃高手》來看看。

❸ dB的換算公式為Y（dB）＝10log10 X（倍），因此，兩倍就是所謂的3dB（log102=0.3010是對數表的第一欄，你還記得的話，高一數學老師會很感動的）。隨堂測驗：7.781dB大約是幾倍？

6. 這臺機器人連感冒都支援

隔天九點半，實驗室門口露出半截巨大的身影，就像小時候玩捉迷藏，總以爲自己躲好好卻每次都最先被找到的傻大個兒。

雅各對我點點頭，「那就是法蘭茲。」

像是早在等著這句開場白，法蘭茲挪動身子現出全形。

不像有些人是單純的腿長，法蘭茲的身形比較像是一個普通身高一百七的人被小叮噹用放大燈等比例放大了，視覺上有點不協調。他的右腳牛仔褲捲起來一小段，露出來的部分都要跟我的小腿一樣長了。離地兩百公分高的頭上頂著一片厚重到有點像人造的過耳長直髮，如果說雅各的髮色是淺棕色舊衣櫃，法蘭茲的就是重新抛光打蠟後的深棕色。

我比膝反射還快速地從椅子上彈起來，準備跟他握手，他卻依然動也不動地站在門外看著門牌。他揹著幾年前臺灣青少年最流行的Jansport背包，只是對我而言原本垮到腰間的大包包，在法蘭茲身上卻像E罩杯寫眞女星穿的比基尼一樣，小小一片貼在寬大的背上。

「我是奕森（I-San）。」

「我是法蘭茲。」

法蘭茲用他的巨靈掌大力握了握我的手，忽然面無表情地說：

「你有弟弟嗎？」

他往門外指了一下說：

「你的名字是I-San，應該要有個弟弟叫做II-San吧。」

我愣了一下才意會過來法蘭茲的問題。男人的第六感告訴我，今後跟眼前這個人恐怕會出現許多溝通上的問題，或是更根本的，思想上的差異。

「那是英文的I，不是羅馬數字的1。」

「是嗎？」

法蘭茲說完，就這麼靜靜地看著我。怎麼，現在是國小班上有人偷東西，老師想用沉默的壓力逼嫌犯認錯嗎……該死，我竟然有點爲自己的名字造成困擾感到抱歉了。我趕緊問他有多高，試圖打破這尷尬的寂靜。

「一百九十五公分。還沒破兩百。」

「不愧是全世界平均身高最高的民族。」

法蘭茲又安靜下來了，我難道又說錯什麼觸動他內心的創傷了嗎？在德國高個子念小學時會被欺負嗎？

我仔細盯著法蘭茲的眼睛，彷彿看到電腦執行時閃爍的黃燈，原來……

臺灣有某個電視節目很愛討論神祕事件，例如美國人從UFO習得許多軍事科技，日本人在祕密研發鋼彈，想不到德國人竟然發展出了超擬眞機器人。

不知道法蘭茲和女友熱情擁抱時，靠著他胸膛的女友會不會聽見硬碟旋轉讀取的聲音。

應該不會，以德國人的技術大概早就採用無聲的液態軸承硬碟了。

「不對，德國人平均身高一百八十・二公分，全球排名第三高。第一名是荷蘭一百八十二・五。」

果然是在搜尋數據！

我瞄了一下他身上哪裡有天線可以無線上網，說不定還可以找到兩支以上，這傢伙一定有使用多天線技術。

法蘭茲繼續說：「不過平均無法描述一切，我們也有很矮的人，像雅各只有一百七十五而已。」

他那陳述事實的平靜態度讓這句話更顯諷刺。我轉頭望望雅各，他若無其事地戴上耳機。

二〇四號實驗室在法蘭茲回歸後全員到齊（一個人、一具發電機跟一臺會感冒的機器人，我覺得我的配備比桃樂絲❶要好上許多）。飄湯在室內的對話也從英語和狀聲詞（「嗯」）頻道回到德文頻道。從我出國前惡補的德文字彙中拼湊出來，內容大致是：

法蘭茲：「我去旅行回來感冒了眞沒想到南義的天氣也這麼冷晚上大約只有十五．七度，哈啾。我從拿坡里搭上蘇維埃環線到龐貝城這座西元前七十九年被火山灰掩埋的城市，哈啾。當時因爲火山爆發的速度太快很多羅馬人瞬間被活埋挖開來的時候他們的身體早已經分解只留下一個人的形狀，哈啾。」

雅各：「祝你健康。」（Gesundheit.）

法蘭茲：「謝謝。」

好吧，我承認我只聽得懂「哈啾」和「Gesundheit」而已。出發前才惡補一個月的德文課實在不能奢求太多，光是搞清楚某些字母上那兩個點點（例如 u 和 ü）不是老師印講義時不小心把巧克力屑掉在紙上，就花了我好些時間。

但至少我學會了各種問候語，例如：

「Guten Tag.（你好）」、「Guten Morgen.（早安）」；傍晚見面時說的「Guten Abend.（晚安）」、上床就寢前說的「Gute nacht.（晚安）」（說話時不用考慮大小寫眞是萬幸）；跟陌生人道別時要說「auf wiedersehen.（再見）」，和熟人則要說「tschüs.（再見）」，「tschüs」的發音很像「去死」，讓我每次講的時候心裡都升起一絲偷罵人的愉悅。

以及剛剛的「Gesundheit.」。（祝你健康。）

能有機會脫離「嗯」的單音節生活讓我非常開心，我繼續豎起耳朵等待下次發言權。來德國一週，我已經習得「善於傾聽」這項好男人最重要也最困難的必備條件，現在該由難入簡，倒過來學習入門技能——**開口說話**了。

「咳咳……」

「祝你健康。」

我的話再次成爲休止符。

「謝謝」呢?!

我預期的錄音帶式對談怎麼落空了?!

難道我的發音不對？至少我很確定我的s發音是德式的ㄗ而不是英式的ㄙ。還是法蘭茲的聲控裝置只能辨認德國人的聲線？

法蘭茲拿手帕擦了擦手，又不發一語盯了我幾秒才說：

「我們只有在!@#$%^的時候才說『祝你健康』，咳嗽不會說。」

什麼？放屁的時候嗎？

我望著一臉漠然的法蘭茲不知道他在講什麼。雅各忽然打了一聲噴嚏，再以「法蘭茲機器人設計師」的身分解釋：

「這種時候才需要講。」

德國人的邏輯眞奇妙，比起打噴嚏，我反而覺得咳嗽要嚴重許多，至少電視劇裡勉強自己的主角都是在手上咳出血來才讓病情曝光的，打噴嚏只會弄得滿手都是口水。

瞭解嚴苛的問候規則之後，接下來只要法蘭茲一打噴嚏，不管他是在跟雅各比賽誰吃飯快、在認眞寫程式，還是翹著二郎腿用手指敲桌面發呆時，我都會立刻插嘴：

「祝你健康。」

「謝謝。」

法蘭茲也會很眞誠地轉過頭來回應，讓我感覺彼此正建立起一種，日劇裡共同挑戰甲子園球賽的汗臭味高中生才有的「羈絆」。雖然對他來說，這可能只是類似 Windows 開機後按下「開始」鍵跳出對話框的制式反應。

我像櫻木花道詛咒魚住罰球不進一樣，用無形詛咒貼滿法蘭茲全身。我大概是第一個因爲想說話而詛咒他人感冒的人吧。

到了下午，法蘭茲病情順利惡化不斷打噴嚏，往往還來不及固執地回答我「謝謝」，就又開始下一波噴嚏高潮，嚴重程度好比花粉症患者衝進薰衣草花田深呼吸狂奔。我在一旁面帶微笑地等著他稍稍平息——

「去死。」

嗯!?

糟糕，潛意識裡太想下班，語言迴路竟然一時出錯了。這下聽起來像「去死」的「再見」（tschüs），眞的成了詛咒人的「再見去死」了。法蘭茲則像內建程式遇到了沒有考慮到的角落狀況❷（corner case），沒說「謝謝」，只是滿臉疑惑地看著我。

機器人設計師雅各又趕緊跳出來解釋了：

「『祝你健康。』我想他是要說這個，並不是眞的要跟你再見了。」

說完忍不住大笑。

此刻我有兩個選擇，第一是拎起背包往外衝，第二是乾脆往旁邊的窗戶跳下去，不管是哪個都不會失禮，因爲我已經說過「再見」了！

但我什麼都沒做，只是滿臉通紅地留在原位，和依舊「系統沒有回應」，等人幫他重新開機的法蘭茲對望著。

---

❶「我做了一個夢我去遊歷～經歷多麼危險又有趣～小獅王和機器人和稻草人～都是我的好伙計，我的小狗叫托托～他也一起去汪！汪！」快跟著一起唱《綠野仙蹤》的主題曲啊。什麼，還少兩位夥伴，別急，馬上就出現了。

❷一張紙屑掉在房間的正中央，你很容易就看見了，但如果藏在房間的角落（corner），那你可能就得在大掃除時、搬開桌子時才會看到，這個，就是corner case。

7. 我很有錢，但我沒地方住

是詛咒過於靈驗，抑或是不想再聽到我的「祝你健康」，理由不詳。總之法蘭茲請了病假。

我問雅各他還好嗎，雅各以媲美德式MG42機關槍的射速，吐出一長串醫學專有名詞，來解釋法蘭茲的病況。看到我的表情，雅各恍然大悟，微笑說：

「好，他感冒了，得請幾天假。」

「喔，這樣我就懂了。」

我相信雅各絕對清楚有些事情只需要了解得「恰到好處」就好。問題是我們兩個人的「恰到好處」似乎相差甚遠。

或者是我跟大多數的德國人都相差甚遠。

或許因爲我是第一個膽敢叫法蘭茲「去死」的人，雅各替我打了幾通租屋廣告上的電話預約看房。

德國的租屋流程，基本上是先在報紙或租屋網站上找到有興趣的房子，再跟屋主、現任房客，或是成交後會一口氣抽兩個月租金當佣金的仲介公司聯絡，約定看房時間。看完如果想租再留下自己的聯絡方式，屋主會從中挑選一組喜歡的房客。

我連續看了好幾間房子。

第一間是維多利亞風格的豪宅，寬敞的開放式餐廳裡有鋪著白色蕾絲布的長桌，桌上擺著光可鑑人的銀製餐具和瓷器，絕對足夠讓《歌劇魅影》男主角站在上頭的巨型水晶燈從天花板垂下。客廳還有一座大理石壁爐，壁爐旁的搖椅上擺著打到一半的毛線，我彷彿看見窗外白雪皚皚，老奶奶半側的臉龐映著火光，坐在上頭替小孫子打圍巾的慈祥模樣。

「我可以用四百歐租給你全部，包括家具……不過有個條件。」

什麼條件？難道眼前這位會說英文的德國婦女對亞洲青年有特別的興趣？嗯……爲了好房子，我是可以勉爲其難出賣自己比鹽酥雞還可口的身體啦，如果能再打點折，我會更努力的！

「不可以調整家具的位子……也不能坐那張搖椅。」

「我媽媽上個月過世……這是她生前……獨居的房子。」

女房東的語氣裡夾雜了幾絲哽咽。

難道我剛剛看到的東西不是想像的？

雖然我對於不懂德文的人與只會說德文的鬼魂是否能交談感到很好奇，但要是眞的能溝通就不得了了，只好忍痛跟這間房子道別。

接下來的幾間房子，語言不通的問題就一直陰魂不散地「haunt」❶我了。

在一場競爭激烈的豪華頂樓公寓看房之旅中，好幾位準房客就像參加電視實境秀一樣使出渾身解數，目標是要博得胖房東的青睞。只有我在一旁撫摸著牆壁，企圖藉由對房子建材表達出的情感取勝。

這招唯一的缺點是，導播要是沒注意，就會把我cut在鏡頭外面了。

「房東問你來幹嘛的。」

一身賽車騎士裝扮的傢伙用英文問我，顯然摸牆這種劇場表現派的招數徹底失敗了。

「我想租房子，你可以幫我翻譯嗎？」

騎士笑了一下，轉頭跟房東說了一串遠比我想像中要長的句子。

不就是「這傢伙想租房子」嗎？

他到底翻了什麼？

一對情侶檔對我投以充滿歉意的溫柔眼神，彷彿在說：

「辛苦你了，語言不通還要來租房子。眞不好意思呢，不過這將是我們愛的小窩，不能讓給你。」

我對於肢體語言的理解眞的進步很多。

騎士和房東的對話終於結束了，不論他們有沒有男女朋友，這兩人絕對不適合參加每個對象只能聊天五分鐘的快速約會（speed date）。

騎士轉過身來對我說：「房東不想租給你。」

他們講了這麼多，翻譯回來卻只剩下這幾個字？

我對於德文膨脹字數的能力感到驚訝，每句話一變成德文，就像泡到水裡的海綿脹得不像話。

情侶檔蹙眉點頭表示遺憾，兩個人的手似乎握得更緊了，就像在看一隻正要被宰殺做成他們今晚佳餚的豬。

「因爲怕你哪一天可能會消失。」

消失？

我是從神祕東方國度來的沒錯（神祕到大多數阿亨鎭民可能都沒聽過的臺灣，不過話說回來，阿亨對臺灣人而言也很神祕），但這不表示我會像忍者一樣，某天就忽然在房東面前變成一陣煙消失不見啊？

「有些外國人會不告而別。」

騎士怕我不理解又說了一遍。我轉頭望向房東，她也擺出天秤的姿勢，以幾乎看不到的幅度聳了聳肩。這個動作對過胖的她來說似乎有點吃力。

我對於自己得連坐承擔他人的行爲相當不滿，但事情就是這樣，人與人初次會面時，雙方一定會把腦袋裡的任何刻板印象用看不見的N次貼黏在你身上。

我是外國人，有一定機率會不告而別的外國人。

「你可以跟她說我會簽約、也有押金，請她放心。」

我按捺住性子，請騎士再幫我一下，這回聳肩的姿勢也像感冒病毒一樣傳染給他，再沿著我的視線傳染到每一個準房客身上。

算了，以競爭者的角度來說，他幫得夠多了。

「很好，去死。」

我笑著走向樓梯，大家也紛紛用有點不好意思的語氣叫我「去死」。

兩天後的早上，我來到雅各幫我聯絡的最後一間公寓，位於市區一家百貨公司「Lust for Life」❷後方的巷口。

「這間眞的不錯，你會喜歡的。」

雅各說話的語氣有點怪怪的，散發出的費洛蒙比平常要高出一倍。當我站在公寓前，瞬間就知道他爲什麼會那樣說了。

一張丁字褲臀部的特寫海報占據整面牆，旁邊的巷子裡有一整排的黑框落地櫥窗，窗頂橫掛著暗紅色的燈管，而我想租的房間就在這間脫衣舞俱樂部的樓上。

「聽說 Aachn 因爲離荷蘭很近，所以有紅燈區，難怪城市有這麼多 A 喔。」

我想起出發前動感亢奮地跟我分享他 Google 到的資料。

原來這裡就是傳說中阿亨紅燈區的入口。

我學起海報裡鋼管女郎的姿勢蹲在一堆菸蒂中間，至少從她的表情看來，這樣挺舒服的。

距離約好的時間還有一小時，這次的作戰方法是「用超乎一般的準時誠意來打動房東」，我想德國人應該很吃這一套。但忘了抄對方電話的我卻發現另一個問題：該怎麼讓房東知道我一小時前就到了呢？

我開始用腳蒐集起四周的菸蒂打發時間，要是以前在臺灣，這樣浪費時間的行爲肯定會讓我抓狂，想把自己的臉按到菸蒂上自我懲罰。我想起有一次約在袖子家樓下，結果她遲到了二十分鐘。

「對不起，因爲第一次烤壞了，我趕緊又烤了一次才這麼慢的……」

袖子捧著一盒餅乾，那是她前陣子剛學會，想烤好帶到實驗室跟我一起吃的。她的頭髮很亂，看得出來很匆忙。我明白在這種情況下不該生氣，卻還是沒辦法裝得若無其事，臉色沉得跟她手上的巧克力餅乾一樣黑。

我幹嘛想起這些無聊的往事！我咒罵自己，轉而幻想起住進這裡之後，隔壁房客半夜穿著性感內衣來敲門借鹽的故事。儘管我一時想不出她爲什麼非得在深夜煮東西吃，但這不妨礙我繼續想下去。

當她第三次敲門借洗衣粉時，我會一手撐著門，交錯雙腳，斜著身子和嘴角曖昧地問她：

「嗯哼～～妳借了這麼多，不應該還一點東西嗎？」

幻想時間過了三年，現實生活也過了一個半小時，但房東還是不見蹤影。我決定問一下脫衣舞俱樂部旁的沙威瑪店老闆：

「不好意思啊，我來找……」

「噢～～年輕人你不能這麼急，現在還太早了。」

土耳其老闆露出一臉「年輕人精力充沛也不能這樣啊」的笑容回答我，那表情跟雅各、動感、還有剛到這裡的我一模一樣，看來男人一提到紅燈區就會出現同樣的反應。

「去死啦。」

我連辯解都懶得辯解，同時發現自己逐漸愛上「去死」這個詞彙。

距離旅館到期只剩下一週。

---

❶ 字意為鬧鬼，根據《劍橋大學線上字典》的解釋，haunt：（of a ghost）to appear in a place repeatedly（鬼在一個地方重複地出現）。

❷ 《梵谷傳》的書名，我原先以為會取這個名字，只是因為百貨公司的老闆喜歡梵谷。但知道那附近是在幹嘛之後，我就更了解lust這個詞的意義了。繼續《劍橋大學線上字典》——Lust：a very strong sexual desire。

8. 真人尺寸、真人發音的德國文化辭典

星期一，實驗室同事們從世界各地度假回來，像教堂禮拜般準時在十點齊聚於咖啡間。太陽從窗外射入，替咖啡間鋪上了一層金色的薄毯。許多張比「你可以再靠近一點」的廣告女星還要白皙透亮的臉孔，圍成幾個小圈圈分享著度假心得，只有我周圍宛如北極，寒冷到沒人想靠近。雅各操作著剛修好的法蘭茲在遠處聊天，我們只是同一間辦公室，不代表他得二十四小時聽我說「嗯」。

「雞立鶴群」的我站在北極洗手檯旁，望著一堆喉結像黑森林的咕咕鐘鐘擺上下晃動，思索著要如何製造此處的氣候變遷，來場「北極震盪」，融入大家的對談。

我想，問題出在語言。

兩分鐘前，只要我試圖靠近哪個圈圈，身影一進入正在發言的德國人視線，他們就會立刻從德語聲道切換成英語聲道以示歡迎。然而我不僅無法以每分鐘〇．〇一步，僅在高速攝影下才看得見變化的速度逐漸靠近，投以微笑讓兩側的人挪出空位給我；相反地，同理心會把我拉扯在原地，進退兩難。想想，要是換成我和朋友正用國語興高采烈地討論著昨天的演唱會：

「CD裡頭的假音，他全都用眞音唱耶，實在太神了！後來還狂吼了十幾秒，聽到我雞皮疙瘩都起來了！」

這時身邊要是出現一張洋面孔，爲了表示友善，接下來我們的對話大概就會像減肥過度得了厭食症的少女，只剩下——

「The concert is fantastic.」

我還會因爲能想到用 fantastic 而不是 good 在心中竊喜。

之後的十五分鐘，我就像國家地理頻道上對地球暖化表達抗議的北極熊，一直站在原地不動，遠眺著不存在的攝影機。

終於，我決定拋開「己所不欲，勿施於人」的儒家思想，一躍而入最近的格陵蘭對話圈。

五秒後，中華民國國軍迅速撤回北極。

怎麼可能！

他們的英文流利到完．全．不．像在用「外語」溝通，而我則成了唯一有言語表達障礙的青少年。

我想起自己是客家人，但小時候不想學客家話，結果在多次試驗後整理出了只需要「兩句話三步驟」，就可以討奶奶歡心的方法：

步驟一、不管奶奶說什麼，都回答「俺斯堡咧」。（我吃飽了。）

步驟二、要是奶奶還繼續說，就擺出天使的笑容說「俺湯模司」。（我湯姆克魯斯？錯，是「我聽不懂」。）

步驟三、最後再把笑容漿在臉上，整個人撲上去親奶奶一下。

我邊沖杯子邊望著眼前咕咕鐘喉結的主人們，盤算著這幾招還眞是派不上用場。除了正在跟雅各講話，有點陰柔的那位看起來還有機會。只是代價有點太高。

我把視線投向窗外的綠葉，反射過來的刺眼陽光讓我發現眼鏡上沾滿灰塵，我於是自顧自地在咖啡間洗起眼鏡，眼鏡脫下了也正好看不見別人的異樣眼光。

以德國人專注嚴謹的態度洗好眼鏡後戴上，最先進入視線的是放在洗手檯邊，我剛從廚房櫃子裡隨手拿的杯子，上面印著：

Ich hasse Montag-Morgen.

搞不好這意思是「我喝的不是咖啡是屎」，專門用來捉弄我這種不懂德文的洗眼鏡蠢蛋外加租屋會逃跑的外國人。

難怪同事瞥見我拿起杯子時都露出了詭異的微笑。

洗完眼鏡開始洗杯子，這時我忽然注意到有個把白色T-shirt紮在褲子裡、露出啤酒肚形狀的傢伙站在我後面。他跟法蘭茲一般高，但身形要壯碩許多，如果就外型來說，他比我更像北極熊，除了他的頭髮要比北極熊的毛少一點。

北極熊B默默觀察著北極熊A那一副準備把咖啡色杯子洗成白色的模樣，我開始思考該怎麼用英文說：

「我們東方的哲學思想是：真正大智慧的人能在任何時候陷入沉思的境界。」

「You first.（你先用吧。）」

結果我蠢到只能把女仕（lady）改成你（you），完成了一個沒有動詞的句子。我跟臉上的泛紅都很希望自己能趕快消失。

「為什麼要讓我？」

北極熊B兩手一攤，現在是兩頭北極熊要展開哲學思辯嗎？還好我今天早上沒有鼓起勇氣讓座給一位看起來比我健康許多的老先生。

「因為……你站在我後面，你的杯子看起來剛裝過茶，而現在你想換成咖啡所以得洗一洗？」

我發揮本格派推理小說迷的觀察能力。

「但是你沒用完，我沒有權利比你先用。」

「啊？」

「我是說，我們是平等的，你不需要禮讓誰。」

某些話聽起來總會讓人懷疑有弦外之音，就像袖子每次捏自己手臂說：

「我好胖喔。」

那絕對不是要我附和（如果我想惹她生氣就會這麼做），而是希望我說：「哪會啊，妳胖的話她就要去跳樓了。」（隨便指個路邊的可憐替死鬼）。

難道眼前的人不是同事而是教授？

我再端詳一下，這傢伙除了禿頂和啤酒肚，看起來實在不像傳聞已屆中年的教授啊？但換個角度也可以說，他除了衣服和臉孔狀似年輕人，其他地方不折不扣就是位大叔。

「我是沃夫岡，架構組總工程師。你就是那位從臺灣過來的新人？」

「嗯，我是奕森，你好。」

我不忘秀出註冊商標口頭禪「嗯」。

我們這個所底下又分成架構組和理論組，我和法蘭茲、雅各都是隸屬於理論組，關於這兩組的差別之後再說。

我想回應沃夫岡的握手招呼，卻發現剛才洗杯子太投入了，現在滿手都是泡沫。

「你先繼續用吧。」

沃夫岡指了指還在流水的水槽，擺出一副就算我再刷一小時，眞把那句「我喝的不是咖啡是屎」都刷掉了，他還是會乖乖站在後面排隊，直到他的茶漬都結塊、頭髮也生出來——如果是這樣，那他倒會謝謝我吧。

草草收拾完，我轉頭正想跟沃夫岡完成兩分鐘前要進行的肢體接觸，他忽然拿起湯匙往杯子上敲了幾下。電影裡，這通常是伴郎在婚禮致詞前會做的動作，我轉頭往門口望了一下是否有白紗飄動。

「大家請注意一下，這位是理論組的新研究助理，來自臺灣的奕森。」

沃夫岡把手朝我的方向一擺，德意志軍隊的X射線目光瞬間集體投向北極，準備融化整座冰山再予以猛烈的嘲笑砲擊。

儘管做過好幾次英文簡報，寫過一兩篇英文論文，大學聯考英文考了八十幾分，但此刻的我卻像剛到臺灣不會說中文的ＡＢＣ，腦子裡只剩下全然無意義的語助詞。

「I am from Taiwan, you know…（大家心裡一定想know what?!）」

「My work focus（糟糕！忘記單數主詞的動詞要加 s）on（介系詞對嗎？）...I mean...」

「Ya~（我不是饒舌歌手！）」

我像是快要尿出來一樣猛扯襯衫下襬，思索著要如何用個帥氣的結尾扳回一城——

「請多多指教。」

我竟然說了中文，然後像個日本人一樣彎腰鞠躬，然後以假裝要倒咖啡來逃離現場。倒好咖啡，旁邊的牛奶罐忽然懸空自動往我杯子裡倒，倒了一點就停止。

「牛奶的比例這樣剛剛好。」

沃夫岡把牛奶罐放回原位。是啊，配上這麼多的空氣一定很好喝。我猶豫著要不要把牛奶搶過來補滿，他繼續說：

「你住宿的問題解決了嗎？」

這一瞬間我覺得他頭頂上冒出了金色的光輝，雖然也可能是他的光頭對太陽的反射係數比較高。

「你有任何預算或房間大小要求嗎？我可以幫你留意一下。」

「大概四百五十歐左右（約臺幣一萬五千元），四十平方米。」

我告訴他這幾天看到的房價和坪數。沃夫岡一邊重複我的話，一邊低頭把這些數字寫在手上。他打算吃掉它們嗎？我聽說上臺前在手裡寫個「人」字吃掉可以消除緊張，卻沒想過吃數字可以輔助記憶。

「很高興認識你，等我好消息吧。」

沃夫岡揮了揮手，帶著他的金屬咖啡杯駛離從北極漂浮出來的冰山。忽然他回頭看了一下我正繼續補充牛奶的那個杯子，皺了一下眉頭。

「我眞的覺得牛奶多一點比較好喝。」

我像偷吃糖果被抓到的小鬼，有點不好意思地回應。

沃夫岡笑著說：

「『我討厭星期一早上。』那是每週一大家最愛搶著用的杯子。」

9. 我要找的是房子，不是酒窖或垃圾場

“Hätten Sie ein günstigeres Zimmer? Ich habe kein Geld fürs Mittagessen.”（沒有便宜一點的房間嗎？我窮到都沒中餐吃錢了。）

“Ich habe fast zwei Wochen hier gewohnt. Könnten Sie mir Rabatt geben?”（我都在這邊快兩週住了，不能便宜一點算嗎？）

早餐時，我照著雅各寫在紙上的德文詢問旅館老闆娘。她用力搖頭，比了個四十，再用食指指向天空的動作來推測，我一度懷疑她是不是要叫我上天堂比較快。後來才知道，她提供了我一天四十歐元的閣樓，讓我享受一下童話裡公主的待遇。

我在餐廳角落的位子坐下，拿了足以讓我一直消化到隔天早上的早餐分量（但也只跟我身邊德國人拿的差不多）。每張桌子上都有一瓶剛換過的鮮花，還用彩色鵝卵狀琉璃鎮著乾燥過的樹枝樹葉做裝飾，餐具與蕾絲餐巾也相當講究，還擺了自家釀的果醬。可想而知老闆娘花了不少心力打理這間旅館，如果她願意再多花一點時間在鏡子前練習微笑，那整體環境將會更美好一些。

早餐很好吃，起司、火腿、麥片、果汁、咖啡各有三到四種不同的選擇，還有每次蛋黃都是七分熟的水煮蛋，讓我合理猜測老闆娘有偷用馬表和溫度計煮蛋。

簡單扎實的早餐將一天所需的能量充分補足，這時老闆娘走過來，跟我比了個 Ya 的手勢。

她忽然發現便宜的房間，掩不住興奮急著要跟我分享嗎？

她指了指我桌上的兩只白瓷盛蛋器，然後說了連我也聽得懂的單字。

"nicht zum mitnehmen."（不准外帶。）

這眞是太侮辱人了，我想站起來跟她吵架，卻又礙於詞彙不夠，只好氣沖沖地說了聲"No, I won't."（至少這次我沒搞錯 Yes / No 的回答規則），"I am just an .....egg lover！"

我又去拿兩顆蛋，用行動表達抗議。不過這種事一次就好，一早吃四顆蛋眞有些受不了。

進辦公室之前，我繞到沃夫岡幫我找的房子看看，這棟大樓共有一百多間出租套房，名叫「牛頓公寓」。看來西德人在微積分戰爭中寧願支持牛頓，也不願意支持他們的東德同胞萊布尼茲❶。儘管大樓取了如此知性的名字，一樓管理室卻坐著一個像破了個洞，一直洩出酒味的人形啤酒桶管理員。我看了看時鐘，很好，早上九點就這樣？

「我想租套房。」

「嗯……我看看，沒空房了。」

「好吧，謝謝。」

如果我是用電話聯絡，對話到這裡勢必就結束了。但此刻我站在這人形啤酒桶面前，清楚目睹他說「我看看」的時候神情渙散，慢慢闔上雙眼，半秒後張開。

「可以再幫我看一下嗎？」

有那麼一瞬間我以爲自己在觀落陰[3]，眼前的管理員其實是一位靈媒。

「我眞的很需要一個房間。」

我又補了一句。

他打了嗝，視線像霧裡的探照燈，穿過發酸的啤酒氣味投到我臉上：

「今天星期幾？」

「星期二。」

「你有看外面的告示嗎？」

牛頓公寓嗎？我知道啊，難道我忽略了什麼「訪客請先喝個爛醉才能跟管理員對談」之類的標示嗎？

「星期三下午一點到六點才能看房，現在不是辦公時間。」

說完後，他閉上眼睛繼續觀落陰。

我帶了兩盒鳳梨酥和鳳黃酥在咖啡時間請大家吃，以挽救前幾天自我介紹時受損的形象。法蘭茲問我，爲什麼兩盒的包裝不一樣。

「上面有女人的是特別要給女人吃的嗎？」

「不是，那只是表示這是有包蛋黃的。」

3：一種道教的觀靈術，活著人的魂魄藉由法術引導離體，進入靈界，與往生親友對話。

「那為什麼要有女人在上面？」

我不知道為什麼要在德國替鳳梨酥老闆解釋他的設計，語言障礙又讓我更難把事情講清楚，我感到有些沮喪。

傍晚我又去看了另一間沃夫岡安排的房子。一件家具也沒有，連洗手檯也退化成牆上一個出水孔、地上一個排水孔，基本上只是一塊可以遮雨的空地，唯一的優點是還沒被塗鴉破壞。我問仲介搬進來之前會不會至少有個像樣的洗手檯或廚房，他歪著頭說：

「德國租屋大部分都是這樣什麼都沒有的，你必須要自己買廚具在內的所有家具。」

「那如果我要搬走咧？」

「你就得把家具都賣掉，還要重新粉刷油漆。」

他的意思是，每個從這裡搬出去的房客還得把房子恢復成現在這個蠢樣？

後來我才知道，德國對於租屋有諸多規定，房客搬走時必須重新粉刷牆壁、還要清空家具，還給房東一間「家徒四壁」的乾淨空屋。所以很多時候都是房客來找下一位房客，以便有人能承接屋子和家具，省去處理的麻煩。

為什麼我會知道這些呢？

因為曾經有一次，我坐在廣場上看租屋廣告，有個巴基斯坦人來搭訕，說有房子租給我。只是那次的經驗非常慘痛。一踏進他家，簡直是「嘆為觀止」，絕對值得日本節目《黃金傳說》的「垃圾屋」❷單元千里迢迢來阿亨出外景。地上散落著還沒煮過的義大利麵條、不知道穿過沒有的襪子、吃到一半的 pizza 盒子，以及單身男子必備的垃圾——揉成一團的衛生紙。更糟的是看《黃金傳說》時不會想像到的氣味問題，因爲他把衣服晒在室內，整間房子裡除了垃圾味和體味還相當潮溼，光走幾步路我就覺得鞋子上快要長香菇了。

巴基斯坦人要我找出那張被埋在一堆衣服和電線裡的椅子坐下，然後從衣櫃的抽屜拿出一條香蕉招待我，他自己則拿了地板上的那半條香蕉（算他還有良心）。我用超級無敵快的速度把香蕉吃光後，憋著氣假裝左右張望一番，說要考慮一下就趕快逃離現場了。

臨走之前，我想到手上拿著香蕉皮，還問了個現在想想很蠢的問題：

「垃圾桶在哪？」

到此爲止，我受夠找房子這件鳥事了。

我來德國快十天，住在這間房錢又貴早餐又不好吃（客觀公平是我的優點）的旅館裡，前天我穿上塞在行李箱底層的毛衣，身上散發出八角和花椒的香味，埋在深處的牛仔褲想必滷得更入味，這樣下去遲早會比師大夜市的「燈籠滷味」還香。

隔天一到辦公室，我就問雅各還有沒有別的方法。

一直在旁邊輪流用不同手指「喀啦、喀啦」敲桌面的法蘭茲靜靜聽著我們的對話（是我的錯覺嗎？我隱約覺得法蘭茲敲桌子的聲音不是每次都一樣），忽然插嘴說：

「你可以去看看門牌，上面會寫住戶的名字，沒寫表示是空屋，你可以問問看能不能租給你？」

「眞的嗎？」

「假的，都沒住人了你還想聯絡誰？」

我一時呆住了，不知道該說什麼。

法蘭茲接著說：

「不然，你也可以到郊區的OBO（類似B&Q特力屋的賣場）找那些正在買箱子的人，他們很有可能在準備搬家。」

「眞的嗎？」

我滿懷感激地望著法蘭茲。他看了我一眼繼續說：

「不過我們德國人通常在三個月前就會退房，之後房東也很快就找到新房客了。」

我搞不懂他開玩笑的目的，不過我明確感覺到血液往腦袋上衝：

「哈哈，我告訴你，我找房子已經找得……」

「你去這間出租公寓看看吧，我昨天經過，有好幾個門牌是空的。」

法蘭茲遞給我一份整理好的資料，上面寫著公寓的地址，以及幾句租屋會用的英德對照句。

我拿著資料，尷尬、感動、現在有整人攝影機在拍我嗎？等各種反應同時湧起。我看看雅各，他笑了笑，我再回望法蘭茲，他面無表情地看著我，像是進入待機狀態。

「謝謝。」

「不客氣。」

喀啦、喀啦，手指依然敲著桌面。不是我的錯覺，聲音的規律眞的改變了。我又低頭讀資料，發現一條剛剛第一眼看沒注意到的備註：

「記得，星期三下午一點到六點才能看房。」

❶ 牛頓和萊布尼茲兩位偉大的數學家曾經為了誰發明微積分而爭論不休，用現在的講法就是牛頓會上「大話新聞」，而萊布尼茲會去「二一〇〇全民開講」，彼此有死忠支持者，兩方永遠不會有交集。

❷ 雖然說我不怎麼從事休閒娛樂活動，但看日本綜藝節目向來是我的嗜好。這個節目會去尋找一些亂得非常恐怖的房子，然後花上一萬罐清潔劑和一千個清潔工人的分量，把房子打掃完讓大家看看前後的差異，與明星卸裝秀是過程相反，但效果同樣驚人的綜藝節目。

10.《臺灣夜市小吃》和他的主人

「這本《臺灣夜市小吃》已經來德國十多年了，以後就交給你好好保管，然後傳承給將來到阿亨的臺灣鄉親!!」

「好的，我會好好珍惜它！」

就這樣，我，紅底白字的《臺灣夜市小吃》，「一本薄書千人捧，一道肉圓萬人嚐」，從即將返臺的現任阿亨臺灣學生會會長手中，被轉交給眼前這位剛來德國沒多久的新鮮人。

算算這是我第七位主人了。

打從十多年前起，我就輾轉流落在各間臺灣留學生宿舍，永遠站在第一現場目睹他們不爲人知的夜生活，見證一樁樁的廚房慘案發生。曾經有個傢伙搞錯了糖和鹽，把九層塔烘蛋煎成甜蛋餅。還有個留學生邊熱鍋子邊切菜，等到切完一袋馬鈴薯，鍋子底部也全黑了。還不提有人不小心把做好的蔬菜湯汁滴在我身上，那味道和顏色活像當年還在書局時我旁邊那本《中古世紀女巫食譜》裡的名菜「青蛙湯」，眞不知道他是怎麼煮出來的。

當時，另一側的鄰居《法國普羅旺斯美食》知道正盯著我看的這位客人要去德國，偷偷跟我抱怨德國人都把生命殺兩次。

「一次奪走他們的生命，再一次奪走他們的味道。」

這位客人彷彿能聽見書的對話，立刻就把我帶到櫃檯了。

這次的主人住的「牛頓公寓」，一樓大廳的照明，使用的是昏暗的藍色霓虹燈光。

「這是有道理的。」

大廳的自動販賣機旁，一位荷蘭籍學生跟主人解釋著。

「因爲藍色的燈光看不到靜脈血管，比較不容易施打毒品。」

我跟主人一起帶著半信半疑的眼光看著他。

「眞的，所以我都只能回房間，下次來坐坐？」

他彎下腰，從販賣機裡拿起熱可可，拋出一個微笑後消失在樓梯間。

主人的房間是二樓二二〇號。德國的一樓正是如字面上所說的「距離地表一層樓高」，所以主人住的樓層其實是臺灣的三樓。我想這可能是因爲我們東方覺得「零」不是太好的數字，總是習慣從「一」開始，像是「一元復始」，就算再窮也還是「一貧如洗」。

二二〇號房不大，約莫二十平方米。一進門，玄關的右側就是浴室，主人洗澡時偶爾會尖叫，我判斷是浴室太小，乾溼分離的浴簾不時會貼到他身上，讓他誤以爲誰闖進來摸他。過了玄關後，是一個兼具客廳、餐廳、書房、臥房的複合式空間，角落有個小小的料理檯，上面有兩個電爐。

今天是週末，主人一早便去超市購物，不諳德文的他倒挺能理解德國人的座右銘「工欲善其事，必先利其器」，扛了各式各樣的抹布與清潔劑回來，接著便痛苦地用網路辭典邊查邊抱怨：

「果然，光看圖片還是不行啊……」

煮晚飯時，主人也弄得我膽戰心驚。他把我隨手放在電爐上，就開始在另一個爐面擺了只鍋子煎起荷包蛋。十分鐘後，雞蛋一點都沒有變色，他才意識到自己開錯爐子，而此時的我已經渾身發燙，以為自己要被火化了。

從那張紙質比我還要差的學生證來看，他是博士生沒錯吧。

「至少我還知道要用鍋子。實驗室的印度人羅杰好心提醒我，不要像他當年那樣，直接把蛋打在電爐上，當它是鐵板燒用了。」

主人自言自語，我倒覺得被這樣耳提面命，真不知道該覺得溫馨還是被羞辱。據說羅杰還很熱情地邀請主人去他家吃飯，說他現在很會做咖哩了。對於會把蛋打在電爐上的人，身為食譜，我怎樣都無法相信他的廚藝。

最後主人對著買來的鮪魚罐頭猶豫了一下：

「我家的狗一餐只吃一個罐頭還是吃得津津有味，為什麼我不可以！」

主人的第一餐就在鮪魚罐頭配荷包蛋中度過了，既然要吃得這麼隨便，幹嘛還把我放在電爐邊！你沒聽錯，只有鮪魚罐頭和荷包蛋，因為他不知道要去哪裡買米！

飯後，主人在料理檯前開始試用各種抹布與清潔劑，用菜瓜布搭配洗盤子的清潔劑洗盤子，翻過來用海綿那一面搭配洗鍋子的清潔劑洗不沾鍋，再換成鋼刷搭配洗金屬的清潔劑刷鍋子，最後拿出刷杯子的刷子搭配洗杯子的清潔劑洗玻璃杯，接著用洗手劑洗完手，拿出專門用來擦乾的抹布擦乾碗盤上的水漬，同時連主人自言自語的抱怨力也一併抹去。

我可以預見，將來各種清潔劑受寵的程度將立見高下——那一款最為中性，勉強可以拿來又洗鍋子又洗碗盤的清潔劑，鐵定用得最快。

至於只能洗杯子的玻璃清潔劑呢？那大概要留到哪天主人做家事做到想不開，打算自殺的時候才會派上用場。洗完澡，主人邊吹頭髮，邊對著鏡子自言自語：

「如果狗可以選擇，牠也會希望一次多開幾個罐頭，最好再配點熱炒，而不是只能嗑一個罐頭啊……」

根據多年觀察，我發現很多人獨居時會顯露一些平常不會出現的奇妙行爲，像是有股埋藏在心裡的欲望總算可以發洩出來。更有趣的是，只要他們做了第一次，就會像上癮般一直做下去。

自言自語就是其中一項。而眼前這位主人更是箇中翹楚，嚴重的程度連寫臉書都要複誦一遍。就像現在，主人又坐在電腦前傻笑了：

「嘗試著……下廚幾次，才……發現原來我有……這樣的天分……呵呵。」

說謊不打草稿。

叩、叩叩、叩叩叩。

嗯？這麼晚了會是誰啊？

膽小的主人下意識把我抓在手上，走近門孔端詳著。一個不認識的邋遢德國大叔，正穿著有破洞的T-shirt像大頭狗一樣貼在門邊。

「請問有什麼事嗎？」

「我住你隔壁。」

只見這位大叔像蒟蒻般軟趴趴地站在門口左搖右晃，我目測他肚子裡起碼有兩公升啤酒。

「這麼晚了不准用吹風機，很吵耶。」

十一點是有些晚了，《德國人的生活習慣》這本書曾經告訴我，德國人對噪音管理非常嚴格，晚上過了幾點就不能發出太大聲響，傳說中週日下午小嬰兒甚至不能哭。先前的主人也都很早睡，所以我一直以為這是唬人的，不過眼前這位酒糟口味的大叔顯然不這麼認為。

「對不起，我不會再用了。」

不知道是不是故意的，主人用超過「十一點該有的」音量向大叔道歉，還因為對方聽不懂他的德文，連講了兩次。大叔像河底的水草隨著空氣搖擺身體走回了隔壁房間，我和主人趴在門上大約五分鐘後，終於聽見鑰匙插進門孔的聲響。

主人拿著我的頭輕輕敲了牆壁幾下（會痛耶），發現套房之間的牆壁竟然只是薄薄的隔板，聲音可以自由進出，只是周遭太安靜了，才讓人誤以為隔音效果很好。這下主人的碎碎念可不是全給鄰居聽到了嗎？還好他們不懂中文，不然鐵定會認為這一間住了個精神病患。

目前知道這項實情的只有我《臺灣夜市小吃》，偶爾會為了不知道自己何時會因轉錯電爐開關慘遭焚毀，而憂心不已。

11. 讓希臘人示範給你看何謂「自我感覺良好」

搬進牛頓公寓後，所有事情就像被磁力吸引住，全都往好的方向前進了。連早上出門晚兩分鐘到公車站，也剛好遇上遲來的公車。到站下車，我在停車場看到一部帥氣的奧迪ＴＴ雙門跑車。在這之前，我跟ＴＴ的交集僅限於聊天會用的哭臉符號T_T。跑車的流線身形緊緊吸住了往來行人的目光，我站在路旁看了好一會兒，好奇會是什麼樣的人開這部車。

應該是帥氣又會打扮的帥哥吧？

出國前曾看到一則男模到竹科宣傳新書的新聞，原本很單純的活動，卻被渲染成竹科工程師對服裝的認知好像跟亞當差不多，只要能遮住身子就好，男模則像《改造野豬妹》那部日劇一樣，幫工程師改頭換面。

在我看來這則企劃很莫名其妙，畢竟，面對電腦本來就不需要穿得像去夜店或踏青，我可沒聽說過，程式會因為你今天穿的襯衫有燙過而自動幫修正bug這種事。依照環境，選擇適宜的穿著才是最恰當的，就像在哪個國家該說哪種語言一樣——雖然只會說德文問候語的我，可能沒什麼資格這樣說……

此時，車裡走出了一位戴著墨鏡的男子，他有一頭抹得油亮的黑色捲髮，穿著一身黑色緊身衣，再提個黑色皮革公事包。這彷彿從七〇年代黑白電影裡走出來的一整身派頭，明確傳達出一件事：**我很帥，至少我這麼認為**。

他微微側過臉，用兩根指頭摘下墨鏡，露出炯炯有神的雙眼，再自然不過地順口含了含鏡架。通常我用手指挖完Nutella榛果巧克力醬也會這麼做，莫非他是用鏡架挖的？

把眼鏡掛在裏住結實胸肌的緊身衣領口處，他抬頭張望，對我微笑走了過來。

我有點怕他會問我想簽名簽在哪兒。比起找明星簽名被拒絕，反過來拒絕明星簽名應該會更讓雙方尷尬吧。

「早安，奕森。」

這時我才想起第一天在咖啡間時似乎看過他，一樣的全黑裝扮，獨自在雜誌區看書，沒跟誰交談。如果當時我是站在北極沒人願意靠近的北極熊，那他就是南極的企鵝，一隻有胸肌、又開奧迪TT跑車的黑企鵝。

「你應該不知道我是誰吧？沒關係，我叫康斯坦汀諾．尼及陀提囉普斯。」

「什麼？你雞婆提了墣屎？」

我知道在別人報上姓名後問「什麼？」是很不禮貌的行爲，但我眞的聽不懂那一串捲舌咒語。

「康斯坦汀諾．尼及陀提囉普斯，來自希臘的博士後研究員[4]。」

噢，原來黑企鵝就是教授提過的，另一位臨時加入的計畫成員。爲了方便，以後就用「希臘人」來稱呼他吧。

身爲博士班學生，我們對於任何拿到博士學位的人，都會表現出比一般人看到博士還要更崇高的敬意。基於上述理由，我彷彿可以看到希臘人那鼓起的胸肌內裝滿了知識，學術歷練則在他臉上刻畫出那有如大衛像的深邃輪廓。不過補充一下，大衛是以色列人，大衛像是義大利人雕刻的，都跟希臘沒什麼關係。

「你好，我想我有聽過你，我也是這個歐盟計畫……」

「我知道，我看過你的履歷。」

希臘人笑著大力拍了拍我的背包，他敲到電腦了，我擔心休眠的硬碟會不會受損，還有他的手會不會痛。

「我是這個計畫的理論組負責人，你算是我的員工（staff），希望我們合作愉快。」

他把敲筆電的手插進口袋裡。

「我也希望。」

被人直呼員工，感覺有點奇怪。

「我是這個計畫裡唯一的博士後研究員，也就是說，我是唯一擁有博士學位的人。」

我點點頭，對這有些多餘的邏輯表示認同。

「不過這不是重點，學位只是一張證書，不能代表什麼。」

前幾天是沃夫岡，現在是希臘人。歐洲人難道除了天氣，就一定得聊這麼形而上的話題嗎？我看著打算在路邊施展兼具博士後及希臘哲學家後裔之強大思辯能力的希臘人，他說：

「重點是，我有兩篇期刊論文，加起來總共有八十幾個引用點數，這才能證明我的實力。」

兩篇期刊論文算不上優秀，八十幾個引用點數倒是不錯，表示他的研究被許多人參考。但這通常有兩種極端的可能：

4：取得博士學位後，仍留在大學或研究機構深造者。

一、你做得很好，大家都得跟著巨人的腳步前進。

二、你做得很爛卻意外上了，大家都想引用你來暗示：「這種人都能上了，那我也可以。」

不過，套句希臘人的話，這不是重點。重點是他幹嘛跟第一次見面的我講這些？難道他不是隻企鵝，而是愛放屁炫耀的臭鼬？我的注意力漸漸從與他的對話轉移出來，開始四處觀望。

牆壁上竟然有 $E=mc^2$ 的塗鴉，還有紅字修改過的痕跡，眞不愧是理工大學城。

希臘人應該眞的很優秀吧。但就算再怎麼優秀，只要自己過度強調這一點，人們就會不大願意去承認。我問希臘人：

「你知道《哆啦A夢》裡的小夫嗎？」

「那是什麼？」

「日本漫畫……嗯，算了，當我沒說。」

「沒關係你講看看，我很快就能理解的。」

「眞的沒什麼啦。」

對話又因爲我陷入一陣死寂，不過這是我第一次讚許自己把場面搞冷了。

電梯來了，我猶豫要不要改走樓梯，如果他繼續放屁下去，我恐怕會暈死在裡面。

「請。」

希臘人很有紳士風度地伸出手來示意我先走，唉。接下來，短短三層樓的電梯向上，我知道了他從國中起的每一次得獎經驗，以及老師們是如何用各種希臘成語讚嘆他天資聰穎。如果電梯在此刻故障，我一定會打給管理處，請他們修理時千萬小心不要碰撞出火花，不然這間充滿一氧化碳的電梯鐵定會爆炸。

「當初我看你履歷的時候，我還以爲你叫做『愛森』（I-San）。」

「那個 i 是念『奕』不是『愛』。」

我解釋給他聽，換氣的同時發現電梯裡眞的有股異味，希臘人早上出門時似乎不只用鏡架沾果醬，還不小心把古龍水打翻在身上了。

「我現在知道了，不過起先我以爲你爸媽是蘋果迷，喜歡 iPhone 或是 iMac，才替你取這種名字的。」

電梯門打開了，他被自己笑話逗笑的聲音也從那不亞於電梯門大小的嘴巴裡轟隆隆地傳出來。

「哈哈哈哈哈哈哈，希望以後我們能合作愉快啊。」

他又拍了我的筆電兩下，這次力道輕了很多。他轉身走進自己的個人辦公室。

「哈哈。」

我對著他留下的氣味乾笑了兩下，然後被香水嗆到咳嗽。

坦白講我不覺得好笑，同樣是名字被誤解，對照法蘭茲的態度，他讓人覺得像是把你踩在腳底下，居高臨下的嘲笑。而且我得說，如果我爸媽眞的是蘋果迷，那我就得每一年都去戶政事務所改名，現在已經是「iSan 26」或「iSan 13S」之類的了。

這個人會是我以後的長官？

我該如何跟他相處呢？

一股不安的迷霧從愛琴海上飄過來。

當天下班，我趕著回家跟約好要架設網路線的大樓網管碰面。

根據地圖來看，阿亨的道路分成好幾圈同心圓，同心圓最內圈是有著聯合國文化遺產阿亨大教堂與市政廳的市中心，我住的牛頓公寓則大概介於第二和第三個圓之間。

在公車上的我立刻就用搭錯車確認了這件事。我搭到了反方向的公車，莫名其妙在趕時間的當口來了一場免費的 city tour，多花了半小時繞完一大圈路程才回到公寓，錯過了約定的時間。

不行，今天我已經用掉太多抱怨額度了，得學習往光明面看，就算是搭錯車也要當成是免費（且半強迫）的城市導覽。

我從大門的電鈴表查到了也住這裡的網管房間號碼，哈，竟然就在我樓上而已。我跑去在他門上貼了一張N次貼表達歉意，並且希望他看到之後能用一樣的方法告訴我ＩＰ該怎麼設定，好讓我不會缺「網」窒息。

兩小時後，我看見有人從門縫處塞了一張白紙進我房間，上面寫著：

「約定時間過了，請先預約下週辦公的時間，我才能幫你處理。」

雖然是我自己遲到沒話說，但他如果有空寫這一串，為什麼不直接寫ＩＰ怎麼設就好了！

好在科技發達，無線網路早就比戒嚴時代的匪諜厲害許多，隨時都在你身邊。我去申請了一個無線網路帳號，但蠢事還沒結束，費了好一番工夫填了一堆資料申請好，跳出來的視窗竟然顯示著：

「開通密碼將寄到您的 E-mail。」

德國人一定有異於其他國家的死因，叫做——「因申請網路而腦充血致死」。

沒有網路，我只好開始在房間探險。意外發現有很多開關，仔細研究後，原來有些是控制插座的供電，有些則是好幾個開關控制同一個電燈，以便你不管坐在哪個角落都可以直接關燈就地倒下睡著。還有的是要兩個同時開，或是一開一關才能把燈打開。德國人竟然把教孩子用的邏輯訓練融入了日常生活——兩個都要開表示交集，只要開一個是聯集……

不過無論開了幾盞燈，是我的錯覺嗎，德國人的房間好像還是暗暗的，就算平常走在街上往別人家裡看也一樣。

測試到有點累了，我就輪流躺在沙發上、地板上或床上發呆。我發現躺在這三個地方有些微妙的不同。沙發最容易放鬆，會讓人不知不覺就想睡著；躺在床上會因爲時間不對，有點不知所措；躺在地板上嘛，會覺得有點可憐，不知道自己在幹嘛。

在臺灣的時候，躺在床上無聊時好歹可以打給袖子聊天，應該說我們每晚都會聊天，聊聊一整天做了些什麼，儘管都是些很瑣碎、很平常的事，不會出現「我今天回家搭到反方向公車，又經過西墓園了」這麼有趣的話題，但往往這麼一聊也能聊上一小時……

一定是沒有網路，我又多愁善感起來了。

12. 歡迎收看「工程師生死門」

教授之於實驗室，就像活佛之於西藏一樣的存在。

他受到全體實驗室人員的愛戴、景仰；他提出許多偉大的研究方向引導大家通往極樂畢業之路；慈悲爲懷的他更以月薪兩千歐元（約臺幣六萬五千元）接濟來自「22K」蕞爾小島的我。

奈何活佛最近似乎還在轉世階段，見不著佛影。

正確一點說，大部分的時間他都忙著四處開會，我們只能望著空蕩蕩的教授辦公室，每天努力將儲藏室裡的咖啡粉用光，等待他哪一天回來，發現我們多麼認眞工作，再幫我們補滿咖啡。

今天下午的會議就是要在教授缺席的情況下，討論如何執行他提出的「原子計畫」。

原子計畫摘要：

有別於傳統晶片設計導向，本計畫期許整合所有世代的手機、無線網路的晶片演算法和硬體，從中找出何爲建構通訊晶片的「原子」，以加速未來的晶片設計流程。

亦即「設計『設計晶片』的方法」。

這個定義乍聽之下有點像是選舉時會用的口號，但以專業的角度來看，當一顆又一顆晶片不斷生產，如何善用經驗以加速未來的設計流程，這樣的方法論就有它的重要意義了。也必須要有豐富的晶片設計經驗，才能察覺這樣的需求。

達爾文宣稱自己想到「物競天擇」的理論是eureka（靈光一現），但後人重新閱讀他的手稿，發現他早在多年前已透露出這樣的想法。看起來靈光一現的點子，背後多半是經過一段時間醞釀才得以形成的。好比昨天半夜有隻叉子掉在地上把我嚇醒，我躺在床上思考了半天才知道是叉子下面鋪著的抹布沒擰乾，水的重量把抹布慢慢往下拉，才讓叉子跟著滑掉了，可不是叉子忽然被鯉魚魂附身，從流理檯一躍而下。

當然，也不能排斥牛頓公寓鬧鬼的可能性，所以思考時我根本不敢開燈，身體更是緊張到動彈不得。

早上我跟雅各聊到這次會議，他露出一臉「聽起來不錯，但可不是件好事」的奸笑反應。雅各和法蘭茲手上各有和飛利浦、Sony Ericsson等業界合作的計畫要負責，並沒有參加原子計畫。關鍵字是「合作」。

「我在臺灣沒有團隊合作過，所以很期待跟這麼多人共事……」

「你應該還不知道架構組和理論組的差異吧。」

法蘭茲翹著二郎腿把椅子轉過來，手指又輪流敲起桌面。我懷疑他得靠這種虛擬打字的方法才能把話說出來。

「舉例來說，如果要蓋房子，理論組是負責畫圖的設計師，架構組是實際施工的工人。他們總是很嘮叨，抱怨無法實現我們偉大的設計。偏偏他們自己從來不肯多花點時間思考，只肯把時間拿來寫程式，然後希望電腦替他們做一切決定。如果電腦哪天告訴他們早餐該吃什麼，他們一定會接受。」

現在有很多人是照著電腦的減肥菜單吃飯。但這句話有替架構組辯護的嫌疑，所以我只是放在心裡。

比起這個，我倒是第一次聽到外國人說別人的壞話。我一直以爲他們是從來不幹這種事的。畢竟好萊塢八〇年代電影裡那些在背後說三道四的角色，大都是交給東方臉孔來扮演。

發現這個事實，讓我對眼前的外國人多了幾分親近感。不過那時候我並沒有料到，原來他們不只會說壞話，根本是超「愛」說壞話。

「偉大的設計？噗哈哈！」

沃夫岡對我發出卡通人物才會有的笑聲，我唯一能慶幸的是，惹他發笑的是法蘭茲的那番言論而非我的英文程度。

灰藍色系裝潢的會議室兩側各擺著收藏專業期刊的雜誌櫃，中間則是三張可以移動，長寬比恰好二：一的米白色長桌。沃夫岡把其中兩張沿長邊靠攏合併，第三張橫擺過來，成了三：二的大桌子，剛好夠十個人坐。

當你被迫聽人嘮叨時，對周遭事物的觀察力就會急速提升，就好比國中班上常常被老師叫去罵的同學，對辦公室裡每個老師用什麼樣的杯子都一清二楚。

沃夫岡繼續加強我的觀察力：

「聽好，如果兩個組扮演的是一個人，那理論組不是大腦，而只是一張嘴。眞正把一切努力付諸實現的雙手，是我們架．構．組！」

沃夫岡用拇指指著自己的鷹鈎鼻，團隊合作某種程度上就像男女朋友交往，如果進展到互相批評的關係，這段戀情的未來顯然岌岌可危。

最簡單的例子就是我和袖子，我們也不過吵了那一次架，彼此就從對方的通話紀錄排行榜榜首跌出榜外，再也沒出現過。就算是買榜歌手也沒我們跌得這麼徹底。

參與計畫的五名成員面對面坐著，其他四人面前都有一本專業格式的紅色筆記本，封面貼著自己的名片，裡面每一頁都是上數學課才會用到的那種方格紙。只有我前面擺了兩張剛從影印機裡抽出來的白紙，讓我有種排場輸人的感覺——雖然我可以肯定，根本沒人在跟我比這鬼東西，他們已經把所有精力都用來瞪著對面的敵營成員了。

身爲「理論組」的我和希臘人坐一邊，對面的「架構組」則是沃夫岡、也住牛頓公寓的小個子印度人羅杰，以及皮膚白得無法站在中正紀念堂白色圍牆前拍照的一個紅頭男，因爲他一拍就會像所謂的「蒸發照片」，只看得見那身衣服和他的紅頭。

「這位是羅杰，還有義大利人艾傑。」

工頭沃夫岡介紹他的兩名工人。羅杰的眼睛又大又圓，配上黝黑的膚色，讓我聯想到門神尉遲恭，看起來很安靜的艾傑則是秦叔寶。

我輪流與兩位天將握手，希臘人說著：

「這位是奕森，不是愛森，他沒有那麼喜歡 iPhone。」

希臘人的笑話懸在空中沒人伸手去接，這樣的反應讓我對敵營產生了些許好感。

「原子計畫是歐盟層級的計畫，爲期三年，每年補助五百萬歐元。計畫成員包括了瑞士蘇黎世理工大學（Eidgenössische Technische Hochschule Zürich，簡稱 ETH Zürich）、奧地利維也納科技大學

（Technische Universität Wien，簡稱 TU Wien）以及其他歐洲頂尖學術機構。第一年將先以理論組爲首分析各種通訊系統的演算法，並提出一項能支援各種系統的解決方案……」

沃夫岡的眼中散發出絕對不能稱之爲善意的光芒，警告我們理論組不要設計出讓他們無法實現的「偉大玩意」。

「我們架構組將依據這些演算法，設計出對應的硬體架構，所以請對面的夥伴們要務實以對，不要想一些太天馬行空的演算法。」

果然，沃夫岡看了我一眼，我停止了將五百萬歐元換算成兩億臺幣的小學運算，這數字大得讓我有點喘，不得不驗算好幾次。

希臘人把椅子稍往後拉，一條腿水平擱在另一條腿上翹得老高，根據心理學的說法，這種翹腳方式可以展現一個人的氣勢，以及重要部位。愛暴露的希臘人不疾不徐地回答：

「我了解你的意思。你是說，如果沒有理論組，第一年的目標就無法達成，對吧？」

這傢伙不是新來的嗎？怎麼這麼快就進入狀況，承接了兩組世代宿怨的擔子？

登登登！

現在是架構組三人眾「工程師生死鬥」的第一回合競賽，題目是「誰的臉比較臭」。

身爲評審的我認爲，沃夫岡瞬間臉紅的技巧相當高明，證明他有顆強而有力的心臟能迅速將大量血液輸送到臉部，眉間堆摺起的皺紋則充分展露他的憤怒。羅杰的黑臉和銅鈴眼組合也不遑多讓，讓人不禁覺得這是一場爲了他而設計的比賽。

「開玩笑的，別緊張。我只是想確定誰才是這個計畫的負責人而已……嗯，當然是我這位博士後研究員啊，哈哈。」

希臘人一派輕鬆地翹起椅子前後搖晃，露出那亮閃閃的笑容往我看了看，示意我這次至少要發出點聲音。這是我身爲「員工」接到的第一個任務嗎？

我有種不舒服的感覺，好像加入不良幫派之前得先對路過的無辜百姓拳打腳踢一頓，好證明自己的決心。

「我希望大家能合作愉快，一起把計畫目標完成。」

這句話再客套不過了。

但我想全場包括希臘人在內都很清楚，在這種氣氛下道出來的期望，通常，也不太可能達成了。退一萬步想，這點我們挺有共識的。

13. 長到記不住的密碼才安全

開會就跟泡泡麵一樣，太快或太久都不好吃。

因爲高中聽「空中英語教室」的後遺症，我的英語聽力被訓練成只能持續三十分鐘，超過一秒耳朵就會自動掛上「英文雜訊轉換器」（ENC，English to Noise Converter），將所有英文轉化成「嗡嗡嗡」的雜音。

模糊的印象裡，只記得結束前沃夫岡豪氣萬丈地模仿起莎翁名劇《亨利五世》中國王向士兵演說的口吻：

「一年的時間非常緊迫，現在也才剛起步。但如果我們下定決心，則一切都將步入正軌。（All things are ready if our minds be so.）」

還有希臘人竄改《哈姆雷特》經典對白的廢話：

「成功或不成功，這是問題所在。（To succeed or not to succeed, that is the question.）」

開會後又過了兩天，負責幫我安裝辦公設備的同事才悠哉地推著我的電腦和一杯咖啡走進辦公室——這個人正是開會時嚷嚷著「時間非常緊迫」的沃夫岡！

這有兩種可能。

第一、開會太累，尤其是要對付「天資聰穎」的理論組成員，讓沃夫岡得休息兩天。

第二、這就是傳說中凡事得先泡杯咖啡，連上廁所抽滾筒衛生紙也會慢條斯理，一次只抽一張，還得仔細沿邊對折的「歐洲步調」。

我得學習起來。

話說回來，以前袖子要我幫她買東西，只要我拖欠個一星期就會慘遭白眼，看來她對於歐洲人的浪漫也不是那麼了解。

「我來幫忙裝電腦吧。」

我把手繞過螢幕，將藍色接頭的信號線插進螢幕後的插槽，用手轉上兩側的螺絲，好比煮菜加鹽灑到感覺對了就好。沃夫岡無奈地看著我完成動作，再自己把整臺螢幕翻轉過來，掏出瑞士刀轉鬆螺絲、重新鎖緊。

「你難道不覺得這樣比較……舒服嗎？」

如果他是指有人幫忙裝電腦的話，是的。但我知道他顯然是對我那不確實的動作感到不舒服。

「這是 Linux 系統的八核心主機。」

額頭上貼了張好人卡的沃夫岡得意地指著二十四吋螢幕，上面顯示著與 Windows 相似的桌面。

「放心，爲了對 Linux 不大熟悉的人設想，我們用的是跟 Windows 很像的介面系統。」

如果跟 Windows 很像，爲什麼不乾脆用 Windows 就好？

這就像有人分手後一直想找神似前男友或前女友的對象交往，那幹嘛不直接復合就好？

「我不能用之前擺在這裡的 Windows 電腦嗎？」

法蘭茲的聲音從旁邊傳來。

「我們只給笨蛋用 Windows，像是之前坐在你這個位子的荷蘭人。」

「爲什麼這荷蘭人是笨蛋？」

「因爲我跟他抱怨荷蘭都把不好的青菜運到阿亨賣，他說我在胡扯。」

接著是雅各的聲音。

「他只來一個月，我們放棄讓他學會Linux。」

然後又是沃夫岡拉過椅子，在我身旁坐下。

「身爲工程師，我們當然要用Linux。Windows完全無法發揮電腦的效能，比方說這種多重桌面……」

我成了二戰後第一位德軍戰俘，罪名是「想使用過於便利的Windows」。

「嗡嗡……嗡嗡……嗡嗡……」

從自行啓動的ＥＮＣ研判，沃夫岡花了超過三十分鐘的時間，比購物臺的top sales還要認眞盡責地推銷Linux的優點，只差沒有「訂購專線多少多少以及前五位預約觀眾的贈品」這樣的跑馬燈從他頭上飛過。

不得不說這套系統眞的很完善，所有資料都儲存在遠端工作站上，任何一臺電腦登入，都有相同的桌面和資料，跑程式模擬時，會自動將執行程序平均分散到各臺電腦，加速運算時間。

例如今天法蘭茲故障沒來上班，我剛好又執行了很多程式，中央系統便會將一些我的工作放到他的電腦運作，降低我的電腦負擔；但如果他忽然被修好回來上班，我的工作又會轉移到另一臺沒人用的電腦上運作。

系統每天都會備份，只要打內線給沃夫岡，便可以復原一個月內的任何資料。

我望著這套系統心想，雖然我不懂為什麼一定要用瑞士刀把接線鎖好，但德國人必然是從中嚐到了甜頭，才願意在各個細節花這麼多時間，進而架設這種乍看之下「**過於完整**」的軟硬體設備。

「現在……嗡嗡……建立好帳戶……嗡嗡……輸入……嗡嗡。」

沃夫岡把鍵盤推給我，忽然整個人誇張地將旋轉椅往後推，頭朝另一邊撇得遠遠的，像小學吵架後不肯跟你和好的隔壁桌女生一樣。

「我做錯了什麼嗎？」

我看了一下，確定自己沒有弄斷沃夫岡的橡皮擦或在他的簿子上畫大便。

「你要輸入密碼啊，我不能看。」

「喔……」

也不用避嫌避成這樣吧。

喀啦喀啦。

「密碼太短了。」

「不是說不偷看的嗎?!」

「我用聽的。」

接著，我得註冊一個所裡內部網頁的帳號。

「你怎麼可以讓瀏覽器儲存網頁密碼！這樣很危險你不知道嗎？」

「Google 總是會趁你不注意的時候做些恐怖的勾當，欺騙不懂電腦的人。」

「電腦初學者絕對要記得一件事：**不・要・相・信・Google。**」

「而且你的密碼還是太短了！」

我收回我剛剛的讚嘆，我還是喜歡那樣用手鎖接線，讓瀏覽器記錄密碼的一切。

終於搞定了！沃夫岡掏出一本藍色記事本和小印章，在寫著「I-San」的代辦事項上蓋了個章（下面一欄寫著希臘人），對我說：「一切ＯＫ了，享受Linux吧。」然後轉身離開。

我點開瀏覽器，依然故我地儲存了密碼然後去倒咖啡。

回到座位上，嗯？為什麼又重新跳回「使用者登入」的畫面？我輸入我慣用的帳號密碼加上abcdefg（為了符合沃夫岡的長度要求），只見螢幕上開了個文件檔，用斗大的七十二點黑色粗體字寫著：

「離開電腦時請上鎖。」萬一別人趁機來竊取你的資料怎麼辦？

沃夫岡

如果將來我真的有資料被偷，一定是沃夫岡幹的！

「你原諒他吧，沃夫岡有嚴重的被害妄想症。他會每三個月更換一次自己超過十五個字元的密碼，離開辦公室以後還常常跑回來檢查門鎖了沒。只要你聽到鎖門、腳步離去、腳步靠近、轉門、腳步離去的規律聲音，你就知道是沃夫岡要回家了。」

雅各好心替沃夫岡解釋，在我看來倒像是企圖向外國人澄清德國人有夠龜毛的刻板印象。

「不過，」雅各忽然想到了什麼，兩眼往右上角瞟，欲言又止了一會兒，然後走到旁邊的櫃子裡拿出一條密碼鎖鍊。

「你以後帶筆記型電腦到實驗室，人不在的時候還是把電腦鎖在桌上比較好。」

他是指像腳踏車鎖在路邊那樣的鎖法嗎？

「這邊的治安不大好？」

「我們從來沒掉過東西。」

「那爲什麼要這麼小心呢？」

「正是因爲我們這麼小心，才從來沒掉過東西。」

雅各擺出了一張客氣但不容人質疑的笑臉，他是對戰俘比較客氣的那種軍官。

我無法反駁他的話，只是無法反駁和心服口服地接受終究是兩回事，我於是跑到希臘人的辦公室，想看看同樣是外國人的他，會怎麼被沃夫岡教育。

遠遠我就瞥見沃夫岡帶著神祕的微笑走出希臘人的辦公室，巨大身子躬了起來，像是剛從雷龍巢穴溜出來的竊蛋龍。

怎麼幫希臘人裝電腦這麼快？難道博士後眞有過人之處？

我推開門進去，希臘人獨享一間雙人用的辦公室，計算紙凌亂地擺滿了兩張大桌子，上面密密麻麻寫著一堆像數學公式的希臘符號δ、γ、ξ……。如果說中文是全世界前幾名難學的文字，那希臘文肯定是寫出來看起來最有學問的文字，例如「狗屎」這個詞「Σκατά」看起來就很像等差級數公式。

坐在一堆白紙中的希臘人此刻看起來像個精明的生意人，正在用藍芽麥克風聊天而不是推導公式。

他一看見我，便笑嘻嘻地招著手要我進來，擺出一副小孩向同伴炫耀新玩具的模樣。

「你看我的螢幕有二十四吋！」

「我也是啊。」

「是喔。」

他有點失望，不過立刻又得意的笑了起來。

「沃夫岡說，我是實驗室裡唯一有特權不用 Linux 那種狗屁作業系統的人，我可以用 Windows！」

14. 生日快樂，來份德國壽司嗎？

德國時間比臺灣慢六小時，來這裡一個多月，我的時差始終沒調過來。以前在臺灣總是凌晨兩點睡十點起床，在德國每天十一點不到便就寢，六七點就起床了。仔細想想，比起時差，這更像是退休後的養老步調，只差早起沒去公園打太極拳，沒跟老伴牽著手散步說明天要吃大茂黑瓜了。

Hallo zusammen,

damit heute mal wieder alle *pünktlich* zur Kaffeepause erscheinen, habe ich etwas Kuchen mitgebracht, der ab 10:00 Uhr auf einer FCFK-Basis (First Come, First Kuchen) ausgegeben wird.

Gruß,

Franz

八點進辦公室開電腦，就收到法蘭茲的群組信。

這傢伙每天總是準時在九點半出現，準到雅各都感嘆：

「其實啊，我偶爾會用法蘭茲來校正手錶時間呢。」

扣掉名字，只看得懂三個單字（Hello、first、come……剛好都不是德文，眞巧）。因爲信裡似乎夾雜了髒話，不怕好奇心會殺死哪隻貓的我點開Google翻譯，試圖破譯這串句子。

「Kuchen就是cake啊……」

雅各在一旁補充：

「今天是法蘭茲生日，等等他會帶蛋糕來。」

生日要自己買蛋糕，而且是快三十人份的蛋糕？上次有人這麼做，已經是國小時吃到的生日乖乖桶了。

「很合理啊，你要分享你的喜悅給大家。」

雅各一副理所當然地回應。按照這個邏輯，雅各在情人節不就得買幾十朵花來分享他被有如銀行擠兌人潮般的女性們告白的喜悅了？我想了想，好吧這的確像是雅各會做的事，但我可不幹。

打開電子月曆查看自己的生日，不是週末，看來我已經預知自己哪一天會生病請假了。

當我正收到義大利佬艾傑的信，告知大家今天也是他生日時，法蘭茲像「魔獸爭霸」裡的採礦工人般揹了一大袋食物走進辦公室。

「嘿，生日快樂。」

我跟在雅各後面向法蘭茲握手致意。因爲還沒吃早餐，這樣排隊的行爲讓我聯想起古裝片裡賑災時難民領餐的情節，總覺得領完東西得說點話。

「謝謝法員外，你跟艾傑同一天生日呢，眞巧。」

「這是機率問題。」

我懷念臺灣人「喔，對啊」、「眞的～」、「是吼～」的各種敷衍臺詞。好啊，要比認眞我也不會輸的！

「就算是機率，那也是低到1/365的機率了。」

糟糕，話一出口我就發現自己漏算了。

「不是1/365，閏年是1/366。根據貝式定理應該是1/365×3/4+1/366×1/4，等於……」

法蘭茲打開了工程軟體MATLAB，敲下這行國小生的算式：

「2.7379×10^{-3}，取到小數點下第四位精準度。」

落敗回到座位上，過了五分鐘我忽然想到，法蘭茲並非完全正確，如果生日是二月二十九號，機率應該是……

前些日子有一則新聞寫道：「美國人已經將肥胖列為流行疾病，若朋友中有人過胖，則自己變胖的機率將提高五成。」

莫非我已經被德意志民族潛伏在基因裡的嚴謹病毒感染了嗎？

十點，大家恪守法蘭茲的「**FCFK**，先（F）到（C）的人先（F）有蛋糕（K）吃」原則，湧入咖啡間。所裡有三十幾位博士生，而我這陣子在咖啡時間認識的同事，才不到五分之一。大學時我還認識系上快兩百人的三分之二，依照這樣的孤僻成長指數來看，四十歲時我應該連自己的腳趾頭也不太熟了。

每天都穿純白T-shirt的沃夫岡像丟掉零錢的雪怪，從遠處一路低著頭走來。忽然他停下腳步，轉身往回走。

一會兒，走廊傳來鑰匙開門、鎖門、推三下的聲音，然後再度傳來雪怪的腳步聲。

兩位壽星站在大桌子的兩側，以「料理東西軍」的姿態擺出自己的蛋糕。做事四平八穩的「三宅艾傑」帶了從連鎖麵包店「MOSS」買來的藍莓派、櫻桃派、臺灣高中生最愛的「美國派」蘋果派，還有一大塊約有四個麥當勞托盤大的巨型自製巧克力海綿蛋糕。

「讓我來砸了義大利廚房的招牌吧！」艾傑笑咪咪地說。

來這邊一個多月我學到一件事：當某人拿自己的民族開玩笑時，他心裡想的絕對跟說出口的完全相反。

例如沃夫岡說過：

「你知道我們是德國人，我們龜毛到做什麼都要預約，取消任何合約都要三個月前告知。」但就算是最粗心最阿Q的臺灣人也看得出來，他講話時嘴角上揚的神氣模樣，巴不得全世界的人都跟他們一樣龜毛，最好合約取消要在簽約時就告知。

艾傑的蛋糕彷彿綻放出美食漫畫裡才會有的光芒。

相較於「三宅艾傑」信心滿滿的經典義大利巧克力蛋糕，「關口法蘭茲」前面擺了三堆小山，分別是：硬梆梆的餐包、一大坨粉紅色像包水餃用的生絞肉，以及讓人淚流不止的洋蔥片。

我低頭擦眼淚抱怨：「這是在逼大家為你生日感動落淚嗎？」

好像又聽得懂中文的雅各低頭向我解釋：

「那是自製的生絞肉麵包（Metbrochten/Tatar）。吃法是把肉泥抹在切好的麵包上，再疊上一片洋蔥，灑上胡椒粉和鹽。」

雅各說完又補了一句：

「你可以想像成是『德國壽司』。」

很遺憾地，我完全無法想像迴轉壽司吧會冒出這樣一個塗抹生絞肉的餐包，壽司師傅恐怕會氣得拿著壽司刀從廚房裡衝出來吧。

Zum Geburtstag viel Glück,
Zum Geburtstag viel Glück,
Zum Geburtstag Liebe Ezio,
Zum Geburtstag viel Glück.
（靜默……）
Zum Geburtstag viel Glück,
Zum Geburtstag viel Glück,
Zum Geburtstag Liebe Franz.
Zum Geburtstag viel Glück.

大家像跳針的唱機一樣，重複唱了兩遍生日快樂歌給艾傑和法蘭茲。艾傑先受到祝賀，這是他用心準備蛋糕所應得的報酬。

唱完後，壽星得自己先吃一塊蛋糕，確定沒有被下毒大家才能吃。

巧克力蛋糕的切面秀出多層次的堅果與巧克力慕斯，艾傑以美食節目主持人的姿勢一口吃下，再把手指舔了舔。

真不愧是義大利人，在場的人一定不只我覺得這樣滿性感的。然而，這樣賣弄性感的動作對於接下來得先跟壽星握手恭賀才能拿食物的儀式，某種程度上造成了困擾。

總工程師絲薇塔拿出準備好的禮物送給艾傑和法蘭茲，雅各轉頭對我說：

「這是大家合買的，每個人可以自由選擇要不要出錢，我已經幫你跟絲薇塔說法蘭茲的禮物算你一份，你等等再給我五歐元吧。」

「你們送法蘭茲什麼啊？」

「全套沐浴組，他很愛泡澡。」

我原本還以爲是機油之類的。雅各繼續說：

「我們送過最特別的禮物是巴伐利亞語字典❶，因爲那傢伙要轉學去慕尼黑工大。去那邊，嗯，基本上跟出國沒兩樣。」

我想起自己收過最特別的生日禮物，是袖子做的 Flash 動畫，剪輯了我們交往的點點滴滴。但看完之後我並沒有露出任何笑容，反而是皺著眉頭，因爲那份禮物背後蘊藏的感情讓我有壓力，不知道該怎麼回應、該怎麼收下對方的心意。

當下，我並沒有多解釋什麼，只是把筆電螢幕闔上。想當然袖子很不開心，那天原本應該浪漫溫馨的場面也就這麼被我給毀了。

我拿著蛋糕走到豬絞肉山下，一邊改編起陳奕迅〈富士山下〉（〈愛情轉移〉粵語版）的歌詞哼著——「誰能憑愛意把絞肉山吃掉」（原詞爲「誰能憑愛意要富士山私有」）。

「法蘭茲，我已經祝賀過了，可以不用吃這玩意兒嗎？」

邊聽我說完，法蘭茲邊不吭聲地弄了一份「德國壽司」。一直到此刻之前，我都還以為他在哪裡藏了個烤盤準備煎漢堡餅。

「今天是我二十八歲生日，『**約略**』1/365的機率，你不會要我求你才願意嚐嚐吧？」

他特意強調「約略」時，臉上瞬間（約略1/365秒）出現了名為「微笑」的表情。

我接過來硬著頭皮咬了一口德國壽司，洋蔥嗆辣的味道先在嘴巴裡擴散，接著是豬絞肉經過鹽巴、黑胡椒末提味後混合出的鮮美口感。

坦白講，還滿好吃的。

但或許好吃的不是德國壽司，而是在這距離臺灣一萬公里的地方，我逐漸感受到自己被接納，逐漸可以跟周圍的人像朋友一樣互開玩笑。

後來我又自己弄了一個帶回辦公室。啃著第三個德國壽司的雅各，則從對面伸出頭來告誡我：

「這一定得用當天現宰的新鮮豬絞肉喔。」

豬絞肉麵包

❶ 德國不同區域的德文口音非常不同，戰南北的現象比起臺北高雄也不遑多讓。這句話的意思翻譯成臺灣版，基本上就是一群臺北（高雄）人在說：「你要去高雄（臺北）喔，有帶護照在身上嗎？」

15. 我的鑰匙真的掉在水溝裡

我從絲薇塔手中接過實驗室鑰匙，腦中一片空白，就像古早的螢幕保護程式，一句話重複以綠色二十八點大、紅色七十二點大，以及白色四十八點大的字體從螢幕一端飛到另一側：

「這把鑰匙掉的話要賠一萬歐元（約臺幣三十萬五千元）喔。」

我搞不清楚她是認真還是開玩笑。但這支萬元鑰匙不管在價錢或長度上，都讓臺灣的鑰匙們相形見絀。據說非洲某些土著在發育期會套上鐵環以控制脖子的生長，脖子的長短則象徵這個人的社會地位。想不到這樣「以長短論地位」的風俗，在全球最原始與最先進的國家都能看到。

根據絲薇塔的說法：酋長（教授）的鑰匙最長，可以橫行無阻地打開任何一道門；戰士（博士生）不能開酋長的門，但可以開彼此的門，以及一樓的大門；奴隸們（碩士）則只能開集中營的門（所有碩士生都在同一間大辦公室裡）。

要是有一把戰士等級的鑰匙掉了，感染嚴謹病毒的德國人便認為整棟大樓隨時都會遭受突襲，必須立刻將鎖全面換新，換鎖的一萬歐元開銷則由掉鑰匙的人負擔。如果依照東西的珍貴程度作為主體，未來這一年，顯然是鑰匙帶我出門，而我則要小心別讓鑰匙把我弄丟了。

有些人可能會想，鑰匙丟了跟同事借來打一支就好了。

那你真是太小看德國人了。

先別提沒有人會願意借你鑰匙，就算去偷來，每把鑰匙還都紋了號碼，發下來的時候就已經登記好，哪把鑰匙掉了，誰該被 Benz 的發財車載去阿姆斯特丹紅燈區賣身（如果不介意遇到熟人，也可以自願留在阿亨紅燈區），可是一目了然。

「你可以像我們一樣買條帶子把鑰匙綁在褲子上，這樣就不會掉了。」

絲薇塔撩起她的棉質粉紅色緊身T-shirt，露出一截小蠻腰，還有條粉紅色的帶子繫著鑰匙。我發現歐洲女生還滿喜歡穿這種緊身T-shirt，儘管有些人有不輸給大叔的鮪魚肚，但並沒有人在意。反觀在臺灣，就連我和動感走路時偶爾也會不自覺地縮小腹。

我有點不好意思，兩隻眼睛卻又不聽話地繼續看。小蠻腰的主人絲薇塔是身材姣好的俄羅斯金髮美女，當她坐在電腦前，你會以為她是潔西卡艾芭在和廣大粉絲舉行視訊見面會，事實上她不只寫程式，身為理論組總工程師，她還可能是在和業界召開視訊會議，建議Sony Ericsson的工程師該如何提升基地臺的涵蓋範圍。

秉持著「凡事都要親身驗證」的理念（連阿亨是不是圓的我都用搭錯公車來驗證了），我拿著萬能鑰匙去試了好幾間辦公室，果然都能開。正當我把鑰匙插入會議室時，忽然警鈴大作，所有人都從辦公室走了出來。

「我只是在試鑰匙能不能用而已！」

我趕緊向正在關門的雅各解釋，他笑了一下：

「避難警報響了，我們得去避難……噢，恭喜你拿到鑰匙了，那鎖門就交給你囉。」

他帥氣地指了一下我的鑰匙，和法蘭茲有說有笑離開了。

來到一樓戶外——不，零樓（Erdgeschoss）時，外面擠滿了跟SOGO週年慶排隊搶購化妝品一樣壯觀的人潮。站在一群講英文的外國人（糾正一下自己的邏輯，講英文的非德國人）旁邊一會兒，我才搞懂是怎麼回事。原來可能是某間實驗室有毒氣體外洩了，不過往往更可能只是誤觸。但不管怎樣，只要警報一響，所有人都得乖乖到樓下避難，等管理員進去檢查。

在臺灣也曾碰過這樣的狀況，那時候理所當然的反應是繼續盯著電腦抱怨：

「好吵，誰去把那個關掉好嗎？」

看著眼前這群乖乖避難（不過也穿戴太整齊了吧，正在跟絲薇塔講話的雅各連絲巾都圍上了）、沒有一句埋怨的德國人，我有點搞不懂哪個才是正確反應了。

希臘人走到我身旁打招呼，順著我的眼光看向雅各和絲薇塔：

「她就像是雅典娜和維納斯的綜合體。」

最近我和希臘人開始會在人群中搜尋彼此的身影，絕大部分的原因是我們都不會說德文，而非個性相投。晚上我們還會一起坐他的跑車去上德文課，他盡情耍帥、挑逗路邊對他的跑車行注目禮的女孩。希臘人避難還不忘帶上咖啡，我回答：

「是啊，她很漂亮。今天晚上要上課嗎？」

「不要，我懶得學德文了。」

此時管理員使勁推開大門，用德文講了些什麼。所有人響起了歡呼聲，鼓掌後魚貫而入。有人不小心撞到希臘人，咖啡濺出來灑到他手臂上，希臘人「嘖」了一聲瞪著咖啡漬。很棒的眼神，不過我不認為對那幾滴咖啡露出鄙視的表情，它們就會自動蒸發——你需要的是專門清潔咖啡漬的清潔劑與抹布組合！

絲薇塔、雅各、法蘭茲走了過來，絲薇塔笑著對我說：

「你的吻還在嗎？」

「啊？啊？啊？」

我的臉瞬間比沃夫岡聽到希臘人說「架構組的人都是笨蛋而且還沒拿到博士學位」，還要紅上十萬倍，逼近RGB（255,0,0）❶。

「她是說鑰匙（keys），不是吻（kiss）。」

雅各解釋著，他顯然已經很了解我的妄想世界裡發生的各種事情。法蘭茲在一旁用「哈哈，你這個笨蛋」的眼神看了看我，又看了看雅各。

「法蘭茲不怕掉鑰匙嗎？」

「我有保第三方責任險，鑰匙掉了他們會賠償。」

這種如同用鎖把鑰匙鎖好的行爲值得效法。法蘭茲接著說：

「假如你能證明你掉的地方別人絕對撿不到，比方說下水道或國外，那樣也不用賠償。」

眞是既符合邏輯又有人性的法律，我要對德國人改觀了。只是……有幾個人會知道自己的鑰匙掉在哪裡呢？

「大聲點——大聲點。」

德文老師站在圍成ㄇ字型的課桌中央講話，聲音卻像是從另一個銀河系傳來。

哪有要這麼大聲的，我不耐煩地扯開喉嚨大喊。

「奕森，我們是在教『大聲』這個單字，不是叫你眞的大聲點。」

我很抱歉，不過她也不該對一個昏迷指數只剩下兩分的人苛責過多。往好的方面想，我是教室裡唯一一個徹底融入學習到忘記是在「學語言」的學生。

明明起先很認眞學德文的，怎麼才不到兩三週我就不想上課到這種程度？難道我對於研究以外的事情眞的一點興趣都沒有嗎？

羅杰和艾傑說他們的高階班有一個很漂亮的亞洲女孩，不知道她是哪國人。

回想起第一週，我滿懷熱忱地選擇每晚都要上課的密集班，下課前老師問有沒有問題時都會特別望著我，因爲她清楚如果我沒有問題，那全班都不會有問題了。

我與德文短暫交往的印象是──**複雜**。

那麼多的文法和單字變化、大小寫要求，光是兩種說晚安的方式「Guten Abend」、「gute Nacht」，就讓人弄不懂爲什麼後者一會兒少個ｎ，一會兒又得把Ｇ小寫？難道是因爲後者是上床前說的，已經比較累了所以要少說一個音節嗎？

「語言承載文字，隨著不同的用法變化單字，等於是上了好幾層保險，讓聽者可以得到更多資訊，正確地理解話中含意，這就是我們德國人能保持嚴謹的原因。」

這話唯一的語病是，德文班的女老師是丹麥人，她不能說「我們德國人」。

那陣子我每天都用德文字典代替果醬配吐司當早餐。或許是一陣子沒談戀愛了，我總是挑浪漫的句子來滿足自己分泌過多的費洛蒙：

Ich liebe dich.（我愛妳。）

Du hast mir gefallen.（妳讓我掉下去了。）

Jeden Augenblick denke immer ich an dich.（每回眨眼時，我總是會想起妳。）

誰說德國人不浪漫的。我背得很開心，卻沒想到這樣早晚大量服用德文，就像天天吃同一種東西，再好吃胃口也很快就變差了。

另一項發現更讓我察覺，其實不會德文也可以在德國生存，那就是：和店員應答就像在跟電動裡的NPC聊天一樣，他們永遠是按照順序講那幾句話，雖然那幾句還滿多的。

買飲料時，第一個問句通常是「在這邊喝」（zum hier trinken）還是「帶走」（zum mit nehmen）；買冰淇淋，第一個問句是要「杯子」（Becher）還是要「餅乾桶」（Waffle）；在超市收銀檯結帳，通常會先問「有沒有集點卡」（Haben Sie ein Sammelheft?），「有沒有找到自己想要的」（Hast Du etwas gefunden?）——剛開始不知道，店員不管說什麼我都笑著搖頭，現在想想對方一定一頭霧水，怎麼會有人找不到想要的東西還笑得那麼開心。最後，外帶沙威瑪的問句則是「要不要袋子」（Tüte?）。

「重複一遍。」

「重複一遍。」

「很好，重複一遍。」

「很好，重複一遍。」

「奕森，我們在學『重複』這個單字，不要再重複我的話了。」

老師板起臉，我閉嘴，然而真正安靜的原因是這句話太長，我不知道該怎麼重複。

看來，再學會「我的鑰匙真的掉在水溝裡[2]」以及「妳會後悔錯過我這麼好的男朋友[3]」，我就要步上希臘人後塵退班了。

❶ 身為工程師，我們不說「水手藍」、「蔥綠」、「檸檬黃」，或甚至「夜晚的暗灰」，我們把每個顏色拆解成三原色紅綠藍（RGB：R: red, G: green, B: blue），再用 0~255 去表示三原色每個顏色的比重。例如，(255,0,0) 就是「胭脂的大紅色」。

❷ 我偷偷問了雅各這句救命關鍵句用德文怎麼說："Mein Schlüssel ist in den Gully gefallen."

❸ Du wirst leid tun, dass du mich verlassen hast.。雅各還幫我補充了一句 und du wirst dich bei mir entschuldigen. Doch dann sage ich "zu spät ".（你將會來跟我道歉，然後我會說『太遲了』。）

16. 職場版的格林童話

十月下旬，每天白晝越來越短，起床越來越痛苦，早晚氣溫也越拉越大。晚上睡覺開始要把棉被腳摺起來擋住空氣，到最近就算把自己捆得跟香腸一樣，還是會覺得寒意陣陣。

「你可以開暖爐，你的暖租（Warmmiete）❶已經包括暖爐費用了，開二十四小時都沒問題。」法蘭茲一語點醒夢中人。

有了暖爐，就像打電動開了金手指破解密碼一樣，即使天氣再冷，我還是可以穿著四角褲在室內走來走去。然而「福兮禍之所倚，禍兮福之所伏」，暖爐帶來溫暖的同時也會讓房間變得很乾燥，半夜的滴水聲更害得我常常爬起來上廁所。

下午三點半，我像格林童話《糖果屋》（*Hänsel and Gretel*）被繼母遺棄在森林裡的兄妹，摸著牆邊鵝黃色暖烘烘的暖爐，在實驗室走廊上扔下一個個問號做記號。不同的是兄妹迷路後找到了糖果屋，機智地烤死了想吃掉他們的巫婆，而我則是剛離開還活得好好的希臘人辦公室，腦海裡不斷想著：「他到底在幹嘛？」

兩週前第一次召開原子計畫小組會議（就是那場「工程師生死鬥大會」），身爲「員工」的我整理了很多資料和論文，向希臘人做簡報。

「這是蘇黎世理工大學的論文，這是美國史丹佛和麻省理工學院的研究報告，想必你都看過了……嗯，有看過嗎？」

希臘人兩眼發直，瞪著我準備的那一大疊報告。正確一點說是盯著報告後面三十公分處。我聽說跟人講話時，將目光投向對方臉部後方三十公分處會讓人覺得你的眼神很深邃，但又不可捉摸。只是把這招用在非生物上頭幹嘛？

希臘人把論文翻來翻去，還搧了幾下，釘書針禁不起這樣折騰，最後一頁抗議地脫落。可能是暖爐太熱讓他想拿論文來搧風，也可能是像我第一次跟袖子約會，初次和這些論文近距離接觸，讓他緊張到渾身發熱。

「這些大學的成果我怎麼可能沒看過。想當年我念博士班跟他們競爭得可厲害了。我發表的論文有高達八十幾個引用點數，不只我看過他們的論文，他們肯定也拜讀過我那了不起的學術成就……」

他講得實在太流暢，我偶爾作勢張嘴，卻完全找不到打岔的餘地，只能吞了空氣後閉上嘴巴，想像自己是條金魚，任由他站在魚缸旁將話題溢向過往璀璨的流金歲月。

如果有「希臘人豐功偉業」的檢定考，經過這一年特訓我鐵定能拿到特級證照。

趁他喝咖啡時，我趕緊把已經飛奔回二〇〇五年「在希臘軍中用柔道教訓想欺負他的人，好讓他們知道他不只會念書」的話題拉回正軌：

「我認爲我們得先複製蘇黎世理工大學的研究成果，再基於他們的研究往下發展，按照A→B→C三部分循序漸進。你覺得這樣好嗎？」

很多人說過，不管研究生或上班族都一樣，最重要的技能不是什麼專業知識，而是「搞定你的老闆（manage your boss）」。

在眾多「搞定老闆」守則當中，有一條則是告訴你：

問老闆問題時最好給他是非題；如果不行，那好歹也得給選擇題。問申論題？那只是在給自己和老闆找麻煩。

這不是在質疑老闆的智慧（就算是，守則也不會寫出來，畢竟寫守則的人自己也有老闆！），而是因爲老闆太忙，沒辦法像你一樣掌握所有細節，所以你得提綱挈領地點出問題，好讓他依據豐富的經驗協助你完成工作，而非在不清楚狀況下做了錯誤決定，再把錯扔回你臉上。

「什麼，你再說一次？」

希臘人皺起眉頭，我以爲他不高興這個方案，戰戰兢兢又說了一次。

「我提議以A→B→C爲短期、中期、長程目標。」

「你說X→Y→Z？」

「不不，是A→B→C。」

我知道自己不擅於表達，這是大多數理工人的通病，眼前的是一位博士後研究員，他如果聽不懂一定是我的問題。於是，我努力用了四五種「換句話說」、「倒裝句法」、「譬喻法」，比國小寫國語習作還認眞。然而到最後，他還是無法理解已經像留聲機跳針不斷重複同一句話的我在說什麼。

「你說Z→Y→A？」

「A→B→C。」

「Z→B→A？」

「A→B→C。」

「A→X→C？」

「嗯……算是吧。」

我決定停止「維大力、義大利」的迴圈，先應付過去。等到眞做完了A，再跟他說其實接下來應該是B而非X，相信到那個階段，希臘人必然能理解的。但我心中也第一次懷疑起，這樣的溝通不順暢，到底誰該負更多的責任。

「浪費你這麼多時間眞是不好意思。」

「一點也不會，引導你往正確方向思考是我的責任嘛。」

我低垂的臉像嚼了一萬片口香糖，一直抽搐著。希臘人又笑笑拍我的背。他眞的很喜歡這個動作。如果把他丟進中國賭場，半小時後他鐵定會躺著被抬出來。當我把門縫掩上到可以做單狹縫繞射實驗[2]的寬度時，我瞥見他又笑咪咪地戴上耳機準備撥電話。

他老說是在跟希臘的教授討論研究，但從語氣看起來，不是他在騙我，就是他想追那位教授（而且是很輕佻地坐在對方辦公桌上，問她今晚要不要去喝一杯，然後他不會讓她回家的那種追法）。

這是一個月前發生的事。

喀啦，又掉下來的一個問號讓我想起剛剛跟他講話時，意外瞥見了桌上要給德國教授的投影片，上面的日期顯示那是上次小組會議後才做的。趁他講電話時我翻了翻，跟兩週前我向他簡報的內容幾乎相同，除了他把A接下來該做的改成了正確的B而非X。

只是，投影片裡沒有一行字提到我，封面上也只有寫著「希臘人」。

「這……不是我們那天開會的結果嗎？怎麼你……嗯……都沒提到我呢？」

擔心他覺得我太愛計較，我講起話來扭扭捏捏的，但規劃者難道不該得到一點點尊重嗎？

希臘人看著我，臉上浮現微笑，故作姿態地把玩手上的Skype耳機。同樣是扭扭捏捏的動作，放在他身上就顯得很有氣勢，眞奇怪。他低頭對耳機說：

「你知道我們最終的目的是要讓教授同意我們的提案，對吧？」

我想跟他說那是耳機不是麥克風，而且我就在眼前不需要再用Skype了。不過最後我還是很理性地回應：「嗯。」

「我是博士後，跟教授說這是我想出來的，比起用你的名義，你覺得哪個比較有說服力？」

「我知道，可是……」

希臘人伸出手掌擋下我要吐出的申辯：

「你的認眞我知道就夠了。計畫本身能否順利執行，應該遠比你有沒有被教授賞識來得重要多了吧。」

他忽然挑起了眉毛，把視線擺回我身上：

「而且你先前的方案不夠好，你提的第二階段我還修改過，應該要做B而不是X。」

該死，我眞該講清楚的！我很懊惱自己一時得過且過的心態，同時也懷疑起他從頭到尾說的話到底是不是眞的。應該說，我覺得那是狗屁，可是當一個人用很認眞的口氣說屁話，你眞的會開始懷疑自己。疑心病一發作就沒完沒了，我甚至開始懷疑上次他搞不懂X和B的差別，會不會也是騙人的？

連番疑惑把我弄得說不出話呆在原地。他靠過來拍拍我的背說：

「這次做得還不錯，算是通過我的標準了，以後加油啊。」

說完，希臘人旋轉九十度面向螢幕，以肢體語言宣告談話結束。

下班後，我和雅各、法蘭茲在前往酒吧的路上看到一部加長型白色轎車慢駛在路中央，後面接著好幾部猛按喇叭的車子，對白色轎車龜速招搖過街的作風大表不滿。

有一次去上德文課，希臘人也曾經故意這樣放慢車速。

「好車就是要開給人家看的，開那麼快幹嘛。」他很得意地說。

「這是一整個新婚車隊，一路鳴喇叭慶祝是我們的傳統。」

雅各對著摀耳朵的我解釋，我回答：

「我還以爲是後面的車被擋住不爽咧。」

原來一件事情從不同的角度來看，竟然有這麼大的差異。

據說《糖果屋》的另一個版本是，小兄妹是離家出走的不良少年，謀殺了森林裡慈祥和藹的老太太，再謊稱她是巫婆。

希臘人所想的和我所想的，究竟誰才是對的呢？

---

❶ 德國租房，包括水電費、管理費等（Nebenkosten）的稱為「暖租」（Warmmiete），不包括的稱為「冷租」（Kaltmiete）。

❷ 簡單來講就是，當光通過一個隙縫，隙縫窄到一種程度時，就可以看見光像水一樣產生一圈圈的漣漪波紋。這是一個證明光具有波動性的簡單重要實驗，若想知道更多，那麼高三物理課本（或是算準時間去南陽街補習班旁聽）將會是你的好幫手。

17. RWTH教你面試術

清晨七點半鬧鐘響前三十秒起床。

關鬧鐘、按烤麵包機、刷牙、洗臉時吐司跳起來的聲音從餐廳傳來、塗Nutella榛果巧克力醬、倒牛奶、拉椅子。

以每兩口吐司配一口牛奶的頻率吃早餐。

來德國之後，我的生活越來越規律，彷彿腦內被植入了整套生活SOP（Standard Operation Procedure；標準作業程序）。

洗盤子、收包包、檢查鑰匙有沒有在身上……

遲早有一天就算把腦袋擱在枕頭上，我的身體也可以自動行事。

換衣服、疊棉被……

「茲～～」

一聲電鈴打亂我的自動化模式。我愣在原地半秒，如同按下「Ctrl+Alt+F4」啓動工作管理員時會出現的惱人lag。

「奕森，我是雅各。我在樓下的自助洗衣店，但是忘記帶零錢了，方便借我一點錢嗎？」

「你沒有一．八歐元嗎？自動洗衣店不找錢的喔。」

「我知道，它們偶爾也不找我襪子，我掉好多隻了。」

我交給雅各兩歐元銅板，他把髒衣服裝在一個很像國小放在講臺前裝牛奶的藍色塑膠籃。

我想像優雅的雅各雙手提著髒衣服在公車上對人微笑的模樣。

他沿著我的視線看了一眼說：

「我開車。不如衣服洗好後，我接你一塊去所裡吧。」

於是我回到房裡進入待機模式，與洗衣機裡正在旋轉的髒衣服一起等待雅各接我們離開。

雅各開著一部顏色和品牌名字非常相襯的五星旗色福斯汽車。（Volks Wagen 的德文意思是「人民的汽車」。）

彎腰坐進車子裡，我以爲自己到了頂樓陽臺。

不應該出現的衣架和鉤子，一件外套和襯衫就這樣從車頂掛下來。後座墊了層防水布，幾件 T-shirt 鋪在上面。

「這樣下班就乾了，不是很方便嗎？」雅各一貫輕快地說著。

跟他一樣輕快的還有散發冷洗精香味的溼衣服、Red Hot Chili Pepper 的〈Dani California〉歌聲，以及快到幾乎不沾地的車子。

「你開手排車？」

「當然囉，誰不喜歡開手排車，這樣才能享受駕駛的樂趣啊。」

一個轉彎，雅各流露出賽車手的眼神與傾斜姿勢，我也稱職地用臉貼著窗戶，體現他製造出的離心力。比起臺灣的駕駛人，雅各似乎更晚才轉彎，轉得更急一點。

開車聽快歌某種程度就像酒後駕車一樣危險：

「你有別的歌嗎？」

「有啊，開車最適合聽的歌！」

車速儀表板上的指針瞬間隨著Keane的〈Is it any wonder〉的節奏爆衝，我緊抓著座位上方的把手，身上飆的冷汗瞬間比後座衣服滴的水還多，這樣下去是我會先乾掉吧。

「晚上要不要去看電影？」

「哪一部？」

「《芭樂特》（*Borat*），有聽過嗎？」

他轉過頭來問我。

「沒有，那是什麼片啊？看路看路。」

我用手指加上「快看那邊有正妹」的眼神示意雅各注意前方，他有點不以爲然地把頭轉正，解釋起電影劇情：

「就是講一個哈薩克的記者，跑去美國鬧出一堆笑話。你知道的，文化差異嘛……」

說著說著他又把頭轉回來，太有禮貌了！開車講話時不需要眼神交會！

「我去，我去就是了，現在專心開車吧！」

雖然沒聽過那部電影，但如果把哈薩克改成臺灣，記者改成研究生，美國改成德國，我怎麼好像也認識這麼一個人，今天早上刷牙洗臉時才剛碰過面。

到了停車場，雅各把剩下的衣服拿出來晾在正副駕駛座。其中夾雜著一條紫色的性感蕾絲丁字褲，他若無其事地把它套在方向盤上。

搭雅各的車讓我消耗了大量ＨＰ[1]，上午我不斷在咖啡間和辦公室來回奔走補充咖啡，因此增加了遇見人的機率，在走廊碰上了絲薇塔。

等等，遇見人的機率不會改變，是因爲走的次數增加了，才會更容易遇見人……德國嚴謹病毒又發作！

「嘿，你今天下午沒事吧。」

「沒有。」我回答絲薇塔，除了跟自己的睡意搏鬥之外。

「很好，我們下午要面試來應徵博士班的人，一起來吧。」

原來想來這裡念博士班，還得經過全體學生面試。回到辦公室後，我跟法蘭茲討論起這件事

「進來的人要跟我們一起執行計畫，我們當然有權利過濾（filter）掉那些個性或能力不好的人。」

法蘭茲的話讓我想到咖啡的濾紙（filter），還挺貼切的。不過我更懷疑像他這麼難相處的人，是怎麼被濾進來的。

「可是我當初沒經過你們面試？」

「所以我們先觀察了你一個月，才決定跟你合作。」

「也決定約你看電影。」

雅各在旁邊一搭一唱。咦、咦，這是眞的嗎？

面試者來自葉門，那個傳說中就算被綁架，肉票和歹徒最後也會成爲好朋友的善良中東國家。我雖然很想打起精神聽他報告，奈何簡報時的昏暗燈光，讓我覺得眼皮無比沉重，彷彿科隆大教堂壓在

上面，朦朧中我陷入了沼澤，一片有床墊浮在上面的沼澤……

「以上就是我的碩士論文，探討如何將『沼澤演算法』運用在通訊上。」

想不到開會打瞌睡多年下來，我終於練就了用潛意識聽報告的能力。

葉門人希望加入理論組，因此他對全體學生報告完畢後，我們先留下來面試。我從雅各手中接過葉門人的履歷——葉門高中、葉門大學、法國×××（我好不容易才知道上面有兩個點是怎麼念，現在又跑出一條橫線來了）研究所。

以臺灣學校的命名標準來看，他相當優秀。

絲薇塔首先開口：

「你好，我們是理論組，我是本組的總工程師絲薇塔。接下來我們會請問你幾個專業問題，也會閒聊一下，請放輕鬆、不用緊張，這也是你能多認識我們的一個好機會。在這之前，我先簡介本所……」

我深深覺得絲薇塔之所以能成爲總工程師，絕對不是因爲她是唯一的女性，此刻她那溫柔中帶著威嚴的面試官氣勢，就是我完全做不來的。

在絲薇塔之後，我們按順時針方向自我介紹一遍。

葉門人今年二十八歲，跟法蘭茲同年，比雅各小三歲。德國的傳統大學學制沒有學士學位，一般最少要念五年才能拿到等同於碩士的「Diploma」學位，加上半年業界實習，二十六歲畢業算是很正常的。也因此這邊的同事多數都比我大上兩、三歲。

自介輪盤停留在葉門人面前，氣氛十分和諧，除了他說「法國的工程研究做得很好」時引來了一陣笑聲。

「我們相信法國的純理論學科，例如物理、化學應該很不錯，不過工程嘛……跟我說你不是認眞的。」

雅各笑著搖頭。

自我介紹結束，法蘭茲忽然發難：

「關於你剛才的報告，我有一點點問題，你可以解釋一下第五頁的第三個式子嗎？」

我曾見他的小紅筆記本滿滿記著剛才聽報告時寫下的問題，而我的計算紙上只有幾滴供CSI採樣分析DNA的打瞌睡唾液證據。

「這個地方又該如何解釋？」

「難道你不覺得這邊有點問題嗎？」

失去從容的葉門人有如回到豔陽高照的阿拉伯半島，臉上滲出汗，十指交叉的雙手因爲使力，指甲頂部呈現乳白色，眨眼次數增加。根據《FBI教你讀心術》的說法，我知道一件事：他此刻非常緊張。

話說回來，這個結論不需要看書也知道。

雅各出來打圓場：

「我問個簡單點的問題好了，你先把高斯分布（Gaussian distribution）公式寫出來好嗎？」

所謂的「高斯分布」是所有學通訊，不，學過機率的人閉上眼睛都應該寫得出來的式子，它又稱爲「正規分布」（normal distribution），是生活中到處可見的數學公式。例如一場理想的考試，所有學生的成績統計結果就該像高斯分布一樣，高分和低分者很少，大部分學生集中在中間。

雅各問這個問題的目的只是想讓他重拾信心，想不到葉門人竟然對著白板發呆了好一會兒，然後問：「誰能給我一點提示嗎？」

這就像考音樂學院時向面試官說：

「我真的會作曲，只要你先告訴我那五條線上跑來跑去的黑點怎麼看。」

法蘭茲用手指輕敲桌面，對大家露出了「我們還在這裡幹什麼」的眼神。

「你如果不會寫高斯分布公式，那信號通道模型是怎麼建立的？」

「這不是演算法的核心，我朋友會幫我處理。」

不懂還找藉口是連我都知道的大忌。葉門人的舞臺右側記分板跌到零分。法蘭茲在一旁對雅各說：「我們乾脆要他朋友好了。」

「什麼？」

「沒關係，我想我們沒什麼問題了，謝謝你來面試。」

絲薇塔的招牌笑容關上了面試大門。

葉門人跟架構組結束面試後，我們關起咖啡間的門討論。

沃夫岡拉了三次門確定關好了，代表架構組發言：

「他人滿好相處的，不過當我們問他讀博班的動機時，他說希望能回葉門教書，回饋國家栽培。」

我念博班的一部分原因則是當初跟老爸討論時，他說：「念得來當然要念囉。」

「但後來問他有沒有打算學德文，他說有。我們又問是打算在這裡長期發展嗎？他回答如果機會許可，他希望如此。」

希望沒人知道我德文課退班的事情。

我低聲自言自語，沃夫岡忽然提高音量：

「這兩個答案明顯矛盾！因此，我們對他的話得有所保留。」

「另外，他是從不同領域轉過來的，所以特別需要指導。偏偏他自我意識很強，不大承認自己不懂，這種人很難指導⋯⋯」

我一直以為除了年紀和英文程度之外，我跟大家差不多，這是我第一次察覺到，搞不好自己其實只懂得一點研究，還有更多需要學習的。就好比這次面試，恐怕我比葉門人還要狀況外。

一番討論後，兩位總工程師一致拇指朝下，達成否決共識。

「虧我還想了解一下沼澤演算法是什麼咧。」

我有點遺憾地說，法蘭茲在旁邊看著我，搖頭回答：

「那叫做『群演算法』（swarm algorithm），是藉著觀察侯鳥群裡沒有一隻鳥發號施令卻能整齊飛行的生物行為所發展出來的演算法。根本不是什麼沼澤（swamp）演算法。」

❶ 會來看這則註釋的人有兩種可能，一種是沒打過電動以為ＨＰ是在講印表機；另一種則是一看就知道是血量，不過並沒有仔細思考過縮寫是什麼的人。答案是 health point。

18. 每瓶啤酒都訴說著一個故事

「要我載你嗎？」

「我得先回家放個東西。」

如果是坐雅各的車，我連命也得先放回家裡。

回家換套衣服，我走到公車站牌。德國公車就像女生的「好朋友」一樣通常都很準時，不準的時候更像該來沒來的好朋友，每個人都等得一臉不安。

等車時有位德國女孩向我問路。我告訴她該在哪一站下車後（托後來又坐錯好幾次公車，動不動就被迫 city tour 之福，我跟阿亨已經很熟了），隨口問了她要去幹嘛，原來這位嬌小的女孩要去拳擊社，她剛從北非回來所以有點忘記路了。

「我去北非做公益服務，教小孩子外文。」

她說很多德國大學生都會在寒暑假出國從事公益服務，順便旅行，跟我們熟知的 working holiday 有點類似。去過北非的拳擊社社員……嗯，我想應該不用問她需不需要陪她走了吧，不然遇到搶匪還得靠她保護就尷尬了。

跟拳擊女孩道別之後，我搭上了往電影院方向的公車。

上車基本上不查票，單程票一張二．四歐元（約臺幣八十元），都快要可以從臺北搭客運到新竹了。短程「只要」一歐元（約臺幣三十二元），也差不多是北投到公館的捷運票價。大學城的公車上擠滿剛下課的學生，嘻嘻哈哈地熱鬧非凡，跟早上上學的景象全然不同。清晨的公車比較像是要開往刑場，每個人神色凝重地望向窗外，有些人還坐在反方向的座位上閱讀，對一向很容易暈車的我來說這根本是特技，看來德國人不但比較高大，三半規管也比較粗吧。

公車後門有個隱藏式的斜板，只要有殘障人士上車時，司機或是距離最近的乘客便會把斜板翻開，幫忙推輪椅上車。剛來德國時，我覺得歐洲的殘疾者好像特別多，他們的生活中眞是充滿了危險，像是一堆醉漢闖紅燈之類的；但看到這項設施後仔細想想，說不定只是因爲歐洲有完善的公共設施照顧弱勢族群，他們才能跟一般人一樣方便外出，不會受到太多行動上的限制。

在電影院售票口買了五歐元的週二學生優待票，我們先去旁邊的酒吧打發開演前的一個半小時。你沒聽錯，提前一個半小時集合，都可以先看一部電影了。

雅各、法蘭茲和沃夫岡都吃過晚餐了，所以我自己點了一份豬腳（Schweinhaxe）。三位日耳曼啤酒鬥士則點了四杯半公升的啤酒，圓柱狀的酒杯上浮著超出表面張力許多的白色泡沫，金麥色的啤酒表面與「500ml」的刻痕完美相交。德國餐廳的杯子都有這種刻度，免洗杯和紙杯上也有，有些免洗杯還做得特別瘦長，是專門盛啤酒用的。

「乾杯～～」

一群人的乾杯聲像鐘錶店裡沒對好時間的鬧鐘，各自誤差了幾秒做整點報時。

「你乾杯的時候要看著人家的眼睛。」

沃夫岡忽然很認眞地跟我講，我有點不好意思，覺得自己很失禮。

「不然會有七年 bad sex。」

雅各灌了一大口啤酒後在旁點頭附和，這句話才是眞的失禮吧。

連拜拜用的玫瑰紅都會喝到起酒疹的我，一杯黃湯下肚後，眼前的豬骨頭開始旋轉。

「再來四杯 Kölsch（科隆啤酒），謝謝。」

「一杯小杯的，或者……」

我趕快制止雅各，拿過飲料單看看有沒有其他選擇。

「Altbier（杜塞道夫啤酒），好喝嗎？」

沃夫岡愣了一下，接過飲料單。

「這家店竟然有賣Altbier，下次我們換一間店吧。」

「不過是另一種啤酒，哪有這麼嚴重啊。」

「如果你要說發霉的液體也算是啤酒的話。」

法蘭茲喝了一口 Kölsch 後繼續補充：

「嚴格來講起司也是發霉的牛奶，不過這個和那個是不能相提並論的。」

沒有人在意這種聯想。

三人一言一語，讓我拼湊出這兩種啤酒背後牽扯著兩座西德大城的恩怨。

據說，如果你在科隆（杜塞道夫）酒吧裡點 Altbier（Kölsch）是會被轟出來的，法蘭茲還曾經見過觀光客拿著 Altbier 去參加科隆的狂歡節，結果酒被人一把搶走摔到地上，然後塞了一瓶 Kölsch 給他，說：

「這不是啤酒！Kölsch才是！」

「你知道『純粹啤酒令』（*Reinheitsgebot*）嗎？這是全世界第一條食品法規，制定了啤酒的原料……

「還有一種啤酒含有酵母（Hefe），倒得剩下三分之一時要搖一搖，把酵母倒出來……」

「黑麥汁（Malzbier）之所以比啤酒貴，是因爲……」

沃夫岡滔滔不絕講著有關啤酒的知識，臉上的表情彷彿是在講他心愛的女友。

以前我曾經看過也是德國牌子的Rimowa行李箱有一則廣告文案：

每個行李箱都訴說著一個故事。（Every case tells a story.）

那時我只覺得這是資本主義爲了讓消費者掏腰包的話術，但此刻聽沃夫岡說了這麼多，我忽然覺得，每一種德國啤酒標籤背後好像都有一個長長的，關於釀造、關於原料、關於產地的故事。

或許，生活中的許多事情只要仔細去體會、發掘，都可以像挖地瓜一樣拉出一長串的有趣知識。

「乾杯～～」

我意識到自己有如正在參加橫越撒哈拉沙漠的馬拉松跑者聚會，看著他們努力用啤酒補充水分，只差沒有跟寶礦力廣告一樣，手扠著腰一仰而盡。

「再來三杯大杯的和一杯……」

「熱可可！加鮮奶油，謝謝。」

德國人很喜歡在飲料上加一大團臺灣女性又愛又恨的鮮奶油。雖然不太好意思承認，但我覺得眞的很好喝。

「這個選擇只比Altbier好一點，你爲什麼不喝……喔，好吧。」

看到我臉紅的模樣，法蘭茲也放棄損我了。

不只是他們三個，之後只要跟同事們出去，第一要務總是找酒吧。他們怎麼喝都不會臉紅，只有情緒比在實驗室激昂了點，笑聲大了那麼幾分貝。開國際會議時我從不擔心找不到人，只要朝酒吧走去，或者留到最晚，那群待在會場妨礙工作人員善後的通常就是德國人。

「我們愛喝啤酒是有歷史和生理因素的，乾杯。」

沃夫岡拿起酒杯，勉強跟我的熱可可白瓷杯碰了一下。

「首先，我們的天然水中礦物質過多，對人體不好。你們東方人用煮沸來去除礦物質，我們的方法則是把水發酵成酒。其次，大多數的西方人體內有種酶叫做ALDH2，可以有效分解酒精，這也是我們不容易喝醉的原因。

「不過也要歸功於我們從小訓練有素。

「最重要的是，你不覺得喝到微醺……那種感覺很美妙嗎？」

說這些話的沃夫岡，意識清楚得像是還可以把線穿過針孔，而全身上下ALDH2匱乏的我則早已在體驗他口中的「美妙感覺」了。

「我只知道我比你們有效率多了。只要兩杯就可以喝醉，省錢省時又不用跑廁所……啊，廁所還得額外付錢。」

「嚴格來講，是一杯半。你的第二杯是兩百毫升的。」

法蘭茲一口飲盡剩下一半的啤酒，我們往電影院出發。

「我們挑《芭樂特》是因爲這是少數保留原音打德文字幕的電影！」雅各在飲食部買啤酒時對著距離一公尺外的我大喊道，他是繼我之後第二個體會到「美妙感覺」的人。

電影非常好看，除了某些全場爆笑的時刻，因爲主角是講哈薩克語配上德文字幕，兩種溝通管道都失靈，讓我有種在外星球看電影的錯覺。這種時候，隨便又隨和的我只有「跟著發出笑聲」，旁邊的雅各用酒瓶碰了碰我的肩膀：「你德文進步很多了嘛。」

我抓起另一邊沃夫岡的酒瓶跟他敲了一下。

忽然，播放中止，燈光亮起。我狐疑地望了望雅各，他醉醺醺地說：

「中場休息嘛，看歌劇的時候也有。《魔戒三部曲》的『中場休息』還是一部一年呢。」

「雅各酒量不好嗎？」

出了電影院，我問馬拉松三人眾裡實力最堅強的法蘭茲。

「跟他的身高一樣，對你來說很高，但對我們來說是個矮子。」

法蘭茲把酒瓶交給正好路過的流浪漢，一個空瓶四塊臺幣，我眞有點想搶過來。

「不過他酒品有點不好……只要再讓他多喝一點……」

法蘭茲遲疑了一下，轉頭跟沃夫岡商量幾句後說：

「我們去續攤吧，讓你見識一下眞正喝醉的雅各。」

半小時後，我跟正在往肚子裡囤積第三．五公升啤酒的法蘭茲酒桶和沃夫岡酒窖站在吧檯前（我點了意外好喝的Kiba❶，一口氣喝了兩杯欲罷不能），雅各則在舞池裡和一位性感的棕髮美女跳舞，兩人耳鬢廝磨，就像兩塊磁鐵吸附著彼此。

「他只要一喝醉，就會完全解放，想幹嘛就幹嘛。」

動物星球頻道的主持人法蘭茲，用長鏡頭解釋著黑猩猩雅各的行爲模式。

兩週後，我們又在另一個聚會裡遇到那位棕髮美女，原來她是某位同事的朋友的女朋友。只見她不時向雅各拋出一半尷尬一半期盼的微妙眼神。雅各小聲問我：

「你不覺得那女孩看我的眼神怪怪的嗎？她有男朋友耶。」

黑猩猩雅各離開鏡頭，主持人法蘭茲走過來爲節目下了註腳：

「而且，他永遠記不得二・五公升以後發生的一切事情。」

❶ 櫻桃（Kirsch）加香蕉（Banana，跟英文一樣，寫出全名時我覺得有點蠢）打成的果汁，絕對是德國人不小心弄出來最好喝的飲料。

Part 2 冬 Winter

比起讚美雪，像個德國人一樣對雪反胃，
才能更襯托出自己對異國的生活
是多麼處之泰然、如魚得水。

19. 雪下起來，連國界都遮住了

來到十二月，商店開始販賣聖誕日曆（Adventskalender），上面有二十四個小窗戶，從十二月一日開始，每天戳開一扇窗戶就能得到一個小禮物，一直玩到耶誕夜。

某天清晨，窗外一片片雪花降落，我生平的第一場雪無聲無息地到來。

嚴格來說，十一月下旬曾經短暫下過一次，但是當我換好衣服往外衝之際，雪竟然凝結成了冰雹，害得我抱頭鼠竄回來，那種感覺比點雪花冰端上來的卻是剉冰還要令人生氣。

這次總算堂堂正正下起雪了。

我很興奮地帶著相機走路去上班，沿途東拍西拍。

「哇，下雪耶，那會是什麼感覺呢？」

「超美的，建築物上都覆蓋著一層白色，像蛋糕上的奶油一樣。」

「好羨慕喔，你下次要帶我去，不准再自己去了喔。」（嘟嘴）

「看看囉～～」（得意）

呵呵、呵呵、呵呵。

每按下一次快門，我腦海裡就出現一段將來聯誼時可能會出現的對話。

拍照是爲了把當下美好的時光記錄下來，但很多時候這些紀錄，卻是爲了製造讓別人欣賞、享受的另一段美好時光。

我故意挑積雪比較厚的地方踩，享受腳陷進去的感覺，抬頭望著雪片從灰濛濛的天空灑下，有的受到重力影響慢慢往下落，有的被風輕輕地托起，還在空中不斷飛舞，風的軌跡也一條一條顯現在眼前，讓我忽然想起以前國文課的「未若柳絮因風起」。念書時對這句話完全沒有感覺，但現在卻頓時想起。我一直覺得自己跟文學不對盤，沒有文學素養，但現在想想，或許也可能是因爲不常接觸文學情境中的場景，才沒有共鳴。

鞋底的雪一路融化，我像蝸牛般走進辦公室，踩過的地方拖迤出一條閃亮的水漬。我打開窗戶，繼續努力將窗外的景色轉換成０１數位信號。

「你在幹嘛？」

法蘭茲問。他不是穿越時空從羅馬時代來的古人，所以絕對不是沒見過人拍照。

「替我人生的第一場雪留下紀念。」

「你打開冰箱沒看到差不多的東西嗎？」

雅各在旁邊忍不住笑出來，敲著No.6「吐槽」指法的法蘭茲有點得意。可惜他不是古羅馬人，不然我大可轉身拍他一張，再威脅他那只會嘲諷人的生鏽靈魂已經被我俘虜進這個黑色小盒子裡。

話說回來，德國冰箱的確常結霜，搞得冷凍庫只剩下一小塊空間，除了火腿片什麼都放不進去。我不懂爲何這裡什麼都很先進，冰箱卻這麼落後。

當然，如果用冷凍能力來算，又是相當先進了。

「上次颱風來你們還不是把窗戶全打開，搞得整間辦公室的紙都在亂飛！」

「你不能否認那是很少見的現象！」

上週我有幸遭逢德國罕見的颱風，而且還沒有放假，害我得在晚上六點多冒著被吹走的危險回家。空曠的地方吹大風眞的很恐怖，讓人有種絕望的感覺，校園山丘上的綿羊則躲在背風坡，還是悠哉悠哉地吃著被雨打溼的草。

除了羊之外，其他景象在臺灣可是普通到不行！

我原本想這麼說，但拿颱風出來炫耀實在沒什麼意義。

「雪只有第一天漂亮，接下來幾天你就會嫌棄它了。地上滿是混雜著泥土的髒雪。」

「雪融以後在地表會結成薄薄的一片冰，一不小心就會滑倒。」

我不懂雪哪裡得罪他們，要讓他們這樣輪流說它壞話了？

但是我的腦內劇場或許得修改一下劇本：

「哇，下雪耶，那會是什麼感覺呢？」

「起先還ＯＫ啦，但是後來很煩啊，地上髒兮兮的，又容易滑倒。早上起來看到天空還在飄雪，都會想說：夠了，拜託快停吧。」

「你好誇張喔，看雪還看到膩了耶。你下次要帶我去，不准再自己去喔。」

「看看囉～～不過下雪時我要躲在家裡。」

擁有太多，才有資格不稀罕。

比起讚美雪，像個德國人一樣對雪反胃（但不需要對颱風感到新奇），才能更襯托出自己對異國的生活是多麼處之泰然、如魚得水。

此刻我還不知道，幾天後我會如此痛恨雪。

大家好，總算輪到《臺灣夜市小吃》我出場了。

我現在莫名其妙地到了比利時，在冰天雪地的野外等著回阿亨的公車。

爲什麼會來到這裡，得追溯到四十分鐘前的那通電話，一個叫雅各的傢伙打來的。

「嘿，我們在酒吧，快來喝你的熱可可配啤酒吧。」

「你到附近再打給我們，我們去接你吧。你打扮成平常那種萊姆樣，一百公尺外我們就可以認出你了。」

因爲多數德國人都愛在冬天把自己穿得烏漆抹黑，企圖消失在夜色中，主人從臺灣帶來的亮黃色羽絨外套便格外搶眼，穿上去彷彿是維他命C廠商找來的大萊姆玩偶。披上外套，主人隨便踩了涼鞋就出門，我正想能在家裡偷個清閒，門口又傳來鑰匙聲，主人竟跑回來把我跟相機拎走。

在公車站牌前，主人以看待學術論文的態度低頭研究我，全然沒注意到自己上錯車了。奈何我只是本《臺灣夜市小吃》，連身上印的「筒仔米糕」糯米與肉的比例都不是我能控制的（比起一：一，我認爲一．五：一更符合當下的輕食風潮），遑論能發出聲音提醒這傢伙趕快下車。

就這樣，在主人鑽研著錯誤的「筒仔米糕」作法時，公車劃破了黑夜中鋪在道路上的白雪，經過了一個在「阿亨」上頭打了紅色叉叉的路標——

我們離開德國了。

又過了五分鐘，主人用萊姆外套抹掉滴在我臉上的口水，抬頭發現周圍一片漆黑，一個人也沒有，公車上也只有小貓兩三隻。撇開大停電加戒嚴的可能性，很明顯這不是往酒吧街的路上。

「嗯……你要到哪兒？我們……終點站在Eupen（比利時靠近邊界的一座城市）……」

公車司機用放慢速度的德文說，驚慌的主人 聽到又匆匆忙忙地趕快跳下車了。

據說他曾經這樣在墓園下車過。

這眞是非常不明智的選擇。

坐過站絕對不是越早下車就越容易回去。正確的做法是，耐著性子坐到大一點的站，才有比較多的班車可以回來。

奈何我只是本《臺灣夜市小吃》，連把自己留在車上的能力也沒有。

公車站座落在四線道的公路上，公車站牌這一側，黑壓壓的森林緊臨著公路，對面則有幾間荒廢的木造房子。往來不多的車子像怕冷一樣，加緊速度從眼前呼嘯而過。

大雪中，主人盯著腳上的涼鞋，自問爲什麼會這麼笨，下雪還穿涼鞋。後來他索性蹲在公車站的座位上，還不忘把我塞進外套裡，讓我感到一陣溫暖。

「呼，難怪流浪漢會塞報紙到棉被裡，暖多了。」

竟然把我這本印刷如此精美的食譜和報紙相提並論，如果公車誤點，我搞不好會被燒來取暖。

時刻表上寫著一小時後才有公車。

「好吧，我早就想試試看了。」

主人跳下椅子走到更靠近馬路一點，比出拇指朝上的搭便車手勢。雖然他露得夠多（腳趾都變紅了），奈何裸露的部位錯誤，好幾部車稍稍減慢速度，用大燈把主人看清楚之後立刻加速逃逸。

任憑誰看到有人下雪天拿本食譜穿涼鞋坐在國境邊緣的公車站，都會覺得這人有問題吧。

「爲什麼我會在這邊啊～～～～幹!!」

主人突然把我從外套裡抽出來捲成大聲公，用中文大罵。原本一片漆黑的對街亮起了一盞燈。主人把依然維持大聲公姿態的我湊到眼前喬裝成望遠鏡，一顆人頭的黑影從木屋窗戶裡探出來，劈哩啪啦罵了一堆：

「××××××～～～～狗屎!!」

主人靜止了幾秒，用我拍拍自己頭上的雪，再度展現成爲流浪漢的天賦，把我塞回外套裡，繼續等待時間像雪一般緩緩落下。

一小時後終於回到酒吧街。大部分的露天座位都收起來了，只剩少數幾桌打開遮雨棚，插上了戶外的高腳暖爐。每個座位都擺了毛毯，讓情侶們可以一邊取暖一邊在毛毯底下幹些不應該在大街上幹的事情。

主人打給雅各問清楚他們在哪一間酒吧，然後在半路遇到了也要一起去的朋友。

「你爲什麼那麼晚來？」

「泡澡泡到睡著了。那你呢？」

「我剛去比利時觀光。」

那個叫法蘭茲的皺起眉頭，主人晃了晃脖子上的相機。

「我想拍比利時的雪景。」

「那你有拍到什麼嗎？」

「沒有，我在國境邊就折回來了。」

「爲什麼？」

「高中不是有一課上到《世說新語》，王子猷拜訪友人……該死的文化差異，害我想掰個有點氣質的藉口都掰不出來！」

「你又用中文在抱怨什麼啊。算了，反正雪也只有這一兩天美，等它髒掉之後……哎喲！」

法蘭茲滑了一下，主人想伸手去拉他，結果法蘭茲一個假動作回復平衡，反而主人一屁股坐到馬路上，我則被摔到一旁的雪堆裡。

「個子矮不是應該平衡感比較好嗎？」

這位法蘭茲眞是個狠角色。

我又被摔到木製的酒吧桌上，身上還沾到了兩滴啤酒。主人也沒好到哪裡去，屁股溼了一大塊，萊姆黃的羽絨衣上沾滿了雪片。雅各笑說：

「嘿，你這次更厲害了，還沒喝就先醉了嗎？」

主人一句話也沒說，點了杯熱可可。

被以「喝酒比較暖和」的理由強灌一公升啤酒的主人，弄到深夜才醉醺醺地帶我回家。當他準備洗澡時，隔壁忽然傳來一陣音樂聲：

“Wind me up, put me down, start me off and watch me go……”

噢，是我喜歡的瑞典團 Caesars 呢，還是 Apple 推出 iPod 時採用的廣告曲〈Jerk it out〉！我努力想要跟著節奏扭動書背，幻想自己是本帶著 iPod 的黑色酷帥料理書，這時有點醉意的主人卻忽然惡狠狠地說：

「我用吹風機就被罵，你凌晨一點多了還敢放這種音樂！」

話還沒說完，主人把我捲在手裡，打開門衝到隔壁，用力地把我摔在門上：
咚咚咚、痛痛痛、and you jerk it out……喀啦。
門一打開，一股熱氣混雜著酒臭、汗臭以及吵雜的音樂聲傾瀉而出，逼得我跟主人倒退一步。而從這股龐大熱氣背後的黑暗房間走出來的，竟然是全裸的德國大叔！
「你……不知道很晚了嗎？」
主人一分鐘前的氣勢在這尊肥胖的西方男子裸體前消失殆盡，他害羞地拿我擋在自己的視線和大叔的重要部位之間。
食譜絕對不是這樣用的！
這眞是我受過最大的恥辱了。
「知道啊，所以我準備要睡覺了，你沒看到嗎？」
大叔伸手在自己身上比劃著。
「但你音樂太大聲了，讓我沒辦法睡覺。」
他側耳聽了一下房裡的音樂，現在是〈May the rain〉了。
「或許，那我轉小聲一點好了。現在，小弟弟，帶著你的食譜回去睡覺吧。」
大叔揮了揮手，轉身帶上房門。
又拿我去遮他屁股！
回到房間，衣服也沒換，主人把我蓋在臉上，整個人倒進床裡一動也不動，試圖讓體內的酒精和嘴角的熱可可將他拉進睡眠，忘記方才看見的醜東西。

20. OPEN小將你為什麼不來德國？

實驗室掛著的年曆最底下一欄標記著每月工作天數，讓人一眼就能知道這個月還要上班幾天，距離兩個月後的連假還要上班幾天。然而一直盯著這樣的統計，有時反而讓時間變得更漫長，例如當兵數饅頭，或是出國想回家。

我轉頭問法蘭茲：「下星期一、二都放假？」

「如果不喜歡的話，你可以來上班。」

他冷冷地回答，我瞄瞄他敲桌子的模樣，那是No.7指法，意思是「聽得出這是玩笑話吧」。

「你最好去買點東西，超市這幾天都不會開。」

搭配這句話的是No.3「實話」指法。

數學上，我們常用近似的方法求出最佳解問題的「區域最佳解」（local optimal），至於「全體最佳解」（global optimal）則需要花上很多時間才能找到。

現實生活中，這種狀況也很常見。

好比德國商店假日不營業，辛苦一週的上班族沒辦法只靠著逛街，用手一遍遍拂過只要沒打折就永遠買不起也帶不走的衣服，就自以爲有度假放鬆了。他們被迫要到郊外、遠一點的地方去旅行，或是在家裡和親人度過原本以爲會大眼瞪小眼，相處下來卻挺溫馨的一天。

這些活動需要克服較大的靜摩擦力，但實際做了，往往會得到更多快樂。

然而，對留學生來說，回家吃頓晚餐是得花上三十幾個小時外加好幾萬的大事，就算四天連假也完全不夠用。

於是我爲自己安排了一系列的活動，開幕式是——上髮廊。

儘管該帶的（打薄剪、平梳子，以及還有頭髮的頭）都帶了，但來到德國之後，我始終不敢自己動手理髮，只能任憑它每天破紀錄地長下去，偶爾我還會把瀏海拉直，閉著一隻眼睛像寫植物生長日誌一樣目測它的長度。再這樣下去，路上遇到的流浪漢不會再跟我要錢，反而會問我今天收穫怎麼樣。

基於兩個理由，我挑上了一家名爲「Hair Killer」的理髮廳（希望他們對我的頭髮不要店如其名地那麼殘暴）：

第一、老闆是埃及人。傳說德國人開的理髮店裡都擺了一本通用於亞洲學生的剪髮手冊，只是裡面的模特兒是豬哥亮。

第二、剪一次只要八歐元，遠一點的日式髮廊要三十五歐元（換算成臺幣爲二百五與一千一的差別），這是小一的數學問題。

埃及老闆是個光頭，我很好奇他是在成爲理髮師之前還是之後變成這樣的，畢竟，不能靠自己的髮型打廣告是有點可惜的事。

「我又不會替自己理髮！」

他用埃及腔英文說著。挺有道理的，看來我不會替自己理髮也不是什麼丟臉的事。

他的身材非常魁梧，在埃及時是柔道家，茉莉花革命[5]後來到德國，這讓我先有了想逃出去（我不認爲柔道家的理髮技術會比我好上多少），又覺得不該輕舉妄動的念頭（無庸置疑，他的寢技一定比我強很多）。我偶爾會覺得，同樣來自他鄉的外國人要比德國人更親切，很大一部分的原因是：我們有共同的抱怨話題，對，就是德國人。果然，寒暄幾句後就開始了。

「我有一次剪完一個客人，他竟然說我剪得比他預期短了兩公分！兩公分！兩公分！」

我第一次覺得「公分」聽起來這麼像髒話。

「他又抱怨我剪髮花太久時間，店裡的埃及音樂太吵，我的肩膀按摩太大力！兩公分！」

按摩這一點我倒是相當同意，照他這種按法連金字塔都會被他按出個窟窿來。

「那個德國人是不是長得很高，深棕色頭髮很長，中分，手指習慣一直敲啊敲的？」

我試圖描述了一下法蘭茲的長相，可惜不是。

「好了，你可以戴眼鏡看看了。」

這是什麼!?

鏡子裡的我一頭短髮，跟任天堂時代的低解析度馬力歐一樣，整個髮型活像用馬賽克方塊拼組而成，每個轉角都可以用量角器量得精準的九十度。這傢伙不是在抱怨德國人太精細嗎，這又是在幹什麼了？

「這是開羅目前最in的髮型，八歐元。」

經他這麼一說，我的確覺得此刻最適合我的打扮是米白色亞麻布長衫，中間綁一條麻布腰帶，再來副頭巾更不賴！

以後還是自己理髮好了。

頂著馬賽克頭，我前往超市購物。說到購物，臺灣向來以信仰自由著稱，有超過十五種以上的宗教在民間流傳；然而到德國我才發現，在各種不同宗教信仰之上，全臺灣還有一個更深入庶民生活的普及（說是壟斷也不爲過）信仰，那就是座落在每一間便利商店收銀檯後方的方便大神，或者，他現在用比較可愛的造型示人了——OPEN小將。

德國的民生用品店沒有如同便利商店般的完美平衡，他們的民生用品座落在光譜的兩端：又小又黑的雜貨店（Kiosk）以及超市（Supermarkt）。在前者，你得用較高的價格買到較不新鮮的商品，如果是骨董店就罷了，但就只是擱在倉庫幾個月，也能這樣哄抬價錢嗎？至於後者，你則得仔細比價，因爲兩間距離不到五百公尺的超市，對同一種商品可能會有完全不同的定價。

剛來時我什麼都看不懂，只能用鼻子和眼睛確認自己買的東西是否正確，回家後再懷著對樂透的心情一一拆封。一開始還滿好玩的，搞混糖和鹽也沒關係，反正都是要買的；牛奶米（Milchreis）是甜點不是稀飯也是吃了才恍然大悟。但是當冰箱堆滿了猜錯的食物時，就不是那麼有趣了。

幾週後隨著德文進步，我發展出「迴圈式（for loop）購物演算法」。

for（i = 1; i< N; i=i+1）

德文詢問→英文詢問→中文自怨自艾→手勢詢問→回家發現買錯得重買→德文……

end

通常上限N*會控制在3到4之間。❶

5：二〇一〇北非突尼西亞人民因經濟困境發起的反政府示威，推翻掌權超過二十三年的獨裁者班．阿里。

今天，在經過一個月的神農嚐百草後，我將華麗展現「如何成爲悠遊於德國超市的購物達人」。

第一站是比利時超市「德爾海茲」（Delhaize），這位比利時老闆絕對是想用它來羞辱德國人的品味不足。

沒有擋在通道上的花車，整體氣氛相當有格調，商品彷彿都罩著一層淡金色的光芒（遺憾的是，這層光芒也讓價格翻了兩翻），就連自有品牌「365」看起來也非常有質感。來這裡是爲了購買打電腦時放在右手邊的比利時鬆餅，與放在左手邊號稱採用地中海食材的洋芋片。起先我也會在這裡買肉，不過有一次燉牛肉，吃起來味道怪怪的，看了盒子上的圖案才發現那是鹿肉，之後又在冷藏肉櫃裡陸續發現兔子和鱸魚的剪影後，這裡就被定位成單純的——「點心」超市。

補充說明一下，雖然在德文課上學會了「與店員對話」祕笈，每次結帳我還是很緊張，因爲歐元實在有太多種銅板了！儘管常看到有人慢條斯理地挑著銅板結帳，存心想把排在後面的人氣到心臟病發作，臉皮薄的我還是急著速戰速決。起先我都是直接付紙鈔，後來發現這樣銅板累積的速度實在太快，我便乾脆把所有銅板掏出來放在手上，請店員自己挑。這樣做的缺點是店員偶爾會給你白眼，不過至少不會讓我家的銅板數增加。

一直到某一次有個店員挑不到五十分銅板，忍不住問我：

「你沒有電子錢包嗎？」

該死！我竟然忘記這件事了!!

超市之旅第二站來到土耳其區入口的土耳其超市。如果說比利時超市是微風廣場的B2高檔超市，那土耳其超市就是傳統市場與巨型雜貨店的混血兒。這裡有便宜又種類繁多的蔬果，其他超市的蔬果相形之下都顯得發育不良。

四款品種不同的洋蔥，八種各式各樣的椒類，大到一個人抱不回家卻又不肯切開來賣的白菜；還有持續滴著血相當新鮮的羊肉，以及德國人不愛吃的各種內臟。我曾經不小心買了太多豬心，含淚連續吃了三天的豬心湯、豬心炒飯以及豬心蒸蛋，最後一項相當不推薦。

土耳其超市是——「蔬菜與內臟」超市。

第三站是位於前身爲皇宮現爲市政廳對面的「皇帝」（Kasier）連鎖超市。名爲「皇帝」超市，陳設也像皇帝和皇后大戰過後的寢宮一樣雜亂，不時還會有老太太停在某項商品前冥想，把一群人卡在走道中間（這點要特別稱讚，在德國偶爾會看到公車慢慢開在腳踏車後面❷，也不會按喇叭叫騎士閃邊。同樣的道理，我很少看到德國人叫老太太閃開，最多是試著用念力讓老太太把眼神從特價義大利麵轉移到他們身上）。

好處是商品價格隨著超市的氛圍下跌三成。

這間超市的主要採購目標是永遠貼著藍標的打折（Aktion）肉類以及當天現宰的「德國壽司」絞肉，我常用後者燉香菇絞肉。此外這裡還有一整個開放式櫃子的起司，所以我替皇帝超市取的小名是——「肉類與起司」超市。

拎著特價豬蹄膀，多一隻腳卻讓我走得更慢，好不容易來到最後一間，絕對不會買錯東西的中國超市。每次在這裡，我都免不了跟來自浙江的老闆娘抬槓，前些日子我們激辯的話題是（我懷疑她想藉這種微小之處來突顯更具政治性的議題：臺灣到底是不是中國的一部分）她所謂的「上海小白菜」其實是「青江菜」。爲什麼叫青江菜我也不知道，但既然更不懂爲什麼要叫上海小白菜，結帳時我還是堅持說：

「下次青江菜什麼時候進呢？」

老闆娘一定覺得我很「歡」，如果她願意求我告訴她什麼是「歡」的話。

話說回來，每次別人買菜都會送東西，只有我沒份，連尾數都沒被捨去，不知道是不是因爲這個原因。

三小時的購物遊行讓我今天沒有多餘的力氣跟老闆娘抬槓，拿了包米就走了。泰國米，煮起來總有股彷彿連著米倉裡的稻草泥土一起蒸的怪味。回家後先把四天十二餐分量的伙食歸位後，赫然發現兩包購物清單上沒有的筍乾躺在桌上。難道這就是傳說中的送東西？

「沉默是金」眞是一點不假。

---

❶ 喔，那段程式碼就是for迴圈，迴圈開始時i的值是1，之後每執行一次迴圈內容，i就會加1，一直加到i=N時，迴圈便結束。有沒有覺得寫程式很好玩啊？如果沒有的話，嗯，恭喜你是位正常人。

❷ 剛來德國時，我走在人行道上常被後面的腳踏車按鈴，叫我閃開，不時還有騎士寧願放棄欣賞前方的景色而回頭多看我幾眼。真是太惡劣了！一直到有一次跟雅各走在路上，他忽然把我拉到他身邊（讓我臉紅了一下）說：「人行道外側紅色的那一區是給腳踏車騎的」。

21. 密室割手事件簿

「啊啊啊啊啊啊～好痛啊～～～」

一聲慘叫劃破了夜晚。

我，《臺灣夜市小吃》和旁邊的ＷＭＦ燉鍋一起把目光掃向剛被買回來，此刻上面正沾著血跡的犯人——雙人牌日式主廚刀（Santoku Messer）。

沒錯，尖叫的人是我。

我按著被雙人牌刀子割傷的手指——這是它今天切的第三種肉，思考該怎麼處理。急救箱呢？

我連被蚊子叮都只是畫個十字了事，當然不會有這種東西！

止不住的血液汩汩流出，染紅一張又一張的衛生紙，像落在臺大椰林大道上的杜鵑花，可惜我現在沒手用它們來排字，不然我一定會排一句筆畫少一點的髒話。造成我在德國用血與衛生紙製造杜鵑花節的罪魁禍首——一字曰之「吃」。

在德國外食沒有太多選擇。麥當勞價格約是臺灣的兩倍；沙威瑪勉強是個選項，便宜又營養，更重要的是料理方式很簡單，德國人沒辦法弄得太難吃；披薩也是物美價廉的好朋友。

在我的「阿亨披薩」排行榜裡，最高分的是市政廳附近的一間窯烤義大利披薩店，但某次義大利人艾傑跟我說：

「那是波蘭人開的。先前我每次講義大利文跟老闆聊天他就狂冒汗，我原本以爲是窯太熱，後來他才承認自己不是義大利人，求我別說出去。」

好吧，我也遇過越南人冒牌開中餐廳、臺灣人說「こんにちは（konnichiwa）」開日本料理店，但那傢伙之前騙我說他是從披薩的故鄉拿坡里來的，他還指著自己的腳踝，跟我說如果照義大利靴子形狀的國土來看，拿坡里差不多就在那裡！

偶爾，當我的胃渴望米飯和醬油時，我便會心不甘情不願地去中餐廳，誰叫阿亨大部分的中餐廳賣的都是「給西方人吃的東方菜」。這聽起來有點像廢話，我的意思是，那些菜吃起來就像染金髮、講話尾音故意上揚的假ＡＢＣ。他們總是把店內漆得紅通通好像每天都是小年夜，再掛上幾幅書法字畫，如果是越南人開的，還會搞不清楚狀況到在櫃檯上擺隻日式招財貓。他們取個「熊貓」、「北京」之類的店名便號稱自己是中餐廳；炒菜時油永遠倒太多，甜麵醬是跟鹽一樣重要的調味料。我很懷疑這些人究竟是在做生意，還是被某個名爲「德國食物保育協會」的地下組織收買，要來破壞比德國菜好吃太多的中國菜名譽。

「因爲我們無法提升德國菜的水準，只好抹黑其他國家的美食來取勝！」

然而，從排隊長度來看，大多數德國人並不討厭這樣的口味。

難吃歸難吃，每次看到排隊盛況，我都有種撞球挑竿讓二十顆還贏的成就感。

基於上述種種理由，大部分時間我只好下廚，以時間換取金錢。但問題是煮的分量很難拿捏，心情好時煮很多，邊撐著吃掉邊發誓下次再也不要煮給幻想中的老婆小孩了。通常這樣下次去超市會買得特別少，回來也隨便弄弄，吃起來又覺得自己好像在異鄉受了委屈。

我的飲食就這樣不斷在過量與不足之間往返，長期平均下來也算是很均衡。

有一次我不小心煮了一大鍋油飯，那個禮拜落得每天帶便當的下場，半夜睡覺都可以聽到腸胃跟竹科加班的工程師一樣在熬夜消化糯米。最後兩天油飯餿了，但不想被法蘭茲笑，我硬是若無其事地吃掉。

「怎麼你昨天跟今天的便當一樣，可是聞起來比較酸啊？」

「醋，亞洲人最愛吃醋了，健康。」

不過，從買食材到回來處理，看著自己削馬鈴薯、切菜、煮一頓飯製造出多少廚餘；醃肉、燉湯，如何將食材烹調成食物；用鋼刷刷焦掉的鍋底、用海綿像撫摸肌膚一樣洗平底鍋，再做最後的整理。在這些過程中，我體驗到一些在自助餐店點餐，邊看電視邊扒飯時所不曾有過的感受——彷彿原本只有副歌的音樂，此刻連前奏和收尾都補齊了。

撇開忙完後會有種「又是煮一小時吃十分鐘啊」的淡淡哀傷，大致上來說，煮飯是一件挺有趣的事。

三個月下來，除了味覺遭受些許的永久性受損，我的廚藝以及腸胃抵抗力都大幅進步了。中餐煮了一陣子，我開始厭倦去中國超市採買昂貴的便宜食物，例如兩盒相當於半隻烤雞價錢的嫩豆腐，或是八十塊臺幣三棵的青江菜。我大概能體會在臺灣的外籍廚師會抱怨臺灣沒有新鮮又便宜的歐洲食材的心態，但與其繼續這種無啥用處的體會，還不如徹底改變飲食習慣，做個在當地就煮當地食材的人。

我開始上網查西餐作法。

原來就算再簡單的義大利麵，也有許多不容小覷的學問。例如，該用哪種乳酪。

白乳酪總是幾天就發霉，起先我以爲這是正常現象，乳酪本來就是發霉的東西嘛，說不定外國人都是這樣，買一塊小小的乳酪回家，然後它就會越變越大，要吃的時候切一小塊下來就好，跟在廚房裡種蔥是一樣的道理。

直到白乳酪進化成藍「霉」乳酪，我才確定不是這麼一回事。

除非我是百年難得一見的養乳酪奇葩。

有些乳酪則令人不敢恭維。某次買了山羊乳酪，那味道就像一頭羊走到你嘴裡——還沒完，然後在舌頭上拉屎。

回過神來，手上的血還沒止住，我仔細檢查傷口，覺得有點像小番茄夾蜜餞的切口。我很愛吃這種口味的糖葫蘆，偶爾也會自己做，這必然是番茄的報仇。這一切又得從幾天前說起。

工欲善其事，必先利其器。

前天實驗室發年終獎金，念書還有年終獎金眞是太愉快了，我立刻去買想要很久的ＷＭＦ鍋具和雙人牌刀具。

雙人牌名不虛傳，刀子擱在肉盒上，保鮮膜便無聲無息地被劃開。雞腿去骨更誇張，去完後才發現竟然已經切斷一段骨頭了。我邊使用料理書上「指尖內彎，用第二個指節頂住刀背」的標準切法，一切都很順利，直到我在洗刀子的時候，因爲洗碗精太滑，刀柄從手中溜下，我下意識伸出另一隻手去抓住刀子……

爲了避免淪爲全世界第一個因爲煮菜被雙人牌切傷而失血過多致死的留學生，我按著手指去敲鄰居的門。

我敲了敲裸體醉大叔的隔壁房間，畢竟我傷到的是手，不是腦。

「請問你有急救箱嗎？我得把傷口縫起來。」

應門的男生拿著一把小提琴，他的房間一片漆黑，不時冒出綠色閃光。

「沒有耶。啊……你等一下，說不定可以試試看。」

他說完就走進去，讓我在門口又浪費了十ＣＣ的血，我打量著到底要讓血滴在他家門口，還是把它吮掉補充鐵質。

小提琴男回來，手上多了條小提琴弦……

這間公寓怎麼都住一些精神異常的人啊！

基於俗話說：「毒蛇出沒的地方最容易找到解毒草藥。」我跑去樓下不遠的印度餐廳求救。

用肩膀頂開門，我對迎面而來的服務生說：

「請問，你有急救箱嗎？」

「!@#$%^&*」

如果老天給我一輩子只有十分鐘能聽懂印度人英文的機會，我肯定會選擇在此刻使用。

「Ok, let me show you something.」

我把小番茄切口露給服務生看，他擺出寶萊塢ＭＶ裡的舞姿往後跳了一下，急忙抓住我的手腕走向吧檯。

「怎麼了嗎？」

「我想要來一杯Mojito❶，順便問一下爲什麼印度餐廳會需要吧檯呢？」

當然不是這樣！

我又把傷口展示了一遍，酒保也加入了寶萊塢MV舞群往後一蹬，接著又叫其他人出來。

這樣下去我可以在失血過多之前先找到在德國的第二份工作：向印度人展示傷口。

雖然我的簽證不允許我打工。

這時廚師也來了，是位印度老爺爺，他應該被切過很多次了，所以沒有太驚訝。他仔細檢查傷口，慈祥地問：

「很痛嗎？」

終於有人進入狀況了。

「還好。不過我得把它縫起來，你們有急救箱嗎？」

老爺爺廚師點點頭，拿起旁邊的Barcardi萊姆酒往我傷口上倒了一些。

這下就會痛了。

「為什麼你們不用……」

我邊想著碘酒的英文怎麼講，邊納悶我進來時明明看到外面的招牌是一間餐廳，怎麼卻像上了海盜船，只差萊姆酒不是用嘴巴噴的。老廚師不理我，逕自撕了五、六張廚房餐巾紙，在我食指上裹起餐巾紙石膏。

「這樣就沒事了！」

弄完他還用力按了一下，就算正在看《春秋》的關羽也會忍不住跟他說：「嘿，小力點，那傷口可是剛被外銷全世界的雙人牌刀具劃破的耶。」

服務生和酒保在一旁像看了場表演般賣力鼓掌。

「明天我還要自己綁一次，你們的急救箱能先借我帶回去嗎？」

血跡逐漸從餐巾紙石膏裡滲出來，就像意圖藏匿屍體卻行跡敗露一樣。我不打算被這些寶萊塢海盜看到，不然要是喊「安可」重綁個幾次我就真的完了。

「你明天再來，我幫你綁吧。」

老廚師笑著要我別客氣，我感受到異鄉人的溫暖。

可惜有時候溫暖並不會帶來實質幫助，就像每次考試考很差，那些考得比你好的人拍拍你，要你下次再努力一樣。

離開餐廳，我把都是血的餐巾紙扔掉，走投無路，我跑去附近少數亮著的地方，加油站附設商店求救。

上次這樣半夜一個人在街上奔跑，是袖子忽然帶著宵夜來實驗室找我，我再陪著她走到校外攔車。那時候我覺得這樣來回一趟好浪費時間（不然我幹嘛用跑的），但此刻想起來，好像心頭上也被割了一刀，淌起血來。

我一定是失血過多產生幻覺了。

商店的客人出乎意料地多，歐洲商店營業到七八點就關門，說不定是加油站老闆的陰謀。

在凡事都有規矩的德國插隊是不明智的選擇，我乖乖排在五個人後面，偶爾在他們看得見的地方故意滴幾滴血，希望他們能像在超市看到排後面的人手上東西比較少時，就會主動讓對方先結帳一樣。哈囉，我現在身上的血比較少，能讓我先結帳嗎？

「嘿，你在流血！」

魁梧的店員大喊，我像是在環球影城排隊排到一半，發現自己有買express（快速通關）一樣，立刻衝到最前面。

「你們有急救箱嗎？」

「沒有，這個給你。」

店員從胸前口袋拿出一整串ＯＫ繃，我沒被求婚過的經驗，但我想看到戒指時的感動大概也跟這個差不多了吧。

回家後我把傷口清理乾淨，塗了大概有〇．五公分厚的小護士面速力達母，再貼上好幾塊ＯＫ繃（原本塗了一公分才發現ＯＫ繃根本貼不上去），用力按著傷口希望血能趕快止住，按著按著就這樣昏沉沉地睡著。

隔天醒來，小番茄切口變成了一道暗紅色，淺淺的微笑。

❶某一次跟雅各和法蘭茲去市集廣場旁的雞尾酒吧時，我閉著眼睛亂點的一種雞尾酒，混合了萊姆酒、檸檬汁、砂糖，還有搗碎的薄荷葉。雅各說這是海明威最愛的古巴調酒，難怪喝起來很有熱帶風味。比起在德國，我更想等回臺灣之後，坐在夏天的淡水河畔喝喝看。

22. 萬人迷心裡的小男孩

今天大家約好去逛耶誕市集，這是德國人忍受一整年沒夜市的生活，用耶誕節當藉口開辦，爲期一個月的流動夜市。

十一月下旬起，市中心的步行街掛上耶誕燈飾，當夜晚早早於四點多來臨，燈泡彷彿搜刮了那些提早失去的日照，綻放出金色光芒，每條街都是一道銀河，而耶誕市集成了最閃耀的銀河系中心。

我們約在曾參與《史瑞克》第二集演出的「三層樓高薑餅巨人」腳下，這是耶誕市集的入口。整個耶誕市集塞滿總算找到酒吧以外的地方可以廝混的德國人，每個人都像吃了無敵星星的馬力歐一樣亢奮不已，邊走邊笑。避開這些呈現暴走狀態的德國人，我們以絲薇塔頭上的耶誕老人紅帽爲指標，穿梭在人潮中。

比起耶誕老人，我覺得絲薇塔更適合那頂帽子。

雖說是流動夜市，但可別把耶誕市集的攤販想成跟臺灣一樣，是那種警察一來就可以立刻匡噹匡噹推走的餐車。這邊的餐車簡陋一點的是中型巴士改造，規模大的根本就是間餐廳，木頭建材、十幾面烤爐，十幾個廚師裡外穿梭忙碌著。然而，很遺憾，這麼大陣仗的攤販，販賣的食物卻貧乏得可憐，不外乎就是烤雞、豬腳、炒磨菇（果然是馬力歐）、焗烤、薯條，以及喝不完的啤酒。一知道是這些食物，遠觀時的興奮感瞬間消失，好比遠看很可愛，近看卻發現原來不是這麼一回事的「背影殺手」。眞應該邀請這些耶誕市集的承辦人員來臺灣，讓他們見識一下蚵仔煎、臭豆腐或是珍珠奶茶這種高難度的小吃。他們太小看夜市，以爲把東西丟到烤箱裡烤成金黃色就可以拿出來賣了。

受到「親酒精基」[1]影響，廣場裡二分之一的德國人都擠在賣酒的棚子下。沃夫岡專制地幫大家都點了一杯耶誕節紅酒 Glühwein，一種加入肉桂、八角、柑橘等香料後加熱而成的熱紅酒。

聽起來像以紅酒爲基底製成的滷汁，卻意外地好喝。

「喝慢一點，冬天喝這個很舒服，不小心就會一口氣喝太多，更容易醉喔。」

「你知道我的意思吧，很適合跟女孩子喝，嗯，怎麼說呢，當個 Dosenöffner 的時候。」

「啊，那是什麼？」

聽到的人都發出吃吃吃的傻笑，只有法蘭茲面無表情地告訴我：

「開罐器。」

裝耶誕節紅酒的馬克杯很特別，是襪子造型，上面彩繪著耶誕市集的圖案，襪口處依然細心地刻下250ml的標誌。印度人羅杰湊到我旁邊，用「小丸子」卡通的野口同學語氣說：

「ㄎㄎㄎㄎㄎ……今年是紅色的啊，去年是藍色……前年是綠色。」

他是少數會在上午的咖啡時間主動過來找我聊天的人。因爲他人很好，也因爲他同樣熱愛抱怨德國。也因此，從他跟我聊天的頻率，其他人就能估算出他最近對德國有多不滿了。一杯酒四．五歐元，喝完了去退杯子可以拿回押金二歐元，類似寶特瓶退費的機制。這是對付不小心打破杯子的醉漢或想幹走杯子的觀光客的理想策略。

兩杯 Glühwein 下肚，有點暈眩的我拎著沒退費的杯子，跟著絲薇塔緩緩移動的紅帽子，往下一攤前進。

「乾杯～～」

電影院賣啤酒、夜市賣啤酒、麥當勞賣啤酒、保齡球館也賣啤酒！

德國或許只有廁所裡買不到啤酒。

硬要說的話也買得到，類似麝香咖啡那樣了的正宗德國啤酒。

保齡球館裡充滿了球瓶的撞擊聲與德文，一時間我分不清哪個才是噪音。

「沃夫岡，你怎麼拿九磅這麼輕啊，那是給絲薇塔用的。」

羅杰對著沃夫岡的背影開玩笑，沃夫岡沒有理他，只是有點不穩地踩著步伐。他的光頭、手上那顆粉紅色九磅球、和Hello Kitty的裙子根本是同一個顏色。

我把視線轉向血液酒精濃度即將到達〇．四%昏迷標準，理論上要開始解放的「黑猩猩雅各」。

他看起來倒沒什麼問題，球一擲出手就俐落地轉身，身後的球在球道上劃出完美軌跡，所有球瓶應聲而倒。雅各擺出七〇年代的迪斯可舞姿，一手指天一手指地，一路搖擺回座位，絲薇塔還站起來陪他跳了一小段。

如果我是絲薇塔，也早被雅各給擊倒了，不過她似乎從來沒這個意思。

我和雅各分別在兩組的計分表上居於領先，沃夫岡與絲薇塔各自緊追在後。

出乎意料地，法蘭茲嚴重落後。哈哈，他沒安裝保齡球程式。

打到最後一局，我遙遙領先法蘭茲六十三分，領先沃夫岡十八分（他還在拿九磅球）。我注意到每個人擲球的軌跡和個性都有點關連：雅各是優雅的曲球，沃夫岡是快速的直球，羅杰的球慢吞吞的有點陰沉，只有法蘭茲一下子就洗溝，讓我很難判斷是什麼類型的。

我把球交到左手，展現我每次都不一樣的臺灣式隨興球風，畢竟我不想贏太多。

今天是臺灣人在夜市及保齡球館大獲全勝的日子，可惜只有我知道。法蘭茲的聲音從後面傳過來：

「不要讓我，你打認真一點。」

已經喝醉的我管不住自己的嘴巴，立刻反擊：

「你才要認真一點。」

大家愣了一下，爆出一陣笑聲。送酒過來的女服務生撞到連笑都全力以赴的沃夫岡，整杯啤酒灑在他身上。

「對不起!!對不起!!」

「沒關係~~」

沃夫岡竟然開始舔自己的手還吮衣服……

「不要浪費酒，酒很珍貴的。」

凌晨一點，已遠遠超過我的就寢時間，這群人還打算再續攤。已經騎上旋轉木馬，眼前整個街景都在團團轉的我，跟大家說我想回家了，法蘭茲冷冷接話：

「讓小孩子回家睡覺吧，他有門禁，爸爸媽媽會打越洋電話來問他幾點了還不回家。」

「法蘭茲，你確定不留下來再練練保齡球嗎？」

最後我們都去了。

我們來到小巷子裡的一間學生酒吧「愛因斯坦」。外牆有著愛因斯坦著名的吐舌頭俏皮肖像。

「你們喜歡什麼類型的女生?」

熬夜兼喝醉的我難得開了個話題,這是全世界任何一個角落都適用的「男人話題」,法蘭茲先說:

「我喜歡東方女孩,眼睛小一點,肉肉的。」

羅杰說:

「我們的婚事是父母安排的,就算喜歡什麼類型也不重要。」

「你不喜歡的話也得結婚嗎?」

「我相信父母替我選擇的對象,他們喜歡的就是我喜歡的。」

法蘭茲欲言又止了一下,跟向來對文化議題比較敏感的羅杰,還是少聊這些事情爲妙。

沃夫岡說他喜歡拉丁美女,他認爲學生餐廳裡結帳的服務生是實驗室方圓五公里內最美的女人。

「是啊,方圓五公里內除了我們和一群羊之外,也沒有太多女性。」

總算進入黑猩猩模式的雅各笑了一下說:

「我喜歡能抗拒我的女孩。」

在場所有人聽了都想噓他,但仔細想想又覺得他說得沒錯,只好紛紛舉起酒杯,把不滿當小菜配酒下肚。

「那奕森咧?」

不知道是誰問了我,也不知道是誰發出跟我一樣的聲音回答。

「我嗎?我現在沒有喜歡的對象啊。」

「我們是在問你喜歡的類型,又不是問你現在有沒有女朋友。」

法蘭茲總是不會喝醉。

我想了一下，掏出來德國之後幾乎退化成只剩鬧鐘功能的手機，找了一下給大家看：

「這種吧。」

「還說沒有喜歡的對象，你都把人家的照片存在手機裡了！」

「我只是沒有刪掉而已，我也沒有把手機的內建圖庫都殺乾淨啊！」

我一口氣喝完還有半杯的啤酒，把手機搶回來看了一兩秒，接著衝出去狂吐。

那是我和袖子大學畢業典禮時的合照。老實說，我有點羨慕那兩個人笑得這麼開心。

吐回來之後我們又待了一會兒，聽著沃夫岡和法蘭茲在討論耶誕節計畫。

「我要開車回門興格拉德巴赫（Mönchengladbach），五十公里的路途，應該不會塞車吧。」

「門興格拉德巴赫距離這兒不是六十公里嗎？」

「抱歉我說得不夠清楚，我的故鄉是距離蒙虛格拉巴赫旁十公里的一個小鎮。」

「原來如此。」

「請不要喝了三公升啤酒之後還討論這麼無聊細微卻又精準的問題！」

離開酒吧，我跟雅各、絲薇塔同一個方向回家。

因爲我剛吐完又聽了無聊細微而精準的對話，絲薇塔的俄羅斯人體質則讓她不知道什麼叫喝醉，我們兩個外國人比眼前這位開始用德文胡言亂語的德國人雅各還要清醒很多。

「!@#$%^&*()!@#$%^&*，哈哈哈哈哈哈哈哈。」

雅各完全不管我們，自顧自地一直講，或是不時佇立在行道樹前等著那棵樹回他話。在絲薇塔的翻譯下，我才知道第一天在墓園下車時，他到底跟司機講了什麼。我瞪著樹下一團像薏仁粥的嘔吐物，希望雅各踩到它。

跟我們道別之後，絲薇塔轉彎離開，我跟雅各則等著紅燈。

半夜三點喝醉了還知道要等紅燈，德國人的公民教育眞是太成功了。雅各望著絲薇塔走在耶誕燈飾下的背影，半晌不說話。忽然，他輕輕吐出一句：

「Ich liebe dich.」（我愛妳。）

嗯，怎麼忽然聽懂了？

「Jeden Augenblick immer denke ich an dich」.（每回眨眼時，我總是會想起妳。）

這句也聽得懂？

爲什麼他要說這些肉麻的……!!!!!

我瞪著雅各，就算是東德總理從電視上看到柏林圍牆倒塌那一瞬間，也沒有我現在驚訝。

他喜歡的人，是一直把他當成好朋友，符合「能抗拒他」條件的絲薇塔!!

走過一間小教堂，雅各忽然跪下來，掏出實驗室的鑰匙對著空氣求婚。這個行爲倒是很能理解，畢竟這把鑰匙可是比 Tiffany 戒指貴多了。

隔天我試探性地問雅各：

「Hochzeit 是什麼意思啊？」

「結婚。hoch 是『高』，zeit 是『時間』的意思。就是說婚禮是人生的最高峰，因爲沒有另一半，所以在那之前的生活都是低潮的；但也因為有了另一半，在那之後的生活更低潮了。」

「是喔，那你想結婚嗎？」

我試探性地問，法蘭茲在旁邊，什麼也沒說地看著我們兩個，眼神透露出他知道昨天我看到什麼了。

「我？不排斥，不過我可不想那麼快就走到高峰，然後一路往下。」

雅各笑笑地，一如往常像只搖頭公仔晃著頭。但此刻我看見的不再是那位優雅帥氣的萬人迷，而是一個壓抑著自己愛意，不敢說出來的小男孩。

❶ 化學課時間：肥皂為什麼有清潔功能呢？因為肥皂的一端有親油基，能跟油結；另一端則是親水基，能跟水結合。想我以前曾經用「親電動基」試圖爭取打電動的機會，可惜老爸老媽都是文組的，不肯欣賞我的幽默。

23. 不合作也是一種合作

會議室的門設計得相當好，不管怎麼使勁摔都不會發出聲音。不然任何人只要記錄一下這幾次開完會的甩門聲，就可以知道原子計畫經由爭執所累積的能量，已經瀕臨游離能[1]了。

一切的起因都是一套該死的模擬平臺（testbed）。

正確的說法是——「該活但現在是死」的模擬平臺。

因爲沒有人願意去完成它。

「爲了讓團隊工作更順暢，我們必須在中央資料庫建立一套共用的模擬平臺，每個人做的每件事都要在這套平臺上執行，更改的程式碼也要上傳更新到中央資料庫，才能讓全體成員合作順利。」

用比較通俗的白話來翻譯沃夫岡的說法，就是：

「我們現在要一起堆大沙堡，每個人都得給我乖乖聽話、遵守步驟，不要在那邊挖個坑自己玩起來。」

他花了一小時介紹這套中央資料庫，連每個「要是」、「萬一」、「倘若」的條件情況都不肯放過。投影片裡寫滿各種注意事項，包括會議記錄的格式、內部報告文件的字體大小，共同管理檔案的檔案命名規則……

雖然我比較有興趣的是「如何讓沃夫岡結束報告」，不過我還是忍不住問了：

「萬一我們同時編撰一份檔案，要怎麼上傳？」

沃夫岡的眼神中流露出讚賞與鼓勵，如果他知道我還是讓瀏覽器記住我所有的帳號密碼（而且密碼依然少於七個字），他就不會是這個表情了。

「很好，萬一有這種情況，你會在上傳時看到『衝突』的提示訊號……」

希臘人用比蚊子還大一點的音量「嘖」了一聲，他雙手交叉在胸前，像坐在滑水道入口已經半個小時，卻一直玩不到的可憐蟲，隨時都要站起來罵人。

「這套模擬平臺，我們希望由理論組來架設。」

「不要。」

希臘人立刻拒絕。

「驗證演算法不需要架設這麼龐大的系統，只要幾百行程式碼就行了，也不需要遵守你那些規則。」

「如果這是架構組爲了設計架構而需要的平臺，你們就自己去寫，我們理論組會視情況從旁協助。」

希臘人堅持拿著自己的小鏟子在愛琴海的沙灘上玩沙。

「這不只是爲了我們架構組而已，這是爲了整個計畫。」

這段爭論打從此刻初次登場後就脫離了說話者，像地縛靈一樣在會議室徘徊不去，每次開會都默默出現在眾人的背後，帶來的不是陰森的感覺，而是一陣沉默、尷尬的對峙。

但老實說，這一點我還挺感謝希臘人的。

的確如他所說的：**理論組不需要這套平臺**。

平臺是爲了將理論組的成果以架構組能一目了然的方式呈現，進而設計電路。打個比方來說，兩個組是使用不同語言但必須合作的國家，上游的理論國得將知識教導給下游的架構國，架構國才能接手繼續研發。

誰來負責把理論國的知識翻譯成架構國的語言，就是爭執的核心。

因爲架構組要用所以由他們來負責，

因爲理論組懂自己的語言所以由他們負責。

要不是希臘人挺身反對，我一定會勉強答應，花上一堆時間做得心不甘情不願，甚至偷工減料。

雖然有比希臘人這樣斷然拒絕更好的溝通方式，但我抱著僥倖的心態躲在他背後，繼續在會議室裡扮演東方花瓶的角色。

不是主管也有不是主管的好處，我爲自己的渺小而慶幸。

終於，沃夫岡放棄說服我們，架構組打算自立自強完成模擬平臺。

不知道是爲了表達最低限度的抗議，或是覺得從頭來還比較快，他們沒向我或希臘人要任何資源，完全不打算借用理論國的任何知識，一切「從抓痕開始」（start from scratch）❷，只在每週的例行會議報告他們緩慢且錯誤百出的進度，從希臘人羞辱性的提示中獲得改善。

「你們的系統沒有錯啊，只是位元錯誤率跟猜銅板一樣是〇．五❸而已，哈哈哈哈~~」

相反地，理論組因爲能專心做自己的研究，已經有了一些初期的成果。這樣的落差讓我很不好意思，彷彿是犧牲了沃夫岡才換來的。報告進度時他流露的怨懟神情，像極了祭祀前要被宰殺的三牲。

「君子之於禽獸也，見其生，不忍見其死；聞其聲，不忍食其肉。是以『君子遠庖廚』也。」

沒辦法「君子遠會議室」的我思索著是否能幫架構組什麼，某天下班便約了希臘人聊聊。

「可以啊，我前天看到一間健身房，你陪我去問問價錢吧。」

坐在敞篷TT跑車上，周圍景物化成後退的平行線。十二月下旬，希臘人把握住任何一個出太陽的時機，炫耀他這部帥氣的敞篷車。

德國的房間多半都有一個大到可以讓卡車衝進去的窗戶，據說這跟日照有關。越往南，像是義大利或希臘，窗會開得越小；越往北，當陽光成爲稀有財時，窗戶則會開得越大，好讓人們不會因爲日照不足而心情陰鬱，興起自殺的念頭。

不像臺灣的健身俱樂部總是塞滿著快節奏音樂、藍黑色燈光以及一群打扮時尚根本不需要健身的紙片人，這間歐洲鄉下的健身房位在自動洗衣店旁，同樣的器材排成一列，像公園裡晒太陽的老先生靜靜地不動，幾個過重或隨時準備好要抹上油參加健美比賽的人在上頭運動著。扣掉櫃檯前一排飲料機和專業的高蛋白食物，基本上跟學校裡的健身房沒有太大差異。

我們站在那裡五分鐘，不時有人望向我們卻沒人來開門，門鈴旁貼著「請按電鈴」。

希臘人邊按邊開心地笑說：

「嘖嘖嘖，眞是標準的德國人。要不是知道會被嘲笑，他們一定會在馬桶把手旁邊寫上『請沖水』。」

是啊，要不是你會撕下來，他們早就在你臉上貼著「欠打」了。

「更奇怪的是，他們的電梯竟然沒有關門鈕。」

他指的是所裡的電梯，當初我也問過法蘭茲這件事。

「如果沒有人按著開門鈕，門不就自動關上了嗎？爲什麼還要再設計一個關門鈕？」

我找不到反駁的理由，只好閉嘴。

就跟現在一樣。

希臘人完全不控制音量地狂笑，健身房裡四五個他所謂的「標準德國人」則同聲一氣用「標準不滿」的眼神望著一個樂天白目的「標準希臘人」，以及被拖下水卻又敢怒不敢言的「標準臺灣人」。

終於有人經過，我們問他可不可以幫忙開門。

「你們必須按鈴。」

連我都無言了。

「看吧，就是這樣！一定要等負責的人來，就算此刻我們死在門口也不會有人幫忙。」

我認同他的說法，但最大的阻礙是來自他的大嘴巴！

看得出希臘人很想拿出自己的博士學位證書或名片，亮亮自己的頭銜。他眞心認爲這些東西就算到了北極，在北極熊熊爪前面也能派上用場。

「你難道不知道你要吃的是一位博士嗎？」

終於，一位黃衣服的工作人員來幫我們開門。

這傢伙強壯的不得了，整個人就像國小數學老師上課用的黃色倒三角形板。參觀過程中，我先狗腿了一下我們的研究之所以進展神速，都是托希臘人領導有方。我講得非常不誠懇，但希臘人還是笑得很開心，顯然我蹩腳的馬屁技巧遠勝他分辨眞僞的能力。不過與其說希臘人判斷能力不足，倒不如說他對本身的能力過於自信，就算我找來說謊程度只會指鹿爲馬的趙高，希臘人也會相信吧。

馬屁拍完，我問希臘人：

「既然我們進度領先了，是不是該幫助架構組一起完成平臺呢？我是指，我們一直有進度他們卻沒有，如果有我們幫忙，或許他們會快一點？當然……」

「你想幫就幫吧，我不會攔你。」

希臘人揮手把我的話揮散，好像我不是說話而是放了個屁。

「你思考一下，你來這裡一年的目的是什麼？」

氣死袖子，或許，嗯，好吧，思考三秒，還可以讓她哭著回來找我復合！

「把這個計畫做好？錯，那只有教授會感謝你。你要做的是盡可能從計畫中最大化自己的利益。什麼利益？發表論文。」

「你是來做研究，不是來做善事的。」

我思忖著他的話。

老實說，關於在研究上到底要得到什麼樣的成果，我一直沒有想太多，大多數時候我只能專注於眼前該做的事，就像跨年夜市府旁的7-11店員，前方永遠有排不完的客人，讓我根本沒時間補貨、調整飲料架，只會越做越疲累，越做越沒效率。

希臘人舉了舉旁邊的啞鈴。

「不錯。」

我一時沒意會過來他又說了什麼：

「什麼不錯？」

「這些……都很重。」

「啊？」

看到高山時會忍不住說「好高啊」，遇見美女會讚美對方「妳好美」，但我第一次聽到有人誇獎啞鈴也會說「都很重」。

回到櫃檯，因爲倒三角形黃衣人不會講英文，希臘人用食指和拇指搓了幾下，粗俗地比出錢的動作，再回頭告訴我這是國際手勢。我還知道另外兩個：要表達「大概」的意思時，德國人會舉起拇指搖晃；還有一個是沃夫岡每次開會都想對我們兩個比的，那根最長的手指。

對方拿出入會表格，雞同鴨講解釋了老半天，最後還是決定讓希臘人帶回去慢慢查字典塡寫。好不容易結束，希臘人耍帥地擺了個射擊手勢向對方道別，對方則說出一句我們都聽得懂的德文：

「Wie heist du?」（你的名字是？）

「Herr Dr. –Ing.[4]希臘人。」

我就知道希臘人等這句等很久了。

---

❶ 原子是由帶正電的質子、中子，以及在外面像地球繞太陽一樣的帶負電電子組成。游離能即是要把電子趕出這個原子，要它不再繞著原子核運轉所需要的能量。

❷ 從抓痕開始，好吧，那是我亂翻的。scratch其實還可以指運動比賽的起跑線，「從起跑線出發」，用中文素養高一點的說法就是「從零開始」。

❸ 通信跟電腦一樣，最基本的單位是「位元」，一個位元只有可能是0或1這兩種值，就跟銅板一樣。答錯機率〇．五是最差的

結果，為什麼不可能更差呢？想一想，要是你真的衰到每次猜銅板都猜錯，那你只要講出跟你心裡想的相反結果，那就是對的了。因此，任何大於〇．五的錯誤機率，都可以瞬間轉換成大於〇．五的正確機率，也就是，小於〇．五的錯誤機率。在這一篇我當是上了化學、英文、資訊課的家教，也讓這本書多了催眠的功效。

❹ 最後一堂外文課：Herr是德文的「男士」，托飛機上有人霸占廁所之賜，剛到法蘭克福機場我就在男廁前學會了這個字。Dr.-Ing呢，是工程博士（Doctor of Engineering）的縮寫。

24. 逼上德國梁山

日劇「Last Christmas」裡，男主角曾經說過：「冬天的第一場雪稱之為『angel snow』，抓住它就能抓住幸福。」去年底第一場雪時我在街上晃了半天，想必得到了雪天使的眷顧。

出門上班前，我在自己的塗鴉牆上留下這段話。我常覺得臉書把人變得像狗狗一樣，得定期到自己的地盤撒泡尿，免得別人忘記你。

時間不知不覺來到二月，一切都上了軌道，研究也有不錯的初期成果。

做研究這檔子事，說是「腦力勞動」（mental labour），有時候更像是「情緒勞動」（emotional labour）。研究人員被要求得有與眾不同的創新突破，偏偏創意從來不是憑空出現，得經過長時間的醞釀、思考、分割成許多階段驗證，嘗試錯誤後加上不止一點的運氣才能得到好結果。愛迪生發明燈泡時，曾意氣風發地說出超正面的思考名言：

「幾千次的失敗給我帶來的教訓是：至少我知道有幾千種材料不適合做燈泡了。」

但要是有人在他實驗室裡裝竊聽器（如果那個時代有，而且又不是愛迪生發明的），那鐵定可以聽到愛迪生邊折斷不適合材料邊爆粗口所奏成的另類交響樂。研究就是這樣，唯有撐過這段煩躁而孤獨的時光，才有**機會**成功。

相較之下，幾個月來我待在實驗室的時間比高中生上學還少，能在短短半年間就有這種進度，連我自己都挺意外的。我想這是幸運之神與無聊之神同時眷顧的結果。

在臺灣時我總是一心多用，鍵盤最常按的不是enter而是alt+tab（用於切換各個程式），看論文、玩臉書、看YouTube……同時進行；來德國之後，托這個「很像Windows的Linux」作業系統之福，唯一的娛樂只剩下看「聯合新聞網」。從多功能smartphone變成單一功能的Swatch，想不到效率卻提升許多，一天能抵好幾天用。這時我才體會到從前老爸常說的「專精一思，志不在他，三年不窺園菜」[6]，那時我以爲他只是在叫老姊不要再玩開心農場而已。

專注於同一件事的時間越長，成果就會爆炸性增加。

連續工時的長短與成果之間並非線性關係，而是呈指數成長。同時處理多件工作的方式或許能提升庶務性工作的效率，但如果是需要思考的工作，那只會讓自己一整天下來忙於切換，沒有具體成果。

「這不是早就知道、理所當然的事嗎？」

我可以想像得到法蘭茲或沃夫岡一定會這樣說。

這裡的環境，也無聊到能讓人徹底專注。

除了剛進辦公室會閒聊個幾句，其他時間都安靜得只能聽到電腦運轉的聲音，或是法蘭茲思考時敲桌子的No.5指法。曾經有一次希臘人來找我討論研究，才講沒幾句，雅各便抬頭說：

「要講事情到外面去好嗎？去咖啡間，走廊還是會聽到。」

那是我第一次看到雅各嚴肅的模樣，連希臘人也不敢多說什麼，我們像在圖書館接手機吃泡麵的壞學生一樣被趕出實驗室。

我開心地把研究成果整理成投影片寄給希臘人，想跟他討論是否要在下次開會時報告。投影片寄出去後我上網逛了一下，忽然看到一段關於「angel snow」的眞正意思：

日劇裡的男主角是爲了不讓已經抓住第一片雪的女主角不開心才說謊的。事實上，抓住「angel snow」的人將會被詛咒遭逢不幸。

我心裡浮現不祥的預感。

幾天後，希臘人遲遲沒回應，我去找他討論，他也推託說沒空。開會當天早上，他把我叫進辦公室說：

「我可以幫你講，但你必須刪減投影片頁數。」

「爲什麼？」

「小子，我也會報告我的研究成果，要是你的頁數比較多，不就顯得你的研究比我重要了？」

希臘人赤裸裸地說出了一些我以爲人們只會在心裡偷偷想的話，我一時反應不過來。

「但我已經盡量省略了，還有很多成果都沒放……」

「不會啊，這些別人都不會有興趣吧，可以刪掉。」

希臘人上下捲動視窗，隨便反白了幾段文字。他心裡想的是全都可以刪吧。

6：出自《漢書．董仲舒傳》，本句在形容董仲舒讀春秋，專心一意治學。

自己的研究被這樣對待，我感到不開心。

「對不起，爭這個我有點不好意思，但頁數的重點，應該是在於要把研究成果講得清楚。而不是誰就該比較多頁吧？」

「不，按照階級，你做的東西比較不重要，就是應該放得少。」

「我不認爲我的東西就是**比較不重要**。」

第一時間來不及爆發的怒氣，慢慢從我乾澀的語氣中浮現。

「那只好我幫你刪了。」

「你之前不跟我討論，現在也不能任意刪改我的內容。」

我異常的堅持讓希臘人有些意外，我們沉默對峙了一會兒，他緊繃的臉部線條忽然柔和起來：

「好吧，我知道你的意思了，那就維持原狀。」

雖然有一句格言是「先道歉的就輸了」，但看到希臘人的反應，我覺得自己有點小心眼，說了幾句緩和的話，就懷著歉意離開他的辦公室。

「這部分**不重要**，因爲時間的關係我們就跳過。」

下午開會，希臘人只用一句話，便總結了我兩個多月的努力，我爲自己早上那軟弱的歉意感到萬分不值。

大家用手敲著桌子，這是聽完演講後的標準「德式鼓掌」。當初希臘人第一次報告完得到這樣的掌聲，他和我都一臉錯愕，還以為是他講得太爛，被大家敲桌子喝倒采了。

但這次我沒跟著敲桌子，因爲我正緊緊握著拳頭。

我注意到有一股視線投射過來。

希臘人走回我身邊的座位，我們沒有交談，我連呼吸都不想聞到他的香水味。我除了一隻手握拳，另一隻手還花了很多力氣握住那隻握拳的手，免得它飛到希臘人臉上。

會議結束，我獨自留在會議室，我很生氣，但同時，我也思索著爲什麼我會淪落到任人欺負。從一開始他驕橫的態度，對架構組的輕蔑不合作，拿我整理的簡報當成是他自己的想法向教授報告，到這一次甚至無視我的研究，種種行爲已經足以證明兩件事：他是個混蛋，而我是個竟然到現在才發現的蠢蛋。

問題是，我又能怎麼辦呢？

你可以罵你的上司，但也只能在心裡罵，除非你像電影裡那樣已經做好豁出去的準備，那你就隨時可以去倒杯咖啡澆在他頭上，來場戲劇性的演出。我原本以爲把「該做的事做好」可以和「工作成功」畫上等號，卻沒想到萬一做得比主管好，那等號竟然就變得瞬間不成立了。

當初我默許希臘人對架構組採取不合作政策，到頭來也嚐到被他欺負的苦果了。

我想起前陣子去波蘭人的披薩店時，點了最貴的「Pizza Maranello」，但結帳時老闆卻少算了好幾塊。我抱著貪小便宜的心態什麼都沒說，回家後打開一看竟然是最便宜，只有番茄、羅勒和起司的「Pizza Margherita」。

在那之後，好一陣子我都不敢點太難念的口味，像是「Quarto Formagi」（四種起司，超級好吃）之類的，只能點最簡單的「Pizza Puki」，畢竟我搞不清楚到底要用德文、英文、義大利文，還是波蘭文發音。

我體會了一個道理：占便宜的時候，別高興得太早。

都怪我一直躲在希臘人後面偷懶，不肯主動去幫忙架構組，才會落得現在沒有人願意介入我和他之間的僵局，說不定架構組的人還隔岸觀火看得正開心。

下班時，天空很應景地飄起了雨，我戴上連帽外套的帽子。這幾個月來，我也習慣了下小雨不撐傘的歐洲style，反正大陸型氣候乾燥到就算尿褲子，走路十分鐘後也就乾了，這種連帽運動外套就成了歐洲人的必備單品，有著在臺灣時無法體會的實際用途。

我在公車上聽音樂、回家煮飯、上網打電動，卻一點也不開心。

那些生活中的小確幸，此刻被希臘人給徹底摧毀。獨居很自由，可以想幹嘛就幹嘛，不用等人吃飯、不用等浴室洗澡，甚至要兩件事一起做也行。但，這份自由同時也讓你生活在漂浮之中。「失根的蘭花」❶並非眞的失根，而是因爲沒有一個人陪你穩定情緒，讓你在遇到煩惱時，得隨著情緒大起大落，只能在內心祈禱它像下雨一樣，至少有停的那天。

如果袖子在就好了。

老實講，事情發生的一瞬間，這是我腦海裡閃過的第一個念頭。袖子一定會聽我訴苦，然後毫無保留地支持我。

「我相信你一定辦得到的。」

每次袖子這麼說的時候，我都會先用「拜託妳到底跟我熟不熟啊」的眼神看她，然後再從她回望過來的眼神裡找到力量，將自己的想法改變成：「嗯，搞不好我眞的可以喔，再試試看好了。」

在德國，不，甚至在臺灣，恐怕也找不到幾個人會這樣相信我、願意這樣支持我。

「嘿，你還好吧。」

隔天我在咖啡間倒咖啡時，沃夫岡走了進來。

「那幾頁被跳過的投影片是你做的吧。我看過了，內容還挺有趣的，爲什麼希臘人不報告呢？」

他轉身把門帶上，照例，推三下測試，再走回來等我說話。我知道在別人背後說壞話對自己絕不是好事，特別是你曾經跟那個「別人」站在同一邊抵抗眼前的這個人。不過氣了一整晚的我，此刻就像滿水位的水庫終於找到宣洩的出口，顧不了會造成下游水患，一股腦把我和希臘人的愛恨糾葛全盤托出。

聽完我的抱怨，沃夫岡並沒有說什麼，只有咖啡機努力消化著我的不滿，發出咕嚕咕嚕的聲音。

喔，那是咖啡機水箱空了的聲音。

「你知道嗎？身爲工作夥伴，我得說你們理論組果然是自私自利、一片混亂。」

該死，堆個雪人來抱怨都比較好，爲什麼要找沃夫岡呢？

「不過，身爲朋友，我得告訴你要小心希臘人，不要連這份研究也成了他的成果。我覺得你的研究很好，架構組願意支持你繼續做下去，但得要在我們正在寫的『大傢伙』上驗證。」

「大傢伙」就是那個模擬平臺，架構組甚至替它取了綽號。不知道他們有沒有幫它設定生日、喜歡的顏色和食物之類的基本資料，就像鹹蛋超人一樣？

「你的意思是要我去幫你們把那個平臺架好？」

「是的。」

「這算條件交換嗎？」

「如果是爲了自己的利益，那就是。我不知道你怎麼想，但至少我不是。」

沃夫岡眼睛睜得很大，就像第一次見面時叫我不要禮讓他的模樣，露出一副準備說大道理的前奏表情：

「架平臺本來就是整個團隊該做的事，要理論組負責並不是因爲我們想偷懶，而是就團隊的角度來看，你們去架比較有效率。只因爲之後是我們要用的，就要我們來架，這是你和希臘人只從自己立場出發的態度。」

他啜了口咖啡繼續說：

「我支持你的演算法不是想讓理論組內鬨，我純粹只是認爲這看起來對團隊有益，值得我們架構組進一步來驗證。團隊合作就是要以整體爲重而不是考慮個人。好比螞蟻吧，你有看過哪一隻螞蟻因爲想偷懶，所以搬到一半就先停在路邊休息，或是叫別的螞蟻幫忙搬一下嗎？也唯有以整體利益爲優先，最終才能讓每個人都獲得最多。你要怎麼詮釋我的提議，是你的自由。」

這話聽起來很像戀愛裡經常出現的哲學：「你唯有不計一切爲對方付出，才能得到最多幸福。」

沃夫岡露出笑容：

「我們德國人比螞蟻聰明，所以更懂得團隊合作的重要性。我想，臺灣人應該也不笨吧。」

有些時候，你會忽然相信起一些儘管聽來有點冠冕堂皇的話。

或許你是走投無路，希望去相信而選擇去相信；或許你是被對方語氣中的誠懇和頭上發出的亮光所打動；更或許，你只是想來場復仇行動。

當三種理由同時成立時，你就可以確定該怎麼做了。

❶ 這是我敬愛的學長——陳之藩先生（同樣是電機工程學者）的一篇散文，沒看過的人（現在課本裡還有嗎？）可以把手上的這本書扔到一旁，趕快去看！

25. TLC: Toilet Living Channel（廁所生活頻道）

記得沃夫岡跟我講過的啤酒故事嗎？

我覺得那很有趣，而且如果我也能像他一樣講出什麼有意思的典故，似乎也能顯得我很有品味和情趣，就像作家常寫的那種文章：

「櫃子頂上擱著個墨綠色鐵罐，像一抹影子般的存在，十幾年過去，它成了櫃子的一部分，成了尊端坐在那兒的土地公，靜靜地守護著這個家。土地公的表情，跟孩提時爺爺拿糖果罐兒給我的笑容一模一樣……」

連這種吃完、隨便亂扔，然後十幾年都沒撿起來丟掉的糖罐子都能引發這麼多感觸了，受過嚴謹學術訓練的我自然也可以找到屬於我的生活情趣。

更重要的是我想讓袖子看到這篇文章。

我花了些時間觀察、整理資料，寫了篇文章貼在臉書上的網誌。雖然寫到一半我才察覺這個題目似乎不是很浪漫，不過借用我最愛的臺詞——「你沒有太多選擇」，這眞的是我在德國觀察最入微的生活體驗。

各位網友好：

想觀察一個文化可以從不同角度著手。

可以順著時間軸剖一刀，了解歷史傳承；
可以攤開地圖，閱讀地理氣候、水文山勢；
抑或可以研究政治、文學名著、哲學思想；
若是對如同你我的一般人日常生活感興趣，建議諸君不妨前往參訪他們的餐廳和廁所。
這一進一出、一香一臭，一個是人聲鼎沸的社交場合，一個是只聞水聲的私密空間，再沒有比這樣的組合更具指標性意義了。

今天，我們就來一窺僅次於中國的全球第二大出口國，在各個領域誕生出無數名人的德國，它的廁所究竟長什麼樣子。

德國的餐廳裡基本上什麼都「很大」，香腸很大條、豬腳很大塊、馬鈴薯泥很大坨、肉排也很大片，更不用提動輒半公升的啤酒杯有多大杯。

但廁所裡卻恰恰好相反，什麼都很小。

小便斗很小，小便斗與小便斗的間距很小，廁所本身也是小到每個人都得目不斜視前方，彷彿牆上掛著《國家地理雜誌》年度最佳照片，就連廁所裡的香腸也……這個記者就沒有多加窺視了。

只要一進廁所，哪怕是再聒噪的人也會戛然止聲，像拍藝術照一樣低頭不語，嘴角揚起眉間舒展，發出宛如不同時節的濁水溪流水聲，時而潺潺細緻、時而隆隆作響，間或大珠小珠落玉盤。

駐德廁所特派員爲您訪問了德國阿亨理工大學精心設計的「擬眞機器人」——法蘭茲，他利用小便斗緊臨的特性，進行了一份社會學研究：

「我們可以根據從『拉拉鍊到聽見水聲』這段時間，衡量出一起上廁所的受測者交情。比方說遇到雅各，我有把握在兩秒內解放；要是旁邊站著你，那大概是五～六秒鐘。

當然，這個數據還得根據今天的咖啡量以及與前次如廁的時間間隔來修正。」

機器人毫不顧慮記者情緒，發表了這份傷人的研究報告。

不過，記者的確有一次踏入廁所時，發現教授巨大的背影正微微躬起，記者鬆開腰帶很尷尬地站在旁邊，直到教授的洗手聲音從洗手檯傳來，壓力才順利解放。那之後好一陣子開會時，都隱約感覺到教授投射過來的眼神夾帶著一絲男人才懂得的同情。

「這小子年紀輕輕的，腎就不怎麼好啊……」

很多人認爲德國男人普遍使用坐式馬桶是因爲愛整潔，但其實羞赧於面對這種赤裸裸測試人際關係的隱藏性高科技，竊以爲也占了很大一部分原因。

我們實際參訪一趟ISS（積體信號處理系統所）廁所。

當年記者才剛來，就因爲站在男廁的門口問一位小姐廁所在哪兒，讓祖國蒙羞了。沒辦法，那個藍色小男人的標示貼得太高了，已經超過記者水平視線所及。

男廁外面除了藍色小男人之外，還標著字母H（Herrn——「先生」的意思）。推開H大門，眼前出現一個有兩座洗手檯的小房間，洗手檯旁擺了淺棕色再生拭手紙。在德國不常看見烘手機這種既耗電又會將細菌烘培到手上的機器，少數不用再生紙的地方，則是擺了一塊會定期（只是不知道所謂的定期是指多久）清洗的捲筒布。

該使用哪一種，端視各間廁所的老闆對於環保意識與手部清潔的取捨。

請留意洗手檯周圍的地板絕大多數時間都是乾燥的。相反地，臺北捷運站洗手檯和小便斗周圍的磁磚顏色往往比較深。

洗手檯旁有個門，推開它便是俗話說的「觀瀑樓」。爲什麼要把洗手檯和眞正的廁所分成兩間，對記者來說一直是個謎。可能是怕味道飄出來才像手術間一樣隔了好幾層門；也可能是堅持著「因爲你沒脫所以不給你看」的公平原則，才把洗手的人排擠在外；更有可能是想藉著多開門以提升國民臂力素質，就像之前有新聞報導公共垃圾桶上裝了音效，讓人民因此喜歡丟垃圾，雖然此舉立意甚佳，但總給人被巨大的國家機器引導，不自主去做了某些事的陰謀論聯想。扯遠了。

我每次帶點醉意上廁所時，都會覺得自己像酒保在用水管接啤酒一樣。

——德國阿亨理工大學博士生候選人　雅各

剛才說過，德國廁所的小便斗非常小，跟臺灣那氣勢磅礴，裡面可以放兩桶冰塊還可以讓小孩子鑽進去捉迷藏（如果他們眞有如此俏皮而且父母完全不察）的尺寸完全無法比擬。法蘭茲機器人對此再次提出一針見血的評論：

「那麼大一個幹嘛？你又用不到全部。落地式小便斗會由於接觸點與發射點的高度落差濺起太高的水花，軌道也比較難控制，因此整個底座必須加廣、加深，避免弄髒四周，這樣不是很浪費材料嗎？

「噢，不過你的高度落差問題比較小。」

這番結合物理知識與人身攻擊的論述，讓記者把羞恥心至上的「可以把不想給別人看到的部位藏好啊」的理由硬生生吞回肚子裡，落得只能去廁所排掉的下場。

再打開第三道門——某些廁所甚至在最前面還有一道門，進去之後再分男廁女廁，因此這將是第四道門。推開重重大門，彷彿來到深宮內苑，我們總算見到了比後宮佳麗還要受到呵護的，馬桶。

奇怪，一直如丫鬟般隨侍在馬桶身旁的臭味怎麼不見了？

德國廁所有個特色就是，只要坐上去的馬桶不是溫的（德國沒有免治馬桶，只會有前一個人替你「黃香暖馬桶」），幾乎就聞不到異味，這除了是因爲垃圾桶被完全殲滅，與良好的衛生習慣也有莫大關連。

先前曾傳出某位臺灣留學生數度躲進廁所裡午睡，寧願博得腸胃不好的名聲，也要跟周公午會一場，從這個故事就可想而知德國廁所有多乾淨了。

閉上眼睛時不大會感覺自己在廁所裡的。

當然請先把褲子穿上免得著涼了。而感謝德國絕大多數都是坐式馬桶，各位不需要蹲著睡覺。

另外，廁所裡總是擺著三捆衛生紙，就算史瑞克拉肚子一整天也不怕不夠用。這讓記者想起小時候段考出去上廁所卻沒帶衛生紙，最後含著羞辱的眼淚回來考試的悲慘記憶。

德國小孩一定沒有辦法體會記者的心酸，少了這些不能取代而且無法抹去的經驗，人生必然是不完整的。

記者繼續走訪德國各地。

首先，各處的公共廁所或餐廳廁所都需要付費。客氣一點的會有位服務生坐在廁所前摺衛生紙遞給每一位來賓，讓大家去說服自己這張「手工摺過的衛生紙」眞的值二十塊臺幣。高冷科技點的就是一扇鐵門，要投幣或輸入發票上密碼才能芝麻開門。某些百貨公司還會有一位清潔工瞪著大家，只要有人用過馬桶便會立刻進去清理，讓出來的人害羞不已。

收費標準遵守自由市場主義從〇．五到二歐元不等。歐洲人統一了貨幣政策，卻不願意統一相同產品的售價，連排泄物也可以哄抬。

此外，在老舊一點的地方，小便斗可能不是陶瓷而是金屬，材質撞擊的聲音會讓你以爲自己是來參加Stomp打擊樂團的面試，得在三十秒內完成一首創作曲。更原始的可能僅是一片水牆，讓陌生的男子們在上頭集體作畫。

最後一站來到了柏林，那是前些日子記者趁著週末去朋友家玩的某個夜晚。

迷濛中，馬桶似乎長得有點怪。

釋放的那一刻沒有水聲，只有沉重的鈍物撞擊聲，記者眉頭一皺，察覺事有蹊蹺，顧不了褲子還沒穿，立刻站起來回頭望……

只見馬桶就如同鏡子的影像般，什麼都是反的，水洞在前面，滑坡在後面。第一次這麼清楚地看到那頭生物，它必然也覺得很尷尬，想趕快長腳找個水池躲起來吧。

後來記者詢問了幾位德國人，才得到這樣的解釋：

顚倒的馬桶，是爲了方便檢查排泄物的色澤、氣味，以判斷自身的健康狀況。這在二十世紀初期衛生環境不佳時，是非常有用的。

「衛生環境不佳正是因爲有這種馬桶吧！」

記者覺得想出這種設計的人，得先確認一下自己的心理與嗅覺狀況是否正常。最後引用幾位名人對此種廁所的評論作爲結尾。

● 德國的廁所是第三帝國最恐怖的地方，能設計出這種馬桶的人什麼事都做得出來。」——Erica Jong，Fear of Flying

● 黑格爾說過，德國的特色是反省與思考；法國是激進與革命；而英美則是自由經濟。反映在廁所上，德國式廁所讓你可以清楚地嗅到、檢查到自己的排泄物；法國式廁所的水洞特別大，排泄物像上斷頭臺一樣迅速就被沖掉；而英美式廁所結合了兩者，溢滿而上的水讓排泄物在之中漂流，你可以看到，卻無法檢查。——Slavoj Zizek，斯洛維尼亞哲學家

● 我不意外於他們某天會推出更高級的馬桶型號，還加裝了電子秤，讓我用完後可以大喊：『天啊，兩公斤！』」——出自網路

隔天起床，臉書有一則通知：

「袖子及其他三個人覺得讚。」

噢，袖子看了?!

26. 寂寞讓你不快樂

我扶著硬度標準達到七級，媲美石英的腰從床上坐起來，看了看穿著學士袍的自己和袖子，再按掉鬧鐘。

上次給法蘭茲看過後，我就「不小心」把桌面換成這張照片了。

我撐著石英腰下床。連帶我的腰在內，德國是個到處都硬梆梆的國家，可以拿來開瓶的麵包、比較撞不爛的汽車，或是有些冷酷路人的表情。只有床墊例外，住進來的第一天，軟綿綿的床墊和彈簧讓我以爲自己才剛住進來就把床給壓垮了；每天一上床，我都有種躺到麻糬上頭的感覺。

刷牙刷到一半，有人按電鈴，今天是那位「莫名其妙按電鈴」的老兄來報到的星期三。他第一次來按鈴是兩個月前，那時我一拿起話筒，只聽到劈哩啪啦一堆德文……

搶匪會解釋這麼多嗎？

我拿著牙刷來回刷了三次想一想，決定開大門讓他進來。之後沒人敲門，看來就算是搶匪，應該也是去搶隔壁的裸體醉大叔或異形小提琴手了吧。

從此以後，就像達成了某種默契，每週三這位老兄都會來按電鈴，我也像安插好的無給職內應一樣，直接放他進來洗劫牛頓公寓的怪咖們。

偶爾，也會有其他人來按我的電鈴，例如半夜兩點喝醉的酒鬼會挑外國人的電鈴亂按，但他們太高估我的德文程度，所以我只能從語氣中猜出他們似乎在罵人，雖然「具體的用詞」不是很清楚。

有一次我很生氣地用英文回罵：

「你們既然知道我是外國人，要罵人好歹用『狗屎』這種比較淺顯易懂的說法吧!!」

對方安靜了一會兒，又劈哩啪啦地操著聽不懂的德文髒話辱罵我，虛心受教有這麼難嘛！

在國外難免會遇到這樣的狀況。起先我很容易受影響，有次在超市結完帳正在一旁整理東西，有個流浪漢突然猛敲我面前的玻璃窗，讓我嚇了一大跳，氣得想衝出去摔破他身上所有的空酒瓶。

經歷了幾次，我才稍微釋懷，畢竟偏激的人到處都有。

這無關乎種族，比較接近於公民教育問題。歐洲就像兩端拉得更開的臺灣：好人更好，問個路他會陪你走一大段路，再請下一個路人接力幫你帶路；壞人更壞，據說在某些前東德城市甚至會遇上二話不說就毆打你一頓的新納粹黨。

後來半夜再遇到醉漢按門鈴，當我心情好時，我還會對著話筒放一段莫札特的《小夜曲》（如果我跟他們一樣自私不顧聽話者的背景，那我就會放《大悲咒》了），希望渡化那些醉漢的暴戾之氣。

完成清晨自動化作業後出門，我出門搭公車。

一天下來，研究所裡常常安靜到只聽得見對面工地傳出的電臺音樂。被按下靜音鍵的我也只會在廁所、咖啡間和實驗室三地往返，講話字數不超過一千個。這樣沉默寡言的下場，讓我內心的妄想世界更是比宇宙大爆炸之後膨脹得還快。舉個例子來說，十二點左右，法蘭茲和雅各會先用德文討論要吃飯了嗎，接著再用英文問我：「Shall we go?」這時我總會想到陳奕迅唱的〈Shall we talk〉。久而久之，我也能聽懂他們的討論：

「今天有魚耶，早點去吧。」

「晚點我要開會，差不多可以出發了。」

當他們轉過頭來時，我已經在點頭穿外套了。

一開始我很得意自己的德文進步了，融入他們的生活指日可待，不過今天忽然想到我老家的小狗只要我們開始討論誰要帶他出去散步，他就會很開心地走來走去蓄勢待發，原來花了這大半天工夫，我的德文也只是進展到跟德國狗差不多的程度。

完成了以一天爲週期的實驗室與家的簡諧運動[7]，回家後是日劇時間。

我拿了還沒用完的年終獎金去連鎖電器行「Saturn」抱了臺打折的投影機回家，每天晚上都在看日劇或臺灣綜藝節目，投影機使用時間一下就超過一百小時。這種內建的使用記錄有著物質與心靈上的雙重實用功效，一方面提醒燈泡什麼時候該換了，一方面也讓使用者知道，自己變身成沙發馬鈴薯的時數。第一個月下來，我的紀錄剛好是一百小時。

按照進度，今天要燃燒燈泡兩小時，看三集日劇，但在那之前得先做完家事。首先是收拾房子。獨居時最容易遇到的靈異現象是：杯子（不只一個）、餅乾、書、BRITA濾水器、茶包，所有東西彷彿都有了生命，全在不知不覺間聚集在桌子周圍，超愛湊熱鬧。

前陣子在超市排隊結帳時，我買了一隻花車拍賣的五歐元小熊玩偶，之後有事沒事就拿在手上

7：最基本的機械運動，指物體在運動時，所受的力（或物體的加速度）的大小，與位移的大小成正比，並且力（或物體的加速度）總是指向平衡位置。

玩，直到週末和家人視訊通話時還在玩。老爸忽然皺著眉頭問：

「你在那邊，是不是有點寂寞啊？」

這時候我才意識到，看日劇、綜藝節目甚至吃泡麵，都是因爲想藉著這些事情跟臺灣有所聯繫，重溫在臺灣習以爲常的生活；玩小熊也只是因爲家裡沒有任何東西會動，連德國蟑螂也沒有（慶幸）。有的只是混雜了洗衣精氣味的寂寞充塞在二十五平方米的房間裡，揮之不去。

跟袖子賭氣而跑出來的這一年，用賭博來比喻，就像腦充血的一場梭哈，偏偏賭場跟賭神一樣，還要先用牛排鍋蓋把牌局蓋起來，勝負沒辦法立見分曉，得等上一年，甚至幾十年後，坐在大樹下乘涼跟孫子們話當年的年紀，才能定論。

沃夫岡說他幾年前曾經在瑞士念過一陣子書。

「後來因爲覺得離家太遠、離女朋友太遠（看來我跟他不只個性相反，連跟女朋友的相處模式也相反），瑞士人的德文又太難聽，半年不到就撤回來了。」

這種情況在歐洲似乎非常普遍，大學生們願意花個半年一年到國外實習旅行，但一提到要長期工作或念書時，還是會選擇生長的家鄉附近。更多歐洲人一輩子沒踏出歐洲，也不稀罕踏出歐洲。因爲他們的故鄉夠強，留在故鄉就能得到一切，除了「鄉愁」。

我用投影機看完比預定進度少的兩集日劇後，順手登入臉書網頁。偶爾我會去袖子的首頁，像個不認眞的跟蹤狂，定期了解她的近況。可惜她不常在上面留言，整個塗鴉牆像被貼滿廣告的電線桿一樣。

喔，今天有更新。

有人把袖子 tag 到一張前幾天拍的兩人合照，一個身高約莫一百八、一臉油條上班族模樣的男人，手搭著袖子的肩，是那種用力往內一摟就能讓對方靠到自己身上的該死曖昧搭法。袖子整個人往後縮，我不知道她是害羞還是想讓臉看起來小一點。她手上拎著一個我沒看過的ＬＶ包包。

相片的說明文字則解答了我的疑問。

> 最正的袖子學妹進公司週年慶祝，以後要揹著我送的生日禮物多出來玩喔～

這就是讓我們吵架的那個公司前輩嗎？

我跳回袖子的塗鴉牆檢視過去的留言。該死，這傢伙簡直像條狗一樣，每隔幾天就定期來這裡撒尿留言……好吧，雖然我也是這樣，但我只有聞而已，我可是把尿都憋住了！

我一路捲到去年袖子生日當晚的一則訊息：

> 今天還好有親手把禮物交給妳，眞是太好了。看到妳這麼傷心，我也很心疼……

騙人，你當時一定開心得都雙手握拳喊ＹＥＳ了吧！

我一直以爲這位前輩只是在袖子身邊亂飛的蒼蠅之一，難道事隔幾個月，蒼蠅登基成了蒼蠅王？

我很生氣袖子竟然跟這傢伙走得這麼近。

難道我不告而別出國對她一點意義都沒有，反而替她跟別的男生製造了好好相處的機會？

難道在我偶爾還想知道她的近況時，她已經忘記過去的一切了？

退一百步來說，我們並沒有坐下來好好談，也沒有正式說過「分手」、「你能找到比我更好的人」、「你太好，我配不上你」、「不要讓我再見到你」等各種標準分手臺詞，我們只是九個月不聯絡，處於「長期冷戰但依然在遠距離交往」的男女朋友而已，她怎麼可以這樣對我！

而且，為什麼偏偏要跟這隻害我們吵架的蒼蠅王！

我怒目瞪著投影在臉書牆上的蒼蠅王，點開他的相簿，一口氣出現幾十張縮小的蒼蠅大軍。越看我越發現，他似乎相當符合袖子口中那種「有趣」的人：假日去爬山、泛舟、衝浪；喜歡美食，會特地跑到永和的小巷子裡只為了找一間網路上傳聞的小店；讀杜拉克也讀大江健三郎，還會寫兩千字的讀後心得證明他不是只看過書封和書序。

更慘的是，客觀來說他還算滿帥的！

我切回他跟袖子合照的網頁，連續點「重新整理」，希望那張照片能忽然被移除或消失不見。套句愛因斯坦的話：「瘋狂（insane），就是重複做一件事但期望得到不同的結果。」我現在做的事正是跟愛因斯坦一樣偉大！

過去這半年來，過往的生活習慣讓我不時錯以為袖子依然在我身邊，出糗時她會邊忍住笑邊幫我收拾，順利時她會讚美我，不順時她也會不發一語地拉著手安慰我。但其實這都是我的想像，從頭到尾她就不曾出現在這個歐洲，不曾出現在我身邊，甚至可能離我越來越遠了！

憤怒以及無力感將我一圈又一圈地捲進黑暗之中，該死，我可沒投幣，是誰讓這臺洗衣機轉得這麼厲害的。

隔週的週三早上電鈴又響了，我一樣直接開門。

茲～～茲～～

看來這位神祕搶匪今天打算跟我分贓，或是要來搶我了：

「不好意思，我又忘記帶銅板了。」

雅各的聲音從話筒裡傳出來。

我下樓來，看見他正跟穿著黃衣服的清潔隊員聊天。清潔隊員把放在大樓垃圾間裡的垃圾桶一桶桶拉出來，雅各指著我跟他說了些什麼，他很開心地走過來，脫下手套跟我握手。

「你好，謝謝你每次都替我開門。」

27. 巧克力工廠praktikum（實習記）❶

「那麻煩你囉，我千萬不能丟掉這份工作。」

這是我第二次到這位臺灣朋友的家，他敷著溼毛巾躺在床上求我幫他代班。

德國的臺灣留學生不多，RWTH也只有不到二十名的臺灣學生註冊，大家平常過著各自的生活，儘管知道彼此，但不會開party或到誰家聚會，跟我想像中的歐美留學生相差很遠。不知道是人數上的差異，還是選擇去哪裡留學本身就是一個濾網，把比較孤僻的人都濾到德國來了。

但自從前幾天看到袖子和蒼蠅王的合照，我就不大想一個人待在家裡，到處找人串門子。

第一次來這位朋友家時，我們聊天聊得太開心，有個德國人氣沖沖地來敲門：

「隔壁棟都可以聽到你們的聲音了，能不能小聲點。」

「你住隔壁棟？」

「是啊。」

「那你怎麼能進來這邊？沒有鑰匙你不能亂闖別人的大樓。既然你連進來都不能進來了，更沒有資格叫我們安靜。不過我們還是會小聲點，抱歉。」

他簡直是披著臺灣人外皮的德國人。

他們這些留學生已經戳破了那層看不見的泡泡，走進德國人的世界。

而我還在外面繞啊繞地，只因爲我沒有認眞去磨那根名爲「語言」的針，一直靠著肢體表情和媲美獵犬的觀察力用「心」過生活。

「交給我吧，你好好養病，多休息幾天沒關係。」

我努力藏住嘴角的笑意，他可是在**巧克力工廠**工作！

我很喜歡巧克力，還可以一窺巧克力的製作過程，沒有比這更好的工作機會了。

在德國，對於零食你真的沒有太多選擇——應該說它們有很多選擇，可是常常會冒出很奇怪的味道。好比吃起來完全沒味道、像在啃保麗龍的德國版「蹦米香」（Reis Waffelen，直接翻譯是「米鬆餅」）。唯獨巧克力完全沒得挑剔，就算是再奇怪的櫻桃辣椒或海鹽口味都相當好吃，更別提巧克力工廠的NG巧克力市價是外面的一半不到，動輒還有一公斤只要五歐元（約臺幣一百六十元）的特賣活動，比豬肉特價還便宜。

「那邊不太需要講話，所以你儘管放心。」

生病的朋友抄下幾句簡單的會話，再附上一封解釋信，讓我帶著出發。

澳洲曾經在二〇〇九年徵選大堡礁保育員，宣稱這是「全世界最棒的工作」。旅居德國的我陰錯陽差找到了一份臨時工，雖然不能在有如果凍般的土耳其藍海洋上揚帆，卻能望著滿天的巧克力落下。據說吃巧克力能讓人產生不亞於接吻的幸福感覺，我抱著這樣的憧憬，毫無心理準備地迎向全然相反的現實。

別上朋友的員工證走進巧克力工廠，首先得找工頭。

工頭是位瘦小的陰沉歐巴桑，眼眶深陷的程度剛好可以放上兩顆松露巧克力，這樣的外型與她負責生產，跟愛情畫上等號的巧克力顯得非常不搭。

巧克力製作第一守則：「吸取巧克力工人的幸福，好讓吃的人感受到幸福。」（或稱為「幸福感守恆定律」）

工頭看完朋友的信件，對著我彎起手臂露出了緊實的二頭肌。如果是要展現身上最突出的部分，那我必須解開皮帶亮出鮪魚肚，我確定她不是這個意思。

「陰沉瘦小眼眶可以放松露巧克力卻又意外強壯」的工頭帶我走進生產線廠房，裡面擺滿各種巧克力的遊樂設施，輸送帶在三度空間中交錯。我對飛機的噪音很不能忍受，還曾煩躁到問空姐能不能把引擎關小聲一點，可惜她只是露出很欣賞這個笑話的表情拿了耳塞給我。

我真應該把那副耳塞帶來的。

比起這邊的嘈雜聲，飛機引擎根本是螞蟻在放屁。我默默記下——

巧克力製作第二守則：「利用噪音讓可可豆精神緊繃，好榨出更多的可可脂膏。」

整個晚上，工頭一直在我身邊徘徊，讓我在不同工作之間輪調，但沒有一次能夠讓她那枯萎的靈魂重新綻放。她先要我把一整箱又一整箱的巧克力餅乾從一樓扛到二樓，過一會兒又要我扛回一樓，難道希臘人是這兒的主管，要讓大家上班第一天就得先體會他老祖宗薛西弗斯[2]受到的懲罰？

結束折返跑的苦力差事，我被指派到技術本位的分裝員工作，站到一座巨大的巧克力溜滑梯前方。七十五%的原味苦巧克力片從溜滑梯頂端以媲美印度火車搭乘人數的數量，一陣陣傾倒下來，這對喜歡吃巧克力的我來說，就像看到有人從天上灑鈔票一樣開心不已。

不過有人在後頭斥責你要馬上把拿到的鈔票一疊疊擺好，那又是另外一回事了。

我得在兩秒內排出一列十顆的兩列巧克力軍隊，然後放到紙盒裡。幸好長期與鍵盤相處，讓我的手指非常靈巧，一小時以後甚至進步到可以在兩秒內排好四列兩盒。我正想回頭向工頭說嘴，她卻先一步走過來指著我的雙倍巧克力大軍臭罵，再指向我後頭一個閒著沒事做的分裝員繼續罵。

身爲肢體語言專家的我破譯如下：

「你以爲你很優秀嘛，排那麼多是要別人排什麼啊！」

罵歸罵，我這柄刺穿口袋的錐子終究得到了肯定，工頭把我直接扔進了據朋友所說需要「最高技巧」的產品包裝線。我負責摺紙箱子給兩位已經完美融入製作流程的德國大媽。

看著她們壯碩的身材，我敢用今天的工資打賭，如果巧克力的生產良率降低，一定是因爲她們動手腳，讓無數NG巧克力流進自己的肚子裡。

她們不只偷吃巧克力，還在上班前喝個爛醉。當我還在扮演薛西弗斯時就聽到她們高聲唱著ABBA的〈Dancing Queen〉、安德魯洛伊韋伯的《歌劇魅影》，還有我完全聽不懂的德文搖滾樂。等到我加入她們的「工作」行列（我才不會唱《歌劇魅影》，至少不會當眾唱），負責把一片2D的紙板變成3D的紙盒好讓她們放巧克力進去時，大嬸的腦內伴唱帶已經用完，開始模仿起牛叫、貓叫、羊叫、狗叫，還有渾然聽不出來是什麼，只能猜測是異形的叫聲。

忽然，狗叫大嬸把我遞過去的紙箱摔到地上，對著我狂吠了好幾聲。

她雙手在空中猛切，我花了一點時間意會到她是要我把一列紙箱排成一直線，不能有任何歪斜，否則會影響她的工作、她的偷吃，以及她學狗叫。奈何包裝線的高速要求讓我根本沒空去借水平儀把紙箱擺正，一小時下來被她扔了好幾次紙箱，我又得花更多時間彎下腰拿起來排好，整個工作陷入了惡性循環。

我決定拿出朋友給我的紙條，上面寫著一句非到緊要關頭不能使用的中德文對照用語。我深深吸了口氣，然後對工頭說：

「可以幫我換一份工作嗎？這份工作我做不來。」

凶巴巴的工頭此刻的表現突顯出她之前是多麼和顏悅色。她對著我大罵一堆光憑語氣就能得知其中的憤怒含量高達九十九％的句子，最後還講了一句連我也聽得懂的話：

「不工作，就回家。」

「去妳的王八蛋，我才不屑賺這種一小時七歐元（約臺幣兩百二十七元）的打工錢，就算這要比臺灣工讀生的一百元時薪好賺很多也一樣8。哪有可能一秒鐘把一個紙箱摺成立體形狀，妳要不要試試看戴3D眼鏡比較快啊。」

「Enschudigen.」（對不起。）

看到地板，我才察覺自己竟然在鞠躬道歉，為什麼我說的跟腦袋想的不一樣……!?

一定是我不會用德文講這段話吧。

好吧，其實我知道真正的原因是自己太孬種了，一時間震懾於工頭的氣勢完全不敢反抗。我帶著有些顫抖的身體回到工作崗位，繼續低頭摺紙箱。

兩隻動物不叫了，也沒有再把我的紙箱摔在地上。

不知道又摺了多久，工頭過來拍拍我，指著手上的空氣手錶示意我八小時到了，準時滾蛋吧。

當著她的面，當下我鼓起勇氣做出能力範圍內最激烈的無聲抗議：拿起生產線上的一顆幸運（還是倒楣）巧克力放進嘴裡，然後走人。

一個月後，我從朋友手中接過一歐元和一盒薄片巧克力。

「工作時間是嚴格禁止偷吃巧克力的，這是扣完錢剩下的薪水，還有工頭送你的紀念品。」

---

❶ 德國大學規定學生必須要去業界實習（praktikum），例如，RWTH的工科碩士就得有半年的實習。

❷ 神話中，薛西弗斯每天得把石頭推上山，然後石頭又會滾下來，隔天得再推一次，他是有紀錄以來最早開始把勞動當成健身的人。而很遺憾的，儘管推了不知道幾萬次，他還是沒有發現萬有引力這件事。

8：隨著通膨，各國的最低時薪均有調整。德國政府於二〇二二年宣布，二〇二二年一月即七月，分別將最低薪資調增為九・八十二歐元及十・四十五歐（近臺幣三百二十元及三百四十元）。臺灣政府於二〇二二年宣布，最低時薪調漲為一百六十八元。

28. 跟百萬人搶從天而降的億萬顆糖果

二月的某個星期一早上，俗稱玫瑰週一（Rosenmontag）的日子，同事們約好去科隆參加狂歡節遊行。跟幾個朋友吃飯，應該能稍微撫平我看到袖子和蒼蠅王合照所受到的感情創傷。假設平復的效果跟聚會人數成正比，跟湧入科隆的上百萬觀光客一起過狂歡節，應該可以讓這道傷口癒合到比塗了一百罐 SK-II 還要光滑的地步吧。

冬末，公園裡盡是光禿禿的大樹，深褐色的枯枝貼在天空像玻璃的裂紋。這些都是被進入「狂歡節模式」的德國人扔擲的啤酒瓶給砸破的。如果說平常喝醉酒的德國人像投一塊退幣兩塊的故障販賣機，那狂歡節的德國人就是中頭彩的吃角子老虎機，瘋狂地吐出銅板。

還是變裝的吃角子老虎機。

我在塗鴉牆留下了這則留言，想讓臺灣的朋友們羨慕我在這裡的生活。更具體一點，是讓袖子羨慕我的生活，哼哼。

到了所裡，我宛如置身動漫祭現場，每個人都在 cosplay，而且是相當差勁的 cosplay。

法蘭茲在身上所有看得到的地方都繫了抹布，有專門擦餐具的、專門擦玻璃的、專門擦木頭地板的，還有強力吸水版，他的屁股後面則貼了張橘紅色的打折價格標籤「5.95 €」。

「我的變裝主題是『晒抹布的架子』。這張價格標籤還是去年買晒衣架我特地留下來的。」

他揚起下巴等著接受讚美。

可惜，就連他的德國同胞也不想讚美晒抹布的架子。雅各穿著一襲黑色斗篷和縮口燈籠褲，還戴了頂紳士帽。

「蒙面俠蘇洛！」

他戴上威尼斯嘉年華會買回來的面具，比起電影裡的蘇洛還要華麗個 10dB。

在德國人允許的遲到時間內（大概兩分鐘吧），沃夫岡帶著一頂斗笠出現在樓梯間。他的裝扮讓人想起〈漁歌子〉：

西塞山前白鷺飛，桃花流水鱖魚肥。
青箬笠，綠蓑衣，斜風細雨不須歸。

這位從詩裡走出來的漁夫，因爲捕不到魚只好回來實驗室寫程式餬口。

看著漁夫和蘇洛斜靠著抹布架子聊天，有種說不出的奇妙感覺。如果沃夫岡是漁夫，那他必然是那種會特地划船半小時到同行的船邊，只爲了跟對方說「你的漁網太早撒了，應該再晚三分鐘，而且撒的角度……」，然後被鄰船一腳踹翻的雞婆漁夫。

這明明是亞洲漁村到處可見的裝扮，扮肖人也算角色扮演嗎？

不過自從我加入模擬平臺的設計，跟沃夫岡的關係進展許多，所以我忍住了這句吐槽。沒想到這位漁夫反倒開口：

「你怎麼沒變裝呢？」

「我扮的是來自臺灣滯留在德國抑鬱不得志的失戀留學生。」

「如果你穿這麼正常去狂歡節，到了會場你絕對會覺得自己像個笨蛋。」

雅各用他的玩具劍在我身上戳了幾下，接著不知道從哪兒掏出了簽字筆。

「不然你扮演蘇洛的粉絲簽到本好了，我們拿幾張空白海報貼在你手上吧。」

我想起家裡的《臺灣夜市小吃》。

看來我的同理心已經更進一步，能擴展體驗到非生物的感受了。

我們和其他人在車站會合。

羅杰扮演哈比人，黝黑的膚色讓他像是剛從末日火山爬出來，整個人被烤焦。他的身後跟了一個東方女孩，黑色直長髮、大大的眼睛，站在人群外圍。她象徵性地戴了頂小丑帽，屁股後面綁了一條狐狸尾巴。

羅杰毫不理會我身上那幾張空白海報（對啦，我同意扮成蘇洛粉絲簽到本了），直接在我臉上開始簽名，偏偏他又是名字特別長的印度人！他邊簽邊說（托名字夠長之福，他可以慢慢說）：

「她是我提過的語言班亞洲女孩，韓國人。她說今天沒活動，我就帶她來跟大家一起玩。」

說完他把簽字筆拿給那個韓國女孩，這時我臉上已經寫了一堆 RaVaMaJa 之類的咒語，於是她在我的脖子上（白紙還是毫無用途）寫了一堆韓文。

「妳要在旁邊加註英文，不然我一輩子也念不出妳的名字。」

「宣美。你叫我宣美就行了。」

她發出了一陣清脆笑聲，我的心跳忽然加速了一下。仔細看，她還滿可愛的。

就這樣，巨無霸抹布架子、帥氣蘇洛和他的人形粉絲簽名本等一干人，浩浩蕩蕩搭上化身為大酒桶的火車前往科隆。車上不時有其他乘客來跟雅各搭訕，在我身上簽名。法蘭茲拿了兩瓶酒過來跟我聊天，叫我不用擔心臉上的塗鴉，只要把酒倒在他的抹布上，就可以擦乾淨了。

「這下得感謝抹布架子了吧。」

他說完一口乾掉一瓶啤酒，再用那條黃色的強力吸水抹布擦嘴。

說到科隆，最有名的就是那座蓋了七百年，世界第三大、外表忘記擦防晒，以致於黑得有點嚇人的大教堂。我先在車站買了現烤的德國結（Brezel），熱騰騰的口感不是臺灣電影院那種快跟臘肉一樣硬的風乾德國結足以相比的。接著我們轉搭街車（S-bahn）來到了花車遊行的地點，科隆老城區南側。據說當地人把這裡稱爲「d'r Zoch」，意思就是「the parade」（遊行）。

我看著周圍聚集的群眾，不像臺灣的節慶活動多半是年輕人在熱鬧，許多德國中年人，甚至老先生老太太都來了，他們穿著可能從四十年前第一次參加狂歡節就這樣打扮的cosplay裝束，跟著人群一起飲酒作樂。

遊行的第一部花車是——消防車？我以爲是哪裡失火了，或是德國政府要宣導「不管怎樣狂歡，都不能擋在消防車前面喔」的環安政策，搞不清楚。總之消防車過後，狂歡節遊行正式展開，花車上的表演者灑下無限的快樂和廉價的糖果，圍觀群眾就像二十年沒吃糖的重度嗜甜症患者，拚命用翻過來的雨傘接糖果，口中喊著「Alaaf～～」，聽起來太像「阿拉」，讓我一度很訝異，德國竟然有這麼多回教徒。

我被一根棒棒糖砸到頭，打得有點痛，HARIBO的發明者Hans Riegel搞不好也是在狂歡節被糖果砸到，才去研發被打到也不會致死的小熊軟糖。蘋果跟棒棒糖，看來歐洲人被砸到後，都締造了突破性的發展。

不知不覺間，我被擠到隊伍最外緣。這是我平常最喜歡的位置，可以像上課坐最後一排清楚地看到大家在幹嘛，又不會有人注意你。但狂歡節時可完全不是這樣，站在最外側意味著很容易和陌生人站在一起，只要不小心視線交會到〇．三秒，對方就會對著你唱歌，並預期你一定會跟著唱，跟你乾杯。

雖然很狂歡，但一切還是有些固定的潛規則與模式。

在如此歡樂至上的氛圍環繞下，我的心情雖然還不至於 high 到跟著乾杯歡唱，但真的變好許多。一包藍色糖果落在我面前，旁邊的蜘蛛人先用德文，再改成英文說：「簽到本，落在你的守備範圍啦。」我笑著把它撿起來。

遊行過一半，我走進麥當勞取暖，二月冷風終究不適合體毛不夠濃密的東方人在外久留。當我捧著熱可可走向歐洲餐廳常有的高腳桌站位區時，一條狐狸尾巴拍了拍我簽滿陌生人名字的背（法蘭茲對我這種即興造型竟引起廣大迴響有點吃味，表明不願意借我抹布了）：

「你怎麼沒出去玩啊？」

宣美把狐狸尾巴圍在脖子上當皮草，此刻的她看起來不像狐狸，反而像變裝舞會裡的貴婦。

「有人用特殊的筆簽名，我得進來烤一烤這幾張簽名頁。」

「啊？」

「好吧，看來不管是笑話還是我的身體都很冷。」

當我開始說出一些莫名其妙的話時，就表示我很緊張。不知道是燈光還是暖氣的緣故，宣美的臉紅撲撲的。

「哈，我也好冷喔，你看我的手。」

她突然用雙手蓋住我捧著熱可可的雙手！這可能代表：

1. 她喝醉了。
2. 韓國女生認為手部的肢體接觸沒什麼了不起。
3. 她在對我放電。
4. 真的很冷。

等等，這是單選還是複選？

我的手面手背做起三溫暖，內心那頭沉睡多年的小鹿意識到它又有可以亂撞的機會了，起身搖了搖身子。

「妳住哪裡呢？」

「首爾。」

「我半年前也住臺北。」

「哈，不好意思。我住在牛頓公寓，跟羅杰同一棟……」

「真的？我也住那裡!!」

「真的嗎?!你住幾樓？我住二二二，隔壁的房客好討厭，老愛放好吵好難聽的電子音樂，之前聽說有人去叫他安靜，他還裸體出來應門。」

她竟然住我隔壁的隔壁！前陣子我手受傷時差點就敲了她房間的門！

「事實上，我就是那個叫他安靜卻意外看到他遛鳥的人，我住在二二〇。」

「你在開玩笑吧！怎麼會這麼巧！」

宣美的手又握緊了一點。我不好意思跟她說「哎，熱可可很燙，我快被灼傷了」，同時，內心的小鹿開始踢起後腳跟。

袖子和蒼蠅王的合照浮現在我眼前。我因為想氣她而來到德國，雖然來到這裡之後我才能慢慢對自己坦承其實還是很想念她，希望還有機會跟她好好談談，但誰知道，搞不好她已經展開新生活，早就在星巴克跟蒼蠅王這樣握手好幾回了！

如果袖子都這樣了，那我也要展開全新的生活！不，我「已經」展開全新的生活了，就是現在！

「你在想什麼啊？」

這時候應該是要展開攻勢，我努力思索任何浪漫的臺詞，這對我來說有一點難度。畢竟我過去幾乎沒有講過……

「我在想，我們這麼有緣分。我們那邊有個傳說是：兩個人如果有緣，他們的小拇指之間是繫著一條看不見的紅線。」

對不起，這是我所想得到的最好的臺詞了，但我自己也知道這很爛。沒想到，宣美不但笑了笑，還把小拇指稍微往外動了動。

「你覺得有人在拉你嗎？」

賓果！我的小拇指立刻配合，做出被綁紅線扯過去的樣子。

就這樣，在我和宣美互相示好以及狂歡節的氣氛推波助瀾下，我們周圍築起了一道看不見的圍牆，把一百萬臺壞掉的變裝吃角子老虎機隔離在外，任憑外面下起再大的啤酒糖果雨，也打不進我們的小世界。

我們聊了很多。

她喜歡晚上在家煮飯，我喜歡在房間看電影。
她大我兩歲，我高她十二公分，這是理論上最適合擁抱的身高差距。
她是機械所的博士班學生，我主修電子，將來可以一起做鋼彈機器人，我做大腦她做四肢。
她喜歡 Norah Jones，我喜歡 Bon Jovi，不過我還是跟著哼了兩句〈The nearness of you〉──
It's not the pale moon that excites me.
That thrills and delights me.
Oh, no. it's just the nearness of you.
她嘴角漾出了微笑對我說著，兩眼似笑非笑直直地望過來，彷彿看穿了我內心的想法。接著，她掏出了不知道爲什麼跑到她那兒的簽字筆，在我手上用英文寫下了：
「今天晚上，我去你房裡看電影好嗎？」

29. 宣美特攻隊

在和宣美一起建立的「臺韓曖昧防護罩」之下，我們避開了抹布快被搶光的法蘭茲，還有不斷跟兔女郎合照後，轉身找我留聯絡資料的雅各一行人。

原來他打的是這個算盤！

我滿心期待今晚跟宣美的發展，但內心又不時有個小聲音在問我：「這樣好嗎？」。據說，這聲音在全世界每個人遇到這種狀況時都會跑出來，讓人更加猶豫不決，它也眞夠忙的了。

「想不到最後一輛花車竟然是街道清潔車，眞不愧是德國人，我們能留下來看看嗎？」

我受到「這樣好嗎？」的影響，想找個藉口留下來。宣美毫不理會我，牽著我一路走進科隆火車站，她要嘛就是聽力有點差，不然就是比我更清楚自己要什麼。

我們約好晚上九點到我房間看電影。大掃除後，我在「這樣好嗎？」的嘴上貼了膠帶，決定貫徹新生活的信念，我買了瓶特價拍賣的耶誕紅酒，上網查了一下該如何隔水加熱。

可是，如果我先睡著怎麼辦？基於這個發生機率相當大的「如果」，我又上網搜尋了（總有一天，人類會連要問什麼問題都會說：「我Google一下」。）不喝醉的方法，吃了兩盒優格、一瓶優酪乳。把椅子擺好後，宣美的敲門聲響起。她帶了一瓶白酒和兩個鬱金香形高腳杯。

投影機被雅各借去開派對，我們只能用電腦看。

螢幕上出現了經典影集《六人行》（*Friends*），這是我最愛的一部影集，看一百次都不會膩。事實上我真的看過一百次，正當我想跟宣美分享我有多愛這部影集時，她先開口說：

「這椅子有點不舒服，我們到床上看好嗎？」

宣美又用似笑非笑的眼神望著我，我懷疑她那對眼睛是否整過形，上面加裝了相容於歐規的兩百二十伏特電眼。

「好啊。」

我們爬上了我的日式麻糬單人床。

「哎，這床好軟，跟我房間的一樣。」

宣美順著床墊的凹陷，直接靠到我身上，一陣髮香飄過來。我緊張地直視三公尺外的十三吋螢幕，相較於我跟宣美的過近距離，我們與螢幕之間絕對比適當觀看距離還要遠上好幾倍。

這時宣美又開口了：

「太亮了看不清楚，你能關燈嗎？」

我起身去關燈，想起前陣子我跟一個法國女生在路上認識，她問我要不要去她家一起念書，我便拿了兩篇論文到她家去，吃過她煮的普羅旺斯燉菜（Ratatouille）後，就這麼一路念到晚上十一點，我才回家。

隔天去辦公室，我分享那頓好吃的燉菜，雅各花了一點時間確認我是真的在說燉菜，對著我長嘆了一口氣。

關燈回來，宣美斜躺在上面。我強作鎮定，隨著劇情安插的每次罐頭笑聲大笑，盤算等等到底該怎麼表示出我的紳士風度，直到全長二十一分〇四秒的《六人行》播映完畢，房間最後一絲光線終於消失。

宣美的香氣伴隨著體溫撲到我身上。

這麼說雖然有點蠢，但那一瞬間我想到的眞的是：「原來被撲倒是這種感受啊。」我一直以爲要更慌亂一點、再緊張一點的，看來被撲倒的人還是很能理性思考。在黑暗中宣美變得異常有存在感，所有感官都可以感受到她的存在。

我們在床上翻滾著，但那句「這樣好嗎？」又撕掉了膠帶開始說話，而且仔細聽，是以袖子的聲音。彷彿此刻她就站在房間一角，旁邊則是那位臉抬高成四十五度角的蒼蠅王，兩個人一起看著我們。

蒼蠅王安慰袖子：

「嘖嘖，看起來很乖的男人其實最不可靠了，妳還要等他嗎？」

袖子沒說話。

我到底該不該繼續下去？儘管現在的局勢不容許我停下來思考這個問題。

「你的那個在哪裡？」

等等，這話有點失禮吧！我正糾結著該怎麼回答時。

「保險套。」

「噢，剛好用完了。」

我撒了個謊，她爲什麼問得好像保險套和萬金油一樣是每家必備的用品。

「眞可惜，現在好像也沒得買，下次好了。」

老實講，我鬆了口氣。宣美安靜了一會兒，有如華爾街精算師評估過各種風險後，又開始行動。

我的耳朵同時感受到她的聲音以及氣息：

「沒關係，今天很安全。」

我彷彿感覺到袖子繼續盯著我。該死，我抓住宣美的肩膀把她推開，像對回家時想用舌頭和前腳迎接你的小狗一樣。

「對不起，我在臺灣有女朋友。」

房間裡除了宣美定格的黑影外空無一人。不想承認我的話，袖子先走一步了。

「雖然，她現在在臺灣或許已經有男朋友了。」

「聽起來挺有意思的。」

宣美翻過身來靠在我手臂上，要我把話講完。

於是，我把跟袖子吵架、賭氣來歐洲、發現自己忘不了她，又看見她和蒼蠅王親密合照的一切娓娓道來。重新把往事回溯過一遍，我更確定，自己真的很喜歡袖子。

日本宮崎縣有一座山叫做「韓國岳」，因爲站在那座山上就可以眺望到韓國。如果沿用這樣的命名規則，那我希望自己成爲「袖子男」，不管在哪裡都還是能夠看到她的男人。

我說完了之後，房裡一片沉默，房間似乎也很困擾，該營造什麼樣的氣氛才適合目前的情境。宣美吐出一句：

「親愛的，你把自己逼得太緊了。

「你們已經分手了，你想對她負責，是因爲你希望她也會這樣。你以爲她會關注你的臉書動態，想知道你在幹嘛。然後，當她看到你在國外過得多采多姿，就會覺得你不一樣了，想跟你復合。」

不愧是博士生，就算在這種場合下還是這麼快就摘出重點。

宣美不但沒賞我一巴掌，還當起我的心理醫師了。

「這不是不可能，但如果你一直這麼想，你其實還是原來的那個你。那個還是站在自己角度思考，以爲自己多麼替對方付出、肯爲了對方改變的人。」

宣美繼續說。

「你來德國不應該是爲了氣袖子或讓她回心轉意，而是爲了你自己。你因爲這次吵架而想要改變原來的生活，那你來這裡就得找到，究竟自己想要什麼樣的人生，等到你確定了自己想要什麼，你人生的另一半才會出現在你面前。」

「妳是說那個人可能不是袖子？」

「親愛的，我很遺憾。但如果眞的不是，你也只能放下。」

以前跟袖子在一起時，我總是在固定的時間、固定的場所、講固定的話、規劃固定的約會，我以爲那樣最終能固定愛情，但事實顯然不是我想的那樣。

「其實我有男朋友喔。」

宣美用再正常不過的口吻繼續說著，房間裡的氣氛更怪了。

「他是在慕尼黑念書的德國人，我們是在網路上認識的，我離鄉背井到國外念書，只是爲了能把見面的次數從一年一次縮短爲一個月一次。」

難怪她沒有氣我，鬆了一口氣與有一點失望的感受在我心底混雜著。

「我愛他，但在異鄉生活的日子眞的太辛苦了，他平常又不能陪我。我不夠堅強。今天我來找你，其實是爲了能繼續維持我和他的遠距離關係，我需要一點調劑和放鬆。」

雖然我一時無法理解這樣的觀念，但宣美眞的比我更清楚自己要什麼。

「你房間裡從來就沒有保險套吧。」

「眞的用完了，前陣子一個法國女生來找我……」

宣美親了親我臉頰，不聽我說完，像隻無尾熊一樣抱著我睡去。

隔天，打開沉重的眼皮，我眼前出現瀑布般的黑髮，就像洗髮精廣告裡那種讓外景主持人很困擾，總是無法好好把梳子放在上面的閃亮亮長髮。

從爬到大腿上的陽光，可以推測現在已經十點多了。

我緩慢地從宣美脖子下抽出麻痺的手，跨過她的身子，輕輕跳下床。

陪伴我孤單許久的麻糬單人床似乎也察覺到了床上不只一個人，開心地吱吱叫了兩聲。

我打開冰箱，做了兩份培根蛋三明治早餐，因爲不知道宣美喜歡哪一種，便煎了蛋黃全熟和半熟的各一顆。我眞是個細心的男人，不過也因爲細心，我像玩抽鬼牌一樣，把半熟的那盤往前推一點，好提高自己能吃到全熟那盤的機率。我又泡了咖啡，準備了麥片。

交替混合著三四種麥片時，我心想：麥片種類越複雜越好吃，但感情，似乎越單純越好。

我將早餐端到床邊，能在早餐的香味中醒來，是再幸福不過的事了。

但事實上，我更相信早在我的單人床發出可愛的吱吱聲時，宣美那雙電眼就已經張開了。電影裡一夜激情後，隔天早上翻身發現對方不在，只留下散亂的被子和一封信的場景，對我而言是很難想像的，怎麼可能睡在旁邊的人離開了會不知道。

宣美繼續裝睡，我也自顧自地扮演做早餐的新好男人。如果當時我選擇拿份報紙去蹲馬桶，還發出有如德國迫擊砲的聲響，那出來後我肯定可以看到宣美在綁頭髮準備回家。

像受邀在奧斯卡頒獎典禮上live演出「從睡夢中甦醒的幸福女人」，咖啡的香味從宣美嘴角淺淺上揚的表情開始具象化，沿著臉頰蔓延，觸碰到那長長睫毛下的雙眼。

她睜開眼睛的那一瞬間眞美。

「早安。」

「早安。」

我忍不住湊近想親她，但被她推開了。搖搖頭，她爬起來抱了我一下，再去廁所刷牙。如果韓國女生都這樣，那「睡美人」將是少數不用擔心韓國會搶去申請聯合國文化遺產的故事。

因爲她根本不願意讓王子親她！

不過宣美刷好牙後給了我一個大大的補償，讓我打消了跟她討論屈原、豆漿、中秋節等歸屬問題的念頭。

從那天起，我和宣美之間就維持著介於朋友與戀人之間的微妙關係。怪怪的，但好像也沒太大的問題。

「你買保險套了嗎？」

除了偶爾，宣美會這樣問。

30. 博士，請扶好你頭上的畢業紀念冊

最近這幾天我都跟宣美一起吃晚餐，眞人聊天要比跟小熊說話好得多。宣美醃的泡菜也相當好吃，想不到她的手藝這麼好。

「我還有別的更好喔～～」

除了必須努力抵抗她的誘惑，一切都很好。

在袖子臉書上的感情狀態還沒有從「一言難盡」改成「穩定交往中」之前，我都還有努力的空間，得繼續堅持著。

二月底的某一天咖啡時間，沃夫岡又敲了敲杯子了。

「明天是拉爾斯的博士口試，我們等等要測試博士帽（Dr. Hut）的各項功能，有興趣的人可以跟我上樓看看。」

帽子除了「遮陽」和「耍帥」以外，還有什麼「各項功能」，倒出啤酒嗎？

雅各解釋著：

「這是德國的傳統，博士畢業的那天，實驗室同伴會替他做頂大帽子，在上頭利用各種設計呈現他求學時的小故事，還有大家對他的看法。」

聽起來很像國小國中畢業時同學會交換寫的畢業紀念冊。

雅各又繼續解釋，拉爾斯前年離開研究所，去年繳交論文通過審核，排了明天口試。

「什麼，一年前離開現在才口試？」

「通常研究做完會先工作，邊工作邊寫論文，之後再回來口試，這在德國是很普遍的。也有人工作後不想寫論文，就遲遲沒拿到學位。」

花了那麼久時間念書，研究都做好了，最後卻因爲懶得寫論文而沒拿到學位？我很難想像這種事，比較常見的是研究沒做好，卻還是爲了拿到學位而硬寫了篇爛論文。

「論文通常要寫多長？」

「嗯，大致上呢，大學論文是二的五次方（三十二頁），碩士是二的六次方（六十四頁），博士是二的七次方（一百二十八頁）。」

我忍住白眼沒翻，有這麼精確就是了。

走進樓上的實驗室，我看見一頂上面堆滿雜物的博士帽。

沃夫岡開始介紹：

「中間巨大積分符號代表拉爾斯在數學領域的貢獻。」

不愧是架構組的人，對他們而言最難的數學符號竟然是積分符號「∫」。積分符號是用保麗龍刻成的，原先我還以爲那是一條被印度吹笛人叫起來的蛇。

蛇被一支鉛筆穿過。沃夫岡的解釋是：

「表示拉爾斯不需要電腦，用筆就能推導出一切。」

象徵意涵還眞濃厚，《達文西密碼》的羅柏．蘭登教授也無法破解吧。

沃夫岡蹲下來按了帽子上不應該有的電動開關，積分符號開始緩慢地旋轉。等等，這帽子裡竟然有馬達？

轉了幾圈，鉛筆指向某個角落——一間擺滿各種蘋果產品的小型辦公室，有個樂高人坐在裡面，頭上貼著拉爾斯的照片。樂高拉爾斯腳下又有個馬達，讓他不斷在各種以i字頭命名的3C產品之間移動。

樂高拉爾斯朝我這邊走來時，希臘人特別瞅了我一眼，他又在拿我的名字開無聊玩笑了。

小型辦公桌上有一張用包裝巧克力的銀箔紙框起來的史蒂夫．賈伯斯照片。這則創作的意義再明顯不過：拉爾斯是蘋果信徒。

積分符號旋轉四十五度角指向另一個角落，上面又有好幾個樂高人，其中包括法蘭茲和雅各。他們圍著拉爾斯，同樣是帽子不該有的喇叭則播放出拉爾斯的演講錄音檔，過一會兒，拉爾斯頭上發出紅光，法蘭茲和雅各則噴出了煙霧。

「這是爲了表示，拉爾斯講的東西太難，我們常常聽不懂。」

雅各推了推我，法蘭茲接話：

「那個紅光是光碟機讀寫頭，我花了好一陣子才把它拔下來的。」

我思考著這款立體「畢業紀念冊」，到底得花多少時間、動用多少月薪兩千歐元的博士生才能做好。後來沃夫岡告訴我，每次做博士帽平均會動用將近二十位博士生，以三～四人爲一組，各自設計四個角落以及中央共五個主題，再加上帽子內部的「博士帽系統平臺」搭建，其中包括提供電源、音效以及各馬達之間運轉配合的設計。

不用說，跟「××平臺」有關的必然是歸沃夫岡管轄。說不定以後他也會把自己小孩的名字取成「小普拉風」（Jr. Platform）。

「當年我主導第一個博士帽計畫時，花了一個月設計軟體，大幅簡化控制馬達的設計流程。搭配別的軟體，還可以在電腦上先跑模擬測試喔。」

沃夫岡一副討厭的鄰居八婆表情，炫耀著自己小孩好優秀，考試都考一百分。

將來他的博士帽中間一定是放一整串程式碼。

轉到另一個角落，樂高拉爾斯拿了一支寫著「理論」的旗子往前走，卻一直撞到名為「現實狀況」的城門。羅杰和一票架構組的人笑得很開心，理論組的人靜靜地不說話。不用說也知道，這鐵定是他們搞的。

只是希臘人為什麼也笑得那麼開心？他是寬宏大量到不在意這個諷刺，還是根本不知道自己被諷刺了？

根據雅各的說法，拉爾斯是超級天才，而且還相當體貼。可惜因為他太聰明，每件事情太快就能理解，反而無法體會一般人的困擾，這種現象可稱為「天才的詛咒」。

果然，隔天上午拉爾斯報告之前，很擔心別人會聽不懂他報告的內容。

「特別是架構組的同事，他們能聽懂這兩頁介紹『隨機矩陣理論』（random matrix theory）的投影片嗎？」

雅各笑著安慰他：

「放心，他們懂的會跟我們理論組的一樣多。」

「那就好。」

我加入法蘭茲和雅各的打賭，比誰會先跟不上拉爾斯的報告。我毫不光榮地在第五頁獲勝，剛好是隨機矩陣理論那一頁。

當下我深深能體會雅各在樂高人上安裝煙霧產生器的譬喻。聽拉爾斯演講真的會聽到頭頂冒煙，完全聽不懂。講著講著，他還秀出今天在公車上靈光一閃，用iPhone推導的公式給教授看。嗯，我的智慧型手機裡跟數學有關的是上週買菜的記帳。

書念越多就越容易遇到這種狀況：你會看到一個外表與你相似，但腦袋構造完全不同的人，然後就會對自己偶爾冒出來的志得意滿感到慚愧。只要比較的對象正確，我們永遠都只是平凡人；但反過來說，只要比較的對象正確，我們也可能永遠不用感到喪氣。

研究方法論告訴我們，發現兩種可能的結論竟然互相矛盾時，很有可能是你的前提假設錯誤了。說不定，重點其實不是「跟別人比較」？

此刻我頭頂的煙霧已經濃密到有如烽火臺了，都是拉爾斯害我想起這些從來不曾思考的鬼打牆哲學問題。

下午有另一場謝絕旁聽的口試，我們在口試專用的小講堂一樓（德國的零樓）等著拉爾斯結束。口試在樓上舉行，其他人在下面等待結果，短短一層樓的落差具象化出博士與博士生之間巨大的鴻溝，這比鉛筆穿過積分符號要有象徵意義多了。

我們這邊僅有的一位希臘博士，此刻正纏著絲薇塔聊天。

我其實很想問他，同樣都是博士，他對於自己和拉爾斯之間天壤地別的差異究竟是如何調適的，還是這樣的距離已經大到讓他根本認不清這個事實。

這也是一種福氣，尊重他好歹是位博士，我就不提「傻×有×福」那句俗諺了。

「下午這場口試，是由幾位口試委員輪流提問與博士論文無關的電機領域問題，確保眼前這位準博士不僅僅是「訓練有素的狗」。但由於這樣的提問範圍太大，我們有類似機經的東西❶，口試結束後，博士生都會將每位教授的問題整理起來提供給後輩參考，口試者在考前也會去拜訪各位教授，徵詢他們大概會提問的方向。」

考試前不分國籍不分學歷，大家的做法都差不多。

沃夫岡繼續說下去：

「以前更誇張，是要你準備一場二十分鐘與專業完全無關的演講，電機系的可能被要求介紹文學名著、樂曲賞析，教授們想看你到底是只學得專業知識，還是真的有學會『做學問的方法』。」

我相信，沃夫岡不管抽到什麼題目都可以滔滔不絕地講下去。彷彿聽到我內心的ＯＳ，沃夫岡再補充一句：

「時間限制非常嚴格，二十分鐘正負不能超過三十秒。因爲教授們認爲一名博士必須有能力掌控時間，將所有內容組織在任何長度的時間內，讓大家都聽懂。還好現在改了，不然我一定過不了這一關。」

不愧是沃夫岡，連自己的能力也分析得相當透徹。

樓上傳來地板震動的嘎嘎聲響，沃夫岡趕忙像餐廳侍者一樣，端著含羞草（Mimosa）雞尾酒❷站在樓梯口待命。

不久，教授們簇擁著拉爾斯下來，侍者沃夫岡端上酒，教授們舉杯恭賀拉爾斯：

「恭喜你，拉爾斯·史密斯特博士。」

大家跟著舉杯，心中想的都是同一件事——總有一天輪到我。

只是，原來以爲會多麼轟轟烈烈的畢業，也不過是這麼輕描淡寫的就發生了啊。

拉爾斯·史密斯特博士（拿到博士的最大差別之一就是，「博士」這兩個字從遙不可及變成每次都跟在你名字屁股後面）敬完酒，左右張望一番，便走入人群裡，他是要去享受人們的夾道恭賀吧。沒想到，大家卻像摩西分開紅海一樣自動讓開來，德國人畢不了業的忌妒心眞是直白。

這時，我注意到紅海另一端站了個身型壯碩的女孩，比拉爾斯還要高大。

他們倆之間彷彿有磁力吸引，越靠近彼此腳步也跟著加快，手還沒牽到嘴脣就先貼在一起了，彷彿兩隻可愛的接吻魚。女孩身旁站了一對老夫妻，應該是拉爾斯的父母。

法蘭茲說：

「他跟他女朋友超恩愛，只要一見面就會立刻接吻。」

他們倆旁若無人的眞情流露，敲開了我心裡的一段塵封往事：碩士口試完的那天下午，我和袖子牽著手在校園散步時，我能充分感受到她手上傳來的溫暖不只是因爲體溫，還有更多是發自內心的快樂與驕傲。

我有一位熱愛音樂的死黨，曾經在某次失戀後跟我說：

「人的靈魂也會受傷的。受傷後要確定是不是好了的方法呢，就是去聽有你們兩個共同回憶的音樂。如果你聽的時候會覺得痛，就表示傷口還沒有癒合。」

我的靈魂恐怕得了白血病吧，要不然，袖子劃下的傷口怎麼到現在都還沒癒合。

❶ 從前（好吧，現在應該也一樣），考GRE或GMAT時，考生會把機上考的考題背出來整理成題庫，這就叫做機經。是一種上有政策，下有對策的代表性商品。

❷ 一種混合香檳和柳橙汁的雞尾酒，多用在慶祝典禮上，確保所有人都能喝下去（柳橙汁畢竟是最能被接受的果汁），而且不會有人醉到聽不清楚致詞的人在講什麼。

Part

3

春

Frühling

這是我將近一年以來第一次傳簡訊給她，
簡訊回條像幾千年前馬拉松戰役裡一路跑回來的士兵，
替我帶回「已傳達」的消息後，躺在那兒動也不動。

31. Welcome to the Little Big City

雅各和法蘭茲是對的，雪很討厭、零下十幾度很討厭、一天只有八小時白晝更討厭。整個冬天，我就是在「很討厭三重奏」的陪伴下度過。北緯五十度的冬天裡，我多了一個樂趣是看日出日落的報導，像看股票一樣關心。往好的方面想，這個指數在夏至以前都是看漲的。

好長一段時間，除了偶爾運氣好能在吃早餐時看到「八點的日出」（托空氣好之福，隨便一天的日出都美到可以印在月曆上。歐洲人不僅是薪水高、開銷大，連欣賞自然美景也比較奢侈），我都快忘了太陽到底是金色還是紫色的。不過最近隨著日照時間增加，陽光總算撥開厚重的烏雲，積極地想在春天的開端來點表現。

就在我看網站計算白晝長度的這陣子，沃夫岡撰寫了一份「原子計畫白皮書」放到網路上。希臘人要他別在發表論文前就把點子公諸於世，沃夫岡反駁：

「真正有實力的人看到了也不會抄襲，反而會來找我們合作；沒實力的人拿去了，他們得花時間讀懂，又怎麼可能比我們進度快呢？」

事後證明沃夫岡是對的。上週，蘇黎世理工大學看到這份報告後，立刻寫信邀請沃夫岡去演講。

「理論組當然也要有人去啊。」

沃夫岡問都沒問就直接幫我訂好車票，加上回義大利度假的艾傑直接跟我們約在那裡會合，三個人一起出差。後來我才知道雅各和法蘭茲這幾天剛好要去臺灣開會。

「真可惜，還想叫你帶我們去玩的。」

「沒辦法，不然我寫一些必玩必吃的清單，你們帶著問路人吧。」

不用回臺灣其實我鬆了一口氣。不知道是在逃避問題還是想思考得更清楚，總之，我不想現在回去面對袖子。

出發前幾天，被用來泡茶的馬表（你沒聽錯，用來泡茶的馬表）不翼而飛，經過會議室時卻聽見了細小的滴答聲響，莫非……誰在會議室裡泡茶？

我悄悄推開門，門縫裡的沃夫岡放低音量，獨自對著空蕩的會議室演講，連笑話的部分都確實預演，卡住了還趕緊按停馬表，像日本高校女生說自己「好笨」時那樣敲頭。差別在於高校女生是吐舌頭輕敲，沃夫岡則是像被販賣機吃錢那樣不爽地猛搥。

說是這麼說，但看到這樣的場景我笑不出來，反而更佩服起他那一絲不苟的認真。

出發前一天下班，沃夫岡要我陪他去買阿亨名產。

阿亨市區裡最常出現的單字是「Aachen」，第二名就屬阿亨名產「普林滕餅」（Printen）了。

一種用八角滷汁滷過的薑餅。

沃夫岡說，阿亨在神聖羅馬帝國時代，一度是首都。當時，東方國家會進貢香料到阿亨，在那個香料跟黃金一樣昂貴的年代，Printen的珍貴可見一斑。至於Printen為什麼很厚、很硬，據說是當時有條從阿亨一路通往西班牙的朝聖步道，朝聖者隨身帶著厚實、有飽足感的Printen，既能彰顯自己從阿亨出發的特殊身分，也可充作沿路苦行時的乾糧。

原來是這麼具有歷史意義的名產，我還以為是幾百年前哪位德國美食天才把國外的食譜看錯了而設計出來的整人食物。

「可是吃完了，人家不就不知道你是阿亨來的了？」

「有包裝紙。」

包裝紙也算數？我在心裡嘀咕，咬了口萬歲牌小魚乾口味的 Printen——味道，該怎麼說呢，很微妙，蟑螂啃到樟腦丸時或許就這個滋味。我又問：

「那爲什麼苦行者竟然可以吃比黃金還要貴的香料乾糧？」

沃夫岡皺起眉頭看了我一眼，嘆了口氣後第一次承認：

「好吧，我不知道，這是個好問題。」

「很好，知之爲知之，不知爲不知，是知矣。」

「你在用中文念什麼繞口令啊。不過 Printen 眞的很硬，阿亨手球隊比賽時，大家圍成一圈打氣的口號就是：『Aachen Printen are – tough!』」

如果德國有什麼冷知識節目缺主持人，沃夫岡一定勝任愉快。

抵達車站時，沃夫岡說這陣子德國鐵路公司（Deutsche Bahn）在醞釀罷工，希望不要誤點才好。德國火車誤點對我來說有點難以想像，我以爲在德國，列車長只要誤點五分鐘就會被憤怒的候車乘客從車掌室裡拖出來，用啤酒瓶毆打，在阿亨的話就是用最 tough 的 Printen 當武器，敲到腦震盪不打

普林滕餅

緊，還強迫列車長吃光。但後來我才知道，德國火車其實眞的偶爾會誤點。

六小時的車程，我們在傍晚抵達有著「Little Big City」綽號的瑞士第一大城蘇黎世，跟艾傑在車站會合。明明只是三天兩夜的行程，我揹了個包包，裡面還有空間放兩包小熊軟糖；沃夫岡和艾傑卻都帶了大背包、拉行李箱，一副要去尼泊爾修行一個月的模樣。

好久沒到大城市，行人的腳步要比在阿亨快了些，不過比起亞洲都市的節奏還是相對悠哉許多。如果用趕捷運來比喻——

阿亨是前一班車剛走，可以慢慢來；

蘇黎世是跑馬燈上寫著列車一分鐘後就要進站，得稍微加快腳步；

臺北則永遠處於「列車正在進站作業中」，你得在手扶梯上喊著「不好意思、借過」，努力衝刺，測驗自己的肺活量。

往飯店的路上，沃夫岡拿出GPS導航，艾傑則憑著「五年前來過的經驗」，指著街角的房子說著「我好像見過它」、「那間服飾店再往右轉應該就是了」這種不可靠卻都能和沃夫岡的GPS資訊相符的話。

我走在最後頭，繼續用相機進行「歐洲都市數位典藏計畫」。

這時，忽然聽到沃夫岡喊著：

「嘿，艾傑等等，快紅燈了。」

落後的我看到沃夫岡立刻停在路邊，艾傑則趕緊衝到對街，兩個人像牛郎織女一樣被分隔在馬路兩側，象徵著嚴謹和變通的兩邊、龜毛和隨便的兩邊。

蘇黎世理工大學替我們安排了三間三星級飯店單人套房，瑞士不只是銀行有錢而已。艾傑跑去找在當地念書的高中同學，沃夫岡跟我說了句「明天見囉」就立刻關上房門，顯然他打算效法德國博士口試的傳統，將報告時間掌握在誤差三十秒以內。

我只好自己出去閒晃，偏偏這一繞又發揮了我的迷路天賦，多走了兩小時才繞回飯店。就在我抱怨自己迷路迷了那麼多次怎麼還沒有「三折肱而成良醫」時，有位老先生過來向我問路。剛好那是我半小時前迷路經過的地方，我用蹩腳的德文告訴他怎麼走，最後問他：

「請問你爲什麼來跟我問路呢，我是東方人啊？」

「因爲你看起來很自在，難道你不是住在蘇黎世嗎？」

在歐洲有人向我問路，代表我看起來像在地人了？

回飯店後，我把在火車上沒看完的日劇看完，那時一直被沃夫岡罵「爲什麼外面是萊茵河谷你卻還在用筆電」，害我都不能專心。不過此時也沒好到哪裡去，因爲我一直隱約聽到隔壁房間的馬表聲，以及沃夫岡的抱怨聲。

滴答滴答……滴答滴答……該死，又超過三秒鐘了！

第二天開會，沃夫岡要我和艾傑在他報告時陪著他全程站在前面：

「這樣才是個團隊。」

他最好不要在上廁所的時候也這樣說。因爲不用報告，只要負責面帶微笑，我很難得可以輕鬆地觀察臺下，印證了大學上課時教授的一句話：

「你們在下面幹什麼，我都看得一清二楚。」

有位帥哥聽到一半就睡著了，醒來後發現我在看他，卻只是微笑一下，像在跟我說：「沒關係，別在意。」

角色顛倒了吧！

大部分的人都很專心聽講，不是那種上課猛抄筆記的專心，而是很進入狀況，用一種平等的態度在學習、檢視臺上報告的認眞投入。這些蘇黎世理工大學的研究生充分展現身爲歐洲學術王者的氣質。沃夫岡的報告也相當完美，投影片動畫、手勢和說話搭配得天衣無縫，適時的暫停就像舞者在一段精湛表演後停頓下來讓觀眾鼓掌。我甚至懷疑他的逐字講稿裡有說完笑話該笑幾聲的備註。

傍晚，邀請我們的老教授親自當導遊帶我們穿梭在市區巷弄間，拜訪當年他上這所大學時最常待的酒館。

「這間開了五十年以上吧，這間也是。」

「這是我以前寫碩士論文的地方。」

「我以前都在這邊喝酒喝到醉的。」

「還有，我們畢業之前都會把自己的名字刻在這間酒館的木牆上。可惡，那群大學生剛好擋住我的名字了。」

「這裡我很久沒來，以前是跟朋友打牌的地方，現在變成旅館了……」

老教授帶我們爬上蘇黎世河畔的碉堡，我感覺到身旁的他越走越快，彷彿重返了年輕時流連的場所，也錯以爲自己回到了青春時光。爬上碉堡時，他在一旁大口喘氣，現實的身軀跟不上搭了時光機回到過去的意識，顯得有些疲累。

天空中發出老舊飛機的引擎聲：

「那是二戰時的拖靶機，現在改成觀光用途，任何人都可以搭乘了。」

他抬頭望向天空，我看見他脖子上堆起的皺紋時，忽然有種想法：或許幾十年後，我也會像他一樣，帶著一群小我好幾輪的年輕人穿梭在臺北的街頭。

一座有歷史的城市，不是有幾棟百年建築就能算數的，還要每個居民同心協力，將各自的回憶一層層鋪疊於其上，才能彰顯其意義。

原先昏暗的天空此刻完全染成黑色，天上的星星與地上的街燈紛紛亮起。

在老教授盛情招待下，我們去了平常絕對不會去也去不了的高級餐廳用餐。這也是開會的好處之一：如同相親一樣，你得盡力展現出自己最好的一面，而最差的狀況是至少能吃頓好的，並且不用擔心結帳的問題。

去餐廳的路上，沃夫岡忽然停下來對著車站大街上香奈兒（Chanel）的招牌拍照：

「法國人，哈哈，這麼大的店竟然連『通道』（channel）都拼錯了。」

餐廳裡擺飾著各式各樣的中世紀武器，十字弓、鐮刀、推砲。我留意了一下，還好沒有恐怖刑具。餐前麵包是一塊比我的頭還大，活像烤焦了的黑硬麵包。就在我試圖保持優雅同時想暗中使勁剝開時，老教授把麵包往桌上「碰」地用力一摔，我嚇了一大跳，以爲他是要斥責我怎麼這樣粗魯。

「這樣才能掰開麵包。」

老教授笑著解釋。我留意了一下同桌瑞士人的牙齒，啃這麼硬的麵包眞的不要緊嗎？

按照歐洲餐廳的第一個慣例，侍者會在你坐下不到一分鐘就衝過來問你要喝點什麼，一杯一百塊臺幣的摻水可樂是他們利潤最高的餐點。

第二個慣例，第一輪點的絕對是啤酒。

三次續杯後，我悄悄換了蘋果汽水。這是法蘭茲在嘲笑我第十次之後教我的：「喝完第三輪大家都有點醉了，用蘋果汽水代替啤酒就不容易被發現。至少我在慕尼黑啤酒節看過有人這樣。」

法蘭茲的本性其實還挺善良的。

過一會兒，只見服務生端來的是好幾杯一公升的啤酒，以及一杯小巧的兩百五十毫升蘋果汽水。在所有人的笑聲中，我低頭詛咒法蘭茲。

32. 泡在水裡的國光勳章

留學生很愛提起在國外發生的種種蠢事。

就像當兵一樣，過程痛苦得要命，但退伍後常喜歡把軍中大小事掛在嘴邊，哪怕旁邊的朋友早就無聊到開始玩手機。

對我們來說，一件蠢事就是一枚勳章，我們故作優雅地自嘲那困苦的異鄉獨居生活，不時把勳章拿出來擦拭一番，別在胸前展示給眾人看，深怕別人沒辦法把我們的故事從頭背到尾。

而今天，我所幹的事，將可獲得國軍最高榮譽的「國光勳章」。

某一天，我在辦公室持續練習「如何盯著論文腦袋一片空白，卻讓大家以爲你很認真」的高難度技巧（其實我已經算是這領域的專家了，不過，正因爲身爲專家，我更得持續不懈地努力），面前的電話專線響起，這是我在實驗室待這麼多個月以來，第一次有人打這支電話。不只我，我相信雅各跟法蘭茲都嚇一跳了。

我接起電話：

「黃奕森嗎？這裡是牛頓公寓。」

「嗯，我是黃奕森。」

「!@#$%^&**&^%$#@!@#$%^&*(*&^%$#!!!!」

「啊？啊？可以說英文嗎？」

「!@#$%%^&**&^%$#@!@#$%^&*(*&^%$#~~~」

雅各接過話筒，他的臉色越來越難看，一旁的法蘭茲反倒越來越開心，開始扭著屁股旋轉椅子。

掛上電話，雅各立刻站起來拿外套。

「我們得去你家一趟。」

「爲什麼？」

法蘭茲也跟著穿上外套，他說：

「你家淹水了，你是怎麼做到的？」

淹水？我是怎麼做到的?!

「管理員說，有人通報你的房門溢出很多水。這是緊急狀況，所以他沒先知會你就拿了備用鑰匙開門檢查，這點你要理解。」

雅各邊開車邊跟我解釋，我過了半秒才意會到，這種時候該適當表達隱私權被侵犯的不滿。我嘆了口氣說沒關係，他接著說：

「結果是浴室洗手檯的水龍頭沒關，洗手檯不知道爲什麼又堵住了，水溢出來弄得整間套房都是。」

「怎麼會同時沒關水又堵住洗手檯呢？這個機率太低了，你是故意的吧？」

躺在車子後座的法蘭茲探過頭來問我。啊，啊，對啊我是故意的，我預料到阿亨即將缺水一年，所以打算拿整間公寓儲水，只可惜忘記把門縫塞住了！

我大概知道是怎麼回事了。

這一切得追溯到幾個月前，那位幫我理了「開羅最in髮型」的埃及理髮師。

自從那次理髮後，我決定還是靠自己，就算「臺灣最慫造型」也比開羅最in髮型好得多，至少搔頭時不會刮傷手，對著鏡子剪練習反方向動作據說還能開發大腦潛能。

我都在洗手檯剪，再把剪下來的頭髮直接沖到排水孔裡。我知道這樣可能堵塞水管，但我天眞地以爲只要每次剪下來的頭髮短於德國人的平均鬍子長度，嗯，應該就還好？

這個想法在前幾天剪髮時被證明是錯誤的。當時，頭髮沖掉後，水過了一陣子才退去。然而，當下我不但沒立刻處理，還說了現在想起來會忍不住痛毆自己一頓的蠢話：

「哎噢，這樣以後洗臉就不需要塞塞子了，眞方便。」

至於沒關水的謎題，一到公寓門口法蘭茲就解開了。

「你看不懂這張公告對吧？」

他指著門上一張A4大小的公告。嚴格來說我看得懂「注意」、「水」和「今早四點到下午兩點」這幾個關鍵字，但問題是在此之前，我從來沒去看過任何貼在布告欄或門上的公告。我總是半逃避地自以爲那些東西跟我無關，與其把時間拿來研究德文公告，不如直接回房間打電動。

「注意！因爲管線維修，今早四點到下午兩點停水，請各位出門前關好水龍頭。」

法蘭茲執行了他的德英翻譯軟體。我也知道停水，不過這是早上親身體驗到的。而且很顯然剛起床的我意識不清，忘記將轉開的水龍頭關回去了。

這是埃及理髮師引發的蝴蝶效應，也是我粗心大意和敷衍隨便的精采連袂演出。

一進套房，把交涉任務交給雅各，我像演古裝宮廷劇一樣忙不迭跪在地上（差點要喊出「微臣該死」的臺詞），試圖用臺灣帶來的抹布將一百公升的水吸乾。這很沒效率，但我沒有別的選擇。尤其是背後正傳來公寓管理員的咆哮：

「狗屎！他擦地板的姿勢眞是太完美了！還懂得每擦三道就換面！臺灣人都這麼會做家事嗎?!狗屎！」

只聽得懂「狗屎」這句德文的好處之一，就是可以在前後代入任何自己想聽的話。不過我相信管理員此刻一定是在罵我怎麼把房間搞得像泰國水上人家。他的音量大到隔壁的醉大叔隨時都會衝過來，邊裸奔三圈邊叫管理員小聲點，但大叔顯然很清楚，招惹憤怒的管理員不比拔獅子鬃毛有趣到哪裡去。

雅各好言好語跟房東溝通，法蘭茲跪在我旁邊幫忙擦地。他抱怨道：

「你難道沒有專門吸水的毛巾嗎？要不是我那幾條在狂歡節被幹走，我就帶來了。」

在法蘭茲變身成擦地機器人，雅各也不在意他那條兩百歐元（約臺幣六千五百元）的名牌牛仔褲（後來他說那是「7 for all mankind」這個牌子，雖然是英文但我還是不懂）被弄溼的幫忙之下，總算把房間擦乾了。

我提議請他們到酒吧喝幾杯，我也需要些熱可可來補充好心情。

「改天吧，你先把洗手檯通好。還有，這些拼裝木質地板吸了水會膨脹，你最好趕快拿東西壓著，要是翹起來你就得出錢重換整片地板了。」

地板吸了水會翹起來？

我以爲德國地板防彈防震，潑硫酸也會立刻被中和，灑種了可以直接開花，太陽照晒還能發電的。後來我才知道，漏到地板裡的水不只會破壞地板，還可能會遵循毛細現象[1]滲透到牆後，讓整面牆變得像伊藤潤二到你家用黴菌作畫一樣恐怖。

雅各沉思了兩秒：

「換這樣二十平方米的地板大概要五、六百歐元（約臺幣一萬五～兩萬）。」

往好的方面想，我剪三次頭髮至少省了二十四歐元（約臺幣八百元）。而且髮型比較好看。狗屎，我找不到更多理由讓自己開心了。

送走雅各和法蘭茲，我去超市買了罐通樂，順便買了三盒莫凡彼（Mövenpick）的「冬季限定口味」芒果香草優格。我對「限定」毫無抵抗力，如果火車站前的青年乞丐杯子上寫著「限定今天下午捐錢」（Geldspende nur für heute Nachmittag），我搞不好會邊捐錢邊笑著心想，眞幸運搶到這個機會。回家後，受到「沒讀公告而損失六百歐」的打擊，我認眞查字典讀通樂說明書：

針對洗臉檯：先倒一瓶蓋的通樂顆粒到排水孔裡，然後加水，直到水快要滿出排水孔爲止。接著靜候三十分鐘，再倒入一公升溫水，沖走淤塞物。注意，通樂顆粒有毒性，請勿服用或碰觸到口鼻。

打開通樂，揚起的粉末讓我鼻子一陣刺痛。德國人的「注意」絕對不是說著玩的，這種通樂如果早幾年拿回臺灣，應該會讓巴拉松相形失色，成爲失意人的首選。奇怪的是，一直困擾我很久的鼻塞，好像也意外被「通樂」了。「塞翁失馬，焉知非福」這句話眞是如同空氣一般無所不在。

趁著通樂和頭髮在排水管裡奮戰，我繼續看完昨天看到一半的電影，一部標準的好萊塢英雄片，讓你看時驚心動魄，看完除了男主角帶著血漬的臉部特寫和女主角的魔鬼身材之外什麼都記不得。這種時候最需要這樣的片子讓我暫時逃避現實。

看著看著有種身歷其境的感覺，連耳機裡的音效也變得立體起來，機關槍連發的噠噠噠聲響宛如出現在房間裡。

唔，好像眞的在這個房間？

我摘下耳機，依然聽得見微小的機關槍聲，彷彿是《玩具總動員》的綠色士兵跑到我的冰箱裡。我走過去，耳朵貼近冰箱，聲音越來越清楚。打開冰箱——

啪！

冰箱猛然發出聲響，接著，機槍聲與燈光連同引擎運作的低音一併消失，整個冰箱既不冰、也不亮，退化成沒有鎖的食物保險箱了！

該不會是地板裡的積水滲進冰箱，讓某個地方短路燒掉了吧。

雖說我念的是電機系電子所，但對於壞掉的家電通常我只會採取兩種做法：拔掉插頭再插回去；或者對著插頭吹氣。後者被朋友罵「又不是任天堂卡帶」之後就再也沒做了。

我手足無措地站在原地，接著做出了連自己都想不到的行爲：我打開優格，蹲在冰箱旁開始吃。吃掉兩盒後，我才意識到自己企圖將冰箱裡的東西全部裝進胃裡，這樣很蠢很不切實際，但我眞的已經慌亂到不知道該怎麼辦了。

粗心大意不會讓你每天過得很慘，它只會埋伏好一陣子，再等待時機給你迎頭痛擊。

遇到一兩件衰事，你還能若無其事像個旁觀者自嘲；但如果接二連三地發生，到最後你眞的會笑不出來，只想踹個什麼東西來發洩，像是椅子之類的。

然後我再搞砸一件事，這下得再賠一張椅子。

因爲不想眞的一個晚上就通好腸胃，我拿著最後一盒優格去敲宣美房間的門。

她一看到我，什麼都沒說就先抱了我一下：

「你眞可憐。」

看來「二二〇的房客在房間裡玩水」的蠢事已經迅速傳遍整棟公寓。我很感謝宣美這麼溫柔地安慰我，她沒有嘲笑我，她靜靜聽我訴苦，叫我把食物拿來放到她的冰箱裡。

原來還有這一招啊，我摸摸肚子裡的六百毫升芒果香草優格。看著宣美蹲在冰箱前整理空間時，我忽然覺得有她在眞好，只要她不是滿腦子都在想著那檔事，我甚至希望她能多「在」一點。

我不該有這種想法的，我像沃夫岡一樣猛敲自己的頭，試圖將這個念頭敲出去。

頭有點暈的我注意到宣美貼在牆上的照片：

「這是妳妹嗎？跟妳很像呢，除了她是單眼皮，妳眼睛比較大——」

她一語不發地走過來撕下照片。

拜託，這一定要是我今天幹的最後一件蠢事了。

我又回到了自己的房間，不知道是不是錯覺，地板似乎已像爆發前的火山，微微隆起。得趕快找東西來壓才行。宣美從後面摟住我說：

「或許今晚，我們可以一起睡在你房間的地板上，好好把地板壓回去……」

希望我的意志力能繼續抵抗宣美的攻勢。

❶ 下雨天時，你有感覺到自己的褲子或襪子越來越溼，一路溼到腳踝嗎？那就是毛細現象了。會看這則註釋的人得在心中跟國小的自然老師道歉。

幾天後，地板沒翹起來，伊藤潤二也沒用黴菌在牆壁上作畫，我在無數次跟管理員道歉後，總算守住押金了。

33. 愛琴海上漂浮的愛情

一早上班，沃夫岡拿了一疊表格過來，要申報我們三月初去蘇黎世的補助費用。

「我幫你翻譯，然後你把表格填好。這邊是我們幾月幾日幾點到幾月幾日幾點之間在蘇黎世停留，這邊是幾月幾日幾點我們搭了什麼交通工具，這邊是幾月幾日幾點……」

「那這個附註欄呢？」

「搭乘的交通工具是否附有餐點。」

「我在晚宴時上廁所花了〇．五歐元，這也能報帳嗎？」

「你有拿收據嗎？」法蘭茲插嘴問道。

「沒有，只有擦手的衛生紙。但可能還在外套口袋裡。」

「那就不行。」

沃夫岡繼續他的填表教學課程。我翻到生活費補助表格，一共分成「二十四小時」、「二十四～十四小時」、「十四～八小時」三種停留時數；住宿補助則分成「有收據」和「無收據」兩種。根據高中排列組合，這樣就有六種可能了。此外，全球各城市有不同報價，這份表格可以說是「德國人心中的城市物價排行榜」。

蘇黎世生活費一天三十五歐元，住宿費一百一十歐元，雖然換算成臺幣感覺已經很多了，但在蘇黎世也只是剛剛好的花費。比較起來，臺灣竟然跟蘇黎世一樣，生活費也是一天三十五歐元，他們難道不知道我在臺北一天只要花五歐元嗎？

好吧，他們可能不知道。

但是，臺北的住宿補助竟然有一百二十歐元！這種價格在網路上都可以訂到五星級飯店了（況且德國人也只能上網訂）！

扭曲的城市物價排行榜還沒完，最便宜的是東加群島，住宿費一天三十五歐元；最貴的竟然是韓國，一晚住宿費高達一百八十歐元！[9]這是包括整形服務在內嗎？

原來出差有這麼多補助，對多數歐洲人來說，去歐洲其他城市出差就像從臺北去新竹一樣無趣，但對我而言，這是「摸蚵仔兼洗褲」，又能觀光兼賺錢。我當下決定利用出差多賺點生活費。

出差之神彷彿聽到了我的許願，沒過幾天我就聽到希臘人下週要代表所裡去希臘開會的消息。我們的出差基本上以兩人一組，對此，每個人的解釋是：

雅各：「晚宴時要是超過兩組人馬想跟我們講話，可以一人照顧一組。」

9：換算成臺幣：蘇黎世補助的生活費一天一千元，住宿費約三千五；臺灣補助的生活費一天約一千元，住宿費近臺幣四千元。最便宜的東加群島，住宿費為一千元，而最貴的韓國一晚住宿費高達臺幣六千元。

沃夫岡：「討論合作時，兩人可以開小組會議，還能輪流扮黑臉白臉。」

法蘭茲：「我不知道爲什麼要兩個人，我自己去也無妨（配合No.1「我是認眞的」指法）。」

希臘人則露出理所當然的微笑：「我身爲博士後研究員，當然要有助理隨行啊。」

爲了去希臘玩，我不介意成爲希臘人的助理。

希臘之行從飛機抵達羅德島（Rhode）揭開序幕。

下飛機，空氣中漾著一股悠閒的氣息。希臘的太陽要比德國的大顆一點，兩者的差距大概就像一個用L號一個是用M號的雞蛋煎成的兩顆荷包蛋。走在路上，陽光微微地炙著皮膚，讓我想起臺灣的夏天，總是有種聞到自己手臂被烤焦的錯覺。

天氣熱的時候就該喝冰沙。一問之下，這邊一杯不到兩百CC、顏色鮮豔得跟雄獅二十四色廣告顏料組沒兩樣的思樂冰竟然要價三歐元（約臺幣一百元）。其中兩歐元是因爲每個顧客臉上都寫著「我是觀光客，就算你把海邊的沙子裝進瓶子裡我也會掏錢買」；另外一歐元則是好吃懶做的希臘人認爲自己站起來幫你倒七彩思樂冰應得的高報酬。

去旅館check-in時，希臘人用母語和櫃檯老闆熱絡交談，講著講著突然把我摟過去，古龍水的味道嗆得我快無法呼吸。老闆將筆電螢幕轉向我這邊，像光華商場店員測試硬碟防震裝置一樣，大力晃了幾下：

「ASUS~~ASUS, very good.」

可惜他手上那部電腦並沒有針對硬碟防震做出類似「退回讀寫頭」的設計。老闆又指向門口的腳踏車：

「Giant~~Giant, very good.」

接著對我豎起了大拇指。

「You~~you, Taiwan~very good.」

「Yes, I am made in Taiwan!」

我開心地回答，一會兒才意識到這話好像會讓我的老爸老媽有點臉紅。大多數歐洲人看到亞洲人，第一直覺都是日本人；當你說出自己來自臺灣時，很多人則會先擺出一副「喔～～原來如此眞是抱歉」的表情，然後說：

「撒挖弟咖，Thailand boy。」

難得有人能正確指出你是臺灣來的，眞是一件很感人的事。

第二天搭上前往科思島（Kos island）的渡輪，這座小島在亞洲知名度不高，卻是歐洲人很喜愛的渡假勝地。站在羅德島的碼頭旁，我第一次意識到，原來什麼叫做「藍色」。

藍色的天、藍色的海，陽光在兩片藍色布幔間來回震盪，替眼前的美景掩上了一層金色薄紗。海風捲起一陣海特有的腥味，拂過臉時卻不覺得臭，反而讓人忍不住深吸了幾口。渡輪螺旋槳捲起的白色泡沫將湛藍的海水絞成了淡藍。

甲板上坐滿戴墨鏡的觀光客，這副光景常讓我納悶，戴墨鏡應該是怕陽光太強會讓眼睛不舒服，但許多人戴上墨鏡後偏偏又都成了向日葵，紛紛把頭轉向太陽。我也從善如流戴了墨鏡。站在放著救生圈的船緣往下看，船後拖曳著一條白色的泡沫尾巴，有人從後面拍了我：

「我們希臘的太陽不錯吧。」

希臘人還是一身勁裝，黑色的彈性T-shirt緊緊貼著他那兩塊比愛琴海小島還大的胸肌，開始「希臘人獻曝」。讓人意外的是，我之前沒注意到他竟然有肚子，搭配上胸肌就像是用黑襪子套住蓮霧屁股一樣有著三塊隆起。

平常說不出來他哪裡怪，其實是因爲他一直以「在愛琴海上吃櫻桃搭渡輪」的打扮，坐在德國實驗室裡（用嘴）寫程式。問題出在背景，而不是人。我們聊起希臘爲何能以一己之力拖垮整個歐洲，他說主因是公務員過多、貪腐太嚴重；我禮尙往來回應了臺灣的窘境：大學太多，出社會工作薪水偏低。我問他：

「最近有一陣子沒聽到你跟你的教授講電話？」

「喔，他在憲法廣場（Πλατεία Συντάγματος）旁的豪宅被燒掉了。」

希臘人覺得再聊下去有損他們國家的形象，改而介紹起愛琴海。

「那邊就是土耳其了。」

我沒聽出他講到土耳其時語調微妙的變化，回了一句：

「聽說土耳其也很好玩，你去過嗎？」

「我當然不可能去土耳其！那是我們的敵人！敵人！」

希臘人放大音量，幾朵正在放空的向日葵轉過來瞪我們。他滔滔不絕地抱怨土耳其，全身的毛孔不只在冒汗，還滲出了對土耳其的怨恨。

經過這大半年訓練，我的「英文雜訊轉換器」已經不太常用到，不過這次希臘人眞的講太久，我唯有從飄忽的單字中拼湊出他氣土耳其的理由：

「壞鄰居土耳其！（嘟嘴）

它們跟神聖希臘之間的糾紛遠從西元前的「木馬屠城記」[10]就開始了。最近的糾紛則是起於賽普勒斯。這座小島位於土耳其外海不到一百公里，大多數居民是希臘裔，因此爲了保護希臘子民權益兼捍衛民主眞理，希臘政府支持島南的賽普勒斯共和國；但土耳其爲了防衛海外這種暴力的軍事理由，竟跑去支持島北的北賽普勒斯國，太自私！你知道嗎，現在賽普勒斯共和國已經是歐盟成員，而北賽普勒斯國只有土耳其承認而已，大家都站在我們這邊。我們才是對的。」

人多的那邊不代表就是正確的那邊。

但因爲周圍的氣氛實在太和煦，我把這話憋回肚子裡，繼續聽希臘人抱怨，順便在他的墨鏡上練習笑容，我向來拍照都笑得不太自然。

「太荒謬了，他們只爲自己的利益著想，不考慮島上大多數居民都是希臘正教的子民。」

有人說想像抱著小動物合照有用，眞的嗎？試試看好了。嗯，線條似乎比較柔和一點了。

「我們當年可是統治過他們的，你知道嗎？我的名字還是從伊斯坦堡（Istanbul）以前的名字『君士坦丁堡』（Konstantinople）來的，意思是『我的城市』（Konstantino）！而他們現在用的『伊斯坦堡』也是跟我們希臘文借的。」

另一招是想像拍照的是你最愛的人。我看見墨鏡裡的自己嘴角先是上揚，接著又垮下去。這招對

10：木馬屠城記的案發現場——特洛伊古城位於土耳其西南部。

現在的我不大管用。這時希臘人突然說起希臘話：

「εις την Πόλη（is tin Poli）的意思是『去城裡』。那時候大家要去君士坦丁堡都會這樣回答，久而久之這句話就成了君士坦丁堡的暱稱，但是不知其所以然的土耳其人竟把它拿來當成正式的城市名字！你說荒謬不荒謬！」

希臘人對著他口中「那裡是土耳其海岸線」的陸地謾罵。

「可是你們很多習慣看起來都很像啊，都有沙威瑪。」

「那不一樣，我告訴你……」

我想起袖子而笑不出來，也不知道該對眼前這位憤怒的希臘人做些什麼。忽然，我想到可以善用專業來轉移話題。

「哎，不知道在愛琴海上手機收訊怎麼樣呢？雖然沒有障礙物，不過從岸邊那麼遠還能傳過來嗎……」

我把手機掏出來，立刻收回口袋，免得被希臘人看見了氣得扔到海裡。

明明比較靠近希臘，手機上卻寫著「土耳其電信」。

科思島上的國際研討會聚集了來自全球各地的上千名學者，一起探究學術的眞理。

研討會宣傳手冊是這樣寫的。

實際的狀況是，同一時間有好幾場演講在進行，每位講者用十五分鐘報告自己發表的論文，臺下聽眾扣掉走錯會議室的、下一位講者、爲了來聽下一場演講而提前入席的，平均只剩不到十個人專心在聽演講。

某些時候，我甚至懷疑臺上的演講者也沒有專心在聽自己說話。工程領域最重要的目標之一就是提升「效率」，但這種「臺上講臺上的，臺下忙臺下的」行爲卻相當沒有效率。這讓我覺得有點奇怪。不過既然我再怎麼想也無法改變這件事，反而會對於「沒效率」多貢獻一份心力，所以我也沒再思考下去。

走出會議室，我來到海報區閒晃。

曾有人挖苦說：「學者的身體只是爲了要讓他們把腦袋來回運送在各個會議之間。」搭配上眼前的場景，我忍不住笑了出來，接著又覺得沒那麼好笑，畢竟此刻我也是那運輸腦袋的傢伙之一。這麼一想，又覺得這也算是自我讚美。

海報區要有趣多了。比起十五分鐘的演講，站在海報前比較有機會跟對你感興趣的人深入交談，講錯話也不需要承受四面八方質問的眼神。只是不管怎樣，人多人少都很尷尬。人多時你得專心準備回答每個問題，像參加益智節目一樣，除了答對沒獎品，答錯燈不會忽然暗下來。人少也不好，你會覺得自己像生意很差的攤販，或是昨天忘了洗澡以致於沒人想靠近。

我走到生意相當於「豪大大雞排」等級的一處海報攤前，顧店的是一位絕對會讓人無法專心看海報的金髮美女。她的研究標題──「資訊蔓延（information diffusion）在數位通訊上的應用」是我從來沒聽過的題目。後面有兩個印度人低聲討論著海報內容，有個美國佬則在用 iPhone 上網搜尋「資訊蔓延」到底是什麼。

工程師通常都患有「資訊焦慮症」，對不懂的事深感惶恐。「搭訕蔓延」與「恐慌蔓延」以海報爲中心輻射開來，在沒有搞清楚主題之前，是不會有人發問的。這時一道黑影從旁邊閃出，以寬大的背部接下所有人的視線，慢條斯理地問那位愣住的金髮美女：

「我對妳的研究很感興趣，什麼是『資訊蔓延』呢？」

我打從心裡對希臘人用直球展現的無知感到敬佩。

傍晚會議結束，希臘人約了「蔓延女孩」去酒吧，說要盡地主之誼帶她在島上逛逛（幾小時前，他跟我說他在雅典長大，這也是第一次來科思島），這一切顯然都是爲了增加今晚能把他那雙毛毛手蔓延到她身上的機率。我識相地回絕了他的客套邀約，回到一晚「只要一百歐元（距離補助上限還有三十歐元）」的海景套房，坐在飯店專屬的沙灘上，望著太陽像顆鹹蛋黃般慢慢掉進被染紅的愛琴海裡。

以前的我從來不曾這樣仔細地欣賞自然美景，我最多會說的話可能是「不過就是個太陽，距離地球一個天文單位，或是光走八分鐘那麼遠」。但在異國旅行，因爲失去了熟悉度，就像看不見的人聽覺會特別靈敏，更能體會周遭景物的細微之處。

我想起有一次袖子要我陪她練車，結果竟然一路開到東北角。

那時，我很討厭旅行，畢竟它之於美好未來的效益實在過低、又花時間。有人說旅行能讓人重新省思、找回自我，我認爲那都只是藉口。如果要進行一場「與自我深處的對話」，那拉肚子坐在馬桶上思考昨晚吃了什麼時的省思能力，絕對比旅行中對著相機鏡頭微笑時要高出許多。

也因此，那趟東北角之旅我不是很開心，我的抱怨也讓袖子不太愉快，儘管站在海灘上時，我的確心情挺好的，但我還是不想承認，繼續擺著一張臭臉。

此時此刻，我感受到旅行眞的能讓人不一樣。從前我把自己看得太強大，認爲我能決定自己的一切意念和心情。然而事實上，大多數時候我們根本無法控制自己的情緒，總是讓它隨著周遭的事物起伏波動，我們能做的只有看著它發生，然後接受它。

就像此刻，我無法停止思念袖了。

我拿出手機，換回臺灣的 sim 卡。

「妳好嗎？現在是希臘時間傍晚七點，我在愛琴海的沙灘上，忽然想起以前我們一起看過的東北角夕陽。」

按下「發送」，簡訊穿越幾千公里、穿越六小時時差前往已是深夜的臺灣，袖子的手機裡。

這是我將近一年以來第一次傳簡訊給她，簡訊回條像幾千年前馬拉松戰役裡一路跑回來的士兵，替我帶回「已傳達」的消息後，躺在那兒動也不動。

閉上眼睛，我彷彿可以看到電話那端，袖子坐在床邊，臉被手機冷光照亮的模樣。

又過了半晌，最後一抹彩霞終於消失在地平線另一端，我起身準備離開，握在手上的手機震動了一下。

「我下個月想去歐洲旅行，ＯＫ嗎？」

34. 會前會的會前會的會前會

從希臘回來後，沃夫岡告訴我們一個好消息：聽完那次演講，蘇黎世理工大學希望能跟我們進一步合作。

「他們的團隊半個月後要來拜訪我們，這眞是太・棒・了！」

沃夫岡的語氣就像少女時代的粉絲聽到她們要舉行「到粉絲家過夜」的企劃，而他是那位被選上的幸運兒！雖然有點好笑，但我也很開心。

「我們得趕快整理好研究，要動起來！」

沃夫岡說的「動起來」就是「開更多的會」。

在與蘇黎世團隊召開正式會議前得有個預演會議，預演會議前還得有個討論預演的會議，在討論預演會議前得再來個準備會議……就好比小時候我跟姊姊吵架會輪流對罵：

「我討厭妳。」

「我比你討厭我更討厭你。」

「什麼……那我比妳的比我討厭你更討厭我又更討厭妳。」

「你亂說，那我比……」

信不信由你，愛拌嘴的小孩邏輯都會比較好。

在德國，我最討厭兩件事，第一是吃完飯服務生會過來問你：「Schmeckt gut?」（好吃嗎？）而你得笑著說：「Schmeckt sehr gut.」（相當好吃。）（至少我還沒看過有人說「好難吃喔」）。

第二就是開會。

德國人絕對是靠著瘋狂喝啤酒和開會來發洩過度壓抑的情緒，以維持平常的冷靜嚴謹。也因此他們的會議數量往往跟喝掉的啤酒一樣多。

因爲希望儘快結束開會，但自知沒看完老爸指定的《戰國策》，不具備強大辯才主導整個會議，我通常使用消極的方法——保持安靜，來加速會議的進行。

我稱這種爲「環保開會」，因爲這種從自身做起的心態，就像爲了防止地球暖化而使用環保筷。但也或許是太安靜，從某次起，希臘人便把會議紀錄簿丟給我，要我負責記錄會議內容，而他負責抖腳。

沒效率的會議也沒什麼好記的，比起研究上的重點，我更常記下的是會議室的人生百態，簡稱《走在會議邊上》[1]。以下是這幾次的摘錄：

會前會的會前會的會前會

成員：原子計畫全體

討論主題：從「檢討這半年的進度」變成「設定未來的長程目標」

開會時程：4/10 PM 1：00～5：30

長時間相處下來，我和椅背之間建立起跨越生物與非生物的情感。

其他四個人在幹嘛呢？

義大利人艾傑在用一本比N次貼大一點的Ｂ７尺寸筆記本做筆記，讓人對義大利的紙張短缺問題感到同情。印度人羅杰大部分時間都是雙手抱胸不講話，就像偶像女星被迫拍性感寫眞時，堅守底線的撩人姿態。他們兩位也是「降低溫室效應，從你我做起」的好公民，但這一切都抵擋不了沃夫岡跟希臘人這兩位關鍵人物，他們遲遲不肯簽署「京都協議」，大量排放言論。

沃夫岡希望所有成員都能遵循他上次報告的高標準，一字不差地照講稿演出。

當初我就是知道自己沒有表演天分才念電機系，繞了一圈還是得回到舞臺上，這是什麼諧星的宿命嗎？

「臺上一分鐘，臺下十年功。」

爲了讓聽眾有效率吸收，講者就得沒效率地準備。這麼說來效率搞不好是個定值，端看誰拿的比較多而已。

沃夫岡要求每個人準時交給他投影片及講稿。他講這句話時使用了高等通訊技巧「波束形成」（beamforming），將原本應該四面八方傳遞出去的訊息集中針對最可能遲交的希臘人；希臘人則製造了「屏蔽效應」（shadowing effect），拿出筆記本擋住沃夫岡的視線。

沃夫岡在白板上寫下每個人負責的題目與內容簡介，寫一寫又停下來檢查。

「這是我們當初設定的目標……噢，該死。」

他猛然擦掉一切，換了支筆重寫。

「抱歉，顏色不對。」

沃夫岡道歉著，我相信白板不會介意這點小事啦。正當我還在努力思考爲什麼不能用紅筆寫計畫進度，難道是類似不能用紅筆簽名的迷信原因嗎？這時希臘人說了：

「『通道狀況』應該是 scenario 而不是 environment。」

「『目標』應該叫做 mission 而不是 target。」

他爲什麼要這樣浪費我們的時間，他應該叫做 Scheisse（狗屎）而不是希臘人！

沃夫岡瞪著希臘人，他狠狠地說：

「怎麼會是 mission！當然是 target 啊！」

抄了又改的艾傑放下橡皮擦和筆，羅杰用視線對我表達他無言的不滿（他總是在不滿），我聳了聳肩，這姿勢是租屋時學來的。

十五分鐘後，留在白板上的是一個綠色的「goal」。

會前會的會前會

成員：理論組

討論主題：理論組進度報告

開會時程：4/12 AM 9：30～11：00（扣掉半小時咖啡時間）

原本以爲會開很久的理論組內部會，只花一小時就搞定了。看來開會效率和參與人數成指數反比，特別是只有兩人開會，一個人又不怎麼講話時，真的很有效率。

跟希臘人討論事情，缺點是每次都得像連續劇開頭播主題曲一樣，先重聽一遍他的豐功偉業，而且是很難聽的主題曲。優點是他的邏輯很好，跟他認真說話是種享受，只要說到一半他就懂你想表達什麼。

而這樣的好邏輯，也讓他的壞個性徹底得到發揮。比方說希臘人堅持：

「開會那天不要講得太仔細。我們還沒跟對方合作，讓他們知道我們在幹嘛，等等被抄襲了怎麼辦。不只這樣，我們還得想盡辦法挖清楚對方在幹嘛，看看有沒有什麼好點子可以做。」

會前會

成員：原子計畫全體與法蘭茲、雅各

討論主題：會議預演

開會時程：4/17 AM 9：00～PM 1：00

忙著準備開會，開會時卻一點都不忙。

我坐在椅子上，在大腦準備進入螢幕保護程式的最後一刻，思索這種弔詭現象是如何形成的。這就像當兵一樣，每次集合趕得要命，集合之後卻都在做一些無聊到讓你睡著的事。好像又不大一樣，嗯……各種顏色的透明泡泡（這是我最愛的螢幕保護程式）在我眼前撞來撞去了。

大家就定位之後，特別友情客串扮演蘇黎世團隊的雅各和法蘭茲走進來跟我們握手寒暄。演得這麼徹底實在有點滑稽，但我不好意思說出來。

雅各講了一兩句德文，沃夫岡爆出了招牌「噗哈哈」的卡通笑聲，我猜應該是雅各裝成了瑞士腔。他們似乎很愛嘲笑各地的腔調。不過我連「臺中腔國語」❷都聽不出來，更別提瑞士腔德文了。

所有人回到座位上，希臘人走到臺前負責主持，原子會議預前會議預演開始。整個預演很順利，雅各和法蘭茲也認眞地問了幾個問題。

「這是我們的模擬平臺……」

沃夫岡在臺上介紹著，他所說的**「我們」**，是指**「希臘人以外的所有成員」**。不過希臘人以爲是架構組，所以沒專心聽沃夫岡報告，像小時候上課無聊，在筆記本上隨性亂畫。

我和臺上的沃夫岡交換了一個眼神，有趣的事情再過幾天就要發生了。這是自從去年底那次開會，希臘人略過我的研究報告之後，我跟沃夫岡花了好幾個月，替他準備的大禮。

正式會議

成員：原子計畫全體、教授與蘇黎世團隊

討論主題：浪費一整天的時間

開會時程：4/19 AM 9：00～PM4：00

1. （**AM 8：55**）蘇黎世團隊搭了早一班火車提前到達，結果反而是他們起身迎接晚進會議室的我們，讓我一時錯以爲又到了蘇黎世。這跟預演的情境不一樣，沃夫岡導演應該要喊卡，請他們再出去照劇本重來一次才對啊。

他們一共有五個人，兩男兩女及那位老教授，也分成理論組和架構組。理論組的兩位都是女生，希臘人笑得很開心，他等等想要向對方探聽的絕對不止於研究。

2. （**AM 9：00**）希臘人開場。

3. （AM 9：15）希臘人終於講完開場白，把welcome拆成一個個字母分別用希臘文、德文、英文、中文、臺語、克林貢語各念一次也不需要這麼久。我發呆凝視前方，蘇黎世團隊的提姆（就是上次開會睡著的那位帥哥）跟我視線交會時，又給了我一個微笑。

4. （AM 9：25）爲什麼希臘人的開場白還在繼續？他還同時展示了「如何讓聽眾在五分鐘內對演講失去耐性」的炫技，把我們每個人都點了一次，逼得我離開心愛的椅背站起來致意，讓大家看看全場唯一的華人名字是一位華人所擁有的，真巧。

窗外晴朗的天空忽然一黑飄起了大雪，讓我想起《竇娥怨》。

等等《希臘人怨》就要上演了。

5. （AM 9：35）沃夫岡講解模擬平臺，同時丟下我們精心準備的炸彈轟炸雅典衛城。我用眼角偷瞄希臘人，伸手開了瓶礦泉水，繼續低頭寫流水帳。

我感受到拿水的手正在顫抖。

6. （AM 10：30）輪到我報告。儘管希臘人下了「要做到有講等於沒講」的指令，但我認爲在專家面前裝神弄鬼只會讓自己看起來很笨，所以講了比預演還要多很多的內容。

希臘人看起來相當憤怒。我很怕他會跟憤怒鳥一樣忽然朝我發射過來，不過以他的技術應該要好幾次才能打到我。瑞士老教授坐在角落，從頭到尾都沒說話。聽完我的演講後，他忽然問了個奇怪的問題：

「你喜歡做研究嗎？」

這是哲學課或聯誼時沒話題了才會被問的問題。我愣了一下，然後回答：

「還滿喜歡的。我喜歡解出問題的感覺。」

老教授笑著點頭說：

「很好，這是最重要的。做研究就是要有趣，不有趣就不要做了。」

7. （AM11：00）希臘人報告。雖然他的邏輯很清楚，但投影片眞是糟透了，不過這和他的不透露策略十分相符，根本不會有人知道他在講什麼的。

8. （AM 12：00）希臘人報告完畢，終於可以吃飯了。

9. （PM 1：30）蘇黎世團隊的女生克利絲汀娜報告。她很可愛，目測她比我高一點點、壯兩點點，屬於標準德語區女性身材。

10. （PM 2：27）蘇黎世團隊的另一位男生上臺報告。義大利人艾傑不知道從哪裡變出一團毛線球，努力地要把它解開，看起來像一隻小貓。

11. （PM2：49）艾傑快解好毛線球了，羅杰在旁邊看得很認眞。

12. （PM 3：00）兩邊的架構組與理論組各自帶開討論，沃夫岡他們去了咖啡間，只留下艾傑位子上孤單的白毛線，一條條整齊併排在桌上。

13. （PM 3：12）希臘人搶下發言權不斷講話，他每次講「平行處理」（parallel processing），我都以爲他是在說日本當年紅極一時的parapara舞。等等，還是他眞的在說parapara？

14. （PM 3：20）儘管希臘人覺得克利絲汀娜很可愛，但他堅持不肯透露太多研究細節，我對他沒有爲了女色而拋下自我原則有點敬佩。

讓開會沒有效率的致命殺手「答非所問」再度上演，希臘人和克利絲汀娜的對話像平行線般一路延伸到非洲好望角也不會有交集。瑞士老教授與我們的活佛教授在聊天，提姆獨自坐在角落用電腦，從我參加專題演講的多年經驗以及他的手指速度來判斷：他在聊天。他注意到我在看他，又微笑一下。我在想把他跟雅各捆起來丟到夜店，是誰的衣服會先被扒光。

15.

（PM 3：30）架構組回來了，沃夫岡跟另一個人用德文討論得很熱絡，旁人沒有插嘴的餘地。我沒有任何意見，也不覺得被冷落，只要能加速會議進行，就算像第三類接觸一樣用手指溝通也可以。艾傑把那些白毛線摺起來收到口袋裡。

16.

（PM 3：45）老教授做總結，他很精準地指出雙方的優缺點以及未來合作的方向，最後又說了一句哲學式的譬喻：

「做研究就像學生和教授合開早餐店一樣，教授是雞，學生是豬。」

全場沒有一個人聽得懂，我越來越覺得這位老教授很有趣。

「雞只要捐出（donate）雞蛋就好，但是豬卻得奉獻（commit）出自己的身體。所以你們得為了拿到學位，好好做下去。」

全場的豬仔們因為這句無可辯駁的話而沉默著。

17.

（PM 4：00）會議結束！接下來要去希臘人訂的一間希臘餐廳吃晚餐（一樣是實驗室報帳），聚餐快結束時，送上了一小杯帶著八角香氣的茴香蒸餾酒 Ouzo，作用就跟薄荷糖一樣（或是袖子以前會給我的口香糖），讓人口氣芬芳。希臘人找我陪他去結帳，花了快一千歐（約臺幣三萬元），希臘人一定有抽回扣。

「我們得談談。」

從頭到尾，他只說了這句話。

❶ 楊絳老師的《寫在人生邊上》是我帶到德國的書，但當時我並沒有看過，只因為我帶了她先生錢鍾書的《圍城》，覺得夫妻一起陪我到德國是件很浪漫的事，所以才拿了這本書。事後證明，帶去是件正確的選擇。

❷ 根據強者我朋友說的，那是相當於很（冷）ㄌㄥˇ跟很（冷）ㄋㄥˇ的差異。

35. 你沒有太多選擇，只有攤牌

送走蘇黎世理工大學團隊的隔天中午，希臘人氣沖沖地拉我到他辦公室。門還沒關好，他便破口大罵：

「你這個叛徒，竟然跟架構組串通！」

「沒有背叛這種事，因為我本來就沒效忠於誰。我只是在做分內的事——完成計畫。」以及沒說出口的，報復他。

「你煮於理論煮，債這狗計畫中偶就是你上書，你跑去搞那個莫尼平臺竟然都沒告數我又怎麼說！」

原本就過於彈舌的希臘腔英文，在他的盛怒之下變得更像一團字母麵糊。

「我是理論組，但不代表你就是我上司。至少，除了你之外沒人這麼跟我說過。」

「身為所裡唯一的博士後，難道你覺得我們是平等的嗎?!」

「我們是在做研究不是在比頭銜，頭銜不會幫你生出更多論文，實力才會。」

事實上頭銜是會幫你生出更多論文的，不過此刻我不打算討論這些。我們倆僵持著大眼瞪小眼。

儘管我的眼睛已經算大了，但跟輪廓深邃的西方人一比，還是只有枸杞般的尺寸。

經過一天的沉澱思考，我有點訝異此刻的自己竟然能如此從容地跟希臘人脣槍舌戰。我向來視阿Q為精神領袖，第一次讀《阿Q正傳》時，還以為魯迅是要時代青年勇於面對每個人心中都有的懦弱阿Q，不用覺得羞恥。

如今我還是很阿Q，只是我知道被逼到牆角時——還是那句老話，你沒有太多選擇，只有自己才能保護自己。

三個多月來，與架構組的密切合作讓我們不只完成模擬平臺，還把我的研究放上平臺測試。進展非常順利，我也從中學到很多有用的新知識。

這一切希臘人完全不知情，他還是定期在會議上羞辱架構組，不時說我的研究只是小孩子在扮家家酒。因此我和沃夫岡決定全盤保密，找機會給希臘人一個小小的驚喜。

當你要狠踹對方屁股時，除了腳往後抬，最重要的一件事就是——別讓他知道你要踹他。先請他喝杯咖啡，等他喝的那一刻踹下去更好。

這次蘇黎世團隊來訪剛好端上了那杯咖啡，還加了奶油（mit Sahne）讓它更好喝。

預演時，我們拿之前開會的落後進度版本在報告，沃夫岡給了希臘人最後一次機會：

「如果擔心我們的進度落後會丟臉，表示他還有心為這個團隊著想，我就要提前把結果告訴他。」

「我沒意見，不過我認為我比你了解希臘人。」

「哈哈哈，你們這種進度一定會被對方笑的。他們會認為我們所裡理論組與架構組的程度相差太遠，會不會到最後只想跟我們理論組合作呢，哈哈哈。」

臺上的沃夫岡氣得像德國關公一樣滿臉漲紅。他承認我是對的，希臘人幫自己挖好坑了。

正式會議上，當沃夫岡報告完模擬平臺的實際進展，希臘人臉上的表情就像特洛伊人看到木馬一樣驚喜交集。他搞不懂架構組為什麼一夕之間完工了，但至少沒人會再煩他，他以後也可以使用這個平臺來驗證自己的研究。

「另外作為平臺的第一次應用，我們實現了奕森提出的演算法，得到了不錯的模擬結果。」

特洛伊木馬裡的伏軍全竄了出來，希臘人先是紋風不動幾秒鐘，接著便以相當戲劇化的姿態，猛然轉身過來瞪我。

又過了幾天，祕書打電話要我去找教授。

第一次被叫進教授辦公室，我非常忐忑不安，一定是希臘人去說了什麼。雖然我不認爲自己有錯，但這件事情我們的確可以處理得更周延，比方說，不要在蘇黎士團隊來的時候踹他。先前我和教授的互動僅止於剛來時的禮貌問候，以及開會時他回頭想看窗邊暖爐開了沒，我的東方臉孔會跟窗簾一起出現在他的視線餘光裡。

根據雅各的敘述，教授是一位「把所上全部博士生的智商加起來也沒有他高」的天才，可以在三十秒之內搞懂任何一個問題，再花三十秒想出解決之道。

他大部分時間都是笑嘻嘻的，從來不生氣。因爲只要他一沒有笑容，大家就知道事情不對勁了。

「希臘人剛來找我，抱怨你們其他人聯合排擠他的事。」

才一腳踩進門，坐在位子上的教授就講了這句話。我猶豫著是不是要把另外一隻腳踏進去，而我還有三十秒的時間思考解釋這一切。

「這是眞的嗎？」

教授站起來，雙手後擺踱向門邊。仔細一看我才發現教授並沒有多壯，但一直以來他總是讓我很有壓迫感。

「人的氣勢是過去的生活經驗與成就累積而成。」

這句話果然沒錯。

「他特別提到你，這也是我找你來的原因。」

還剩十五秒，教授的銳利目光從金框眼鏡下射出。我不知道該如何應答，雖然我自認做對的地方比做錯的地方多，但希臘人不知道跟教授說了些什麼，如果根據教授對我們兩個人各別的熟悉和信任程度，我好像怎麼辯解都沒用了。

「明天就帶著你跟你的那些小伎倆給我滾回臺灣吧。」

想到最糟糕的狀況，我感到背後一陣冰涼。橫豎都搞砸了，乾脆厚著臉皮要張回程機票補助好了。這時教授已經站在我面前了：

「他是博士後，照理說你應該要聽他的。但我是教授，所以我更應該要清楚知道誰對誰錯。」

教授對著我頷首微笑——他雖然不壯，但還是很高大。

「你講完電話以後，我們去會議室聊聊。」

「這是教授的意思。」

我扔了這兩句話在希臘人的辦公室，留下他和他錯愕的表情。

寒色系裝潢的會議室空盪盪的，每次在這裡我通常都呈現放空狀態，盡量讓自己和背景融爲一體，不引起別人注意。但此刻我卻得跟我的上司攤牌，還是來自更上層的授意。教授說，他早知道希臘人無法融入團隊，既然前幾天打小報告時他特地點名我，教授便希望我去負責搞清楚他的想法：

「你們都是從國外來的，可能的話，你幫幫他吧。」

如果是幫他訂機票回希臘，那沒什麼問題。但如果這指的是幫他融入團體，那非常困難。

我沒有學過任何談判的技巧，但我知道在這種時候，至少要做到兩件事：

第一、嘴角保持上揚；

第二、語氣不要發抖。

希臘人推開門進來，他的臉上像阿拉伯婦女般罩了層淡淡的灰色面紗。我把教授的話轉述給他聽，越說他的面紗顏色越深了，就這個角度來說，倒挺像全視線鏡片的。當我說到希臘人特別跟教授提到我排擠他時，希臘人擺出相當誇張的表情說：

「怎麼可能……我絕對沒有這麼說!!」

「你說教授騙人？」

扣人帽子的感覺挺不賴的，難怪一到選舉就一堆人幹這檔事。

「不不不，他或是你可能誤會了，我的意思是，嗯，在所有成員裡我最希望跟你合作。我一直很欣賞你的想法，我們那次還是那次不是討論得很熱烈嗎……」

希臘人在表演睜眼說瞎話，而我在睜眼聽瞎話。

「但是你曾經壓下我的研究成果，又把我的研究當成是你的向教授報告。」

「有嗎？我怎麼可能做這種事，你覺得我是那種人嗎？」

「我不知道你是不是這種人，但你做了。」

我彷彿翻舊帳的情侶，指責對方種種不是，希臘人則像努力辯解的負心漢。在此同時，我發現自己的英文越講越流利，直逼在酒吧喝醉時的程度。原來當你全心全意在吵架的時候，連語言之神都會幫助你，《牧羊少年奇幻之旅》可沒教過我這個。我們的話題不斷跳針，不論我說什麼，每句話都像扔到了上個月我跟希臘人才去的愛琴海沙灘，海浪一撲上岸，沙灘又回復到原來的模樣。

「你上次偷用我的橡皮擦。」「我沒有。」

「你眞的有。」「我沒有嘛。」

一想到千里迢迢跑來歐洲竟然在做這種小孩子吵架的事，就算占了上風，心裡還是有種莫名的挫折感。談判繼續進行，我看出希臘人的伎倆：他知道自己打小報告失敗，便打定主意死不承認，好將傷害減到最低。

心碎的女友看穿對方眞面目，爲他此刻虛僞的低姿態感到悲哀。

「好吧，如果你堅持你沒做過這些事。」

「我眞的沒有做過任何針對你的事——」

我伸手打斷他，以前都是他這樣對我的。

「我不管，反正每個人都有自己的打算。我呢，只要能開心做研究，跟大家處得愉快，偶爾下班後去酒吧點杯熱可可放鬆一下，我就很滿足了。我討厭辛苦做出來的研究被忽略，討厭在這邊像錄音機一樣重複狗屁對話。只要這些事都能順利實現，你還是我的上司，我們還是可以合作愉快。」

說實話往往是最輕鬆與最好的選擇，很可惜許多人不這麼想。

「我也是這麼想……你知道嗎，我們早就該像今天這樣敞開心胸對談。」

「這還要托你去跟教授告狀的福。」

「我就說了嘛，我不是去告狀，是報告進度時閒聊到的，你們眞的誤會了。以後如果你有任何不滿，不要放在心裡，隨時來敲我的門，我們都可以這樣毫無顧忌聊的。」

希臘人頓了一下，以近似告白的語氣說出這句話。

「你要知道，我最想合作的人就是你。」

他抓住我釋放的善意一路往上爬，最後伸出手來希望我們能實際體現「握手言和」這四個字。

這是我們第二次握手。剛認識時我對他充滿崇拜，握手前還在褲子上擦了幾下；現在我卻猶豫了一下，才把插在口袋裡的手拿出來。

「或許吧。」

「是一定。」

希臘人的手勁加重了，他該不會是在趁機報復吧。

要走出會議室時，我搶先一步拉開門。希臘人愣了一下，旋即點頭致意離開。之前，都是希臘人讓我先走。但每次他拉門時，我都有種不自在的感覺，雖然那是禮貌性的動作，同時也等於強迫對方接受你的好意，是種權力的象徵。

從現在開始，我不想再被他壓得死死的了。

跟希臘人吵完架後，已經超過了平常的下班時間，雅各跟法蘭茲早已離開了。我癱在座位上，有種虛脫的感覺，昨天在希臘餐廳和蘇黎士團隊暢談未來的合作計畫時，我覺得自己是阿亨最重要的研究人員之一；今天雖然看似吵贏，但我還是開心不起來，總覺得還有件事情卡在胸口，不知道接下來跟希臘人之間會發生什麼事。我也不斷反省，會不會有更好的做法，能夠在更早以前就讓整件事圓滿落幕。我以前只關心研究的事情，可最近越來越發現，研究以外的事情似乎更困難一點。

好比說，我抬頭看了看雅各掛在窗邊的月曆，再過兩天袖子的班機就要降落了。

36. 從一萬公里到五十公分

約會時，通常住越近的那一方越容易遲到。

比起從一萬公里遠的臺灣前來的袖子，我距離約好的阿亨主車站只有三公里，遲到一小時也是相當符合比例原則的吧。

我眞是個混帳東西!!!!

我邊咒罵自己，邊在阿亨市區狂奔，戰國時的田單火牛陣也沒有我這麼瘋狂。可以的話我還想懲罰自己跌個狗吃屎。不過那樣會遲到更久，所以還是算了。

整件蠢事是這樣的——

我準時抵達車站，又等了兩班科隆過來的火車，看著三千位乘客在月臺與親友擁抱，袖子卻遲遲沒有出現。我就像電影散場時在廁所前等著吃爆米花吃到拉肚子的女友，默默接受先一步離開的眾人所留下的同情目光。

我該不會記錯日期了？還是搞錯時差了？搞不好袖子在飛機上遇到一位西班牙帥哥，一番調情之後決定改機票跟他去馬略卡島（Majorca）做日光浴了？

還是，蒼蠅王在機場把袖子攔下來了？

或者，他們根本就一起來，此刻正躲在哪裡看著我出糗？

我帶著沮喪的心情和一千種猜測，踹著自己的影子回家。一進門，就看見沒帶出去的手機閃著光，有好幾通未接來電和一封簡訊寫著：「飛機 delay 了對不起，我會晚一小時到。」

這才是我的袖子，善良到會爲了三萬呎高空的氣候不穩定而跟我道歉！

「我手機忘了帶，剛回家拿，現在立刻去找妳。」

我算了一下時間，這封簡訊恰恰好會和袖子遲到後搭上的火車同時抵達阿亨。也就是說，遲到的將只有我一個人。

「你怎麼還是這麼粗心啊。」

袖子的語氣聽起來在生氣，臉上卻笑得很開心，雖然她剛剛是同時以開心的語氣和笑容，在與那位搭訕的金髮帥哥聊天。

這是我們睽違近一年後第一次見面，我沒有感動得落淚，卻可以感覺到心跳快得像剛剛衝刺了三公里一樣。

我剛剛的確是衝刺了三公里。

因爲怕上演偶像劇裡兩人在車站不斷擦身而過的戲碼，袖子乖乖坐在月臺上不敢動。

「那人說要請我吃飯，我說『我在等朋友』，拒絕了他的邀請。」

我不知道各位是怎麼聽這句話，但我注意到的重點是：她把「我在等男朋友」的關鍵字「男」給拿掉了。

「ㄋㄢˊ打掉就不ㄋㄢˊ了。」

「你在說什麼啊？」

「沒有，打麻將的垃圾話。」

如宣美所說的，我沒有資格多說什麼。

從一萬公里的距離壓縮成五十公分，恰好介於心理學家定義的「親密距離」（十五～四十五公分）與「朋友距離」（四十五～一百二十公分），我和袖子之間尷尬的寂靜，或是寂靜的尷尬指數，瞬間竄升破表。

「打從復活節過後，天氣就越來越好了……」

我像第一次跟她約會時那樣，完全不知道該聊什麼。不過，比起當時我準備的那幾個從《讀者文摘》抄下來的笑話，這段關於天氣的對話應該顯得我成熟多了吧，甚至過度自滿一點，說是一位英國紳士（英國人最愛聊天氣）也行得通。

太多想法同時在我腦海裡糾結——

五十％：迫不及待想跟袖子聊聊我們的關係。

二十四％：想問她和蒼蠅王的關係。

二十四％：想跟她分享我這大半年來在歐洲的故事。

二％：她包包裡有什麼臺灣的食物嗎？

我得先冷靜下來不要再去想別的事情了。

九十七％：冷靜下來不要再去想別的事情

三％：比方說泡麵或罐頭之類的？

很好，現在只剩下「冷靜下來不要再去想別的事情」這個巨大的念頭充塞在腦海裡，但我還是不知道要跟袖子說什麼。

平常心態可以做到九十分，一緊張則只能有五十分的表現，偏偏遇到重要的事情總是很緊張。我知道我不是唯一如此的人，但知道這個事實並不會改變我對自己的怨懟。

我拜託自己不要再想到別的地方去了，只有這幾天，可以不要再進入自己的小世界了嗎？調查指出，旅行會讓人同時分泌腎上腺素和荷爾蒙，對每件新鮮事物都抱持著既期待又緊張的心情。我要在袖子緊張不安時跳出來，讓她感受到我的穩重可靠，在這個她感到陌生未知的環境中悠遊自得，這樣她必然會考慮跟我復合，讓我不用每次聽陳奕迅的〈一個人失眠〉都聽得那麼有感觸。

「這邊的一切都好漂亮喔，不管是街道、櫥窗或是天空。」

袖子拉著行李四處張望，讚美眼前除了我的一切。人行道平整寬闊、市容整齊，沒有頂樓加蓋或是像狗皮膏藥貼著的鐵皮圍欄，房子的外牆相當乾淨，許多陽臺上擺著盛開的盆栽（我剛把一盆枯死的瑪格莉特扔掉，只因爲我倒了一鍋壞掉的大雜燴在土裡。我以爲豬能吃那些東西，植物或許也會喜歡），空氣中飄著一股麵粉發酵的香味。

這些我花了三四個月才意識到的生活細節，袖子一瞬間就掌握到了。我以前怎麼不覺得她觀察力很敏銳，只覺得她靠在我身上的頭過重。

我自然地伸手去接過她的行李，觸碰到她冰冷柔軟的手時，周圍的景色像電視收訊不良一樣，忽然扭動了一下。

我不需要這麼緊張，一切都準備好了。

我跟雅各借了兩個水晶杯，買了他推薦的法國紅酒 Bila-Haut，精心料理的義大利麵與西班牙小菜也準備好了。房間剛做完大掃除，床單也洗好了，絕對不會有宣美保養品的香味……

等等——我忘了跟宣美說袖子會來！

我不敢再往下想，越擔心的事，通常越容易實現。

然而，世事往往就是像小說情節一樣地發展下去，特別是悲劇的部分。

我們走過宣美房門時，她果然像排練過一般衝出來用韓文大喊：「Do Ra Wa So～～（你回來啦。）」

宣美穿著熱褲和一件拉鍊拉到一半的棉質外套，露出半截運動比基尼，以及二十三吋小蠻腰。

事後我問宣美爲什麼那時會剛好出現，她說她是聽見我的聲音才跑出來歡迎我的。

「難道妳聽見聲音，不會想到我是跟別人一起回來的嗎？」

「你常常自言自語啊。」

「柚子，這位是宣美，我的韓國鄰居。宣美，這位是柚子，我從臺灣來的……朋友。」

不希望聽到柚子當場說：「誰是你女朋友啊，剛剛都說我在等的是『朋友』了！」，所以我把「女」字拿掉。但說出口我才想到，這也可以解讀成我想對宣美隱瞞什麼。

「我常聽奕森提到妳。」

宣美這麼說，聽起來同樣是想幫我解釋，又像要把狀況弄得更糟。我的頭快被這些反反覆覆的想法給搞爆了。

「『常聽』的意思是你們常在一起？他還跟我說在國外很無聊都沒人陪咧。」

或許我的頭直接爆掉會好一些！

不過，我注意到我已經很久沒跟袖子說話，但她此刻卻說「他還跟我說」？難道她在吃醋嗎？

「那可能是我們不在一起的時候，他就很無聊吧。」

宣美笑笑的回答

「既然這樣，妳運動回來要不要跟我們一起吃晚餐呢？」

「好啊，我沖個澡就過去。」

引狼入室這種事我來就好了，為什麼連袖子也要幹？

從袖子用力的關門聲中，可以確定所有的準備都沒用了。

結果，餐桌上宣美和袖子像對好姊妹一樣開心地聊天吃飯，女人眞是難以捉摸。

「這韓國泡菜超好吃的，妳自己做的嗎？」

「我用超市買的大白菜醃的，下次我可以教妳。」

「你怎麼沒學呢？」

袖子轉頭用起「太太責備老公沒有去搶特價品」的口吻問我，我一面為這種捍衛主權的態度感到開心，一面懷疑她背後的意思是：「你跟她在一起的時候都在幹嘛？」

「是啊，眞可惜了他那雙巧手。」

「泡菜好辣！」

我大喊一聲制止宣美的脫軌演出。宣美笑了一下說：

「我是說，他很會煮菜。」

旁邊的《臺灣夜市小吃》忽然倒下，我覺得那不是單純的巧合。有人說女人天生就是社交的動物，不僅如此，她們根本就是天生的外交官。當男生認眞的時候，你可以很清楚地知道他想表達什麼；但是當女孩子認眞起來，你會覺得她每一句話從任何角度來解釋都通，解讀到最後，你不是把自己的頭搞爆掉，就是只能舉白旗投降。

飯後，我們看了一部電影。後來，兩位女生的感情已經好到宣美要袖子去她房間睡。

「待在這邊太危險了。」宣美笑著指了我一下。

當初她企圖奪走我的貞操失敗，現在就想奪走奪走我貞操的人？

不知道是基於男女還是同胞情感，袖子留下了。不過她很明確地表示，我們之中得有一個人打地鋪。我拿出準備好的睡袋，爲了自己已經跟德國人學會總是考慮最糟的狀況而做好準備，感覺到一絲的驕傲和更多的悲哀。

睡夢中，我彷彿聽見《臺灣夜市小吃》呼喊著：

「太好了！我終於能控制自己的身體來表達意見了！」

37. 得罪了尿尿小童還想跑

當初袖子跟我說要來歐洲時，並沒有具體說想去哪兒，所以行程都是我安排的。原本我想帶她去些私房景點，例如阿亨邊境的荷蘭、比利時、德國三國交界點（Dreiländerpunkt），或是科隆和波昂之間有兩座聯合國文化遺產的布呂爾（Brühl）。不過這樣一來，回臺灣之後同事問袖子去了哪裡，她可能會答不上來而遷怒於我，第一次來歐洲，還是去知名的大景點好了。

我挑了比利時首都布魯塞爾作為第一站。

從阿亨第九月臺搭上黑鬱金香色的平快車，穿過一個小隧道，便來到了比利時。

「這樣就出國囉？怎麼沒有國界。」

很多人在歐洲跨國旅行時，都會有一樣的疑惑，所謂的國界至少該有個體育老師定期拿石灰粉去畫線標註才對。但事實就是這樣——沒有具體的國界線，但你卻能感受到每個國家的氛圍截然不同，就連植物好像都很清楚自己種在哪一國，該以哪一國的氣質生長著。而離開了德國，空氣知道自己不需要再嚴格遵守均勻分布（uniform distribution）的規律，似乎也變得清爽、輕快了許多。

「你有去過比利時嗎？」袖子問我。

「偶爾週末會去那邊吃飯或買巧克力，反正很近嘛。」

我擅自交換了「偶爾」跟「從來沒有」的定義。袖子才剛來歐洲，她必須要習慣很多事情聽起來跟實際上完全是兩碼事。

例如希臘人的「相信我」，或是德國人的「這個超好吃」。

「眞的？那等等拜託你帶路囉。不過，不要帶我去你跟宣美去過的地方。」

「我沒跟她去過比利時！」

袖子不理我，轉頭去看窗外的風景。憑我之前唯一一次造訪比利時的經驗，只能告訴她坐錯車不要太早下車，在懷裡塞報紙和食譜可以保暖的生存法則。

布魯塞爾，號稱**歐洲中心**。

隨便翻開一本歐洲旅遊書，常常會出現「某城市爲歐洲某某中心」的字眼：法蘭克福是歐洲金融中心，巴黎是歐洲藝術中心，阿姆斯特丹則是歐洲情色中心。個別來看，或許會激發遊客的興趣，但如果把它們全放在一起看，就顯得有點滑稽，像是國小老師爲了不傷害班上每個小朋友，而費盡心思各自打下的評語。

拿到「歐洲中心」頭銜的布魯塞爾，暗示老師對這個沒有特殊優點的孩子辭窮了。

其實，我也考慮過去一趟鑽石中心安特衛普（Antwerpn）。聽說女生都跟烏鴉一樣喜歡亮晶晶的東西，只要兩三個月不吃不喝，我也可以在餓死前買個鑽戒求婚了。

從中央車站（Bruxelles-Central/Brussel-Centraal）出來往前走一段路，就來到布魯塞爾最有名的「大廣場」（Grand Place）。我搬出在網路上查到的介紹：

「雨果說這裡是全歐洲最美的廣場。」

雨果是誰？寫《悲慘世界》的？

「廣場始建於十二世紀，長一百一十米、寬六十米，最高的塔樓九十一米，興建於一四〇二年。」

講完後我暗自咒罵沃夫岡，一定是跟他在一起太久，我當初竟然覺得這個資訊很有趣。會對這種數據感到興奮不已的只有德國人吧。

好在袖子根本沒在聽我說話，她早已被周圍矗立的古蹟深深吸引，整個人就像在拍廣告一樣不斷轉身按著快門。我則有如廣告導演，眼神緊跟著畫面中的女主角。我湊了過去看袖子拍得怎麼樣。當然這是藉口，我只是希望能把臉湊近她的臉。

「切到屋頂了。」

「過曝，天空都爆掉了。」

「哎喲，你好煩，那幫我拍一張吧。」

袖子沒生氣，笑著把相機拿給我。透過鏡頭，我敢說此刻自己是大廣場上最幸福的人，因爲我看到了雨果都沒看到的美景。

布魯塞爾的街道高低起伏，從大廣場角落的石板路走出去，穿過無數巧克力店（GODIVA和Neuhaus這種在臺灣只會出現在百貨公司專櫃的巧克力店，在這裡就像7-11和全家一樣到處都是）、紀念品店和鬆餅攤，就在經過第十七間鬆餅攤，我開始思考究竟是比利時的鬆餅攤還是臺灣的飲料站比較多時，前方出現了來向全世界最知名的未成年暴露狂——「尿尿小童」朝聖的擁擠人潮。

「啊……怎麼這麼小。」

正在吃巧克力鬆餅的袖子脫口而出，幾個聽得懂中文的遊客回過頭來，似笑非笑地看了看袖子。

袖子所指的「小」是整個雕像的尺寸。

身爲全歐洲擁有最多衣服卻不常穿上的小孩[1]，尿尿小童的存在突顯了這是個宣傳至上的世紀，只要有力的行銷，這種比國小校門口的蔣公銅像還不起眼的雕像，也可以成爲全球著名景點。

「沒人了，我們趕快去，請問你可以幫我們拍照嗎？」

就算抱怨了老半天，我還是把相機交給其他觀光客，跟袖子跑去和尿尿小童合照。

「剛剛大廣場旁的那座雕像也是，只因爲書上說摸右腳會帶來好運，所以銅像的右腳就超級光亮。說不定那根本是負責清理右腳的管理員放出去的謠言。」

回去的路上我繼續抱怨。袖子要我閉嘴：

「不要一直講這些啦，都把氣氛破壞掉了。」

我趕緊安靜下來，警覺到自己又過頭了。畢竟，那些雕像贏得世人注目的原因應該不只是雕像本身，還包括它背後的故事與象徵的意義，就算流於商業操作，也不代表就眞的那麼沒有價值。

袖子在身邊，讓我急著想表現自己的幽默、博學、獨到見解，和愚蠢。

爲了補償破壞氣氛，我帶著袖子來到莎布侖廣場（Place du Grand Sablon）路上，號稱有著「全世界最好喝熱可可」的 Wittamer Café 作爲賠罪。

Wittamer 是比利時皇室的御用糕點，已經有一百年歷史了，比 GODIVA 或 Neuhaus 都好吃多了。更重要的是它的包裝都是桃紅色系，女生一定會喜歡的。

這是諸葛雅各出發前給我的錦囊妙計。爲了袖子這趟歐洲之旅，我向他們討教了很多。

「眞的好好吃喔，熱可可也很香、很 noir（黑）。」

柚子俏皮地秀了法文，笑吟吟地攪拌浮著一層油脂的熱可可。我則默默盯著兩個蛋糕和兩杯熱可可竟然要八、九百塊臺幣的帳單，就算已經習慣歐洲物價的我也有點招架不住。

之後我們又去了漫畫博物館和市郊的原子模型。

原子模型和巴黎鐵塔一樣，都是世界博覽會時為了炫耀國力而建造的地標，不過比起巨大高聳的雄性生殖器象徵，放大一千六百五十億倍的鐵分子模型顯然是比較智慧的選擇。

雅各說，在知識性的介紹中間穿插一點黃色笑話，女生會覺得你既聰明又性感。

原子模型下的排隊人潮從頭到尾都沒有移動的跡象，成了建築物的一部分供人參觀。此時我感覺到一絲尿意。不過受到放大的分子模型鼓勵，我覺得膀胱就像個放大一千六百五十億倍的寶特瓶，一點都不用擔心。

那時我還不知道，為了省那一點廁所錢，我將付出巨大的代價。

晚上再回到大廣場旁的布雀街（Rue des Bouchers），這是歐洲有名的海鮮街（歐洲的×××又來了），街道兩旁像淡水河岸的海鮮店一樣站滿了熱情攬客的服務生。

「空尼機挖」、「阿妳哈塞嗅」、「撒挖滴咖」、「你好……」

服務生快速講出了各國問候語希望打中我們，可惜沒有「哩吼，來坐喔」的必殺臺語版。

我點了「奶油焗比目魚排」，柚子則點了一公斤的淡菜鍋，再把淡菜鍋當成大廣場一樣連續拍了七、八張照片。旁邊有服務生在偷笑，我卻覺得一點也不好笑，他們去臺灣最好就不要對著臭豆腐露出不可思議的表情。

柚子說：「我們一起吃吧，我一個人吃不完。」

如果對方點淡菜鍋，就是在暗示你今天晚上要好好滿足她。

我有時候會懷疑雅各的建議到底能不能採信。

「這是你們點的櫻桃啤酒和水蜜桃啤酒。」

店員送上很像水果香檳的比利時啤酒 LindemanS（法蘭茲叫它「娘娘腔啤酒」〔pussy beer〕），這是一種瓶口用軟木塞塞住的高價啤酒。精緻的比利時超市、精緻的啤酒、精緻的巧克力，比利時這個國家充分理解到這年頭在評估某件商品的價值時，能不能拆下一層又一層閃閃發亮的包裝紙（有緞帶更好），將是很重要的因素。

回程，假日的比利時火車❷上塞滿乘客（印象中，德國火車就算是假日也沒有這麼多人），我和袖子原先坐在一對帶著小孩出遊的夫妻附近，但小孩的哭聲太吵，於是換了另一個位子。結果後來上車的乘客全身又散發出一百顆蒜頭全都剝皮切碎了的氣味，逼得我們只有「袖子三遷」，走過兩節車廂才找到位子坐下。

這時我才意識到火車上其實沒有很多人，只是很多位子根本不能坐！我坐在一位阿拉伯老爹旁邊，對面是他的兩個小孩（不過他們忙著吃手上的糖果，一時忘了大哭驅趕周圍乘客），袖子則坐在走道另一邊的位子。一會兒，老爹拿出了一罐東西，往自己臉上頭髮上抹了抹，小孩看到了也伸手過來有樣學樣抹著。發現我在一旁看得很專注，老爹於是笑著把那罐水遞過來。原本不想嘗試的我，看到袖子一臉期待的模樣，只好也雙手捧著接了一點水往臉上抹。有點像香水，卻又不大清楚是什麼，只覺得擦完整個人很舒服，不知不覺就睡著了。

下車來到轉車的車站韋爾肯拉特（Welkenraedt），我有點想上廁所卻找不到洗手間，不過沒關係，反正火車再過十分鐘就來了。

十分鐘後火車沒來。

一個小時後下一班車也沒來。

奇怪的是，整座車站從頭到尾只有我和袖子兩個人，還有一個快爆炸的膀胱。

「你們在等什麼？今天下午起前往德國的火車停駛，只能搭接駁公車。」

一位大叔走過來向我們解釋。難怪每個人下車之後都出站，我還以為這個小鎮怎麼會住了這麼多人。大叔指了指停在外面的公車，我問：

「公車應該跟火車一樣十分鐘就到阿亨了吧？」

「大概要開四十分鐘。」

完蛋了。

緊張時腎上腺素會大量分泌，但此刻我體內再多一滴水就要爆炸了。

憋尿憋久了，起先會隱約感覺有個小人在你膀胱裡往外敲，告訴你：

「嘿，我想出去透氣。」

如果置之不理，他就拿出羽毛搔你癢，讓你扭來扭去。

「哈囉～～我眞的要出去啦。」

再不管它，想出去的小人們就會越聚越多，開始狠狠地用劍戳你。硬要細分的話，應該就是西洋劍那種尖尖刺刺的觸感比較正確。

看來，自體產生的阿摩尼亞還能讓我保持意識清醒。

當我正認眞思考，在袖子面前尿褲子或是跳車消失在樹叢裡，哪一個行爲接在「不管發生什麼事，妳都要跟我復合好嗎？」這句話之後會比較恰當時，公車總算抵達阿亨主車站了。

但是，我卻不想動了。

很多人可能沒有這樣的經驗：當你憋尿憋到極限時，就像端著一杯滿滿的蘋果西打，完全不敢移動，因爲一不小心就會濺出來。

我彎著腰慢慢走在袖子後頭，故作鎭靜等著紅綠燈要過馬路走進火車站，我可不想在被車撞時讓大家以爲我嚇得尿失禁。正確來說，要不是我有堅強的意志力，這種失禁的場面早在二十分鐘前就該發生了。

到了投幣式廁所門口，袖子忽然說她要上廁所！

我只好把握在手上，媲美國中課文〈一枚銅幣〉裡那樣熱騰騰又意義重大的一歐元給她。

袖子進去後，我翻遍全身上下卻找不到銅板，我不應該吃兩份鬆餅的！

就在我急得快要掉眼淚，還冒出「如果眼淚能排掉一點水分也許就不會那麼尿急」的蠢念頭時，一隻長滿黑色手毛的熟悉手臂伸過來投幣。

轉頭一看，希臘人正微笑著替我開了門。

他怎麼會在這裡？

該死，怎麼又是他幫我開門了？

我是不是不該進去，而該跟他說：「你不會忘記前幾天你的態度了吧，你給我先進去！」

算了，現在已經管不了開門是象徵什麼權力不權力的狗屁問題了。

我向希臘人道謝，再以光速衝進廁所。

❶ 據說送尿尿小童衣服曾經是世界各國對比利時表示友好的方式之一，每次有特定活動他也會應景地換上這些衣服。就這個角度來說，他算是比利時政府的芭比娃娃。

❷ 為了要在袖子面前表現，我特地上網研究了半天，找到比利時境內有所謂的「Rail Pass」，買一張就可以搭乘十次比利時境內任意兩點之間的火車，售價只要七十六歐而已（二十六歲以下是使用五十歐的「Go Pass」），比起德國的ＩＣＥ子彈列車和另一種橫跨德、法、英的高速火車 Thalys，這讓我看起來更像是個定居在歐洲的當地人。

38. 搭巴士去巴黎住巴士底❶

我好像說過不只一次，工作之外的希臘人，其實是位值得交往的好朋友。一出廁所，看到眼前的景象，我就想再投一歐元回去沖掉這句話，可是這一歐元還是得跟希臘人借，所以也只好想想就算了。

希臘大情聖正在跟袖子搭訕。

車站的廣播聲讓袖子聽不清楚希臘人的含滷蛋英文，希臘人於是湊到她耳邊又講了一次。袖子笑得花枝亂顫，比我剛剛憋尿到人體極限時全身抖不停的樣子還誇張。

如果以搭訕成功指數來評比，滿分十分，來自希臘的選手完成了一次接近完美的九點九分演出。

「我好了。Hi, thx.」

我用不同的語言向這兩位打招呼，讓他們知道這場搭訕劇勢必得在本集還沒打出「to be continued...」的字幕之前立刻結束。

在袖子到車站裡附設的麵包店買明天的早餐時，希臘人拉著我說：

「不好意思，我不知道她是你女朋友，我絕對不會對朋友的女朋友怎樣的。真尷尬哩……等等我就不跟你們一起吃飯囉，掰掰～～」

來不及回嗆「沒人要約你吃飯啊」，一身黑的希臘人已經消失在車站外的黑夜裡了。

「他是你同事嗎？人看起來挺好的耶。」

一個男人如果想讓一個女人跟他約會，他至少得做到「人看起來挺好的」。身為博士後研究員，這點基本邏輯他還是懂的。

「坐得腰都痠了，我們搭多久了呢？」

此刻，我跟袖子正在開往巴黎的遊覽車上。這是沃夫岡列出「廉價航空」、「火車」、「旅遊巴士」、「共乘（mitfahren）」、「租車」等各種方案後，建議我最應該選擇的「三天兩夜，包吃包住，破盤價只要七十五歐元（約臺幣兩千四百元）的阿亨——巴黎進香團」。他沒告訴我，這麼便宜的代價是得跟一群德國大嬸阿伯花上五小時的車程毀掉自己的臀部，從德國經比利時一路晃到巴黎。我常覺得大嬸和阿伯是最熱情的族群，他們一開始紛紛過來跟我和袖子攀談，知道我們不會講也聽不懂德文後，每次車掌宣布了什麼，就會熱心地再用「德文」重新講解一次給我們聽。

好不容易抵達巴黎，我和袖子放棄團費包含的德文市區導覽（有兩位大嬸還一直挽留我們，說可以幫我們解釋，但我們眞的想翹掉「德國大嬸德文特訓班」了），搭火車從二區來到市中心，也就是傳說中的浪漫花都——巴黎一區。

佇立在連接市政廳與西堤島的石橋上，曾住著鐘樓怪人的聖母院在右側不遠處，塞納河從下方緩緩流過，遊艇上的觀光客向橋畔的行人揮著手。袖子開心地伸手回應，旁邊幾個法國小鬼往前傾身吐口水，試圖砸中一張張觀光客的笑臉，不過都失敗了。如果是德國小孩，他們一定會算好時間、橋高、船速和風速，還會讓口水聚成一坨以降低阻力。

周遭的一切美得不像眞的。寶藍色的天空萬里無雲，像一幅描繪著天堂景物的畫布，朝下反轉，景物全被倒了下來，落在地上成了巴黎市區。袖子說：

「巴黎眞美，怎麼說呢，雖然布魯塞爾也很漂亮，但巴黎是完全不同等級的美。」所謂的形象，是某件事物藉由各種管道對你塑造出的觀感。在時尚、旅遊、文學、美食、藝術等三百六十度行銷策略下，巴黎的形象趨近完美，甚至可以說，浪漫的最高參考指標就是巴黎。城市裡飄散的不只有空氣，還有浪漫。

我想把這段感想跟袖子分享，但不知道爲什麼，脫口而出的竟是：

「是啊，路邊醉漢撒尿我們都會忍不住停下來看，天啊，那小麥色的弧線眞美。好難想像那是人造的。」

「你就是這麼不浪漫。」

「對不起。」

「沒關係，我早就習慣了。」

袖子嫣然一笑。

去買地鐵票時，站務員因爲我們不會說偉大的法語而堅持不肯賣票（也有可能是我說完英文又改說德文，讓法國人更不爽的緣故），我們只好重回地表找路人幫我們寫上：「我要買十張一組的套票，謝謝。」我要求對方把「謝謝」換成任何一句說出來也不會嚴重到挨打的髒話，但袖子制止了我。路人聽了笑得猛點頭，我不確定他最後到底寫了什麼。

「天啊，你看那地鐵站蜿蜒曲折，好像地底迷宮喔。」

我試圖拍巴黎馬屁，好挽回剛剛的失言，但袖子沒搭理我。這條地鐵線一座手扶梯或電梯也沒有，袖子爬上爬下已經累了。巴黎地鐵落後的地方還不只如此。不像臺北捷運會裝設月臺閘門防止掉落，或是日本地鐵運用音樂和色彩讓人心情變好，巴黎地鐵採取法國人最愛的有機自然方法：聘請遊民到處施放天然阿摩尼亞，讓所有乘客都能隨時保持清醒狀態。

我們站在全世界最有名的路段——香榭大道上，地鐵站出口旁恰好是門牌一〇一號的LV香榭大道旗艦店。

LV以設計輕巧的皮箱起家，受到法國皇室的青睞。傳說中鐵達尼號沉船後，打撈起一具LV行李箱，打開後發現一滴水都沒滲進去，LV因此聲名大噪，成為最知名也最多人使用的奢侈品牌。

但我認為LV眞正暢銷的原因，是它解決了先前所提到的兩性問題。

雖然男生很討厭女生因為錢而喜歡他，卻往往試圖用錢來博取異性的青睞；同樣地，女生對自己的外貌也是又愛又恨。LV正是看穿了這點，奇妙地替自己的商品賦予了一種價值：送LV給妳就象徵我眞的很愛妳；買LV給我就表示你眞的很愛我。

這也代表使用了近千年的貨幣制度還是有著根本上的缺陷，以物易物依然有其存在的必要。不然為什麼情人節我們不能直接包個紅包就好，還是得絞盡腦汁買個對方不見得會喜歡的禮物呢？

補充說明，我並不是帶著不屑這麼說的，如果荷包再厚一點，我也會立刻買個LV包包送給袖子。因為LV這偉大的發明可是突破了經濟學上的柏瑞圖效率❷（Pareto efficiency），讓買賣、收禮、製作禮物的三方都得到收穫多於付出的滿足——

男生覺得用LV包包來換取女孩芳心是值得的；

女生感動男生買LV給她；

而LV呢，幾塊加工過的皮印了兩個字母就能賣一大筆錢，還不用計較印刷技術不好而讓兩個字母疊在一起或印得殘影到處都是，它如果再不開心就眞的太沒天良了。袖子買了個LV，笑吟吟地從店裡走出來。

「這裡比臺灣便宜好多喔。」

不是已經有蒼蠅王送的 LV 包包了嗎？

我原本想這麼問，趁機打探她跟那傢伙的關係，不過看袖子這麼開心，我不想做出任何可能破壞這張笑臉的行爲（我剛剛可能做了幾次，但都是無心的）。

晚上，回飯店在大廳遇上同團的大嬸阿伯們，才知道他們竟然坐在巴士上繞了巴黎四五圈，重複講解一樣的景點，難道這個團回去是要參加巴黎導遊檢定考嗎？

隔天一大早趕到羅浮宮。

「太晚的話得排隊排很久，一定要早點到。」

顯然全巴黎的觀光客都跟袖子想的一樣，還沒到開館時間，羅浮宮前就大排長龍。開館後，人潮緩緩地被羅浮宮吞進肚子裡。起先，我有點懷疑它怎麼塞得下這麼多人，比大胃王小林尊還厲害，眞走進去了才知道大得不像話，從上午九點半走到下午一點只逛不到一半（還是在我只能遠眺《蒙娜麗莎的微笑》，經過《勝利女神》卻沒注意到她存在的參觀速度下）。我實在餓得受不了，只好硬拖袖子出去吃點東西，卻在西亞文明區迷路了。當餓到發昏的我以爲找到了出口，轉角卻出現一具木乃伊時，我彷彿看見了自己的下場。

順利從羅浮宮逃脫後，我們在杜樂麗花園裡的連鎖麵包店「Paul」的行動餐車買了些麵包充飢。下午到了蒙馬特藝術村，我們先矯健地閃過一群黑人，他們到處找觀光客，說要幫你綁幸運手環再勒索你十歐元。然後，跟巧遇的第十座旋轉木馬合照（德國同樣有很多旋轉木馬，只是是給肉片搭乘的沙威瑪烤肉串），再去參觀傳說中被雨水刷白的聖心堂，最後來到電影《艾蜜莉的異想世界》女主角工作的「風車餐廳」喝咖啡。

我特別挑了雅各事前提醒我一定要坐的位子，恰好是空的，眞lucky。但不知道爲什麼跟袖子說時，她笑了很久，還幫我拍了照。

傍晚回到香榭大道上看夜景，我們散步到凱旋門，趁著紅燈跑到馬路中間的安全島，請路人替我們拍下以整條香榭大道爲背景的合照。這也是雅各跟我說的，我原本以爲是獨門技巧，眞的可以拍到一整條香榭大道，但也拍到了很多同樣站在安全島上的觀光客身影。

走上凱旋門（明明這時候走的階梯數比地鐵更多，但袖子卻不會不開心），我們往下看，閃閃發亮的車燈沿著十二條大道輻射出去，我脫口說出：

「眞美，像一道道光束向我們靠攏過來。」

「眞難得，我以爲你又要說什麼破壞情趣的話了。」

袖子笑著瞅了我一眼，我趕緊把「凱旋門的俗稱就是星星，據說這裡是巴黎市區車禍發生比例最高的地方」這句話給吞回肚子裡。附帶說一下，這當然是法蘭茲告訴我的。

走了一天的我們，在回巴士底的飯店路上，先在香榭大道上的麥當勞小憩。

我點咖啡時，袖子拿著相機東拍西拍……

「嘿！亞洲女孩，這裡是法國，不要亂拍照！」

替我結帳的服務生忽然很不客氣地對著袖子大吼，周遭的空氣被這句話凍結了，收起話聲的人們把目光集中在我們身上。袖子紅著臉收起相機，低頭說：

「對不起。」

看到這情景，忽然有股衝動推著我，我轉過身來，還來不及搞懂自己想幹嘛時，聽到一個跟我一樣的聲音說著：

「有必要這樣大吼嗎？你以為你那BigMac的菜單會比《蒙娜麗莎》高級，用閃光燈拍了會壞掉嗎？眞覺得你的法國那麼了不起，那你就應該去Quick（法國連鎖速食店）打工才是，麥當勞是美國公司！」

服務生瞪了我一眼後，不發一語回頭拿漢堡，周圍響起零碎的掌聲。我跟那些觀眾說了一聲：

「ごめんなさい。」（不好意思。）

我走回袖子身邊，她的臉還是紅通通的，只是現在多了笑容。她說：

「這是你第一次為我挺身而出。」

「那可能這是妳第一次被欺負。」

當晚回飯店我收了一下E-mail，雅各寫信問我一切是否順利。

隨信附上《艾蜜莉的異想世界》的劇照。

雅各

我點開一看，原來風車餐廳的那個座位，是那位老服務生前男友的指定座位11。

11：電影《艾蜜莉的異想世界》中的角色，是個占有欲超強的恐怖情人，即使分手了，仍會到前女友工作的餐廳，監視前女友的一舉一動，並將看到的錄音起來。

❶ 就是常跟法國大革命一併提到的「巴士底監獄」的那個「巴士底」。現在那邊有個地鐵站，距離各大景點都很近，我跟袖子參加的德國進香團下榻旅館就在那裡。

❷ 柏瑞圖效應就是說，一件事情可以讓所有人都受益，而且沒有人會因此虧損。就好比買這本書，你看得很開心、出版社賺錢，而我可以把想說的故事說出來（好吧，我也有賺點小錢），這就是柏瑞圖效應。

39. 進天體營什麼都得脫掉

「阿亨的古語是水耶。」

袖子在用我的電腦上網。

「是啊，所以前些日子妳才會看到那麼多溫泉。」

「你會去泡溫泉嗎？」

「當然囉，兩三週去一次吧。」

我又說謊了。

隔天，袖子自己去了鄰近一個號稱「德國儿份」的小鎮蒙紹（Monchau）走走，我則回辦公室上班。中午吃飯時，雅各把薯條切成兩半塞進嘴裡說：

「一定要我們陪你跟你那位袖子小姐一起去嗎？」

我不懂德語又從來沒泡過溫泉，如果自己帶袖子去，鐵定會讓這幾天好不容易建立的一點新形象毀於一旦。

「拜託，而且要去有特色、會讓她終身難忘的。」

雅各和法蘭茲對望了一眼，法蘭茲用帶點恐嚇的語氣對我說：

「是你說的喔。」

「當然。」

事後回想，這是我來德國後犯的眾多錯誤中，最嚴重的一個。

兩天後，我們來到阿亨最有名的溫泉度假村——Carolus Thermen，位於市區的北邊，離市中心大約三、四站公車的距離。

在門口聽完雅各的簡介後，我們一行人推開大門。我沒有泡湯的泳褲，按照計畫，要假裝舊泳褲破掉，先去買條新的。正當我前腳剛踏進販賣部，法蘭茲又用前天那股淡淡卻充滿威脅的口吻說：

「你忘了嗎？這裡是天體營。」

天．體．營？

袖子臉紅得比她包包裡那件大紅色的比基尼還要紅，只可惜現在也沒機會拿出來比較了。

「你怎麼沒先跟我說這是天體營?!」

「我……我怕講了妳就不來了嘛，我想給妳個驚喜。如果妳不喜歡，那我們就回去吧。」

我邊講邊用眼神咒罵袖子身後的法蘭茲和雅各，雅各笑到像整人節目中躲起來觀察一切的主持人，法蘭茲也難得露出屬於人類的陽光笑容。袖子則打量著我半晌不說話……

「算了，既然來都來了，那就進去吧。」

袖子曾經問過我，德國到底有幾種不同的香腸，我只知道 bratwurst、bockwurst、krakauer、mettwurst、weisswurst……看來今天可以知道更多了。

我們把老祖宗亞當偷吃禁果後，告誡子孫要穿上的衣物留在置物櫃裡，裹著浴袍，底下赤裸裸地走進溫泉度假村——不，天體營渡假村。入口處有一個圖案——一對正在做那檔事的男女剪影，像禁止通行的交通號誌一樣，被打了個大叉。

「no sex 的意思。」

「我知道！」

往好的方面想，至少我不用擔心這點。

走進天體營，裡頭有十幾間三溫暖烤箱，散發出各種香味：草莓、薰衣草、白柚、薄荷、檜木……還有好幾座室內浴池或露天溫泉泳池，日光浴躺椅沿著泳池邊上一字排開。我們來得很早，只有幾位老先生老太太裸著身子走來走去，散發出天人合一的平和氛圍。

到了露天泳池，法蘭茲和雅各很自然地卸下浴袍。我有種跟網友見面的緊張感，兩對這半年來見過無數回的屁股光溜溜地出現在眼前。他們走進水裡，袖子猶豫了一下，也解開浴袍拉著我跟下去。

「趕快到水裡就看不到了，比較不會尷尬。」

奈何過於清澈的溫泉讓袖子和我的最後一絲希望破滅。

我們悄悄遠離法蘭茲與雅各，到角落聊天。說也奇怪，原本巨大的心理障礙，下水一陣子便消失在溫泉氣泡中。泳池表面波光粼粼，不時可以聽到一旁風吹拂過樹葉的聲響，老實說還滿舒服的，特別是游腿很開的蛙式時。不過，一會兒我發現大家都是抬頭蛙，只有我把臉埋到水裡，顯得很變態，我就不好意思再游下去了。

我曾在希臘的天體營沙灘，衣著完整地跟脫掉 T-shirt、開始解牛仔褲扣子但被我及時阻止的希臘人討論，我們東方儒家思想不能接受這種暴露行爲。算算也才過了兩個多月，我的羞恥心已經降到跌停板了。

「哎，你看。」

袖子指著自己的身體要我看，她的羞恥心也跌成水餃股了？

「有好多小小的氣泡喔。」

她一講我才注意到皮膚上裹了一層白白的霧，無數個微小氣泡用手一抹，便能看到有如一群附著在身上的浮游生物一起放屁的壯觀景象。袖子將手靠在池邊，頭枕在上面，側著臉笑說：

「你在德國真是過著很愜意的生活呢。」

「還好啦，不過就這樣那樣。」

我謹守著第一次看見雪的體悟：越得意時，越要裝作若無其事。

游了一陣子，雅各悄悄過來告訴我，三溫暖烤箱在整點時都有活動，提議大家去參加第一個活動——冰鹽三溫暖。

烤箱室門口有個紅色指示燈寫著「九十」，我猜是最大容納人數。

「這是指現在裡面的溫度。」

法蘭茲先一步給了正確答案。

「九十度不會熱死人嗎？」

「放心，牛肉放到烤箱裡用最高溫烤四十分鐘也才六分熟。」

袖子笑著，此刻我希望跟法蘭茲連一分熟都不要有。

烤箱裡坐了一些人，每個傢伙都皺著眉頭，一張臉上半部像在看信用卡帳單，下半部不協調地嘴角上揚，標準的「眉毛說不要，嘴角卻很誠實」。還有人雙手高舉往後擺露出胳肢窩，難道這樣會比較涼嗎？

圍著毛巾的員工走進來（在天體營上班的人卻羞於裸體？他們應該把「我不喜歡穿衣服」列爲資格審查的第一項條件），用德文解釋了一大串，比出「三」的手勢：

「歡迎各位裸體愛好者來到冰鹽三溫暖，我們將澆三輪水，再發冰塊與鹽巴提供去角質服務。」

雅各在旁邊小聲替我翻譯，我再轉述給柚子聽。一個老頭轉過來噓了我們，然後低頭瞪著自己的肚臍眼冥想。

天體營員工對著烤箱中間的石頭澆水，摻有薄荷香味，冒出來的熱氣讓人陷入又暈眩又提神的進退不得狀態。工作人員宛如人肉電風扇，不斷地旋轉、揮舞浴巾，將水蒸氣從石頭上趕到我們身上。我不懂，歐洲人明明只要超過三十度就會衝進路上噴泉裡玩水，現在卻願意花錢把自己關到九十度的烤箱裡？

咻——咻——

人肉電風扇開到最強風力對著每個人的臉猛搧。我感覺自己有如被一團無形的燒紅炭球一次又一次輾過，人肉電風扇卻以爲低下頭閃躲的我太陶醉，特別多輾了我幾次，讓我連腦皺褶裡都充滿了薄荷味。我看了看柚子，她也感染了三溫暖病毒，皺眉的臉上露出微笑，身上像夏天裝著冰水的馬克杯，結滿水珠。

總算，烤箱叮了一聲結束烘烤，之後發放冰塊和鹽。我們三個男生隨性地在身上亂抹一通，目的只是要把手上的鹽擦掉，柚子則包括腳趾頭在內不放過每個關節，仔細地去角質。不懂女性人類爲什麼要這麼複雜的機器人法蘭茲，在一旁認真觀察。

我使出銳利到雙人牌主廚刀也比不上的眼神，警告他不准再看。

下一站是「蜂蜜三溫暖」。

進去時一人先發一碗蜂蜜，每個德國人立刻把蜂蜜倒在身上塗抹，還有人用蜂蜜洗頭，瘋狂程度比起去年耶誕節布置所上派對時，「Marzipan」[1]出場的瞬間有過之而無不及。

剛剛用了有檸檬草香味的鹽巴抹身體，現在又塗蜂蜜被烤到脫水，我覺得自己已經醃漬好，可以隨時發酵成醬菜了。發蜂蜜的老兄一樣比在場其他人都有羞恥心，圍條毛巾站在中間開始另一長串解釋，我沒力氣弄懂他在說什麼，只要不是如何料理人肉就好。

吹完第二次，人肉電風扇竟然端了一盤水果進來，該不會是要挑選皮膚烤得最金黃的人將他擺盤獻祭給溫泉神了吧？好險這似乎只是補充體力用的，我刻意留了鳳梨給法蘭茲讓他做廟會的豬公，替自己和袖子撿了柳丁吃。

從活體獻祭的蜂蜜三溫暖浩劫餘生後，我們圍著浴巾去吃中餐。當我用兩手拿著盤子排隊時，浴巾不小心掉了下來，全場笑得很開心，袖子笑著從後面伸過手來幫我綁好。

「要測試她是不是還喜歡你，那是個很大的賭注和犧牲，不過你成功了。」

結帳時雅各小聲跟我說。我完全沒想過要拿在餐廳裸體來測試任何事情。

用完餐我們去做日光浴，意外遇到全身光溜溜（我先愣了一下，才想到我自己也是）的絲薇塔躺在那兒看論文。

「嘿，怎麼大夥兒都來了。」

絲薇塔起身跟大家握手，不知道爲什麼，她裸體起來相當自然，或許除了超低溫耐寒功和千杯不醉功，俄羅斯人還有另一項特質：天生就不需要穿衣服。雅各先紮緊下身的浴巾，接著又打開來，鋪在和絲薇塔隔了一個位子的躺椅上，過一會兒，又拿起來移到她旁邊。

做這些動作時，他的臉就像同步衛星一樣永遠對著絲薇塔，跟二〇一〇年在「歐洲歌唱大賽」爲德國人奪冠的Lena演唱的〈Satellite〉歌詞一模一樣。

Like a satellite, I'm in an orbit all the way around you.

就像是衛星一樣，我在軌道上繞著你運轉。

And I would fall out into the night, can't go a minute without your love.

一到夜裡，我將墜落，因爲我不能一分鐘沒有你的愛。

這歌詞一定不是衛星工程師寫的，不然他會知道衛星不管在黑夜或白天都不會墜落。

「雅各喜歡那個女生吧？」

袖子低聲問我，我佩服她的洞察力。

之後，雅各與他的浴巾在絲薇塔身旁以同步衛星的方式運轉，法蘭茲跑去挑戰一百二十度「熨斗三溫暖」，我和袖子便兩個人到處走走逛逛。

我們去了底部鑲氙氣車頭燈的泳池，水下的身體像透過哈哈鏡，看起來都膨脹起來，充分滿足我的虛榮心；我們去了聲光效果絕佳的強力淋浴間，袖子笑著尖叫把我拉進去，讓我覺得自己原本好端端在裸體散步，卻意外捲入激進分子的遊行，被推到第一排擋鎮暴警察的水柱；我們還去了號稱

「溫和三溫暖」卻高達一百度的烤箱，水也澆得特別兇，所謂的「溫和」只是換成女性工作人員在搧風，但搧風工具卻從浴巾換成了跟鐵扇公主借來的超大芭蕉扇。我半昏迷時，眼角掃到絲薇塔和雅各也來了，雅各臉上的笑容像被烤開的蚌殼，嘴角緩緩流下的分不清是汗，還是口水。

我們又去了有雙人電風扇、椰子口味的蒸氣再配上一杯芒果汁的「夏季限定三溫暖」。之後，我和袖子來到地下室正中央的羅馬浴池。三束變化多端的七彩燈光從水底往上打，圓頂隨之變換色彩，有一具女性裸體以仰式飄浮到扶梯邊，漣漪在圓頂上劃出的條紋圖案。我跟袖子仰頭看得好入迷，脖子都痠了。

我們輕輕走下池子。水很淺，站起來的高度只到大腿，越往下躺，視線與水面漸漸平行，越能感覺到池水的平靜，池面像果凍一樣隨著我們晃動的雙腳蕩漾著。

「我們很像被做成肉凍的兩條蝦子。」

我忍住這煞風景的笑話沒說。很好，我終於學會了什麼該說什麼不該說。可惜我一時無法從腦袋裡趕走這句自己覺得很好笑的話，只好保持沉默。

「我聽到了。」袖子說。

「蝦子的事嗎?!我以爲我沒說出口。」

「水底有音樂。」

我學袖子把兩隻耳朵埋進水裡，聽見了我剛來德國時，去波昂參加貝多芬音樂節聽到的《田園交響曲》。

我不自覺說了出來，袖子有點訝異地看著我，笑了笑重新把耳朵埋進水裡。我們各自剩下一對眼睛和鼻孔留在水面上，其餘的一切則靜靜沉浸在「貝多芬肉凍」的池子裡，一切都非常放鬆。

裸體、
破百度三溫暖、
法蘭茲、
雅各、
絲薇塔、
宣美、
蒼蠅王、
德國、
臺灣……
都飄到了遙遠的地方，甚至連袖子此刻是否在我身旁，也只能從天花板的漣漪確認。
叩。
我的頭不小心撞到了袖子的頭。
「對不起，會不會痛，有沒有嗆到水？」
我趕緊站起來，袖子維持躺著的姿勢吸了吸鼻子，也站起身來，帶著這幾天常看到，但稍微有點不一樣的表情望著我。
我想起來了，那是以前我們在一起時她最常擺出的表情。
她帶著那種熟悉的笑臉湊過來，吻了我一下。
「謝謝你，帶我來這麼有趣的地方。」

❶ 一種像捏麵人一樣，可以捏成各種造型的杏仁軟糖，我很喜歡杏仁所以很愛吃，但我相信不喜歡杏仁的人也能接受。北德呂北克（Lübeck）出產的杏仁糖相當有名，例如Niederegger這個牌子就很棒。在耶誕派對時，杏仁糖那盤永遠裝不滿，因為每個把杏仁糖從袋子裡倒出來的人都會邊倒邊吃，像一個月沒吃東西的老鼠見到有D.O.P.（Denominazione di Origine Protetta，原產地名稱保護標識）認證的義大利起司一樣。

40. 遇到重要的人，錯過重要的日子

六點五十一分第二月臺……七點四十四分到科隆……轉第六月臺七點五十五分的車往法蘭克福機場……八點五十一分到……

我把明天袖子要去機場的乘車資訊抄在N次貼上。

德國嚴謹病毒的症狀之一：隨身帶著一疊N次貼，去市場前會把想買的食材抄下來，搭火車前會把班車資訊抄下來。抄下容易忘的事情，便能清出大腦空間做更有效的利用，就好比將資料從快取記憶體中拿出來，放進硬碟裡。

十一點的飛機，我原本想挑再晚一班的火車，這樣只要德鐵發揮前陣子的誤點水準，袖子就得滯留在德國。兩個月前從蘇黎世回來後，德鐵開始大規模罷工，好幾次我就這麼坐在火車上，火車坐在郊外的鐵軌上，動也不動一個多小時。再不然就是，一整列火車只有一節車廂能坐人，其他的車廂則貼滿罷工標語，負責運送空氣和工會的憤怒。

那陣子我偶爾會繞去車站欣賞時刻表上一整排的「ca. 30 Minuten später（大約遲到三十分鐘）」，畢竟能看到一向以守時聞名的德鐵誤點成這樣，可是需要不少運氣的。

罷工結束後，好比鬆掉的螺絲要鎖上得再花點時間，誤點的狀況又持續了一陣子，光是到科隆一小時的車程，都會被拉長成三小時。那時候要是誰跟我說德國火車準時，我一定會把他抓過來，壓在五分鐘後即將有車進站的鐵軌上，溫柔地在他耳邊說：

「你放心，絕對不會有事的，因爲火車一定會誤點！」

此時月臺上會配合我的恐嚇響起廣播聲：

「火車誤點五分鐘，請稍候。」

然後我還會繼續壓著那個人。別擔心，因爲五分鐘後——

「火車誤點十分鐘，請稍候。」

差不多再廣播一兩次，才需要把人拉起來。

我祈禱火車誤點嚴重一點。這就像希望放颱風假一樣，儘管會害得很多人不方便，但我們有時候就是這麼自私。

天體營一吻後，我和袖子的相處並沒有太多變化，我還是每天把自己捆進睡袋扔在地上，永遠無法爬到「床平面」。不，正確地說，是我感覺袖子刻意在疏遠我，先前出去時她偶爾還會牽我的手，但之後走在街上，我們之間的空隙大到每次腳踏車都挑這邊穿過！好吧，有一部分也是因爲袖子總是走到人行道外側的腳踏車道上。

我只聽說過婚前恐懼症，難道袖子得了「復合恐懼症」嗎？

出發前，袖子在廁所裡待了好久，我思索著是哪一餐讓她吃壞肚子的。德國食物的乾淨正是他們的餐廳少數可取之處；從中國超市地下室買回來的走私大閘蟹也還在冷凍庫裡。

出門時，袖子指著對面公寓前方一根掛滿彩帶的樹枝，問我那是什麼。

「噢，那叫五月柱（maypole）。這裡有個習俗，在五月的第一個星期，男生會在喜歡的女孩家門前擺一根樹枝，上面掛滿彩帶，最好能一路延伸到女孩的窗前，不然沒弄好，就變成向她老媽告白了。」

柚子噗哧笑了一下說：

「那你怎麼沒在我們家門口擺一根五月柱。」

「爲什麼我要擺那種東西？」

「嗯……算了。」

噢！我知道她的意思了！我眞是個蠢蛋！而且她還說「我們家」！

停在紅綠燈前，我一手拿著行李，鼓起勇氣伸出另一隻手牽起柚子。她沒有掙脫也沒有握住，就這樣讓我軟軟地牽著。一旁咖啡廳的露天座位被繩子綁在一起，椅子翻過來擱在桌上，像蜷在一起打盹的大鳥。

我眞希望這個紅綠燈能壞上一個小時。

清晨的街上一片空曠，空氣很清澈，冰鎮過的微風拂過臉頰。街上只聽得到行李箱輪子與石板路摩擦的聲響，拉著拉著有些吵，我稍微使力提起行李，周邊的氛圍就像發好的麵糰，被噪音劃開的裂痕瞬間消失。我跟柚子講解起沿路的風景，趁著她要離開前的最後一刻，跟她分享我在這裡的生活。

說著說著，我發現自己早已喜歡上了阿亨。不是因爲它風光明媚、歷史悠久，或是有很難吃的名產Printen；那是一種因爲熟悉帶來的喜歡，就像你會珍惜自己家裡那個隨時都會報銷的破書櫃一樣。我知道這裡是哪裡；巷子的轉角有一家很像僱了臨時演員在排隊的難吃麵包店；公車從這裡再搭兩站可以到比利時超市，上週我才辦了集點卡，買十元回饋兩毛，要買上一年才有機會換到一桶哈根達斯（Häagen-Dazs）。我曾經買完菜提著水果走進歐洲北部最老的阿亨大教堂歇腳，因爲想躲雨而溜進市政廳，聽到入場券要兩歐元（約臺幣六十五元）就決定拿著露出幾根蔥的塑膠袋在門口罰站。

從前，我一直認爲窩在家附近就是全天下最幸福的事了。週末看完漫畫，買杯市場裡的酸梅綠茶、鹽酥雞，跟朋友約在公園裡嗑光，這是我在德國獨自生活時最常想起的畫面之一。如今很開心，在一萬公里外的歐洲，我獲得了另一個有歸屬感的所在。或許我還是聽不懂隔壁桌的情侶吵架，不過我知道大部分情侶走路時男生都喜歡摸女生屁股（第一次看到我還以爲這男的太卑鄙了，竟然在扒女朋友的皮包）；或許我不時還是會來個超市大冒險買回家才知道是什麼，但至少不會再錯得那麼離譜。我開始了解這個城市，開始在每個地方、每個轉角製造回憶。

不過，這一切的關鍵還是因爲袖子在我身邊，因爲想跟她分享這一切，我才能反過來瞭解自己的想法。我看著她，心裡想著：

她能來看看我的「歐洲故鄉」，眞是太好了。

到了機場，從第一航廈轉到第二航廈時，Skyliner 故障了停在半路上。袖子露出不可思議的表情：

「德國人也會故障？」

按照先前的說法，我應該要立刻把她壓在 Skyline 的鐵軌上，在她耳邊輕柔地恐嚇她。這時有個德國老爹向我們道歉，說航站弄成這樣對外國旅客很失禮。

「你們從哪裡來的呢？」

「臺灣，我來這邊找他，他在阿亨念書。」

袖子講到「他」這個字時，重心朝我這兒偏了二十度，雖然有點重（讓我稍微頓了一下腳步），不過我把它解釋為幸福的重量。

托運完行李，袖子拎著退稅的手提行李，我拎著袖子，將她交給往臺灣的飛機。站在海關前，我不知道該怎麼跟她道別。

簡單一句「掰掰」不夠慎重，又不是下樓去7-11買杯咖啡，等等還會碰面；一長串對白配上mp3背景音樂也太矯情，又不是在拍《愛是您，愛是我》法蘭克福機場版。來一句還珠格格的「我要滿出來了～～」呢？

我不打算拿自己的幸福開玩笑。

我們在入口前駐足，被幾個拎著大包小包退稅商品的觀光客撞到一旁。我想起和袖子去巴黎時被服務生不友善對待的經驗。現在想想，也不能全怪他們反應過度，太多觀光客聚集確實對他們造成了困擾。誰都不想去樓下買個早餐也要被外國人用相機猛拍。

「嘿，你看那人點了培根蛋三明治耶！」

「老闆娘在打蛋了，快拍快拍!!」

「他在看《壹週刊》，邊看手還邊伸到褲子裡抓屁股，真是太難得的景象了!!」

我應該詛咒「我」這個人聲帶爛掉的，都什麼時候了還在討論這種無關緊要的話題，乾脆跟她討論一下臺灣觀光局的機場宣傳廣告設計得怎麼樣算了。

「你看，那邊有觀光局的廣告耶。」

不要再轉移話題了！

袖子笑著說：

「你還要再過好幾個月才能看到臺灣的風景呢，趁現在多看一點吧。」

「不會啊，只要我想，來機場就看得到了。上網也可以，有人拍了臺灣的全景……」

「我」一定是被沃夫岡影響了，竟然老是講這些冷新聞豆知識，接下來「我」應該要開始分析、比較法蘭克福機場與其他歐洲機場的吞吐量。

「不過我就算再來多少次，也不會遇到妳了。」

噢，「我」還是有救的。

袖子轉過來溫柔地看著我，雖然我從她的眼睛裡看不到自己，但我很確定看到了一點點只有滴完眼藥水或吃了激辛地獄拉麵才會出現的光澤。她低頭呢喃著：

「今天……」

她想說什麼？今天她就要上飛機了？

「嗯？我聽不清楚？」

她搖搖頭，走過來抱住我，把頭埋進我身子。終於，她克服「復合恐懼症」了嗎？

「好好照顧自己。」

啊？怎麼不是「我再也不要離開你了」，然後當場撕碎機票!!

說完，袖子將登機證和護照交給海關人員，那傢伙每天目睹人們分離，對於我和袖子剛剛上演的這齣「二十一世紀法蘭克福機場最感人道別」（好吧，就算不是本世紀，但對於角逐「今早最浪漫道別」我可有十足的信心）卻毫無反應。他應該一手擋住袖子，一手拭淚說：

「嗚嗚……妳不能這樣留下開放式結局，跟那位帥哥把戲演完吧。」

袖子接上最短那列隊伍的尾巴，直到出境，再也沒回過頭。

回程上，我不斷懊惱自己沒挽留她，跟她講清楚我的想法。如果一切順利，還可以再打聽一下蒼蠅王的E-mail、FB。推開家門，第一次覺得二十平方公尺的套房如此寬敞。桌角堆了幾包袖子留下的泡麵和罐頭（慚愧的是，儘管心情低落，看到這些東西時我眼睛還是發亮了一下），因爲我這幾天做菜太好吃，那些東西根本沒機會派上用場。

等等，難道她帶泡麵來是因爲擔心我的廚藝嗎？

走進浴室，洗手檯上有一兩瓶袖子留下來的旅行組保養品。

「這些給你用，你臉都脫皮了。」

「哈，這是妳買太多東西行李塞不下的藉口吧。」

半天前說完這話，我脫皮的臉就被捏到更脫皮了。

我打開鏡子後的置物櫃想收好這些東西，一封信壓在刮鬍刀下。

親愛的奕森：

現在你正在床上睡得半死，你每次都說你不會打呼，但你眞的會，下次我一定會錄起來給你聽的。

如果以「袖子也想跟我復合」開賭盤，這樣的開頭足以讓我加碼一百萬。第一、這暗示我們還有「下次一起睡」的機會；第二、這段話是她不經意寫下的，表示她潛意識裡是這樣認定的。

分手後，聽到你要去德國，起先我以爲你是開玩笑，但看到臉書，才知道你眞的就這樣去了。那時我好生氣，認爲你根本就是在逃避問題，一點也不認眞看待我們的關係。

後來聽動感說，你傷透了心、不吃不喝好一陣子。直到有一天，爲了想弄清楚自己到底少了些什麼（他提了什麼蓋玻片的……你也知道我常聽不懂動感的話），你突然決定放下一切到國外生活。動感比我想像中夠義氣多了，他不但撒了過度但有誠意的謊，還記得沒把「我要讓那個蠢女人後悔」這一句說出來。

在那之後，我一直都在follow你的臉書，你那些外國朋友我也早就透過文字認識他們了（除了被你隱瞞的宣美）。我覺得你似乎眞的找到了些什麼，變得不一樣了。收到你的簡訊後，我忍不住想親眼確認這一切，才會來歐洲找你。

只是，你根本沒變嘛。

哈，開玩笑的，有騙到你嗎？

唔，我得說，在這兩句只空一行的情況下，我根本來不及反應就已經一起看到了，不過下次見到袖子，我會跟她說我被嚇到第一次知道自己有心血管疾病。

你還是原來的你，有著我喜歡的思考事情的方式、看事情的角度，以及那愛挖苦自己也挖苦別人的態度。

但是，爲了喜歡這樣的你，我把自己弄得好累。

以前，你的世界是高速運轉的摩天輪，在你身邊，我常被弄得暈頭轉向，你卻毫不在意。但這次在歐洲，你願意陪我在香榭大道上散步；願意跟我排長長的隊，只爲了喝一杯旅遊書上說的好咖啡。你開始放慢速度欣賞周圍的景色，關心同行的乘客會不會覺得太快，要不要買杯飲料再上來。你不再是除了自己的世界之外，對什麼都不在意的人。

你甚至還常去天體營這種地方，雖然我覺得有點過頭了太不像你，不過要不是因爲你在身邊，我也不會勇敢突破心防，去體驗這麼有趣的事情。

要不是柚子說「來都來了」，我這輩子一定無法在超過十個人面前裸體。而且事實上，旅途中有好幾次，我都想把柚子偷偷綁在電車或路過的馬車上面，讓她可以走快一點！不過，我沒有這麼做，應該表示我眞的進步了。

跟你一起旅行眞的很開心。我不只一次想過，我們應該就這樣復合，就這樣回到從前。我的眼角瞄到全世界最讓人討厭的單字——but。

但是，當初說要分開，我並不是一時衝動，而是經過深思熟慮後才做出的決定。我沒辦法說服自己，光靠這麼短短幾天的重逢，就改變當初的決定。我很怕是不是因爲旅行的浪漫感受、因爲歐洲的生活氛圍，才讓我覺得這段時間這麼美好。

嘿，好歹我也被歐洲的生活氛圍整了大半年，讓我靠它作弊一下會怎樣！而且她竟然早就有分手的念頭!?我眞是不了解女孩子。

所以，我決定給我們彼此一個機會。記得吵架的那天，我說過「重要的日子沒有和重要的人一起過，那還算什麼重要的日子呢？」這句話吧？

明天，是我們交往的五週年紀念日。我跟朋友聊過，她們認爲你絕對不可能記得。你別誤會，沒有人怪你，她們只是認爲照你的個性，不可能記得這些小細節。更何況……我們已經分手，大半年沒見了。如果你能告訴我，你還記得這一天，那就代表你眞的改變了，而且還是一直惦記著這段感情。這樣我也許就可以跟你重新開始。

畢竟，這也是我看到你從希臘傳來的簡訊後，決定要來的原因。重要的五週年紀念日，我希望能和重要的人一起度過。

但要是你看到這封信時，我不在你身邊，那表示，你又讓我失望一次了……

袖子

AM3：00 2010.05.30

Part 4

夏，與另一個秋

Sommer und noch ein Herbst

隨著回去的日子開始倒數，
應該對一切已習以為常的我，
又開始有種初來乍到的錯覺。

41. 邊握手邊用腳打格鬥天王

看完袖子的信，我這輩子沒有這麼痛恨自己過。我記得一切的研究專業知識，記得小時候背過的〈長恨歌〉，但我竟然完・全・忘・記・五週年紀念日，連袖子在機場說出「今天」的暗示時，我也以爲她想說：「今天很開心。」

我在袖子的臉書上留了訊息，試圖若無其事地跟她聯絡，再找機會好好道歉。

但她沒有回應。

我立刻寫信給袖子，她果然沒回我。

不過，或許她說的有道理，我該給她更長的時間思考我們的關係，至少往好的方面想，她也想過要重新開始，這表示蒼蠅王還是一隻蒼蠅，她隨時都可以拋棄。

另一方面，研究生活接踵而來的挑戰，不允許我沉溺在自己爲什麼沒吃銀杏而如此健忘的悔恨中。世上表裡不一的人際關係，就跟斯斯感冒膠囊一樣可以分爲兩種：表面討厭但內心喜歡，例如加入AKB48後援會的上班族大叔，在員工餐廳看到她們的MV得假裝批評她們幼稚；另一種剛好相反，就像希臘人對我，或是我對希臘人——表面喜歡但內心痛恨。

原子計畫已經進入執行階段，每個人都在忙著趕進度，會議多半以小組方式進行，免得浪費其他人的時間，以及減少最擅長「偏離主題」與「狀況外」的希臘人在場。最近，希臘人學會了一項新招數——「阿諛奉承」，常常會當著大家面徵求我的同意，彷彿我才是主管一樣。

但私底下，他又常希望我能幫他一點忙，想拖慢我的進度。哼哼，他顯然不清楚臺灣工程師的專長就是趕進度。從小在高度競爭環境下成長的我們，跟每天在愛琴海賣明信片的悠哉生活有著根本上的差異。

我在盡可能的範圍內答應希臘人的要求，只因我不想給他扣上「我不配合」的帽子。我們就像在玩一場遊戲，**遊戲規則只有一條：「玩起來要像沒有玩」**。一切攻擊得從最迂迴的角度發動，好比兩個人邊握手邊用腳打格鬥天王。

要是我跟他說：「如果你覺得下次開會報告時間太短，我剛好有東西可以講久一點。」

其實我是指：「嘿，笨蛋，我又做了這麼多東西了，看你怎麼阻撓我。」

要是他跟我說：「真巧，你講到的研究我正好也有想到。」

其實他是指：「你最好把成果也算我一份，不然我就控訴你剽竊我的點子。」

遊戲勝負不在於誰贏的場次多，而是誰先撕破臉就輸了。

不過，依我這個「希臘人權威」判斷，他一定在看不見的地方做了什麼。

「嘿，你在幹什麼？」

站在影印機前添紙的我聽到沃夫岡的聲音，就知道我又違反「沃夫岡規則」了。沃夫岡規則包括：

1. 茶要用馬表泡，一天喝一公升（正負五十毫升）。

2. 每天離開前，桌子要整理成跟第一天報到一樣。

3. 就算只是低頭綁鞋帶，電腦也得鎖定，密碼得超過十個字。

4. 離開時走到電梯前要再回來辦公室檢查門鎖了沒，檢查方式為用力推三下。

看來現在又多一條了。

「你爲什麼只添半疊紙？」

他把我剛拆開的影印紙整疊放到紙匣裡，紙匣像被拿來做鵝肝醬的鵝一樣，影印紙滿到了嘴巴。

「你要想一下，爲什麼影印機的紙匣要設計得這麼深，一定有它的道理。」

下次上廁所，我得千萬注意沃夫岡有沒有在隔壁，不然聽到我捲衛生紙他一定會大叫：

「你爲什麼一次捲那麼多張，你要思考一下衛生紙設計成這樣的道理啊！」

平常買東西時，使用說明書我總是從〈常見問題〉那一章翻起；但要是換成沃夫岡，想必會比看《壹週刊》還認眞地逐頁閱讀、與產品對照，可以的話最好上個幾小時訓練課程，沐浴更衣後再開始使用會更好。對他（或甚至大部分的德國人）來說，膠囊咖啡機的說明書搞不好比《航海王》還好看。

「下午我有一個學生要預演口試，原本我請雅各代表理論組旁聽，但他臨時得跟 Samsung 開視訊會議，你方便來聽嗎？」

沃夫岡的話跟影印機因爲吃太飽而嘔吐的聲音混雜在一起。

在德國，博士生可以指導碩士論文，並且將成果納入自己的研究，如此可以讓博士生更有動機去指導碩士生。善於領導的博士生，像是絲薇塔和雅各，手下就有許多碩士生在幫他們做研究。而對碩士生來說，這也像體驗營一樣，能讓他們更了解博士生過著怎樣的生活、從事什麼研究，獲得更多資訊來考慮要不要加入這間實驗室念博士班。

如同沃夫岡的邏輯，每個細節都有它背後的意義，就連研究體系也是。

「這是第二次預演了，不會花很多時間的。」

開始前，沃夫岡這樣安慰我。每次他都這樣說，就好比袖子說「我在化妝，馬上就下樓了」，永遠跳票。有一次，爲了改一個問題，我整個早上都沒上廁所，好不容易弄好要衝出去解放，卻在走廊上遇到沃夫岡。他抓著我抱怨了一堆powerpoint有多爛，光開個檔案就要好一陣子（其實是因爲他動畫特效做太多了）。講了十幾分鐘，他看出我的表情不太對勁，問我要幹嘛，我說我想尿尿啊，他才說：

「你應該早點跟我說啊！

「我講的事情又不是很重要。

「你這個人就是這樣，每次有事都不說，就默默憋著，這樣怎麼跟人溝通呢？

「要是你眞的有事在忙、又很急迫，就得趕快告訴對方，不要拖延到自己的時間。

「你看看你現在又不催我趕快結束……」

我之所以能在比利時邊境憋尿憋那麼久，倒也要感謝沃夫岡不時給我特訓一下。

臺上站著一個哥倫比亞男學生，用西班牙腔英文跟我打招呼。沃夫岡在印出來的報告紙本上記下開始的時間。

2：18

我趕快也抄下來，同時意識到這種類似鸚鵡的行爲毫無意義。遺憾的是，爲了表示自己有在幹嘛，結束時我又幹了一次。

2：38，報告結束。

「比預計的十五分鐘多了五分鐘。」

沃夫岡搖搖頭望向我：

「聽眾有問題嗎？」

「嗯？」

「問問題啊～～快，我們還在預演，我們得演練他回答問題的反應。」

我翻回前面的投影片，便祕了一兩分鐘才勉強擠出一個問題，等到哥倫比亞人答完，已經是兩點四十五分了。

「你準備得不夠充分，超出很多時間，加上問問題花了二十七分，正規口試只有二十分鐘。」

眞抱歉，有兩分鐘是我貢獻的。沃夫岡問我：

「理論組的你聽得懂這篇架構組的碩士論文嗎？」

「當然囉。」

「我要聽實話。」

我一定是眼球往右上方轉了一毫米才會被沃夫岡發現的。

「只有簡介、模擬結果和結論聽得懂。」

「那差不多。」

這話是什麼意思，我笨到聽得懂這些剛剛好嗎？

「別誤會，我不是瞧不起你，是你本來就不可能聽懂。」

沃夫岡正在做一件中文稱爲「越描越黑」的事。

「預演時，我們通常會各讓一個專業領域和非專業領域的人來聽，就是希望知道完全都不懂的人來聽，大概能懂多少。」

原來我被當成了反面指標，而且當得還不賴。

我以爲預演這樣就結束了，沃夫岡卻說：

「現在一頁一頁來改吧。」

沃夫岡開始洋洋灑灑地一路批評，好像歌唱比賽的毒舌評審，非要把臺上的參賽者罵哭來提高收視率。

「這兩頁邏輯錯誤了，前後要顛倒！」

「圖A應該放在下一頁，這頁要用圖B！」

「我說過很多次，同一頁如果出現五個項目以上，要用動畫一個一個展示出來。不然所有人都會把注意力放在文字上，沒人要聽你講話！」

「爲什麼這邊的字體要用紅色，我們用綠色表示好的，紅色表示不好的！」

我終於知道那天他用紅筆寫計畫簡介寫到一半，爲什麼要擦掉換顏色了！

「這頁字體是二十二點大，之前不都是二十點大嗎？這邊的項目符號是方塊，但下一頁卻是圓點！你要保持一致！」

「這兩頁模擬圖的位置和大小都不一樣。你不應該用拉的，要用右鍵輸入數值統一這些圖片位置！」

「標題的每個單字都要字首大寫，內文只有第一個單字要大寫！」

起先我還是用「有這個必要嗎？」的態度，看著沃夫岡修改投影片，但越看越不由得佩服起來。來德國大半年了才說出這種心得或許有點遲，但我覺得沃夫岡一貫展現的特質，或許正是「made in Germany」等於「品質保證」的關鍵因素。

他們就是不肯放過任何一個細節。

但我還是要說，顏色那邊眞的太超過了。

另一個歐洲國家終於也忍不住展現自己的特色。

兩週後開會時，希臘人突如其來扔了一份論文草稿在大家面前。

論文就是博士生的業績，得累積足夠的分量才能畢業，所以每個人都想發表越多越好。我正以爲希臘人只是單純想炫耀自己的成果時，卻注意到論文的作者欄位上列滿了所有計畫成員。

也就是說，每個人都能分享到這份論文的業績。

這動作就像把一塊沙朗牛排丟到半年沒吃東西的流浪狗群面前，所有的狗都因爲牛排太香了，一時手足無措。

「這是我九個月來的研究成果，本來嘛，這都是我自己做的，作者應該只有我而已……不過我們是團隊嘛，人人有份。」

希臘人將身子往後仰，笑說。

「但是呢，你們也得對這份論文有點『**實質**』貢獻。例如要有人幫忙把我的研究整合到模擬平臺；架構組也得答應你們實作的系統要採用我的研究，而不是奕森的那一套。」

希臘人提出條件交換，他要靠這塊「掛名」沙朗牛排拿回計畫的主導權，同時依然不肯碰任何苦差事。

我拿起論文翻了翻，他提出的技術很不錯，是一篇很有可能順利發表的論文，不管是從利益面或是團隊至上的「螞蟻規則」來考量，架構組完全沒有理由拒絕他的提議。

幫他寫程式這種苦差事一定會落在我身上。如果我拒絕，那就是我沒有團隊精神，恐怕會被大家孤立。

雖然沒有鏡子，但我清楚自己的表情一定很難看。沒想到會被這樣反將一軍。我想把那篇論文撕個粉碎，再以媲美紅燈區脫衣舞孃的性感姿態爬過桌子撲上希臘人，痛罵他竟然使出這種卑鄙手段，是誰半個月前還搖尾乞憐說最想合作的人就是我啊！

但我沒這麼做。

我只是努力讓臉上的微笑不要垮掉。遊戲還沒正式結束，我就要繼續玩下去，雖然我的HP已經快歸零，腰帶上沒有補血瓶，搖桿更是壞掉了。

「謝謝你的好意，我們架構組也願意進一步了解這份研究，評估它的硬體設計。」

希臘人對沃夫岡的反應表示稱許，同時翹起睽違已久的「四字型」二郎腿。

「但你得自己把程式寫好，整合到模擬平臺上，不然我們不能做進一步的評估。」

「我說了啊，找人來做。」

希臘人毫不客氣地看著我，沃夫岡搖搖頭：

「不行，每個人都有事要忙。如果想合作，你就得把手弄髒（get your hand dirty）。」

嗯？沃夫岡在幫我嗎？他竟然爲了我不惜犧牲團隊與個人利益?!

我感動到說不出話來（不過我本來就沒說話，自然沒人知道我感動成這樣），希臘人則是氣炸了。接下來老劇本重演，兩邊意見不合，不了了之。沒有人知道被要求自己寫程式的希臘人，接下來還會施展什麼招數。

會後，我跑去向沃夫岡道謝，他說：

「我不是特別要幫你，利益交換這種會打擊士氣的行為，絕對不能發生。我們是在一起做研究，又不是做買賣，你要給我什麼我才能給你什麼。」

沃夫岡停了一下：

「好吧，我承認我不是完全基於團隊利益而做了這個決定。因為你是個好夥伴，你總是願意聽別人抱怨，別人泡咖啡你會幫忙裝水，開完會也會留下來幫忙整理桌椅。我不想做讓夥伴失望的事。」

沃夫岡說完後離開，只留下我站在原地，宛如被告白而心神未定。我的腦袋裡出現兩個想法：

第一、沃夫岡竟然偷偷把我觀察得這麼入微，莫非他對我……

第二、對比希臘人的「論文掛名大放送」，排排桌子跟幫忙泡咖啡這種微小到奈米等級的貢獻，竟然在不經意之間，成了我面臨危難關頭時的救命稻草。

隔天，希臘人把論文投稿寄了出去，同時ＣＣ附件給大家。我點開附加的論文檔案一看，昨天還滿滿是計畫成員的作者欄位，現在已經是一片乾淨，只剩下兩個名字。

希臘人、黃奕森

遊戲還沒玩完……？

42. 門內漢的阿亨

大家好，我是今天負責客串，帶各位觀光的導遊。

老實說，我不喜歡「客串」這件事，每個人都該像齒輪般固定在自己的專業上，透過經驗累積，最大化自身對社會的效益。很多人喜歡客串是因爲能藉此體驗不曾經歷的事物，而我們通常會在「新鮮」與「有趣」之間畫上錯誤的等號。

最後，客串已經夠無聊了，客串自己不喜歡的事情更是讓無聊指數成長。如果今天是某位導遊來寫程式，他的臉色絕對不會比我好看，更何況他還可以對著電腦螢幕罵狗屎，我卻得和顏悅色對著鏡頭微笑。

下不爲例。

歡迎各位來到德國最古老的城市之一——阿亨。這座城市發跡於西元八百年左右，是偉大的神聖羅馬帝國開國君主查理曼大帝挑選的建國首都。

雖然史書沒有記載，不過顯而易見地，查理曼大帝是個愛泡溫泉的老頭。

「阿亨」（Aachen）的古語意義是「水」，羅馬人發現這裡會湧出熱騰騰的溫泉，不但泡起來舒服，還能消除腰痠背痛，便在此定居。延續到中世紀，阿亨成爲貴族最愛的水療勝地，直到現在去醫院看病，醫師還會開處方要你到阿亨西南邊的小鎮「利爾沙伊德」（Kohlscheid）泡澡。此刻在我們面前的白色弧形長廊是「愛麗森噴泉」（Elisenbrunnen），十九世紀初溫泉療養中心的正門遺址。

在大多數的德國城市，走出火車站後，第一要務就是得設法找到大教堂（Dom）、市政廳（Rathaus）和市集廣場（Marktplatz），通常觀光景點都會散落在這三點周圍。德國人做事井井有條，連都市規劃也是，像巴黎那種旋轉大便的市區（有人說法國人是因爲喜歡吃蝸牛才把巴黎設計成蝸牛殼），或是威尼斯那種失火時連消防員都走不進去的迷宮小巷，是不可能出現在德國的。

偏偏很多觀光客把探索小巷當成旅行的樂趣，動不動就攤開地圖站在路中間擋人，還一臉很享受迷路失控的感覺。我眞不懂，如果解不出問題很快樂，去看高等微積分或隨機矩陣不是更有用嗎？我保證那些人的腦內啡會源源不絕地分泌，就像壞掉的水龍頭一樣。

向右轉繼續往前走，愛麗森噴泉在左手邊，右前方則是最熱鬧的購物街——Adalbertstraße，百貨公司、H&M、Zara、3C賣場Saturn都在這裡。週六將近中午時，全市十分之一的人口會被商店的「資本主義召喚術」招引聚集到這裡。位於三國交界點的阿亨，是附近總計一萬一千平方公里、三百七十萬人的EUREGIO[12]區域裡，除了荷蘭馬斯垂克之外的第二大城鎮，對亞洲人來說阿亨可能是個小鎮，但對只有五百人的歐洲小村落來說，這裡已經是個大城了。也因此，週末常會上演小鎮村民進城採買的戲碼。

在阿亨可以看到很多噴泉的公共裝置藝術，例如購物街盡頭有一座金屬材質的「球噴泉」（Kugelbrunnen），每隔幾分鐘就會打開變成一朵玫瑰花，比Discovery的超慢速攝影還精彩，陪雅各去逛街時，我常坐在那邊賞花等他。

走到十字路口，右側是購物街入口，左側是德意志銀行，看到眼前這尊銅像了嗎？有三個小孩子高舉著小拇指。這個典故源自於阿亨的針織工業，當時工廠雇了很多童工，用小拇指滾動針以確認品質，也因此這些孩子每天上班時都習慣舉起小拇指打招呼，逐漸演變成本地人特有的問候方式。如果你在歐洲其他地方看到車牌上寫著「ＡＣ」（Aachen的縮寫）的汽車，請試著舉起小拇指，說不定他們也會這樣回應喔。

沿著德意志銀行旁邊的上坡走，阿亨大教堂（Aachen Dom）的圓頂出現在天空底部，天氣好的時候，這是我個人最喜歡的教堂角度。右手邊有一間Mayersche，是Aachen最大的書店，相當於臺灣那間開到半夜的誠品書店，兼賣很多學校印製的教科書。阿亨大學有自己的教科書很怪嗎？那你在路上看到印著「RWTH Aachen」的貨櫃車時，可別嚇到了。

創立於一八七〇年的RWTH Aachen是德國最古老、最頂尖的科技大學之一，二〇一〇年在所有工程領域皆享有德國最高排名，傑出校友包括七位諾貝爾得主，許多大企業總裁如保時捷、奧迪、英飛凌、西門子等，許多政治人物如前土耳其首相與印尼總統。

另一項能證明我們學校優秀的指數是：課程很難，大約有一半的學生無法順利畢業。

甚至我聽說，一門科目修課與考試是獨立的，學生選課後再自行決定要不要考試，不考就沒學

12：指跨德國、荷蘭、比利時三地的跨國界地區。

分，但考試只有三次機會，沒考過該科就再也不能修。換句話說，你沒聽錯，只要一科必修三次沒過，就得退學。

這個規矩導致了每到考前，醫院生意就會變好，因爲有很多學生怕考不過（RWTH的考試絕對跟「簡單」兩個字沾不上邊），便跑來要生病證明取消考試，才不會浪費一次機會，就這樣每年固定在考前生病，始終畢不了業。如此的彈性學制像一把兩面刃，在便利很多人的同時，也讓許多沒有考慮清楚的人得兜一大圈，才知道自己適合念什麼、不適合念什麼，更浪費了國家的教育資源。

繼續向前走，愛麗森噴泉在左手邊下坡處，介於愛麗森噴泉和這條路之間的草地，幾年前施工整地時挖到整片古羅馬城牆，因爲太脆弱無法移動，便保存在地下，成了「踩在腳下的博物館」。一旁的dm藥妝店❶裡有兩面透明地板，可以清楚地看到這些城牆。

走到路口，左手邊是站了幾個擺著不同姿勢人像的「錢噴泉」（Geldbrunnen）。噴泉裡，水流不停地旋轉，象徵錢的流動性。幾尊銅像擺出乞討、偷錢等各種跟錢有關的姿勢，最特別的是有位小女孩看似天眞，但兩隻腳已經伸進水池裡，緊握的手中藏著東西，暗示就算是小孩，在這個時代也無可避免受到了錢的影響。

我個人最喜歡的是從Mayersche書店那條路彎進去，有一座長尾巴的「怪獸噴泉」（Bahkauv-Brunnen），這噴泉出水的地方會讓人覺得這隻怪獸可能腎功能不大好，終年都在滴尿。關於這個雕像有幾種不同版本的傳說，例如它會在半夜醒來護送醉漢回家，或是跟在醉漢後面趁機把他們吃掉。最有趣的版本是：阿亨的丈夫們會跟太太說，這邊有一隻有特異功能的怪獸，會破壞周圍的重力場，讓每個人走起路來都搖搖晃晃的，像喝醉一樣。

沿著腎虧怪獸噴泉的這條路繼續往下走，會看到阿亨的紅燈區，在視色情與毒品爲無物的荷蘭邊境，阿亨市政府也設立了一處紅燈區，以及一座可以合法施打毒品的廣場。

現在，站在錢噴泉旁，德國第一座聯合國文化遺產——阿亨大教堂已經矗立在前方。但我們繞點路，先朝右邊往市政廳的上坡走。

這邊有個人氣媲美大教堂的小景點——「娃娃噴泉」（Puppenbrunnen），小噴泉上掛著彰顯阿亨各項特色的金屬玩偶，代表神聖羅馬帝國首都的國王玩偶、阿亨大教堂的主教玩偶、象徵狂歡節的面具、傳統工藝的裁縫玩偶、還有RWTH大學的教授玩偶。仔細看，你會發現大學教授的兩隻眼睛都被蒙住了，因爲這條路是學生晚上到酒吧會路過的地方，當然不能被教授看到！

玩偶的關節可以自由活動，讓你調整出各種姿勢，譬如最常見的主教姿勢就是手往上要錢的樣子。

來到市集廣場（Marktplatz），從前匯集肉類、蔬菜和水果的露天市場，如今成了匯集觀光客的景點。抬頭看看左手邊這家餐廳，有個馬車的圖案，外面還有一座馬廚師的雕像，這是阿亨重建後歷史最悠久的餐廳之一。阿亨經歷過兩次大火，每一次整座城市都幾近全毀，就連現在看到的市政廳，其實也只有地基是自古保留，絕大部分都是重建的。

什麼，這是在欺騙觀光客的感情？

那我建議各位千萬不要去希臘羅德島的神殿（Acropolis）。以各位的標準來看，那邊從頭到尾只有一根柱子的地基才是古蹟。況且德國人對於修復古蹟可是相當嚴格，那些在二戰中損毀的建築，利用電腦模擬爆炸軌跡，從遺跡殘骸中找出哪塊石頭原本該在哪裡，再盡可能用破碎的殘骸重建，眞的不行才會使用新建材，力圖保存古蹟的精神。

這家餐廳有趣的地方在於牆邊的每扇窗戶下都有一片木板，能架起來當成餐桌。因爲這條路以前是往來送信的必經途徑，服務生把菜從窗戶裡遞出來，人們就站著邊吃飯喝酒，邊攔住郵差看看有沒有自己的信件。

很像麥當勞的得來速？

市政廳是幾百年來神聖羅馬帝國、普魯士王國的國王加冕之處，外牆上擺滿了曾在阿亨加冕的國王雕像。廣場正中間的噴泉叫做「國王噴泉」（Karlsbrunnen），中間那個老頭子就是查理曼大帝。如果想看年輕一點的查理曼大帝，可以去看市政廳門前橫桿的雕像。不過，那其實是依照某個德國明星的臉型雕塑出來的。

如同莫札特之於他的故鄉薩爾斯堡，高第之於巴塞隆納，篤姬之於鹿兒島，標哥之於大甲鎮瀾宮，查理曼大帝是阿亨的代表人物。他也這麼深信不移，於是把皇宮（現今的市政廳）建在比教堂還要高的上坡，象徵自己才是這座城市眞正的主人。

繞了一圈，我們總算到了阿亨觀光明信片上的頭號明星——阿亨大教堂。它不僅是全德國最古老的教堂，更是包括查理曼大帝在內等眾多國王及聖母瑪利亞的安息之處。教堂裡收藏了四件聖物，分別是：「包裹聖約翰頭顱的方巾」、「聖母瑪利亞的斗篷」、「耶穌出生的襁褓」和「耶穌的纏布」。四項聖物每七年開放展覽一次，展覽結束後，保管聖物的鑰匙會折成兩半，由教堂與市政廳各自收藏。

這間教堂曾逃過了阿亨的兩次祝融浩劫，二戰時飛彈破窗而入卻沒有爆炸，可謂奇蹟教堂。不僅如此，興建這間教堂的過程也充滿傳奇色彩：

傳說中，當時阿亨財政狀況很差，但查理曼大帝又撂下了教堂務必要蓋好的狠話。村民們正焦頭爛額之際，一位打扮貴氣，像是穿著鱷魚皮皮鞋賭場老闆的陌生人，表示願意資助教堂的興建。代價是，教堂蓋好後，第一個進去朝拜之人的心臟要貢獻給他。

原來他是惡魔。

套句東方成語「與虎謀皮」，當時阿亨村民走投無路，只好「與惡魔謀教堂」，答應了惡魔的條件。但蓋好後，遲遲沒有人敢走進去。

最後，村民們想到了一個方法，扔了一頭狼進去。

教堂裡立刻傳來狼的哀嚎以及被騙的惡魔發出的怒吼。惡魔生氣地衝出來，盛怒之下用力甩門，卻造成了工地傷害，夾斷自己的手指。之後爲了復仇，惡魔揹了一袋沙子打算把阿亨當龐貝城一樣埋了，半路上，一位婦人認出那是惡魔，她指著自己破爛的鞋子說：

「阿亨還很遠，我從那邊走過來鞋子都磨破了。」

惡魔聽了好喪氣，把沙子往地上一灑，放棄計畫閃人。

不相信這個傳說的話，請抬頭看看那座小山——盧斯山（Lousberg），那是惡魔隨意扔棄廢土灑出沙子所形成的山丘。上面還有惡魔和婦人的雕像，各位可以去確認，頭上長角的惡魔右手大拇指是不是不見了。

惡魔遺失的大拇指現在在哪兒呢？

就在教堂大門的門把裡。

推開門還可以看到那頭心臟被挖空的狼。

德國人的傳說都是有證據的。

今天的導遊到此結束，如果想買紀念品，不妨往甜點方面下手。許多國際大廠如Lambertz餅乾、詹堤士（Zentis）果醬都是起源於阿亨。往西火車站的方向走，還有瑞士蓮（Lindt）的巧克力工廠，可以買到非常便宜又好吃的ＮＧ巧克力喔。

再次謝謝各位的參與，再見。

「沒在錄了吧。」

接過啤酒，冰涼的酒精液體滋潤了我講太多話而乾澀的喉嚨。

「辛苦啦，看不出來你在鏡頭前還滿上相的嘛。」雅各關掉ＤＶ。

那時候沒好好帶袖子逛市區，希望這段影片她會喜歡。

---

❶ dm相當於德國的屈臣氏。如果除以德國物價，那裡的東西比屈臣氏的「天天都便宜」還要便宜許多，自製品牌的產品更是五花八門，光是沐浴乳就有二十幾種以上。我曾經無聊到想要每種味道都嘗試，結果半年之後，我就深深感覺到這不是一年內可以完成的任務，除非我把他們給喝掉。

43. 通信口味的夏威夷果仁

清晨五點多，我和雅各抵達夏威夷歐胡島參加「全球國際通信大會」，這是通信領域的年度盛會，也就是說，你將可以看到一群穿著格子襯衫，下襬塞到牛仔褲裡的通信工程師像產卵季節的海龜一樣，聚集在浪漫的夏威夷海灘上，動輒還會有人抱怨：

「腳底一直進沙子，夏威夷觀光收入這麼高，怎麼不把沿岸步道鋪好呢？」

抵達市區，迎面而來的是一股清爽的海洋氣味——嗯，好吧，也可能是下飛機前我用了廁所裡的海洋口味洗手乳洗臉。

天上的雲分成兩層，低一點的灰雲快速往南移動，後方是白亮的卷雲，散落在藍天中不動，像背景般襯托前方彼此追逐的灰雲。剛剛搭的飛機就是在那兩層雲中間來回搖晃，機艙如同巨大的嘔吐袋，三分之一的人在嘔吐，三分之一的人在祈求神明保佑（細分的話，禱告跟念經的比例約爲二：一），還有三分之一像我和雅各一樣因爲喝了啤酒昏睡不醒，夢到自己睡在收集廚餘的垃圾車中，車子播放的不是《給愛麗絲》而是心經加詩歌。

還不到 check-in 時間，我們將行李寄放在旅館，先到附近散散步。

早上溫度很低，我捧著星巴克的「焦糖肉桂蘋果熱飲」，跟雅各在海灘上討論爲什麼沒人向星巴克反應飲品名稱越來越長，搞得他們的夥伴都像在念咒語。

海灘上很寧靜，儘管才剛到，卻有種來了很久的錯覺。天空飄著細雨，像海風從海上抄起的浪花，惡作劇地灑向不肯下水遊戲的人們。忽然，前方一陣日式口味的驚呼，我抬頭一看，幾個日本觀光客指著掛在不遠天邊的虹與霓，一端掉進了海裡，彷彿搭遊艇過去，就可以站在彩虹橋的入口。我和雅各朝著彩虹的方向走去，事後想想兩個男生這樣其實挺彆扭，不過當下眞的會以爲，彷彿走著走著人就要被鑲進了童話故事的插圖裡。

原來一見鍾情不只限於對女孩子，對一座城市，也會第一眼就怦然心動。

後來在乘坐觀光巴士（Waikiki trolly）時，我們又陸續看見了四次彩虹，浪漫過頭反而讓我想起漫畫《去吧！稻中桌球社》裡有段故事：彩虹盡頭有七個禿子，每次發出彩虹警報時他們就得站著不動，用頭反射七道光芒。

這樣的故事永遠比物理課本裡的彩虹折射原理要讓人印象深刻。

我們搭了藍線觀光巴士，顧「色」思義，是趟沿著海岸線的四小時行程。

觀光巴士採用完全通風的木製車廂，拉風復古造型不時吸引各景點的觀光客爭相拍照。上車後司機把大家趕到同一邊，說靠海那一側的風景比較好，我暗自慶幸這不是船，不然就翻定了。

行程走到一半，海灘上出現一團疑似垃圾的巨大黑影，司機緊急刹車，要大家下去。我以爲他要趁機宣導環保意識，走近才發現竟然是被繩子圍住的海豹靜靜躺在沙灘上休息。司機像看到老朋友一樣，笑著向大家解釋：

「當海豹游上岸時，立刻會有人去通報，相關單位便會趁海豹睡著時將四周圍起來，免得有人去騷擾或是攻擊牠們。」

這位司機一路上熱情地向大家分享夏威夷的風俗民情，路過各個景點時還會用比誰都緊張的口吻提醒大家拍照。

「Photo！Photo！しゃしん（Shashin）！しゃしん（Shashin）！」

這樣的觀光導覽他一天不知道要跑幾趟，但每一次，至少我看到的這次，他講起每個橋段都還是像即興開玩笑一樣真誠自然。

下車時我謝謝司機的介紹，他笑說：

「我沒有什麼錢出國玩，但只要看到來玩的人很開心，那種旅行的快樂也會感染到我。而且能把家鄉介紹給全世界的人，讓大家知道夏威夷有多美，不是很棒嗎？」

司機露出滿足的笑容。這種笑容我也有過，那是花了一整天終於找出程式哪裡出錯時才會有的表情。想想雖然有點可悲，不過這樣說來，我應該是喜歡我的工作的。而希臘人呢，他只有在掛上電話時才會露出這種表情，他適合的工作應該是接線生。

第一天大會開幕，一如往常，會場的無線網路全然無法負荷一坐下來就上網的與會人員，迅速陷入當機的窘境。開的是「全球國際通信大會」，無線網路卻無法使用，這也夠諷刺的了。不過換個角度想，舉辦國際會議的用意之一就是「網友見面」，讓平常只用 E-mail，總是以 Dear ××× 開頭以 Best regards 結尾溝通的全球各地學者尷尬地搔頭髮聊天。

如果網路沒有斷掉，大家很可能會躲在會場的各個角落繼續用 E-mail 溝通。我四處晃晃，整理出以下幾種最受歡迎的開場話題。

「這幾天計畫要去哪裡玩了嗎？」

「喜歡這裡嗎？」

「以前來過這裡嗎？」

「什麼時候到的呢？」

接在觀光局問卷調查後的是一陣沉默，這時擺在一旁的咖啡就派上用場了，只要手上有杯咖啡，低頭看著它，轉幾圈，像日本人表演茶道，淺啜一小口，就能安然度過這段短暫的尷尬時光。

進入第二階段的問卷調查：

「最近有看到什麼有趣的研究嗎？」

「最近在做什麼研究呢？」（健忘一點的還能藉此得到更多資訊以回憶眼前這位到底是誰。）

後者是個非常棒的話題，能讓被問的人在心裡鬆了一口氣，想著：「哈，總算有我會講的了。」接著就像剛交男女朋友的高中生一樣，劈哩啪啦地分享研究成果以及對研究的看法。直到發現對方眼神渙散飄移，覺得不好意思了，才會把發言權讓給對方，以免淪爲一個不懂得傾聽的伴侶。

開會第二天沒什麼有趣的議題，我和雅各便出來走走，在他的「提議」和我的「隨便」一拍即合下，我們展開一場跟坐在電視機前看旅遊頻道沒兩樣的環島之旅。

「只要花五美金（約臺幣一百四十元）就能環島一圈，眞的很划算。」

雅各開心地說著，還拿出相機貼在窗戶上拍照，而我上車不到半小時就後悔了。如果想被困在公車上，我只要趁星期五下班時間從竹科回臺北就好，幹嘛要特地跑到夏威夷來。

德國的博物館密度是全世界數一數二，柏林市中心甚至有座「博物館島」❶，在環境薰陶下，德國人似乎特別喜歡透過玻璃看事情。

事實上，雅各已經和刻板印象中的德國人相差很遠，但有些想法還是深植在他們的DNA之中，那些可以稱之為「民族性」的東西。我所能想到的臺灣人民族性是：勤奮、會在上班時切換視窗逛臉書；買名牌、愛吃夜市；捐款起來很有愛心、投票起來很沒理智……

雅各拿出手帕擦了擦窗戶。

「不過這窗戶有點髒。」

拜託，「夏威夷五號線公車」當然沒辦法跟德意志博物館比擬，那裡的清潔婦每天都像對神燈許願一樣勤快擦拭著玻璃。我在心裡嘀咕著沒講出來。

知道雅各暗戀絲薇塔後，我可以感覺到在他那優雅從容的外貌言行下，藏著一個他祖先歌德筆下的少年維特，差別只在於這位主修無線通訊、擅長設計基地臺的維特連告白的勇氣都沒有，直接陷入單戀的痛苦。

我們從南端的威基基（Waikiki）出發，在北海岸中途下車，赤腳踩在「日落沙灘」（Sunset Beach）上，體驗「夏威夷博物館海灘虛擬實境」。這裡的海浪像拿了擴音器，發出震耳欲聾的怒吼，海灘上有個搭到一半的舞臺，大塊帆布上畫著極限運動場合常出現，但參賽選手絕對不希望自己變成那樣的骷髏圖案。面對全球知名的衝浪聖地，我和雅各同時各說了一句話：

「海浪會這麼大，是因為太平洋季風的影響吧。」

「真棒，我一直想在這邊衝浪，可惜這次沒有把裝備帶來。」

有道是見微知著，從這兩種天差地別的感想，就可以完全顯露出我和雅各身邊圍繞的異性數目之所以相差10dB（你現在能很快地算出來是多少了嗎？）的關鍵因素。

「日落沙灘」的下一站是「杜爾（Dole）鳳梨園」。杜爾是全世界最大的水果公司，杜爾鳳梨園則有全世界最大的迷宮。什麼都可以冠上「最大」，相當符合美國給人的刻板印象。

等遊園小火車時，我們去了紀念品店逛逛。

在資本主義體系之下，許多商標本身就是一件藝術作品，但眼前的Dole顯然不屬於此類。遺憾的是，他們並沒有意識到這一點，不管三七二十一到處都印上「Dole」商標，舉凡明信片、T-shirt、海灘褲、背包……無一倖免。他們眞的相信會有人披上這些行頭走在路上嗎？科隆的世界第一個香水品牌「4711」也有類似的問題，不過土耳其藍和金色的配色可是有質感多了。

遊園小火車帶著我們在荒涼的土地上走著，按照預期是要參觀茂盛的果園，實際上卻像體驗西部拓荒。或許杜爾公司是想炫耀，就算在這麼差勁的環境下，他們還是成功培育出許多鳳梨。

比起遊園，我跟雅各更驚訝的是小火車上眞有幾位美國佬換上了有Dole商標的T-shirt。

晚上，我們去吃睽違已久的燒肉店。夏威夷到處都是日本人，連鎖商店結帳時會說日文，標價牌上也有日文，連星巴克的廣告旗幟上也有日文。看到許多操著一口流利英文的當地日本人，以及聽到英文就會露出尷尬微笑的日本觀光客，就像兩罐包裝一樣的飲料，打開來裡面的味道卻完全不同，相當有趣。

第三天頒獎午宴時，我和雅各回到會場享用平常絕對吃不到的希爾頓飯店午餐，甜點類似熱熔岩巧克力蛋糕（Fondant au chocolat），是香草冰淇淋配上一顆巧克力球。

「爲什麼全世界的人都預設冰淇淋的口味應該是香草呢？」

我敲開巧克力球，熱可可汩汩流出。雅各看了我一下笑著說：

「你知道嗎，這趟旅程下來，我覺得你越來越像法蘭茲和沃夫岡了。」他可以說我變得嚴謹、做事變得有效率，但直接用他們兩個當形容詞，那可絕對稱不上是讚美。這時有人拍了拍我，轉頭一看，蘇黎世的那位老教授笑呵呵地拉了旁邊的椅子坐下：

「開會有什麼收穫嗎？」

老實講，自從上次在希臘體會到開會的沒效率，這次我沒怎麼認眞聽演講，大多數時候都在會場裡亂晃。我把我的疑惑說給老教授聽：

「我覺得有點怪，這裡發表了上千篇論文，眞正有用的只有不到一百篇左右，那爲什麼我們還要花這麼多時間開會，甚至，我們幹嘛要有這麼多人做研究呢？這不是很沒有效益的一件事嗎？」

老教授笑了一下，告訴我他們那個年代，少少幾個人就建立起現代通訊技術的基礎，那些如今聽來宛如天才的科學家們，當年就跟至交好友一樣，經常書信往返討論各種課題。

「那樣的日子聽起來眞是令人嚮往。」

我像在聽故事一樣，不由得讚嘆起來。

「那是很有趣的一段時光。現在這樣雖然浪費資源、沒效益，但基本上，並沒有錯。」

老教授笑了一下，繼續說：

「至於爲什麼沒有錯呢，你想一想，下次告訴我答案好嗎？」

傍晚，雅各先回飯店，我獨自在外面閒晃。

威基基市區比想像中小很多，第一天遇到的臺灣移民老太太說這裡比三重還小，那時我滿腦子只計較著「幹嘛拿三重比，爲什麼不說比北投還小」，忽略了老太太想表達的意思——基本上，市內所有地方都可以徒步走到。我獨自走在購物商場一字排開的大道上，快落到海裡的夕陽從右後方灑下一片紅暈，與抵達當天清晨空氣中瀰漫著一股慵懶的度假氣息，有著截然不同的風情。

好比看到有趣的文章會轉寄或是貼在臉書上跟大家分享，我摸了摸口袋裡的手機，想對袖子說：「希望有一天能跟妳一起來這裡度假。」

不過我沒傳，因爲我有點怕袖子回簡訊說下個月要來夏威夷，我就得在這兒等她了。

這是我一整年下來不知道第幾次「旅行」了，嚴格來講這次比較算是「度假」，不用在博物館或教堂裡盯著告示牌練閱讀、或是聽語音導覽練聽力。面對大自然時放空的感受，就如同在冬天喝熱湯一樣，你可以清楚地感受到內心那有點枯竭的深處被逐漸填滿，然後，有一股溫柔的暖意緩緩地擴散到四肢末梢。

我想著老教授的問題，想著我雖然喜歡做研究，卻認爲自己的研究可能沒有太多貢獻，唯一的好處就是能這樣四處開會。我又想起宣美跟我說過的：

你來這裡就得找到你究竟想要什麼樣的人生，等到你確定了自己想要什麼，你人生的另一半才會出現在你面前。

雖然沒跟袖子順利復合，但我意外地沒難過太久。想想，或許是因爲我還一直掛念著這個問題，得先知道自己想要什麼樣的人生，才能確定身邊會是什麼樣的人……

回德國後，我和雅各帶了幾包夏威夷果仁當伴手禮，我個人覺得焦糖口味最棒，但哇沙米口味最討德國人歡心。不怎麼令人意外的結果，如果有「海豹口味」、「扶桑花口味」，德國人應該也會挺喜歡的。

雅各拿給絲薇塔一盒星巴克喉糖：

「送妳的，標準美國紀念品。」

絲薇塔被雅各逗得一直笑，一旁的我想起第一天早上在星巴克結帳時，雅各對著一盒喉糖傻笑的表情。

「希臘人沒來嗎？」

我沒看見希臘人——嚴格來說是沒聽到那吵雜的希臘語講電話聲音。我還要搞清楚他那篇投稿的論文到底想怎樣。沃夫岡背對著我，努力挑了一顆裹著最多哇沙米的夏威夷果仁，用後腦勺對我說：

「他住院了。」

---

❶柏林市中心一座蓋滿博物館的小島，是相當著名的旅遊景點。但當年去的時候，很慚愧，我只在通往博物館島的橋上看了街頭樂團演奏，買了他們的CD，又跟旁邊的小販買了一頂帽子禦寒（帽子絕對是冬天的禦寒聖品），然後就跑去猶太屠殺紀念碑走迷宮了（我得再為紀念碑寫一個註釋嗎？）。

44. 可恨之人，必有可憐之處

六月，日子像水車轉動，忙碌、規律、撈起一些透明摸不著的成果，隔天重複同樣的模式。這就是研究，沒辦法忽然有了不起的結果，只能每天慢慢轉，等到累積足夠成果了，才能寫論文投稿。平靜而規律的生活，好像少了些什麼。

因為肩負著混亂一切的希臘人始終沒有歸隊。自我從夏威夷回來，連續兩週，他一點消息都沒有，只知道他感冒住院了，但小小的感冒能讓他住這麼久，也真是不簡單。

「他偷懶不想上班吧。」

「他想詐領保險金吧。」

「他認識了醫院美麗的護士吧。」

「醫院的通話品質比較好，他捨不得走了。」

咖啡間裡偶爾會有這樣的揣測，直到絲薇塔今早收到希臘人的信，公布正確答案——希臘人腎臟出問題，得動手術。

朝夕相處的同事生重病，照理說大家應該要替他摺紙鶴，晚上趁他睡著時在病床邊偷偷擺滿鮮花，或是喊上一段「我們會努力扛下計畫等你回來的」這種充滿日式團隊精神的話語，如果是腳骨折，還可以在他的石膏上簽名打氣。

但事實是——什麼表示也沒有，每個人都無動於衷，公布真正原因後更是連猜謎討論的興致都沒了。前陣子咖啡機壞了還有人用拍立得幫它拍照留念，希臘人的人緣比咖啡機還差。

隔天，絲薇塔發E-mail通知大家，她準備了給希臘人的慰問卡片，請大家到她辦公室簽名。我和雅各叫法蘭茲一起去，他搖搖頭說：

「我不是很關心他，為什麼要簽？按照這種標準，我得送卡片給所有住院的病人。」

來到絲薇塔的辦公室，整張卡片上只有絲薇塔的簽名，補上我們兩個也還是空蕩蕩的，像南宋山水畫一樣，一大片的留白。從這樣的角度來看，這張卡片有它的意境和用途。意境——象徵著一個孤單、沒人緣的異鄉人；用途——有很多空間可以用眼淚來蓋章。

絲薇塔搖搖頭：「架構組的人完全忽視我的信。」

張愛玲說過：「可憐之人必有可恨之處。」反過來說，「可恨之人必有可憐之處」也成立。但我想了半天，還是覺得熟人住院了就該去探病，儘管那個人再討厭，你想把他的頭用棉被蓋住，那都是另外一回事。而且，如果真的想用棉被蓋住他的頭，那也得先去醫院看他對吧。

「喔，你想去嗎？那太好了，我正在煩惱要找誰去呢。」

絲薇塔立刻把卡片遞給我，比卡通片裡拿到炸彈往下傳的速度還快，還特准我利用上班時間去探病。探病前一晚，我思考著要帶什麼伴手禮。既然希臘人很愛車子，紮臺紙賓士送他，他應該會很喜歡吧。

🍺

最後我什麼都沒有帶，除了宣美。因為我們約好了要去吃飯，她說可以先陪我去醫院一趟。

希臘人住在大學的附設醫院（Uniklink）——不要誤會，不是保健中心，進去會有慈祥的歐巴桑（或是很辣的阿姨，怎麼保健室都走很極端的風格？）跟你閒話家常，幫你塗塗碘酒的那種，而是臺大醫院那樣的綜合醫院，只是管線嚴重外露，彷彿是違章建築。宣美解釋說：

「附設醫院附近的土質鬆散，當初施工到一半緊急停止，比計畫中少蓋了好幾層樓，那些鋪好的管線索性也保留下來，成爲醫院的一大特色。」

「妳怎麼知道這麼多啊？」

「我男朋友是建築系的。」

一股淡淡的不該有的醋意浮上心頭。

醫院裡面比外面更恐怖。

大廳的地板像輸送帶那樣，是數種不同綠色構成的重複橫紋，如果要說有什麼設計理念，應該是要讓人看了頭暈，覺得得做檢查，進而提高醫院利潤吧。進門處長得像售票亭的服務中心是第二個增加利潤的單位，低胸打扮的櫃檯小姐一面接待客人一面讓他們的血壓急速升高。接待亭前方是兩座半層樓高的手扶梯，右邊有間全透明隔間的「CSI犯罪現場」化驗室。再走進去眞的像進了工廠，隔間門是像企業號那樣的一整片巨大金屬門，只差沒有聲控和指紋辨識裝置。

我總以爲醫院應該要盡量設計得讓病人感到溫暖、放心，難道德國人非得要進來這種跟高科技太空艙沒兩樣的醫院才會有安全感嗎？我有點擔心，好吧，也滿期待等等見到希臘人時，他已經被改裝成生化人了。

可惜沒有。

來到雙人病房，希臘人虛弱地躺在內側的床上。綠色牆壁、綠色格紋棉被、綠色直條紋床單，我順便側耳聽聽看有沒有鳥叫聲——這應該是太空艙內的人造大自然吧，對眼睛好，對病情療癒也有幫助。不知道病人的浴帽會不會也是綠色的。

希臘人的室友是位老先生，他把裝在機器手臂上的電視機移到面前，跟隨時準備把自己塞進螢幕裡的電視兒童一樣，跟電視保持五公分的距離，目不轉睛地瞪著樂透開獎。他一手抓著綠色條紋被子，一手緊握塑膠杯，看他的臉紅成那樣，該不會杯子裡的是啤酒吧。

希臘人看到我們，露出宛如電影《極地長征》中被扔在南極一年的雪橇犬跟主人感動重逢時，那種虛弱又開心的表情，只差沒有伸舌頭、手腳並用地爬過來。雖然我不知道是不是因爲宣美的關係，但他那副看到主人總算來接他的模樣，著實教人同情。

「小時候我腎臟就有問題，所以我一直很注意，不去骯髒的地方，上廁所也特別重視清潔。這次因爲感冒併發……醫師說最壞的情況可能要摘除整顆腎……」

難怪他每次開會中途去廁所都很久，我爲了先前竊笑他是不是腎虧而感到內疚。一個人在國外住院，姊姊明天才能從希臘飛來照顧他，實驗室同事沒人來探望過，以「可憐排行榜」來計算，他現在在全阿亨一定有前三名。

不過，如果他再一直像開新車發表會那樣，不停對宣美展示傷口，還要她去摸，那我就要收回這些同情了。又不是人長得美，手上的帶菌數就會少幾個ppm[13]。

「放心，你是博士後，這點小病難不倒你的。」

我把卡片交給他。

13：百萬分點濃度，parts per million的縮寫，1ppm為百萬分之一。

「這種時候就先饒了我吧。」

出乎意料，希臘人第一次對自己的頭銜露出了苦笑。他打開卡片，〇．一秒就看完了。

「是這樣的，卡片是昨天下午才買的，剛好很多人去開會了……」

講到一半，我看到卡片上的簽名時間是前天。希臘人的苦笑沒有褪去：

「沒關係，謝謝你。我早就知道整個所裡沒有人喜歡我，從以前就是這樣了。」

我原本想說「還有我啊」，但想想這也不是實話，只好繼續沉默。比起這個，他的語氣更讓我在意，那是準備跟人掏心掏肺深談時的前奏。我不清楚他是眞的想聊聊，還是想露出脆弱的一面以激發宣美的母性。

「這是個你爭我奪的社會，每個人都想盡辦法要踩在別人頭上。我吃過太多虧了，在軍中就曾經有人因爲我學歷高想欺負我，還好我是柔道黑帶。保護自己的唯一方法就是要強勢，一旦對方怕被你欺負，你就不用擔心被他們占便宜了——」

都什麼時候了還在炫耀柔道黑帶……

「狗屎！狗屎！」

我們嚇了一跳，原來是啤酒老頭樂透沒中獎，他氣得一口把杯子裡的東西喝光，翻身下床去廁所。被突如其來的大吼嚇得縮到一邊的柔道黑帶希臘人，喘了口氣繼續說：

「我不在意被討厭，我只想守住我該有的。」

他說的或許有道理，但是，就算這樣做能守住他該有的，反過來說他也不會再得到更多了。他可能在工作上不需要朋友，但並不表示他永遠都不需要朋友，至少現在就很需要。

「原子計畫的進度還好嗎？」

「當然，一切都很順利。」

糟糕，說錯話了。

「也是，有沒有我好像早就沒差別了。」

宣美使了個眼神責怪我，隔著棉被拍拍希臘人安慰他，希臘人揮手表示沒關係，接著順勢把手搭在宣美手上。我的心情不斷在「同情」跟「不爽」來回切換。

「我們先回去了，要買些什麼的話儘管聯絡我吧。」

「你有用LINE嗎？我在醫院裡都掛在網路上，我們用LINE比較方便。」

「有啊，我的是……」

「那宣美妳有嗎？」

很好，我現在完全是「不爽」，已經徹底沒有同情了，我只差沒有把卡片抽回來，用立可白塗掉我的簽名。

回程的公車上，我告訴宣美希臘人之前的所作所爲，試圖替沃夫岡他們辯解。希臘人平常在會議室裡翹腳時，可不曾流露出像今天這樣脆弱的眼神。宣美說：「一個人總是有很多面的，平常在實驗室裡囂張跋扈的他，跟今天在病床上很需要關心的他，都是同一個他。」

我不知道希臘人原來跟《二十四個比利》[14]一樣，我只知道他其實不像我想的那樣，打從心眼裡想對身邊的人使壞，以整人爲樂趣。

好吧，除了嘲笑架構組的時候。

這時有一臺龜速腳踏車擋在前面，公車只好放慢速度。如果是在臺灣，不必公車按喇叭，腳踏車聽到後面的引擎聲就會趕忙讓到一旁了。我們善良的臺灣人擅長在可行的範圍內犧牲自己以換取大多數人的利益；而這裡則充分體現「服從多數，但尊重少數」的精神，在可行的範圍內盡量尊重少數的意見。

根據以前的經驗，我們這下有得等了。

叭——

司機按了喇叭，探出窗外大罵還在聽音樂的腳踏車騎士。

顯然一個民族也是有很多面，不能單一而論。

或許是同情他尿尿會痛，之後我跟住院的希臘人常聊天。我問他腎虧的狀況好點沒，他說比較穩定了謝謝你的關心。

「你是我在德國的第一個好朋友。」

希臘人忽然冒出這麼一句話，讓我有些開心。有些話聽到了總是會讓人開心，儘管對方不見得是眞心說的。

醫師說他只需要動個小手術，鑽洞取出腎結石就好。英文不怎麼好的我看不懂他描述的病情，總之用「腎虧」統稱應該沒錯。

手術後一週希臘人出院，來實驗室一趟拿東西。一整天，我不斷聽到他像大樓警衛一樣站在走廊，攔住每個人分享病情。大夥兒因爲沒在卡片上簽名，看到病人還是有點過意不去，多少勉爲其難地站著聽了一會兒。很好，沃夫岡剛好可以體驗一下他平常是怎麼對別人的。

「我原本以爲是感冒，誰知道竟然感染了，感染以後醫師又沒有好好開藥給我。後來覺得不對勁，找我的一位醫師朋友檢查，才趕緊把我送到醫院，再晚幾天我說不定就翹辮子了。」

希臘人用食指和拇指比了比，彷彿自己距離翹辮子眞的只有幾公分遠了，他在信裡明明寫「沒什麼」的啊。隨著故事重複越多次，希臘人描述得越誇張、語氣越來越高昂，眞是一人成虎。離開前，他來找我聊天，按照故事版本演化的進度，這時候他的腎虧已經嚴重到「再晚十三分鐘送醫院就太遲了」。

他說他得在家休養半個月，因爲目前不能做劇烈運動，基本上連搭公車都不行。可惜藤原拓海還在《頭文字D》裡飆車[15]，不然希臘人就可以搭他的便車來上班了。總之不能讓身體有明顯的晃動，就算太冷也不能跳，最多只能兩排牙齒上下抖，他應該慶幸現在不是冬天。

我發揮 iSan 的整理功能，拿了幾份論文給他打發時間或幫助入睡。他問完我最近的研究狀況後說：「一整個六月我都得在家裡休養了。如果你想見我，或想討論研究。隨時歡迎。」

14：是一本描述「分離性身分識別障礙」患者比利·密利根（Billy Milligan）的真人真事小說，作者丹尼爾·凱斯（Daniel Keyes）擁有布魯克林大學心理學學位，本書是他透過大量的調查與訪談而成，是探討「多重人格」最為經典之作。

15：日本著名的山道賽車青年漫畫，作者為汽車迷，書中資訊相當考究、逼真，因此受到車迷們喜愛。主角藤原拓海出生自豆腐店，自十三歲起每日幫忙家裡送豆腐。為了不撞爛堆疊的豆腐，其父會在車上放一杯水，要求他要在水不溢出的狀況下，將豆腐送達目的地。

「好啊。」

雖然兩件事都不太可能發生，但一想到他得在家裡自我隔離半個月鐵定很無聊，我便脫口而出答應了。

事後想想，那是我和希臘人關係變好的開始，也是「唯一」變好的一段時光。

45. 倫敦卒業旅行

時間來到七月下旬，我跟剛康復的希臘人、法蘭茲，應英國南安普頓大學（University of Southampton）之邀前往開會，同行還有另一個實驗室的合作夥伴，來自巴基斯坦的阿米。距離離開德國只剩兩個月，此行某種程度上也算是我的畢業旅行了。

在布魯塞爾的歐洲之星（Eurostar）列車月臺，英國人迫不及待先請海關送上了畢業禮物——我和阿米在通關時被攔下來，像兩坨過不了濾網的菜渣。

當服務業正力求提高效率，以顧客至上之際，大多數的海關卻致力反其道而行：以增加排隊長度，破壞旅客心情爲最高指導原則。據說他們甚至打算推出「全裸掃瞄器」或是「嬰兒得自己通關」之類的新把戲！如果說浪費時間等於浪費生命，海關檢查根本就是個合法的刑場。

海關人員來回翻我的護照（每個海關都愛這樣），用討厭但依然迷人的英國腔問我：

「你來英國是爲了什麼？」

「學術研討。」

「你能證明你不會留在英國嗎？」

他明明看到我們一群人，其中有一半不需要提出任何證明，就算護照用扔的也可以順利過關，但我卻得接受這種蠢質詢。憤怒之下，我想到幾種回答方式：

我不打算吃更難吃的食物（眞實性有待考驗，而且我不打算幫德國食物說太多好話）

我沒有必要裝完了炸彈還待在英國，我可不想被自己炸死（會換來更大的見面禮——一副手銬）

我德文說得比英文好（會在一秒之內被拆穿的謊言）

「因爲，我負擔不起倫敦的生活費。」

「歡迎來到英國。」

我通關後又過了五分鐘，阿米才離開出關口。我找他抱怨取暖：

「很久吼，英國海關怎麼這麼討厭。」

「不會啊，這次算快了。」

阿米笑了一下，我覺得他很樂觀堅強。

到飯店check-in時，因爲客滿，飯店給了我們一間單人房和一間樓中樓格局的家庭套房。法蘭茲自己睡一間，其他三個人睡另一間。希臘人拿護照給櫃檯小姐時，還不忘調情：

「我不叫『你雞啼啼了墣屎』，是『你雞婆……』。妳要重叫一次，不然我怎麼知道妳在叫誰呢？」

一進房間，一樓是雙人床，上面則是兩張單人床。「你雞婆提了墣屎」希臘人立刻轉頭對我們說：

「既然我是博士後，就讓我當你們的爹地吧，我要自己睡樓下！」

他和衣倒在床上，使出「床都被我睡過了不然你想怎樣」的大絕招，接著又像個小孩天眞無邪地開始玩起枕頭，試圖裝出自己童心未泯。我有點後悔當初去醫院時沒賄賂醫師，要他動刀時順便在希臘人腦袋上鑽個洞。

法蘭茲跟我們約好半小時後大廳見。

我和阿米丟下玩枕頭的希臘人，到閣樓上聊天。阿米是位不同於刻板印象的穆斯林，每天用刮鬍刀刮鬍子，穿牛仔褲，剛下火車時還先自拍上傳打卡。他自嘲說一輩子也別想得到美國簽證，還花了一段時間跟我解釋他們吃肉的規矩。

「只要是符合Halal法則宰殺的牲畜（當然豬是例外）就沒問題。」

「甚麼是Halal？」

「宰殺前要先禱告，宰殺時要割咽喉放血。」

「但你怎麼知道外面買的肉是不是這樣殺的，難道你……」

我懷疑阿米在公寓頂樓養雞，每天晚上七點拿著彎刀（電影《阿拉丁》裡頭拿的那種）和一本精裝可蘭經上樓。

「不不，我不自己動手的，有些超市會賣特別註明Halal的肉品。」

阿米一眼就看穿我的想像，他應該已經回答過這個問題無數次了。

希臘人和阿米都要去找在倫敦的朋友，大家約好晚餐碰面後，我和法蘭茲拿著「蚌殼卡」（類似臺灣的悠遊卡或日本的「企鵝卡」）搭地鐵去觀光。

英國的地鐵取名為「Tube」，可一點都不是譬喻法。它真的是條不折不扣的地下管線，設計得又狹小又不符合人體工學，像是假設英國人可以跟水一樣自由改變形狀。遇到尖峰時間，整個Tube肩負的運輸責任，如同臺灣光復初期的下水道卻要排放一百棟一〇一大樓的廢水量，連要上車都有困難。

「你先上！快！」

法蘭茲騰出他身前的一個小空位，催促我趕快擠進去。他真是個好人……噢!!我感受到身後有一股巨大的力量，把我像盾牌般往前頂向那群快變成我在電影裡看到的2D平面英國人，彼此的距離連日本電車痴漢也嫌太近。每個英國紳士都對我皺起眉頭，盡可能退出一點空間，好像我剛放了一個倫敦百年來最臭的屁。

接在我的屁後面，法蘭茲若無其事地彎腰踏入已經清出一塊區域的車廂，對我滿意地點點頭。

「你拿我開路?!」

他撥了撥額前的瀏海說：

「如果你在我後面，你覺得你上得了車嗎？我是利用了你個子小的優點以及英國佬的假紳士心態，才能替我們開出一條路。」

出站來到白金漢宮，我用手機拍下挺拔的英國衛兵。

「你在拍那些戴著很滑稽的帽子，踢著很不實用的步伐的玩具士兵嗎？」

法蘭茲邊走邊說，白金漢宮對他來說只是路邊的一間雜貨店，既然不買東西，連停下來的必要都沒有。他繼續說：

「你知道英國最了不起的地方就在於，我們德國人得費盡心力去找有趣的動物，像是北極熊努特、或是章魚保羅來當吉祥物，但英國佬一直有皇室來替他們賺取曝光率和觀光收入……

我假裝風很大，沒聽見他說什麼。

沿著林蔭大道走向國會大廈，沿路的公園裡擺著免費的躺椅供人休息。雖然是大城市，此處卻感覺相當悠閒。走到泰晤士河畔，倫敦眼、國會大廈和大笨鐘，幾個主要景點都出現在眼前。歐洲大城市幾乎都有一條貫穿其中的河流——塞納河之於巴黎，多瑙河之於維也納，萊茵河之於科隆，至於我在耶誕節時獨自去玩的阿姆斯特丹……則是反過來，由一條水壩大道貫穿整片運河網。

走到大笨鐘下，往西敏寺的方向有反戰團體在國會大廈外靜坐，要求英國不要每次都跟著美國出兵。法蘭茲顯然覺得他們比白金漢宮的衛兵有趣，津津有味地看了很久，我趁機趕快拍一下大笨鐘。

「去搭Tube吧。」

距離西敏寺只剩二十公尺，法蘭茲卻轉頭就走。

「去看西敏寺啊，這麼大一頁的景點耶。」

我把臺灣旅遊書高舉在法蘭茲面前，他看都不看就聳聳肩說：

「很小。」

「什麼很小？」

「西敏寺。科隆大教堂比它壯觀多了。」

「不一樣啊，西敏寺裡有牛頓和達爾文的墓。」

「科隆大教堂裡有東方三聖的聖龕❶。」

「好吧，那我還是繼續看天空好了。」

「爲什麼你要看天空？」

「因爲我在翻白眼！」

我跟法蘭茲約了晚點在中國城見，自己去參觀西敏寺。

「誰說要約那邊的？」

「剛才我們在房間裡約好的。」

法蘭茲一離開，我趕快打給阿米和希臘人約在中國城碰頭。爲了睽違已久的道地中式晚餐，耍一點小心機是必要的。

在中餐廳大快朵頤啃雞爪時，法蘭茲又開戰了：

「你們爲什麼要吃雞的腳呢？這樣不是很不衛生嗎？」

「那你們吃豬腳還不是一樣。」

「不一樣，我們不吃蹄的部分，只吃腿而已，就像我們吃雞腿，不吃雞爪。」

「難道是華人給小費給得不夠多，所以中餐廳老是把骨頭也一起端上桌不肯去掉嗎？」

「你們德國人一定是壓榨廚師薪資，才導致食物難吃到恐怖的境界吧。」

阿米這時忽然插嘴，化解了即將進入高潮的爭執：

「這麼說來，英國廚師就是又被剝削又沒小費，所以只能每天炸魚洩憤了。」

他眞是個高ＥＱ的巴基斯坦人。希臘人在一旁努力學用筷子，他的碗周圍比三歲小孩吃飯還要恐怖。

「飯飽」之後，換法蘭茲綁架大家繼續完成中國古諺的上半段行程——「酒足」。

我們在蘇活區找了間英式運動酒吧，像老爺車快沒油的法蘭茲總算找到了加油站，立刻甩開其他人在吧檯前暢飲。家庭套房三人組則在一旁的高腳桌聊天，我點了蘋果酒（Strongbow Cider），希臘人喝醉後則一直虧阿米不肯一起喝，還跟他分享喝酒後人生多美好。我彷彿可以聽見阿米正在誦經，準備拿出彎刀對希臘人進行一場符合Halal法則的屠宰。

第二天傍晚要去南安普頓，我們一早先退房，再去拜訪福爾摩斯他家——Baker St.（貝克街）二二一號，據說當初小說完成時貝克街還沒蓋到二二一號，是後來倫敦擴建才有的。

我們又去了披頭四位於「Abbey Road」的錄音室。累積多次迷路經驗後，我學會了一招很有用的看路技巧：站在地鐵出口看大多數人往哪兒走。

這一招除了遇上「大賣場陷阱」，莫名其妙變成購物行程（其實也不錯），絕大多數時候都會順利抵達景點。號稱全世界最有名的斑馬線——Abbey Road，就在我的帶路下順利出現。不論何時，都有來自全球各地的朝聖遊客想在這裡模仿一下披頭四專輯《Abbey Road》的經典封面，不過跟原照比起來，除了影中人不同，背景的馬路上還多了幾部猛按喇叭的汽車。

拍照時，我發現手機忘在飯店餐廳裡，只好再回去一趟。昨天與希臘人調情的櫃檯小姐爲了確保我不是來騙手機的：「有喔，不過很抱歉，我必須要請問你幾個問題來確認一下。『你的』手機是什麼顏色、哪個廠牌的呢？」

根據我一年來的旅行心得和會議閱歷，如果是在其他國家掉的——

日本人會鞠躬道歉：「眞是對不起，剛好在我們這邊，被我們撿到了。」

法國人遇到女客人會說：「我已經把我的號碼輸進去了，Darling。」

義大利人會雙手一攤，擺出一副「沒有啊，什麼手機」的表情。

德國人則會說：「請拼出通訊錄的第一個名字。」

來到南安普頓，第三天是報告日，這是一場兩個實驗室的交流，在前往會場的路上，希臘人自告奮勇說要負責開場的實驗室簡介。

算算九月底我離開時，他也要失業了。他必然想趁這次機會表現一下。

法蘭茲答應他了，只是，向來有如孤島的他根本搞不清楚其他人在幹嘛，報告起來連我們自己人都覺得不知所云。旁邊的英國人交頭接耳說著："It is greek to me."[2]然後笑成一團。當下我覺得希臘人真有點可憐。

然而，希臘人很堅強地完成簡介，深邃的雙眸從頭到尾直盯著對方的教授看，企圖要讓這些話掠過耳朵直接說進英國教授心坎裡，就像愛情小說的男主角吻了女主角之後說：「比起耳朵，嘴與心的距離更接近。」

希臘人不肯放棄機會的意志力，倒讓我相當佩服。

經過上午我方無情的催眠報告，下午對方也不遑多讓來了場四小時演講馬拉松，讓我靈魂飄離太久，在半空中只看到一排都是嘴巴微張、雙眼無神的阿宅研究生，不知道該回去哪個軀殼。

再長的報告也有結束的一刻。終於，我們分搭兩部計程車到火車站準備回倫敦，偏偏兩邊沒溝通好，我和阿米下車時，雖然看到月臺上蓄勢待發的火車，基於友情，我們還是選擇等待同伴。幾分鐘後，法蘭茲卻從下一站打了電話過來：

「車子剛好來了耶，真巧，我們就先上車了，倫敦見吧。」

剛剛我和阿米在計程車上還開玩笑說，這次分車的方式是跟過海關時一樣的「EU」（歐盟）和「none EU」（非歐盟），沒想到其實是「有心肝」和「沒心肝」。

就這樣，我和阿米再一次被滯留，像忘記被拎上飛機的行李箱孤單地躺在候車室裡。

回到倫敦，我們投宿在海德公園附近。放好行李，照例遵循法蘭茲的「半小時後見」約定，我坐在房間裡發呆。跟沃夫岡、雅各出去時也是這樣，難道他們都得花個半小時把飯店房間布置成家裡的樣子，擺個相框、放隻小熊，晚上才睡得著嗎？

我無聊到拿起飯店的房間指南手冊閱讀，讀到第二頁才忽然驚覺，該不會是這個原因吧！

到樓下集合時，法蘭茲拿著地圖對大家說：

「我們現在在這裡，目的地在這裡，所以如果用走的……」

這段話乍看沒什麼了不起，但事實上，法蘭茲手指的「這裡」和「那裡」都是在地圖以外的空氣。而事後證明，這些相對位置都很正確。

法蘭茲指的「空氣中的景點」，是SoHo區一間知名的印度餐廳「CHOWKI」。來到倫敦卻一直吃異國料理有點蠢，但這也沒辦法，如果一直吃英國料理，就意味著一直吃炸魚，這種事誰也幹不來。而且換句話說，印度曾經被英國殖民過，所以印度料理某種程度上也可以算是英國料理。

這句話**絕對不能被羅杰聽到**。

因爲很晚了，餐廳裡只剩兩桌客人。坐定後，我們尋求印度人的鄰邦居民阿米對於點菜的意見。

「甜Lassi（印度優格）是早上起床後提振精神喝的；**鹹**Lassi是下午休息時間幫助午睡喝的。」

加糖或加鹽這種小動作也蘊含著如此深奧、結合了飲食與作息的養生之道，不愧是文化古國，阿米的背後登時閃爍出智慧的光環。

「那芒果 Lassi 什麼時候可以喝呢？」

「嗯，想喝的時候就喝。」

說完，阿米點了一杯甜 Lassi 提神，他的光環都愣住了。一杯 Lassi 下肚，我們的話題轉移到了女孩子最害怕的話題——年紀。

「我三十六了。」

希臘人拿起杯子豪邁地灌了一口芒果 Lassi，相當符合「想喝的時候就喝」的準則。

「你不是才博士後三年，當兵兩年，你有工作過嗎？」

阿米以教科書般的標準動作（法蘭茲在一旁學得很認眞），撕著盤裡的印度烤餅一邊問著。

「我當年曾經幫希臘政府工作（如果希臘政府雇的都是這種人，會出現債務危機也不難理解），協助希臘加入歐盟太空總署。那時候都靠我在政府和各公司之間周旋，如果沒有我……」

希臘人繼續自吹自擂，充分犧牲自己來體現「男人過了三十五歲只剩下一張嘴」的名言。或許幾年後我們會聽到新聞踢爆，歐洲太空總署衛星的轉軸齒輪油竟然是用橄欖油代替的。

就這樣在 Lassi（我點的是幫助睡眠的鹹 Lassi，爲預防夜晚有人打鼾而作準備）、咖哩、抓餅，還有法蘭茲點的紅酒環繞下，我們享受了豐盛的一餐，進入了吃飯最不有趣的一刻——結帳，餐廳還自動算好了服務費。

過去，實驗室大家出去吃飯都會算得非常清楚，各自把錢往桌上丟。可這次弄半天卻湊不齊，只好一直重算，連服務生都在一旁竊竊私語。啜著第二杯芒果 Lassi 的三十六歲熟男看不下去了，說：

「差多少錢我直接出啦，爲了兩三鎊浪費大家時間，眞難看。」

希臘人很帥氣地丟出五鎊，不過這時大家已經各自樂捐了一兩鎊，錢早就夠了。五鎊又回到了希臘人口袋裡，就跟歐盟金援希臘一樣。法蘭茲忽然問起：

「希臘人，你有付服務費嗎？」

謎題解開了。

「還有誰，都是整數卻丟個兩便士進來是怎麼回事？」

我默默舉起手。兩便士帶回德國也沒用啊，不能當小費一起丟了嗎？

飯後，我們在牛津街上散步，月亮斜斜掛在天邊，似乎又快到十五了。月圓人團圓，這已經不知道是第幾次，我在異鄉，或異鄉的異鄉，望月興嘆了。

「你知道我們有依照月亮圓缺而計算的陰曆嗎？」

我跟阿米有一搭沒一搭聊起來，順便解釋著何謂「閏月」。

「喔，眞的嗎？我們也有陰曆喔，不過我們是靠一群長老來觀測，看到月亮快消失時，就宣布明天將是下個月的第一天，所以不會有閏月的設計。」

我想像一群長鬍子的老人手持望遠鏡，在頂樓爭執著這樣的新月到底夠不夠小，到底要不要宣布明天是一個月的第一天。

「這樣沒有標準答案不會很怪嗎？」

「又不是考試，何必一定要有標準答案呢？」

嗯……?!

你知道「靈光一閃」這句成語嗎?如果沒有親身經歷過,你一定無法體會它到底有多貼切。在那一瞬間,我真的感覺到有一萬盞聚光燈從四面八方照過來,眼前一陣光亮,困擾著我將近一年的人生問題,終於獲得解答。我忍不住大叫:

「這就是標準答案!!」

---

❶ 只要去看每一幅耶穌誕生的畫,都可以看到除了耶穌一家人外,還有三位客人,那就是東方三聖。知道他們的骸骨就被放在科隆大教堂時,我的確感到某種程度的震撼,覺得自己跟傳說與歷史竟如此接近。

❷ 這句話的意思是:「我根本聽不懂他在講啥鬼。」我沒有騙人,莎士比亞跟我有同感,都不知道希臘人在講什麼鬼話!

46. 寫一篇挑不出綠豆的論文很難

距離原子計畫結案只剩不到一個月，幾個國際會議的論文投稿又快截止了，接踵而來的雜事，就算身處在步調緩慢的歐洲，也讓我不得不加速衝刺。這感覺就像remix版的情歌，原本該低頭吟味的間奏之處卻變成搖頭晃腦的迷幻旋律，令人相當不舒服。

我個人覺得寫論文是做研究最痛苦的一部分，它可以分成幾個階段：

第一、寫初稿，遇到不知道該怎麼說的地方隨便帶過去。

第二、初稿寫完後得像醃泡菜一樣，放在抽屜裡一週後才能重看。這時你會發現一堆地方寫得不清不楚，每隔三句就有一個文法錯誤。我的臺灣教授曾比喻，做研究或改論文就像從一碗紅豆裡把不小心混進去的綠豆挑出來，你開始挑綠豆，覺得這遊戲還挺有趣，玩起來也挺有成就感的，卻似乎忘記這些綠豆是你自己混進去的。

第三、你意識到綠豆多得超乎想像，更糟糕的是，隨著認真思考如何解釋自己的研究，你發現有些事情並非如當初你所想的那樣。你對自己的研究產生疑惑，懷疑這半年來的成果說不定不比一堆垃圾好到哪裡去。

第四、你開始做惡夢，第一夜的劇情是論文投稿沒上，第二夜是在發表會場上有人站起來指責你的假設錯誤。你半夜滿身是汗醒來，唯一的方法是放棄投稿。

第五、就像當年跟女孩子告白時抱著「與其不做而後悔，不如做了再後悔」的決心，思考過後，你還是要投稿，得想辦法把它寫好一點，盡量減少綠豆的數目，或者，至少藏在碗底。

第六、你決定改行寫作。

當然，不是每個人都跟我一樣會偏差到第六階段。但一想到寫論文我就渾身乏力。

今天，我終於寫好論文。我將它印出來，請希臘人幫我看看有沒有問題。

自從他生病後，我倆培養出同在番邦打拚，異地遊子互相勉勵的摯友情誼，我相信他可以給我許多好建議。沒想到他看見論文的第一個反應是瞳孔放大（我一度以爲他腎臟又出狀況了），氣沖沖地對我說：

「你爲什麼沒把我放在作者欄?!」

「你怎麼可以這樣對我！」

「我對你這麼好！你怎麼可以這樣讓我傷心！」

他扯開嗓子讓這些話在走廊上迴盪著，幾聲關門聲回應著他的噪音，不知情的人一定以爲我對希臘人做了什麼始亂終棄的事。我對他做過最過分的事，怎麼想也只有探病時吃了他擺在病床旁的GODIVA巧克力啊。

「冷靜點，你對這篇論文沒有任何貢獻啊。」

「我有貢獻啊！」

這大概是我聽過用最堅定語氣說出來的謊話了。我按捺住怒氣，就像國小時想上廁所，卻又嫌學校廁所很髒，結果一路忍回家那樣的按捺：

「在哪兒?桌上?你可以找出來給我嗎？」

「身為一個博士後研究員，我的任務不是跟你討論研究，而是告訴你怎樣才能把論文寫得更好，把你的點子推銷出去。所以你現在趕快把我加進去，我才能給你意見。」

「啊？」

「你把我當成教授就好了，我是負責引導你們這些博士生的。教授有跟著你一起寫程式嗎？沒有。但你會把他們放進去嗎？會嘛。」

「我不想再聽你鬼扯！我說了算！」

我氣得扯開嗓子。希臘人嚇了一跳，又拿出他「希臘人能屈能伸」的變形蟲態度，改採取溫情攻勢。

「我以為我們是好朋友了，就像當初我生病時在信裡寫的一樣。」

他邊講邊用手拍拍自己的左胸。拜託不要講什麼他把我放在那裡的肉麻話，我連對袖子都沒這樣說過。嗯，或許我回去之後可以這麼做。

「就因為是好朋友，你才不能這樣勉強我，掛名不符合學術倫理啊。」

我也放軟語氣。但這時希臘人卻臉色一沉，冷笑起來：

「好吧，那麼我之前主動讓你掛名論文，還記得嗎？」

他是指之前那篇威脅大家不成，最後只把我留在上面的論文。

原來他那時的用意是為了此刻。

「學術倫理是吧，那你之前為什麼悶不吭聲呢，自己有好處的時候不說話，現在才講這些不會太虛假了嗎？公平一點吧，我給你掛名你也要給我掛名。」

我完全沒辦法反駁，當時我的確是貪小便宜，就和之前想躲在他後面讓他跟架構組吵架一樣。遇到好處我總是忍不住伸手去拿，而這些好處到頭來，全都給了我重重的回擊。

我沉默半天，最後開口說：

「那時候我沒有拒絕是我的錯，你要怎麼處理都可以，但這次你死心吧，我不想再錯下去了，我不會掛你名字的。」

話一出口，我就知道，自己跟希臘人之間僅剩的那麼一絲薄如蟬翼的友好關係，也將蕩然無存了。

請別人替自己看論文會惹上麻煩，幫別人看論文也好不到哪裡去。

隔天傍晚，在家吃過晚餐後回到實驗室，法蘭茲與雅各仍然坐在電腦螢幕前。他們從一早就維持這個姿勢，再搭配上以法蘭茲拍的臺灣東北角海岸照片爲背景的螢幕桌布，他們倆就跟復活島石像一樣，千年來不曾變動過姿勢，凝視著海洋。

打開螢幕，嗯，奇怪，我剛剛沒鎖定使用者啊……一股不好的預感浮現，輸入密碼後果然看到一串字：

你的壞習慣眞糟糕，離開電腦前順手上個鎖很難嗎?!

P.S. 到我辦公室一下，我有事找你。

沃夫岡

在一旁的法蘭茲說：

「沃夫岡剛才來找你，看你不在留了訊息。」

他把正文跟P.S.的內容弄顚倒了吧！

「他看起來滿累的，甚至是在留完言離開之後，又過了一會兒才走進來幫你鎖電腦。」

會忘記上鎖，這對沃夫岡來說的確是相當難得。

我在走廊上遇到沃夫岡，先花了十分鐘聽他責怪我爲什麼不肯鎖螢幕，要不是他「不小心」碰到我的滑鼠，說不定資料就會被別人竊取，尤其現在原子計畫和我要投稿的論文都在電腦裡面，這是非常危險的事。

來到沃夫岡的辦公室，他邊抱怨邊打錯密碼，遲遲無法登入。

「你要不要先專心輸入密碼，弄好再來罵我？我可以等沒關係。」

「沒關係，我自己也不記得密碼，我都是靠手打字的感覺來記憶的。」

看來沃夫岡不只擔心電腦資料會被竊取，他甚至擔心自己的大腦哪天會被外星人入侵。

好不容易等到沃夫岡的手終於想起自己的密碼，我看到了他那壯觀的電腦桌面。

我們的Linux系統就像智慧型手機一樣有好幾個桌面，可以更有效地分類管理。預設是四個桌面，可以自行調整，我用「recreation」、「project」、「work hard」、「word very hard」等命名了六個桌面，而托這種命名法之福，每次我找東西都跟猜鬼牌沒兩樣。沃夫岡的電腦有十二個桌面，各自擁有一長串相當清楚的名稱。我原本想問一下他怎麼分類的，但又不想在這個時間爲稀有財的關鍵時刻，被「好奇心殺死一個我」。

沃夫岡要我來的目的，是因爲他投稿的論文裡有許多部分跟我的研究有關，他要我看看他寫的是否正確，簡單來說就是要我幫他挑綠豆。

其實這一年來，沃夫岡在理論方面的程度大有長進，好比原本連電話都沒看過的原始人，此刻已經懂得用App傳訊息省簡訊費；加上他的龜毛特性，整篇論文基本上沒什麼好挑剔的。同樣是講述理論的章節，除了遇到二次方程式時他不懂得公式解，浪費了一大段篇幅寫配方法，讓那個地方看起來有點像高中數學考卷，他的綠豆甚至比我的還少！

我告訴沃夫岡自己的想法，他滿意地點點光頭，問了我一些其他的問題：

「你覺得這張圖加外框會比較好看嗎？」

「會吧。」

「實線外框或虛線外框哪一種好呢？」

「在螢幕上看不太出來呢。」

「我也覺得，那我們兩種都加看看，再印出來比較。」

「喔……」

其實我的意思是「根本沒差」。看來我說得太模糊了，得再更明確、更清楚地表達自己「無所謂」的態度。

「這邊用被動句你覺得ＯＫ嗎？」

「ＯＫ。」

「圖擺在最上面你覺得ＯＫ嗎？」

「ＯＫ。」

「嗯……不過我比較喜歡在下面。」

我才不管他喜歡在上面還是在下面，這種話題也不適合在實驗室討論。

「ＯＫ。」

「可是這樣，下一張圖就跑到下一頁了，還是換回來，你覺得呢？」

「OK。」

「你可不可以不要只說OK？」

「Fine。」

「你能認眞一點嗎！」

「你爲什麼不說話了！」

「因爲我剛剛想說OK啊！」

我無奈地跟沃夫岡解釋，他考慮得眞的比我仔細很多，所以我只能一路OK到底。這又不是考試，如果是考試，你連續寫了十題是非題都是○的時候，還可以合理地懷疑其中應該有一題要改成×。但沃夫岡還是不肯放我走，我只好從應聲蟲變成雕像，靜靜地坐在旁邊看他改稿。

🍺

印度人羅杰也跑來找我說要討論一點事情。

「已經九點多了，不能明天早上談嗎？」

太久沒講話的我喉嚨有點乾澀，恰好更顯得疲累，能再爭取一些回家的機會。

「不行，一定要今天。」

我嘆了口氣，起身走去羅杰的辦公室，沃夫岡還聳聳肩說：

「有什麼事一定要弄這麼晚嗎？明天再說不就好了？」

是啊，把別人留到九點的人還眞有資格說這種話。

羅杰要我幫他畫幾張理論組常用的圖，我盡量避免用白眼看他，說：

「這眞的不能明天做嗎？我晚點還想去超市買特價鮭魚。今天一公斤只要十五歐元耶……」

羅杰低頭冷笑了一下，我有種不好的預感。寫論文對研究生來說，絕對可以媲美生理期不順，所有人都會心情嚴重低落。加上最近我看過太多人咆哮了，包括我自己在內。我知道，這絕對是某種恐怖抱怨的開端。

「我早上去波昂開會火車誤點，下午回來碩士班學生又跑回家什麼都沒做好，晚上九點多了在這裡趕著快要來不及的論文，家裡的老婆還打電話來罵我爲什麼不回家……」

這些抱怨都搬不上檯面，最後老婆的那一段更像是炫耀，讓我更不想幫他，反而在想德鐵怎麼還在誤點啊。

「今天是我三十歲生日!!」

有這句話就夠了！我招架不住正在過三十歲生日的印度人在面前崩潰，趕忙打開旁邊的電腦幫他畫圖。

不過，我還是問了個一定得問的問題。

「可是你今天沒帶蛋糕來請客啊？」

「Fuck，我去波昂開會，可以不要再討論這個問題了嗎？」

「好吧，生日快樂。」

我伸出手跟羅杰握手後，趕快幹活，他則又低聲抱怨起來，像冷氣機的噪音一樣在背景裡嗡嗡作響。印度腔已經有點難懂了，盛怒之下說出的印度腔英文更活像錄影帶倒帶時聽到的對話聲。一直弄到十點多，超市也關了，我問了可憐的羅杰要不要一起去吃晚餐，算是幫他慶生。

「喔，不用了，我老婆煮好飯在家裡等我了。」

就是有人這麼過分。要走到印表機那兒拿論文列印稿時，羅杰教了我幾句剛剛他自言自語時用到的印度方言：

「『Magi！』就是笨蛋的意思。『Maka！』則是笨豬。兩者有點不一樣。」

「嘿，中文罵人的話也超多的，像是智障、白痴、王八蛋、生日有什麼了不起，都是罵人的。」

我趁機發洩了一場。

托高緯度地區夏天之福，回家的路上天還是亮的，可超市早已關門了。心情不好的我繞到酒吧門口，這邊雖然沒有像「歇腳亭」或「五十嵐」這種飲料站，不少酒吧倒是會在門口擺個現調雞尾酒外帶的攤位，一杯五百毫升的雞尾酒只要三．五歐元，挺划算的。

「一杯 Mojito，謝謝。」

唯一美中不足的是，不能調整甜度或冰塊。

47. 嗨，感冒，好久不見

結果，那杯 Mojito 裝了一年前陪我來歐洲的感冒病毒，看來它也知道我快回臺灣了，特地回來搭便車。依照病毒的壽命來估算，此刻寄生在我身上的病毒跟一年前那隻病毒的血緣關係，大概相當於我和黃帝一樣，隔了一百代。

這隻不懂得尊敬我曾跟它老祖宗同床共寢的病毒（或許對病毒而言，讓母體越不舒服越是種尊敬的表現），讓我不斷地咳嗽、流鼻水，或是兩者同時發作：邊咳嗽邊流鼻水。

法蘭茲很關心我，他說：

「三天內的病假不需要請假，快回家休息，不要傳染感冒給我們。」

我把法蘭茲的話當成是他婉轉表示關心的說法。雅各則站在大約兩公尺外的距離（我也把他的舉動，想成是希望讓我咳嗽之後有充足的空氣替換），替我預約了他的家庭醫師。

這是一年來我頭一次看醫師。

我曾經聽說有留學生來德國的第一件事就是辦健保，然後把全身上下所有的病都看一次，甚至試圖整形。根據他的說法，德國的保險制度相當良好，看病幾乎都是免費。但我覺得，如果臺灣對研究生一個月也收六、七千塊的保費，那肯定連相思病都可以健保給付了。

雖然每個月繳這麼多健保費，但一直以來如果身體不舒服，我通常只會去 dm 藥妝店或藥局（Apotheke）買各式各樣的維他命或發泡錠。要是再不舒服一點，只要對著藥劑師上演一場「咳嗽秀」，就可以領到正確的成藥，儘管那藥效強得像給熊吃的一樣，每次一吃完我就昏睡不起。

到了預約看診的時間，我花了點時間才找到診所。

嚴格來說它一直就在我面前，但我實在想像不到這跟旁邊民宅看起來一模一樣的……民宅，竟然同時也是一間診所？那些應該掛起來的「×××耳鼻喉科」招牌、落地玻璃門，還有不時會傳出來的小鬼頭哭叫聲，怎麼都消失了？

推開門，要不是我已經確定方圓的二十戶史不像診所，我一定又會走出去。裡面的擺設依然和一般家庭沒有太多差別，踏進玄關後再轉個彎，櫃檯、幾張候診椅子，還有診所裡一定會出現的面無表情的病人，出現在眼前。

「掛號費十歐元，謝謝。」

「什麼……咳……不是免費嗎？」

「我們是以季爲單位，每季的第一次看病都要掛號費。」

這正是德國人「一期一費」癖好的最佳例子。另一個例子則是幾個月前我去圖書館借書，才遲了一天還，結果被罰五歐元（約臺幣一百六十元）。

「一本書就罰五歐元?!」

我盤算著要拿法蘭茲的借書證來借十本書，這樣比偷走他的提款卡還可以更快讓他破產。

「不，我們是以週爲單位，每週罰五歐元。」

因爲無法察覺醫院的民宅式僞裝而遲到了十分鐘，我得再等兩位病人。這一等就是四十分鐘，在臺灣號碼燈都可以跳八號了。

「你哪裡不舒服呢？」

醫師是一位，嗯，你可以想像到的那種醫師。他沒穿白袍，打扮就像在家接見客人的大學教授，或是心理醫師（話說回來，到德國一年了，我的確該看一下心理醫師，以確保我的心智狀況是否還正常）。

「我……咳咳咳咳。」

梁朝偉演感冒病人大概也就是這樣吧。

有人說過好的演員不需要臺詞，一舉手一投足都充滿了意義，這正是我此刻的寫照。我甚至開始懷疑自己是不是在藥局演太多次入戲太深了，才會咳成這樣。

「你上床躺一下。」

「嗯……？」

我躺上病床，醫師用像去賣場挑沙發的方式，在我肚子上按來按去，問我哪裡會不會痛，又要我坐起身來到處拍兩下，最後用聽診器仔細聆聽我「臺灣的心跳」。

就好比你去腳踏車行打氣，老闆卻把你的整部車翻過來、兩個輪子都卸下來檢查一樣。只是感冒，這樣檢查也太徹底了吧。

難怪剛剛會等那麼久。

「你這是!@@#$%&()(*&^%$#@@%^&*(」

「啊？那是什麼?!」

「感冒的一種。」

「喔，那就好。」

我好像不該這樣回答的，可是聽完那一長串未知的病名，才知道原來只是感冒，任誰都會鬆了一口氣。

「你有對任何藥物過敏嗎？」

「八角算嗎？我不是很喜歡那個味道摻在甜食裡面。」

我對於八角在歐洲滲透的威力感到恐懼。有次我買了一包黑色的小熊軟糖，結果竟然就是八角口味的！把小熊軟糖拿去滷，這對小熊軟糖來說真是最大的酷刑了。

「我幫你開!@#$%^&*……這種藥含有#$^&*^#@!成分，它是一大片，所以你吃起來可能不容易一口吞下去。」

我仔細聆聽他的說明，德國人在量值上的警告向來都是相當認真的。比方說問路好了，在臺灣或其他地方，常會有告示牌寫著「距離×××還有十分鐘路程」，事實上只要拐個彎就到了（有時甚至已經過了）；可是在德國，如果有人跟你說是十分鐘，那絕對就是十分鐘，而且還得認真走才能走到。

「如果怕太大，你可以把藥掰成兩片分開吃，這樣不會影響藥效，掰成四片也可以。」

他頓了一下，思考了大概是掰成八片的時間，然後說：

「不過……掰太碎的話會有很多變成粉末，這樣就有點影響了。」

看完病，我拿了處方箋去藥局拿藥，除了大藥片之外（沒有想像中的大，讓我有點失望了），還領到一罐鼻塞噴劑，以及感冒藥發泡錠。

「一共是二十歐元，謝謝。」

一個月繳那麼多健保費，結果看病一趟還是花了我一千多塊臺幣，難怪大家說臺灣的醫療價格相當便宜。但也因爲太便宜，醫院常常像偶像握手會一樣大排長龍，但每個病人得到的看診時間卻短到連打卡都來不及，甚至醫師收入還因此降低。

跟希臘人相處這一年，除了讓我因爲生氣而增加許多皺紋之外，我終究還是學會了一點道理：所有你占的便宜，都會以某種形式反撲。

這天下午，這間藏在住宅區裡的診所只看了四個病人，每個人都繳了一大筆健保費，不過，每個人也都被醫師扔到床上，好好檢查了一番。

在家休養的第二天，一上午都在改論文，中午吃完藥後就被床鋪異常巨大的萬有引力所吸附。能在白天的大太陽下睡覺，有種很浪費的奢侈感。

等等，這不就是午睡嗎？

以前在臺灣，我每天下午進實驗室都是先幹這件事，醒來之後再靠上網提神，提完神之後剛好要吃晚餐，吃完晚餐後血液集中在胃裡所以有點暈暈的……

不知不覺間竟然這麼久沒有午睡了。

睡醒後我去超市閒晃，買了一盒「Mini Dickmann」，這是一種在巧克力脆片裡填充白色乳沫（foam；類似鮮奶油的東西）的甜點，味道不只是普普，而是接近難吃的邊緣，但每次心情低落的時候，我還是會因爲這好笑的名稱和造型而買它來取悅自己，說起來這也算是一種走旁門左道來吸引人的甜點吧。附帶說明，對尺寸有意見的人可以買另外一款——「Super Dickmann」。

因為天氣太熱，我買了不少飲料回家，包括好幾瓶啤酒。德國超市往往有變相鼓勵民眾酗酒的嫌疑，一包一百公克的生菜沙拉要價兩歐元，但五百毫升的啤酒只要〇．三九歐元，現在竟然還有擺在花車上，特價三歐元的紅酒16！

結帳時，我將飲料以平行於輸送帶的方向一瓶瓶擺好。記得第一次來時，我擺成垂直方向，店員對我抱怨了半天，說這樣不好讀碼，飲料又容易滑來滑去。臺灣那一套「顧客至上」的法則，在這裡並不適用。

傍晚，我拿著髒衣服到樓下的洗衣店。這是獨居的缺點之一，所有家事你都得自己包辦，當你發現沒有衣服可穿時，也不能說：「哎喲，我昨天才剛看醫師耶，不能明天再做嗎？」

洗衣店裡有個中東人拎了兩個 IKEA 的藍色大袋子，外加後背大背包，正以順時鐘的方向，企圖餵飽所有洗衣機。我趕緊搶了一臺來用。

十一臺機器，需要一千一百塊臺幣、一整罐洗衣精，他才能洗完衣服。

這有兩種可能：

第一、他幫整層樓的人洗衣服。

第二、他一個月，不，三個月才洗一次衣服。

16：換算成臺幣，一包一百公克的沙拉約臺幣六十五元，但五百毫升的啤酒只要十三元，而特價紅酒則約一百元。

中東洗衣人走到我旁邊坐下，用哀怨的眼神望了我一眼，我肯定那不是因爲我剛咳了進門之後的第一百次嗽。

他不是都把衣服丟進去洗了嗎，我只占了一臺耶？

才剛想完，一股恐怖的氣味飄過來，我明白了，我害他不能把自己也丟進去。

不敢跟毒氣武器繼續坐在一起等衣服，我跑去附近的五星級沙威瑪「SULTANS★★★★★」吃飯。店裡任意一點都是破五歐的鑲鑽沙威瑪，跟路邊的三歐元沙威瑪有如雲泥之別，更別提公館大世紀戲院（還有人知道這裡嗎？）外頭那飽受公車塵土襲擊的萎縮版沙威瑪了。

我站在裝潢得有如速食店的五星級沙威瑪櫃檯前，對著菜單發呆。儘管來了一整年，我依然搞不懂爲什麼沙威瑪的餐點編號動輒就突破七、八十號，還有一堆沒邏輯的跳號，這在德國應該是犯法的啊。既然後面沒什麼人，我於是卯起來仔細研究（店員用眼神催促了我大概二十次，但他是少數比我矮的歐洲人，所以我抬起頭來裝作沒看到他的眼神），發現他們大多只是窮舉出所有的排列組合，例如：

（雞肉，牛肉，雞肉加牛肉）×（漢堡，捲餅，盤子）×（大，特大）

光是這樣就已經有十八種了，要是加上**（有薯條、沒薯條）**，就立刻變成三十六種！

服務員用「德州電鋸殺人狂」的工具在沙威瑪肉串上鋸下肉片，替我製作雞肉沙威瑪，分量大到跟整塊土耳其國土一樣。我只不過是多付兩歐元選了特大，眞的不需要對我這麼好。

半夜，托喝了五公升熱開水之福，我一直跑廁所，跑到後來睡不著，索性躺在床上等下一次尿意來襲。如果小時候我也這麼懂事，那老爸老媽就可以少洗好幾次床單了。我看著天花板發呆，先發現這房間似乎有挑高（竟然住了快一年才注意到），接著開始思考究竟是因爲喝太多水想上廁所，還是因爲廁所離床鋪很近，上廁所的成本降低，所以我才會甘願爬起來上廁所（不爬起來的成本太高了，我今天才剛洗好床單咧）。

把這些無聊但又好像有某種深遠意涵的問題統統深思過一次後，我擔心起原子計畫是否會因爲我這幾天生病請假而有所耽擱。

從擔心請了病假會害得工作沒做完，就可以看出一個人長大了。

得到這個結論後的一分鐘，我昏睡了過去。

距離回臺灣剩下不到一個月。

48. 替原子計畫擲出個六點

希臘人再度請假。

如果是一般的請假，那沒什麼值得一提，德國什麼都沒有假最多，所裡一年有二十六天年假，某些公司還會強制規定員工一年至少要有一次連續十四天以上的休假，以確保他們真的有搭上飛機出國旅行，不是只躲在家裡睡到下午兩點。

希臘人請假的日期，是兩週後的原子計畫成果發表日。

「他沒有跟任何人討論就請假了！」

沃夫岡用指節重重地敲桌子，平常的「德式掌聲」此刻蘊含了另一種相反情緒。

想想，這件事早就有跡可循了。

兩週前討論原子計畫發表會的簡報內容時，希臘人對理論組竟然要報告我的研究而不是他的，就表達過強烈的不滿。最主要的原因是他生病，沒有人肯幫他把研究弄到模擬平臺上測試，到後來就順理成章繼續用我的研究了。

這不是希臘人第一次表達不滿，但他的不滿從未成功改變大家的決定。

最後，他選擇自我了斷。

「眞是太不負責任了！」

沃夫岡又敲了一次桌子，雅各抬頭瞪他一眼，沃夫岡小聲說了抱歉。

「算了吧，既然他後來都沒有參與計畫，要他上去報告他也講不出來。請奕森幫我整理資料，我來報告吧。」

絲薇塔安撫沃夫岡。

如果剛來時有人告訴我，那個全身上下連手毛看起來都那麼意氣風發的希臘人，最後會落到這步田地，我一定會覺得那個人腦袋有問題，該不會是為了失戀這種理由就跑來歐洲的瘋子吧。

跟沃夫岡和絲薇塔討論完，我走去倒杯咖啡。腳才一踩進去，我就想掉頭走開，但這一秒的猶豫已經足夠讓我被希臘人的眼神逮著了。這是自從為了論文掛名的事情吵架後，我們第一次獨處。

「聽說你請假了……嗯，成果發表那天你有什麼事嗎？」

「如果只是你私下想問，那我會跟你說：沒有。不過跟教授請假時，我是說去醫院複檢。」

我在腦袋裡打開Google，搜尋在這種情況下該說什麼，但怎麼樣也搜尋不到結果。我們回到剛來所裡時的狀況：那時候，我們兩個人各自站在咖啡間的兩端沉默著，而現在，北極熊和南極企鵝依然站在咖啡間的兩端沉默著。

「你有收到信吧，我那篇論文的通知信。」

「嗯，你錄取了，恭喜。」

希臘人那篇論文錄取了。

「是我們錄取了。」

希臘人笑著走過來。他是要走向我這邊呢，還是走向門口？如果他走到我這邊，是要跟我手拉手慶祝一番呢，還是要對著我那不夠挺的鼻子狠狠來上一拳？

「也恭喜你。」

是握手，真尷尬，我臉上一陣發熱。

「我送了你一篇論文，而托你的福，你把我在德國這一年都給毀了。」

我原本想開玩笑說，這句臺詞未免也太希臘悲劇了吧。不過看到他的表情，我還是住嘴比較好。

希臘人笑著拍拍我的背離開，那是他最後一次拍我的背，這次的力道很輕，很無力。

我徹底被討厭了。

接下來的一整天，不管我在咖啡裡加了多少糖，喝起來還是好苦。

有時候就是會遇上這種狀況，你沒辦法要求全天下的人都愛你。有人說，被理念不合的人討厭是值得慶幸的事，但我覺得那只是安慰的說法。沒有人希望自己被討厭。就算對方是路邊的大便，你也希望它對你少散發一點臭味，可以的話，笑一個更好。

話說回來，打從一開始我就對希臘人沒好感。

一個團體裡一定少不了受歡迎和被討厭的人物，就像不管怎麼能力分班都有第一名和最後一名。雖然希臘人做錯了很多事，但我想有一部分原因，也是大家下意識都在尋找一個可以討厭的人，他剛好離那個位子最近。

如果今天有個更誇張的「加強版」希臘人，或許我和希臘人的關係會好一點；再進一步想，如果今天沒有希臘人，那……會不會鬼牌就落到我手上？

原子計畫發表日當天，許多研究機構的學者均受邀參加；不只是原子計畫，所上全體博士生也都得準備資料，介紹自己的研究。當他們換上正式服裝時，我發現很多人都適合去拍《改造野豬妹》。拿法蘭茲來說，當他打起領帶、刮掉鬍子，把頭髮往後綁，只要能再全場保持縮小腹的挺拔姿勢，就算說他是模特兒也沒人會質疑。

法蘭茲展示他研發的觀光軟體，只要拍下眼前的景物上傳，這套軟體便能利用影像辨識搜尋到該景物的相關旅遊資訊，例如部落格、歷史背景介紹以及周邊餐廳評價。我跟法蘭克說：「你應該設計一種軟體，只要對某人拍照，就可以自動搜尋到這個人的所有資料，這樣搭訕就會變得很容易。」其實我心裡想的是：如果拍了法蘭克，搞不好會搜尋出機器人型號之類的條碼。

雅各發表了一組經過特殊信號處理的耳機，能從吵雜的聲音中濾出特定某人的聲音，等於是科技版的「雞尾酒效應」❶。這個研究對他最大的好處，就是以後一群人在一起鬼扯時，他可以清楚聽見絲薇塔在講什麼，不用再辛苦偷聽了。

巴基斯坦人阿米也有參加，他發表的是一種濾波器，專門把世足賽裡吵死人的巫巫茲拉[17]的聲音濾掉。非常了不起的發明，聽說他們幾個原本想拿這套裝置去開公司，不過後來有人跟他們說「得熬到下一次再輪到南非辦球賽時才會獲利」，這個想法就打消了。

這些直接以使用者需求爲導向的研究都非常有趣，相對來說，原子計畫則是屬於提升速率、提高效能的基礎研究，看似枯燥許多，但由於在場的都是研究人員，基礎研究才是眞正受到注目的一環。

17：一種類似喇叭的樂器，南非的球迷常在比賽現場吹奏，但因噪音過大，恐對聽力造成損害而有爭議。

我按照慣例坐在最後一排看絲薇塔報告。兩週前才充當救火隊接下任務的她，在臺上展現出來的臺風與專業度，彷彿從一開始就是這個計畫的負責人。中途絲薇塔還不忘提到我的名字，並伸手指了一下我在哪兒。眞尷尬，不少人回頭看看我，投以讚許的眼神，當然，也可能是因爲我坐得離啤酒冰櫃眞的太近了。

「看來，你這頭豬把自己捐獻得很徹底，才能有這麼好的研究成果。」

一個身影在我旁邊坐下，是蘇黎世理工大學的那位老教授。他提到的是先前那個「豬和雞開早餐店」的故事。每次看到他我就覺得很開心，他有一股讓人想多多親近的氣質，我很想知道他又會說出哪些富含哲理的話。

「謝謝。」

「上次我們在夏威夷聊的問題，你想到答案了嗎？」

他指的是那時候我跟他抱怨，在這個領域有太多沒用的研究，造成大多數的人浪費時間，大多數的研究單位浪費金錢，只得出一些不切實際的成果。

「我有個答案，但不確定對不對。」

「喔？說說看。」

「一份好研究，要考量的因素太多了，不是說誰做或誰花時間做就一定做得出來。它有點像擲骰子，想要擲出六點有兩種方法：多刻幾面六點，或是，多擲幾次。

就個人的立場來說，或許你擲了半天都擲不出來；但就總體來說，越多人來擲，就越有機會擲出要的點數。

在這種情況下，一百份研究之中可能只有一份是實際會派上用場的，卻不能因此否定那九十九份。畢竟我們沒辦法在事前知道，誰會真的做出那份成功的研究，每個人的嘗試和思考都可能有它的意義和價值。」

我頓了頓說：

「因此，我們才需要很多人一起做同一份研究。」

其實這是我從與希臘人競爭所體會出來的道理。我們一起擲骰子，看誰能先擲出讓原子計畫使用的成果，要不是他突然生病，這場比賽的結果會如何真的還很難說。很多事情，你只能努力去做，然後祈禱那些你使不上力的部分一切順利。

老教授大笑了兩聲，他說：

「我喜歡這個答案。如果你有興趣，隨時歡迎你到我們這裡擲骰子。」

發表會的隔天，所裡在公園辦了一場烤肉派對和桌球比賽。

遠遠望去，陽光穿透樹葉，灑在路上，一道道金色光芒的軌跡清晰可見，就像教堂溼壁畫中天使降臨人間的背景光束。在那片光芒之下，同事們擺了好幾張大桌子、桌球檯、三個啤酒桶以及兩箱的啤酒。

我原本預想的畫面應該是擺上幾個烤肉架，像臺灣那樣，人家蹲在地上烤肉，結果竟然是這麼專業的戶外派對，前面再擺個白色木製小教堂，就可以開始舉辦我和袖子的「ˋㄧㄙㄣ&袖子」婚禮了。

我走到彷彿是從7-11搬出來的超大冰櫃前拿了瓶可樂，再走到（毫不意外）被沃夫岡掌控的烤肉區。

烤肉區的幾何中心是一座BBQ烤爐，烤盤從上面垂吊下來，熱度可以藉由鍊子的長短來調整。烤盤的縫隙大到臺灣的烤肉片放上去都會以炮烙的姿態捲在鐵條上，或是直接掉到炭火裡，上頭擺的則是排骨便當裡的那種丁骨肉排（如果歐洲烤肉都用這麼大的肉片，那會有翡冷翠牛排和維也納豬排❷，我想也一點都不意外了）、指揮棒大小的串子串起來的肉串，以及各式各樣（但跟天體營不一樣）的半尺長德國香腸。

我問沃夫岡：

「你的馬表咧？」

他愣了一下，然後才理解我的玩笑話，哈哈大笑了幾聲，再認眞跟我解釋烤肉不需要馬表，因爲每塊肉的差異太大，

"There is no single solution that fits all."（沒有一個答案是適合所有問題的。）

翻著肉片，沃夫岡繼續說：

「平常我們烤肉不是這樣，是每個人想吃什麼就自己買，主辦人提供烤爐，大家自己烤自己要吃的。」

眞可惜，他們錯過烤肉裡最有趣的，一起準備材料的過程了。

我繞去桌球檯那兒，又看見了出乎意料精美的賽程表。一場娛樂性質的小比賽，竟然採用了如同世足賽的賽制，先進行分組預賽，各組前兩名再打雙淘汰賽，也就是有「敗部復活」那玩意兒。這種賽程要不是仗著日照可以到十點，根本比不完。

把烤肉區交給羅杰的沃夫岡，變成了一臺巨大的語音導覽在我旁邊說著。

可能是發表會結束了很放鬆，或是能在上班時間喝酒機不可失，更可能是兩個原因都有，每個人一杯接一杯、一瓶接一瓶猛灌啤酒，彷彿不喝完就要被教授開除。我問沃夫岡：

「這肉眞好吃，你們是用木炭而不是一般的烤肉炭嗎？」

法蘭茲在一旁插嘴：

「你難道不知道烤肉的焦味不是來自於用什麼木炭，而是肉的油脂掉在炭上造成的嗎？」

「我跟全世界其他六十億人一樣都不知道。」

「你怎麼知道有六十億人不知道？」

「啊……我以爲全世界只有六十億人？」

喝得很盡興的沃夫岡又說了：

「我們之所以愛喝酒，有一部分原因是我們不像義大利人或法國人那麼多話，只好猛喝杯子裡的東西。不過喝多了，我們的話就變多了。」

「你沒有喝酒話就很多了。」

我一定也喝多了，又把內心話和想說的客套話顚倒過來了。

「沒錯！哈哈哈哈哈。」

沃夫岡笑得很開心，拿起我放在旁邊的可樂，像表演特技似地用寶特瓶打開啤酒，啤酒瓶的瓶蓋飛得老遠。

「乾杯。」

「乾杯。」

「乾杯。」

「乾杯……哎，怎麼會這樣!!」

乾杯時，雅各用酒瓶底敲了下我的瓶口，啤酒泡沫瞬間大量湧出，就像丟曼陀珠到可樂裡那樣。手機顯示晚上九點，天空一片湛藍，幾朵雲站在那兒等著晚霞幫自己打上橘光，我們站在草地上，說笑著，喝著不好喝但最適合此刻的啤酒。幾隻綠頭鴨從湖邊走上來，靠近我們想討點吃的，要是剝麵包屑剝太慢，牠們還會啄我的腳，彷彿在說：「嘿，你也太沒效率了吧，我們可是德國鴨子呢。」

我猜牠們一定是看見了另外加點的外賣餐點剛送來，知道我們絕對不會因為食物不夠而把牠們給烤了。

---

❶ 有沒有遇過這樣的狀況：在一個很吵雜的環境下，還是可以聽出遠遠的朋友在喊你的名字？能將注意力放在特定的對談上，就是雞尾酒效應——別搞混，這可不是指喝醉賴床或起酒疹。

❷ 這兩種都是歐洲赫赫有名，比臉還大的牛（豬）排，誰說歐洲人只會用刀子切田螺細嚼慢嚥的？

49. 綠燈與紅燈

進入傷停時間[18]的德國之旅，得開始收行李了。

玩大富翁時最討厭的部分是收道具。這還不夠討厭，要是跟德國人玩，只要不小心把一千塊和兩千塊紙鈔混在一起，那可有得受了。

首先發難的是德國鐵路公司。

剛來德國時，我辦了一張「火車卡五十」（Bahncard 50），只要一百歐的年費，憑卡就能買車票打五折，相當適合懶惰不想花時間找特價票的我。

今天，我拆開了一封兩個月前德鐵的來信。

剛來德國時我很喜歡收信，德文的姓名地址（好吧，看起來跟英文差不多）讓我拆信時總覺得自己是重要人物，但一個字都看不懂的內容卻讓我在拆信後成了低等動物。主修數位通訊而不是密碼學的我，久而久之習慣將信件隨手一扔，累積一陣子，再花個半天一次處理完畢。

18：足球賽事中正規時間之外的延長時間，這是因為比賽進行中，有球員受傷、替換球員等暫停比賽時，並不會停止計時，而是在最後補足。

親愛的客戶您好：

感謝您對德鐵的愛護與支持，隨信附上您明年的火車卡及匯款單，請於×月××日前匯款完畢。

您親切的德國鐵路公司

怎麼回事？誰跟他們說我要續約了，這是希臘人的報復行動嗎？

「你沒有寫信跟他們說你不續約了吧？」

雅各向我解釋，「在德國，基本上任何合約如果沒有取消，就會認定是自動續約。要取消也必須在三個月前告知。」

我沒想過大富翁玩到一半就得先開始收。

先前想辦手機門號時，有人提醒我在德國解約很麻煩，辦易付卡是只待一年時最好的做法。曾經有個留學生因爲合約沒處理好，回臺灣後多付了半年的網路費和電話費，氣得發群組信抱怨。他以媲美〈長恨歌〉的篇幅洋洋灑灑狠批了T-Mobile[1]有如搶匪的行爲，留下了這樣的結尾：

「What’s wrong with the country!」

很好，非常勇於表達激烈的個人意見，但他發群組信時忘了把教授的帳號給移除。

他還沒學會德國人的嚴謹，最後有沒有畢業也成了個謎。

不過事情也有相反的一面，有留學生趁著學業結束，在回國前夕去手機行綁門號，辦到折扣手機後立刻解除銀行帳戶回臺灣。這兩種行爲都充分體現了「法律既在保護也在欺負遵守它的人」這個道理。拜那些帶手機回國的留學生之賜，以後來的臺灣留學生就會像我剛開始一樣，被認爲是可能隨時消失的忍者。

我帶著絕望的音調問雅各：「沒辦法退掉這張卡了嗎？」

「你知道你面對的是德國公司吧？不過如果有我幫忙，而服務我們的剛好又是女性工作人員……」

雅各露出可靠的笑容。在雅各的協助下，我退掉火車卡，有人也順利拿到了電話號碼——那位櫃檯小姐眞是積極。

大富翁收完鈔票要收房子，隔天一早我去市公所辦理註銷居所。

號碼牌抽到五號。我坐在長凳上，打開mp3用歌曲長度測量時間，一年前聽了陳奕迅的《黑白灰》專輯兩遍才輪到我（第一次來抽到二十號），那時我發誓回臺灣以後要去擁抱北投區公所的每一位志工阿姨。

我思考著等等該如何應付德國公務人員「安裝軟體對話框」的問話方式。

不論在哪個國家，會當公務員的人都能略分成兩種個性——「極端親切」和「極端愛找碴」。要是遇到後者，希臘人的「我不在意被討厭，我只想守住我該有的」這招雖然不見得好，但應該會挺管用的。

「我要辦理離開手續（abmeldung），這是我的資料。」

「沒問題。」

「我是下週才退房，這時辦手續會太早嗎？」

「不會。」

「不會因爲太早而被罰款嗎？」

「不會，我的小朋友。」

承辦員的眼神從眼鏡底下射出來，銳利到可以在我臉上刻字，我乖乖閉上嘴。目的達成。問這些問題，除了可以避免被反過來問一堆之外，還牽扯到一年前的某段慘痛回憶。嚴格來說不是我，是印度人羅杰的慘痛回憶。

搬進牛頓公寓的隔天早上，我在公寓樓下與羅杰巧遇，他知道我要去市公所登記入住，熱心地要陪我一起去。

「德國公務員很會刁難人，你要小心。」

一路上羅杰都在跟我說公務員的壞話，好像他們曾經對他幹過什麼不人道的事，例如強迫他不要把英文念得那麼捲舌，或叫他去美白、離子燙之類的。

我很難想像辦個入住會碰上什麼難題。

來到市公所，等十個號碼等了快一小時，彷彿每位市民都跟公務員是好朋友，除了辦事還要敘舊或討論團購。

我在填國籍時出了問題。市公所的電腦裡並沒有「臺灣」這個選項，很顯然承辦人員腦袋裡也沒有。她像哆啦A夢一樣從抽屜裡變出一張很大的世界地圖，問我臺灣在哪裡。諷刺的是，這張德國製世界地圖上臺灣的比例要比實際大了許多，設計者可能是想在視覺上彌補無法在電腦上填選「臺灣」的可憐臺灣人吧。

「我也順便辦一下入住好了。」

等我辦好手續，羅杰忽然從包包裡拿出一堆資料。這傢伙跟我說了那麼多，結果自己竟然沒有來辦過？還是他來過但承辦員不理他，所以他才這麼恨這些人？

「羅杰先生，您的手續也辦好了。」

承辦員將資料還給羅杰。不會有人拿出地圖問印度在哪裡，一旁的印表機印完申辦資料後繼續發出聲響。

「還有，這是您逾期未辦理報到的罰款帳單，三十五歐元（約臺幣一千一百元），請立刻，或一個月內繳清。」

羅杰那張本來就已經很黝黑的臉顯得更黑了，好比忽然停電的夜晚，連原先還能看見的五官也陷入伸手不見五指的黑暗中。

回到牛頓公寓，等ＤＨＬ使命必達來收完包裹後，輪到房東檢查房子。

「你房間收得很乾淨，很好。」

當然，畢竟我還曾經用水把整個房間（連樓梯）都沖洗過。

「嗯嗯嗯，這裡怎麼有一個刮痕？」

房東指著牆壁上一個沒有跟柯南借放大鏡就絕對注意不到的痕跡。那應該是我拉椅子的時候刮到的吧。但很顯然的，我不會只拉一次椅子，如果依照這種標準……

「這邊也有，這邊也是，這邊也有！」

房東連續指了好幾個地方，我有種不好的預感。在德國租屋的退房慣例是要粉刷牆壁，但我總以為那是要你在牆壁上塗鴉，還是打死一百隻吸血過多的蚊子之類的才算數。我連一張海報都沒貼，這樣的牆壁如果要粉刷，就像叫林志玲去整容一樣沒道理。

「一平方米粉刷要四歐元，牆壁約是房間的四倍大，你如果要我幫你請人來刷，大概要三百二十歐元（約臺幣一萬元）。」

我趕緊說服房東打消這個念頭。

「你看看牆壁眞的很乾淨，剛下的雪也沒這麼潔白。只有這麼一小塊擦傷。」

經過一番交涉後，以沒收一百歐元（約臺幣三千二百元）的押金了事，我忿忿不平，一度興起去綁門號買折扣手機的衝動。

好不容易弄完了，還得去體育場找大家，因爲今天是研究所的所際足球比賽。每次去科隆遇到足球比賽，都可以看到一整排的警察站在月臺上防止球迷暴動，由此就能體會德國人對足球到底有多狂熱了。

爲了這場比賽，許多人都如火如荼地練習，幻想自己是德國的風雲球星。剩下的那些有自知之明的人，像是我、雅各與法蘭茲，則專心把運動神經用在拍手和吶喊上。走到學校位在西火車站附近的體育場，旁邊的一大片空地此刻搭起了一個臨時遊樂園。說是臨時搭起來眞的很難讓人相信，遊樂設施大概有劍湖山的一半多，雲霄飛車、海盜船、旋轉木馬、大怒神、咖啡杯等一應俱全。前幾天我跟宣美來坐摩天輪，座椅是露天的，而且跟美麗華那種慢吞吞的不一樣，這裡是把人先放入一個個座位塞好了，再一口氣快速轉個四圈，然後放大家下來嘔吐。第一圈我緊張發抖得比旁邊的五歲小女孩還厲害，小女孩的型男爸爸說我可以數數總共有幾架座椅來轉移注意力，問題是我連失眠時數羊都沒用了……

袖子說我過去的生活像是高速運轉的摩天輪，這難道是什麼詛咒還是報應嗎？體育場前那條馬路的紅綠燈出了點問題，我們足足枯等了五分鐘，剛好是摩天輪轉一圈的時間。

「聽紅綠燈的話聽成這樣真的有點蠢。」

我在內心抱怨著。來到體育場，這裡洋溢著不亞於遊樂園的歡樂氣氛，除了足球比賽，還有免費供應的烤肉、烤香腸、啤酒以及各式飲料，難怪很多人攜家帶眷來玩，免費的東西總是特別好吃。

「嘿，你們遲到了。」

絲薇塔走向我們三人，她穿了一件適合野餐的小碎花洋裝，周圍的光線彷彿特別柔和。自從上次去天體營後，我一直覺得她最適合裸體，不過今天看來也不盡然。她旁邊站了一個跟法蘭茲差不多高的帥哥。我注意到他的手就像去泰國旅行會看到的白色巨蟒般，緊緊環在絲薇塔腰上。

「他是我男朋友，雷歐。」

「男朋友?!」

我感覺旁邊有一個人像是看到了梅杜莎的眼睛，正從腳底開始石化。梅杜莎雷歐露出潔白的牙齒笑著，把絲薇塔摟得更緊地說：

「嗯，我的學名是POSSLQ。」

「那又是什麼?」

「Persons of Opposite Sex Sharing Living Quarters.（同居的異性）」

「喔……」

我們輪流自我介紹並跟他握手。這種時候握手禮節顯得格外殘酷，雅各竟然得被迫跟他的情敵這樣做，還得若無其事地閒聊。一直到他們倆離開，雅各沒再說過一句話，連啤酒也沒喝。

中場休息，我們「積體電路與系統所」竟然只以二：〇落後，這都要歸功於足球狂沃夫岡設計的十幾套戰術。靠著他那些戰術，就算是稻草人站在場上也能發揮一定的作用。

我和法蘭茲上前跟大家會合，絲薇塔與絲薇塔的POSSLQ也從另一邊走了過來。走在後頭的雅各則跟我們的距離越拉越遠……忽然，他竟掉頭狂奔起來了！

「快去追他。」

法蘭茲難得露出不安的反應追起雅各，我奮力跟在後面問著：

「追得上嗎？雅各都跑那麼遠了……他今天還開車。」

「一半的機率。」

法蘭茲拋下這句話，啊？這是怎麼算出來的。我們離開體育場，沿著下坡跑到馬路上，衝刺了大概一百米。遠遠地，我看見雅各的背影佇立在路口，微微抽動，巨大的遊樂設施在他前方歡樂地轉動著，一百七十五的身材看起來竟然也可以如此瘦小脆弱。

他站在那裡好一會兒沒有移動腳步，難道他是料到我們會追上來才在等我們嗎？這樣未免也太入戲了吧。

跑到他身邊，話都還來不及說，只聽見雅各帶著啜泣的音調罵著：

「狗屎，這什麼狗屎紅燈啊。」

我抬頭一看，剛剛壞掉的紅燈幫我們攔下了雅各。

我在德國路口站了一年，此刻，回臺灣的綠燈終於亮起。

❶ 相當於臺灣的中華電信，不過他們採用了很粉嫩的桃紅色作為企業形象的代表色。

50. 起司，德國

清晨，我泡了最後一杯臺灣帶來的麥片粥當早餐，讓我的胃提前開始適應臺灣的口味。這包是刻意保留的。倒入熱水，杯面冒出一陣陣泡泡，我用湯匙攪拌讓粉化開，再拿出另一支湯匙將原本那支湯匙上的麥片糊刮乾淨，然後洗好兩支湯匙，用擦水的抹布擦乾，放回原位。

嗯，等等。

兩支湯匙沒有朝同一面，我又調整了一下。

這下才能安心喝麥片了。

我的德國嚴謹症候群也病入膏肓了。

把鑰匙留在房裡，帶上房門，那房間宛如我剛來時一樣，一片空白，不曾留下任何我在這裡住過一年的痕跡。

昨天驗收房間時，房東曾指著「全德國最軟的床墊」問我要不要買回去。這問題太沒道理了，他以爲我只是要搬到隔壁嗎？

「你不要的話，我也不能留給下一個房客用，就要丟掉喔，這樣很浪費耶。」我聽說有人用虐待小動物來勒索，沒想到環保意識高漲的德國，亂扔東西也能拿來威脅人。可惜我是從專門出產汰換率最高的３Ｃ商品代工大國臺灣來的，這點小把戲唬不了我。

當晚，知道這件事的沃夫岡就來把床墊給載走了。

抵達法蘭克福機場，辦理登機手續時，一路上的擔憂果然成眞了。我的行李超重程度好比相撲選手來過磅輕量級拳擊比賽一樣不合格。

「拜託不能通融一下嗎，只超重了一點點而已。」

「你的一點點快七公斤了，麻煩你把一些東西拿出來好嗎？」

「才七公斤算什麼，這裡面可滿滿的都是回憶呢！」

我在內心吶喊著不被理睬的偶像劇臺詞，乖乖打開行李箱，幫它減肥。

巧克力工廠的NG巧克力、布魯塞爾的尿尿小童紅酒開瓶器（重要部位被弄成螺旋形狀，尿尿小童也不知道該鬱悶還是開心了）、耶誕市集的襪子酒杯、跳蚤市場的古董盤子、各國旅行的明信片（對小販來說等値於一枚一歐元銅板的商品，對觀光客而言卻是一期一會的寶物）。

搞什麼啊，怎麼還眞的都是回憶。

我拿出一大包像被藍色油漆潑到的「藍寶寶Printen」。一千年前爲了充當苦行僧路上的乾糧而做得厚實的Printen，此刻成了行李超重的罪魁禍首。我想拿這個去賄賂空姐，但賄賂和Printen扯不上關係，說整人還比較接近。

更何況，這個藍寶寶Printen還具有特別的紀念意義。

前晚，雅各和法蘭茲幫我在一間墨西哥雞尾酒酒吧扔了場派對（throw a party）。

「通常這是博士口試通過的當晚爲新科博士辦的慶祝派對，不過我們就提前替你辦吧。」

「眞的嗎，這樣破壞傳統好嗎？」

我對突如其來的善意有點受寵若驚。

「沒關係，你都要回去了。」

法蘭茲這麼說著，但是……他敲指頭的聲音讓我有點不安。

派對七點半開始，全所幾乎都到齊了。不只如此，十一點半過後還陸續出現許多我根本不認識的傢伙，每個人都跟我握手打聲招呼，說聲「恭喜」（離開德國我也覺得值得恭喜）、「你眞年輕」（我知道，昨天我才檢查過護照，很清楚自己的年紀）之後，就自己找了位子坐下。

三杯雞尾酒下肚，有點醉的我看見兩個沃夫岡和兩個絲薇塔走過來送上兩份紀念品——一包超大的藍寶寶Printen，上頭還掛了一張實驗室全體同仁的簽名卡。眞好，希臘人生病時都沒拿到，我竟然連感冒都沒得就有了。

「這裡頭有巧克力口味、肉桂口味、焦糖口味、白巧克力口味、原味、小魚乾口味、杏仁口味，各式各樣的Printen喔。外面則塗上了阿亨大學的學校代表色——藍色糖漿。」

沃夫岡解釋著，絲薇塔悄悄跟我說：

「不想吃可以送人，但千萬記得不要送給上次在三溫暖遇到的那個女孩噢。」

她很清楚這會毀了我跟袖子的關係。

把藍寶寶Printen放到一旁，我和雅各閒聊著，我有點奇怪這晚他喝了很多卻怎麼都沒醉。

「其實我根本不會醉，我只是偶爾想借酒裝瘋，吐露壓抑已久的感受。」

他懊悔應該早點告訴絲薇塔，這樣就算被拒絕，至少也能讓她知道自己的心意，而不是看到對方有男友才默默退出，連一決勝負的機會都沒有。

「你不能再留幾個月嗎？教授也希望你多待一陣子。」

「沒辦法，我有兵役限制，每次在國外停留不能超過一年。」

我要把能夠迅速讓男人們聊開的話題再加入一項——「當兵」。

許多人湊過來分享他們的當兵經驗和制度。瑞士的義務役可以選擇一次當完，也能拆成一年幾週，分好幾年當完（根本就是年度健身營）。希臘的兵役是九個月，跟臺灣一樣役男出國有時間長度限制。然而，實際上有很多希臘人沒當兵就到國外念書，甚至念完書後還留在國外工作，依然可以自由進出希臘，因爲歐盟間的出入境根本沒有紀錄，成了超級大漏洞。不過既然是希臘，也就沒什麼好意外的。

德國一樣是義務役，雅各的朋友爲了逃避兵役，喝糖水製造糖尿病假象，結果被要求跑步五公里，讓糖分隨著汗水排光再重新測量。甚至，聽說還有人去偷性病病人的尿液來尿檢。

爲了不想當兵而做到這種程度，也眞是不容易。他們也有從事社會服務的替代役，雅各當年就是在醫院服務，每天負責推病床以及逗護士開心。法蘭茲則選擇當兵，負責堅守附近盛產葡萄酒的摩澤爾河（Mosel）。

「每天我就坐在岸邊看河有沒有滿出來，盧森堡人會不會坐船來攻打我們。退伍時我還拿了勳章。」

「爲什麼？」

「因爲河沒有滿出來，盧森堡人沒有打過來。」

法蘭茲露出「爲什麼連這個都需要解釋啊」的表情，灌了一口可樂。我想以後我可能會有點懷念這個表情。我問他幹嘛不喝酒，他說：

「今天是跟你喝酒的最後一天，我剛剛喝四杯了，不想喝太醉。而且我沒想到會有這麼多人來，總之……還是少喝一點好了。」

或許是我喝醉了，我竟然感動得想撲上去擁抱他，大聲跟他說，這一年來謝謝他的照顧，最後還幫我辦了一個這麼棒的派對。

「別這麼說，只是，你還記得我們慶祝生日的規矩吧。」

法蘭茲露出奸詐的笑容。

「要把喜悅分享給大家……等等!?」

離開德國的前一晚，我被高知識分子組成的詐騙集團詐騙了兩百七十五歐元（約臺幣九千元）的酒錢。

我將價值兩百七十五歐元的 Printen 塞進手提行李以減輕托運行李的重量，被壓在下面的是一捲廁所衛生紙，在所上最後一天的回憶。

派對隔天，早早上班的我上完廁所出來（還好沒碰上法蘭茲，不然站在他旁邊會讓我想到他此刻排出來的是我的酒錢，我會氣得不准他繼續上），遇到負責打掃實驗室的清潔婦。每天早上我們都會打招呼，我想跟她說今天是我在這裡的最後一天，謝謝她這些日子的幫忙，可惜我不知道該怎麼用德文說這串話，只好扭扭捏捏表情很尷尬地站在她面前，支支吾吾擠出一兩個單字。清潔婦看了我半天才恍然大悟我想說什麼，連說了幾次「Entschuldigen Sie」，然後順便塞給我一卷她以爲自己忘了補充的衛生紙。

中午離開前，我像候選人拜票一樣，到每間辦公室和大家握手道別。許多人昨晚已經講過一次了，今天又得再說一次。真正的告別就是這樣，你沒辦法一次說完，得重複個好幾次，像簽署重要文件一樣要蓋好幾個章、簽好幾次名才行。

沃夫岡照例說了很多話，拖延了我半小時。之前聽說他喜歡吃泡麵，所以我把袖子留下來的「滿漢大餐」牛肉麵送給他。他聽到裡面竟然還有肉塊時感到相當不可思議，跟我說要放到耶誕節的時候當耶誕晚餐。

坐在自己位子上收東西，偶爾可以聽見走廊上的腳步聲，我可以從每個聲音裡清楚辨認出是誰——絲薇塔輕巧地走到影印機那兒拿論文，羅杰低頭對地板抱怨，雅各聽到絲薇塔的腳步聲便踩著有點急促的步伐走出去假裝巧遇……

這項「聽腳步聲辨人」的技能快要無用武之地了，想想還真是有點可惜。

好不容易將一些東西換到手提行李，再把這一年意外累積的飛行哩程數折換成行李載重量，我順利地把所有的回憶帶離德國。

出關後還有兩小時才登機，我在免稅商品街上隨意閒逛，看見前方有一間星巴克。

剛搬來阿亨時，每當思鄉病發作，我就會邊抱怨市政廳廣場上竟然長了一顆資本主義毒瘤，邊走進星巴克。坐在咖啡廳裡，視線聚焦在桌上的筆電，啜飲一口杏仁拿鐵，往往就會產生一種錯覺，彷彿置身在臺大辛亥路後門的星巴克。

最後兩天打包好行李，我又去點了一杯杏仁拿鐵。

仔細分辨兩旁的雜音，依舊是聽不懂的德文，依舊是飄著香水味的金髮碧眼外國人，我納悶著，怎麼以前能在這兒感受到臺灣呢？這是德國，點星巴克內用時得說「zum hier trinken」，店內的擺設和臺灣的星巴克就像遠房表兄弟一樣，只有輪廓上的相似。原來，當時剛到德國的我是那麼想念臺灣，僅僅靠著這種程度的相似就能感覺到熟悉的溫暖。

隨著回去的日子開始倒數，應該對一切習以為常的我，又開始有種初來乍到的錯覺，覺得自己從周圍的景物中漸漸脫離：鑲著金色華燈的市政廳夜景、石板步道、尖頂平房陽臺上永遠綻放著的鮮花；初秋染紅的落葉、冰冷的空氣，以及熟成的栗子樹。這讓我想起剛來時，在路邊撿了一些栗子還以為能回家炒來吃。

我跟宣美走在栗子樹下。她說：

「明年我要轉學到慕尼黑大學。在同一個國家還不夠，我想跟男朋友在同一座城市一起生活。」

「妳應該這樣做的。以後我們沒什麼機會見面了吧。」

我回應著，連自己都聽不清楚語氣中是否摻雜著遺憾。

「嗯，不過我們會是好朋友的，很久也不會見面的好朋友，就跟你當初說你和袖子是很久沒見面的情侶一樣。」

「我真的認為我們還是情侶，現在也是。」

「那你也要一直認為我們還是好朋友，以後也是。」

我們沒有留下聯絡方式，雖然沒有討論過，但我相信我們都知道這是最好的做法。

我在登機門外的小店買了一包五百克的小熊軟糖旅行包，坐下來等著廣播指示登機。

「請座位在三十九排以後的旅客先行登機。」

上次去夏威夷時，因爲班機誤點，我和雅各也是這樣坐在登機室發呆了好久。他說這樣依序登機看起來很有道理，但其實並不是最有效率的方法。

「因爲只要前面的人把行李放在走道上，你就會被卡住，到不了自己的座位，最後這樣登機所花的時間會跟人數成正比。比較好的方法是改成讓間隔排數的人同時登機，例如被三整除的排數先登機，再來是被三除餘一的幾排，最後是被三除餘二的，保留一定的空間讓旅客放行李，才能加快登機速度。」

「你有實際算過嗎？我來算算看……對吼，那爲什麼不這樣做？啊，我知道了，因爲這樣的話，我如果跟你坐前後排，我們就無法一起登機了。這對同行的旅客來說會比較麻煩……」

希望，我的德國嚴謹症候群還能再持續一陣子。

把機票交給空姐，還給我登機證時，她笑著對我說「tschüs」（再見）。

剛來的那陣子，我覺得德文的「再見」發音很像「去死」。

但此刻我覺得，那聽起來像是拍照前要人家笑一個的「起司」。

51. 航站情緣

親愛的袖子：

上次看到妳的信之後，我就一直想回信跟妳說聲抱歉，這麼重要的日子我竟然忘記了。但老實說，有那麼一部分的我有點慶幸我們沒有立刻復合，因爲有些事情，我一直還沒想清楚。

啊，請別誤會是跟宣美有關的事。我是指更認眞的，那種見了面我一定說不出口的事。也因此我才想透過這封信，在回臺灣之前，把我的心情告訴妳。

從前的我就跟螞蟻一樣，每天重複自己走過的生活路徑。和妳分手，好比巨人在我行經的路線上畫了一條線，地上的費洛蒙被破壞了，我開始亂走亂繞，意外來到了德國。

這一年，我找了九間公寓、去了七趟旅行、十一個國家、二十四座城市，看了三個月的雪景，曬了兩個星期的夏天，躲在這些數據之後的則是無數個回憶，跟過去二十幾年截然不同的生活。

七月去倫敦時，巴基斯坦人阿米跟我聊到，他們每個月的一開始並不是固定的，沒有標準答案。從小考試到大的我，總是習慣有標準答案，就算不用考試的人生目標，也覺得應該要有個標準答案。如果沒有答案，我們就拿多數人塡選的答案來對對看，年終二十個月打個八十分、有車有房算是九十分……

這裡有個根本上的邏輯錯誤是，好吧，就算人生有標準答案，那個答案也是因人而異的，就跟巴基斯坦人的每個月開端一樣，是要依照當月那幾天的月亮圓缺來決定的。你想要的可能剛好跟多數人一樣，因爲你越做越投入，產生了成就感而愛上你的工作，然後那就成了你想要的人生。

但如果沒想清楚，每當不確定的念頭從工作隙縫中竄出來，你就因爲太忙，再把它壓回暗處，說不定你就會在十年、二十年後的某天清晨醒來，驚覺這不是你想要的生活！

我得到了一個新的答案：**不要再跟別人對答案，別再抱著別人的夢想而活**。

如今，我還沒找到自己想要的未來。這不能怪我，光是想找出最喜歡的一間臺北市餐廳，可能就得花上我們兩年、把自己吃胖二十公斤才能發現，更何況是這種巨大的目標。但至少我現在知道，如果不到處多嚐幾家，而總是吃著樓下人最多的麥當勞，就永遠不會知道自己到底喜歡哪一間餐廳。不過，這一年來，我已經開始記錄下每一個開心的片段，我想，如果蒐集了夠多帶著笑容的時刻和回憶，再利用我專業領域的統計推測（statistical inference）技術，或許能在未來拼湊出屬於我自己的標準答案。

另外一個是關於妳的心得。

妳來歐洲的時候，原本我想帶妳去一個私房景點，那是阿亨西邊的一座墓園。第一次去是意外，但之後我又繞過去那裡一次。在那兒，每個墓碑都是一個豐富的故事，銘記著一個讓許多人掉淚紀念，可以分享很多故事的人。我曾聽人說過，最適合約會的地方就是午後的墓園，它寧靜地見證著生命的短暫無常，讓戀愛中的情侶更懂得去珍惜身邊的人，握緊彼此不知道何時會分開的手。

因爲失去，才能知道擁有的美好。

如今，我能充分體會這句話的意思。

甚至，我覺得這句話要改成：不曾失去的事物，是不能稱之爲美好的。

如果沒跟妳吵架，一氣之下來到歐洲，就算一直在一起，我也不會像現在這樣，理解到妳對我的重要性。

常把「你沒有太多選擇」掛在嘴邊的我，這一年來卻做了兩個對未來的人生相當重要的決定。第一個是去德國度過gap year，第二個則是在希臘傳簡訊給妳。

妳說我從前的生活像摩天輪，但我覺得更像高速火車，上車後就無法下車，得一路開個好幾小時，才停車靠站五分鐘。我在車上猶豫著，想想下班車還要好久才來，如果這裡不好玩那不是麻煩了，這麼一想，便決定再看看下一站，不知不覺就錯過了許多東西。更糟糕的是，因爲沒下去過，有時連錯過了什麼都不知道，連遺憾也談不上，只是繼續在車上搖晃著，想著再坐一會兒，下一站會更有趣。

如今，我買了部二手車，今後也想照著自己的步調開車，拿張地圖，看哪裡好玩就開車去逛，不喜歡的話，再開到下個目的地。我不用再擔心有沒有下一班車，也不用一直待在車上發呆。我不求快，只想有自己的步調。

這是我現在對人生的理解，也是我希望擁有的人生。

我握著方向盤，而不是拿著一張火車票。而我希望的是，妳能坐在副駕駛座上，陪我一起找到喜歡的目的地。

奕森

我眞該把這段譬喻拿給哪家汽車公司做宣傳廣告。

我在心裡這樣佩服自己。這是出發前一週多，我在辦公室裡寫好的信。

雅各在一旁不斷讚嘆中文的偉大，訝異我怎麼能記得這麼多複雜的中文字。

「要是我的話，連地址都寫不出來。」

雅各邊說邊拿了張紙開始臨帖我的字，讓我這個字很醜的人也能短暫體會到王羲之才有的成就感。

「你在德國念書嗎？」

「對啊，我在阿亨待了一年……你講中文?!」

回臺的飛機上，我遇到一位也要「回」臺灣的德國人。他在臺灣住了十幾年，打從第一次來旅行就愛上這裡，立刻決定找工作，在臺灣落腳至今。

看到這種逆向輸入的移民，稍稍彌補了我因爲排機票候補，竟然得在生日當天搭飛機的遺憾。再怎麼說，應該沒有人希望自己生日那大得枯坐在一張小椅子上十五個小時，更別提這個位子離天堂還很近了。

這位德國人成長於漢堡，是個紅燈區、光頭黨、鮮魚，還有杏仁糖相對氾濫的地方。我們交換對臺灣與德國的心得，他的故鄉我現在的家，我的故鄉他現在的家。他對臺北讚不絕口，有來有往，我只好負起讚美德國的艱難任務。

「臺北非常方便。」

「德國天氣非常好。」

「臺北很便利。」

「德國很悠閒。」

「臺北活動很多，晚上不會無聊。」

「德國晚上很無聊。好吧，我承認我也比較喜歡臺北。」

最後一刻，我放棄了維持兩邊各有優點的對話，投奔臺北的懷抱。

下飛機後，清晨的機場很冷清。我拎著行李出關，幻想著袖子會突然出現，哪怕她根本不知道我的班機時刻。

小說不都是這樣寫的嗎？

當然，要看是哪種類型的小說。

如果是推理小說，袖子會在來機場的半路上被綁架，而我會在高鐵站發現袖子留下的圍巾和一張高鐵車票。

如果是愛情小說，袖子會舉著牌子在機場迎接我，遠遠看到我就飛奔過來，接著像無尾熊一樣撲到我身上。

要是村上春樹的小說，那來機場接我的會是袖子的某位好朋友，她告訴我袖子已經離開的消息，我嘆了一口氣，感覺內心有塊柔軟的東西像小動物蜷曲著、逐漸變得僵硬，最終死去。

要是凶殺案小說，那袖子就會帶著蒼蠅王來接機，順便塞給我一張喜帖強迫我祝福她們，然後就是進入描述謀殺的劇情高潮了……這絕對不能發生！

如果是奇幻小說，袖子會在我吃飛機餐時，騎著掃帚出現在飛機窗戶外對我說：「麻瓜，我們沒辦法在一起的。」……

幻想到一半，我忽然看見袖子坐在眼前的座椅上，溫柔地微笑看著我。

我揉了一下眼睛。回國前幾天我瘋狂打電動，剛剛在飛機上又和德國人喝酒，難道產生幻覺了？

「你一直在恍神，我還以爲你不會注意到我呢。」

「妳爲什麼會在這裡？」

「我想如果沒有人接機應該很哀怨吧，就過來看看囉。你不希望我來？」

「唔，我當然希望！可是妳怎麼知道我是這班飛機？」

「你要謝謝你在德國交了一群好朋友。」

袖子手上晃著兩封信，一封是我那醜陋的筆跡，一封則是比我還要醜陋，彷彿是故意在嘲笑我、模仿我的……雅各的筆跡！

「走吧，去搭客運，等等我再帶你去吃早餐，你應該很懷念臺灣的早餐吧。」

我跟袖子拉著行李往前走，想像起如果是大家在，此時此刻會說些什麼。

「我們都幫到這個地步了，你快點問她怎麼想啊。」

我停下腳步回過頭，看見雅各站在後頭。

「早點告白失敗，你也可以了卻一樁心事，不用像這傢伙暗戀絲薇塔那麼久。」

法蘭茲接著出現在雅各身旁，就像平常約好去酒吧時，遲到的我遠遠看見他們倆並肩站著的模樣。沃夫岡四處張望，檢查有哪些周邊設施不合格，對著我搖頭嘆氣露出一副「果然如我所想」；雙手環抱胸口的愛抱怨印度人羅杰；拿出迷你筆記本的愛乾淨義大利人艾傑；穿得很性感的宣美；對我展露地中海的陽光笑容，準備去搭訕袖子的希臘人；絲薇塔和她男朋友也出現在販賣機旁……

雅各瞪大了眼睛問我：

「沒有必要連那個男的也幻想出來吧，他跟我們根本不熟啊！」

糟糕，沒帶回來！《臺灣夜市小吃》出現在羅杰手上。

「好了，不要再幻想了。」

雅各指了指袖子的方向，一眨眼，所有人瞬間消失。

我回過頭看著袖子的背影，這不屬於任何一種小說劇情。正確來說，這是屬於我的劇情，我要寫下我想寫的對白。我深深吸一口氣，把要說的話從肚子裡用力吸上來：

「袖子，我有話要跟妳說。」

袖子的背影頓了頓，她停住腳步。

「我在信裡講的副駕駛座的事，妳……繫上安全帶了嗎？」

她看了看錶，拉著行李回身走近我，那個睽違已久的笑容又出現在我眼前。我不想再離開這個笑容了，就算用膠水固定、或做成標本釘在之後得因爲破壞牆面而賠款的牛頓公寓牆上，我也想永遠擁有這個笑容。袖子說：

「你的生日在德國時間還沒過吧。」

「嗯，六小時時差，飛機又提早到，所以現在還有五分鐘。怎麼忽然問這個……」

啊！

我將袖子摟進懷裡，輕聲在她耳邊說：

「重要的日子如果沒有跟重要的人過，那還算什麼重要的日子呢？」

The End

（Liebe 袖子……）

在客運上，我跟袖子借了雅各的信來看。

所有人都在裡面留言了，又不是畢業紀念冊。

雅各——我把他調教得很浪漫，我也把他騙去天體營，讓妳仔細檢查過他身體沒有什麼問題了。

絲薇塔——希望你們像我們一樣恩愛。（這段話有被指甲刮過的痕跡，應該是雅各弄的）

羅杰——他是個好聽眾，每次都願意聽我抱怨。

宣美——希臘人告訴我這個有趣的活動。好姊妹，這男人就交給你了，我們沒有做過任何事，除了，嗯，妳問他吧。

沃夫岡——他不夠嚴謹，不過愛情裡不需要嚴謹。

希臘人——保持聯絡，我的 E-mail 是 kostas@gxx.dx。

教授——他的論文上了，恭喜妳身邊的人距離畢業又進了一步。

法蘭茲——他的班機時刻是德國時間九月二十四號早上十一點從法蘭克福出發，預計九月二十五號清晨六點抵達。根據他每週穿衣服的輪替模式來看，他最有可能穿著黑色針織衫，圍上前陣子去倫敦買的劍橋大學紀念圍巾。

這傢伙曾經跟我們說過：「如果袖子願意跟我復合，那我願意將來一整年都只吃德國食物。」這兩件事一點都沒有關連，跟我們相處了很久，他的邏輯還是一點都沒有長進。

不過看在他這麼真誠的份上，或許，妳可以認真考慮一下。

STORY 043

德意的一年

作　　者—賴以威
封面插畫—H O M
主　　編—陳信宏
責任編輯—王瓊苹
責任企劃—吳美瑤
美術設計—Ancy Pi
排　　版—極翔企業有限公司

編輯總監—蘇清霖
董 事 長—趙政岷
出 版 者—時報文化出版企業股份有限公司
一〇八〇一九臺北市和平西路三段二四〇號三樓
發行專線—（〇二）二三〇六六八四二
讀者服務專線—（〇八〇〇）二三一七〇五・（〇二）二三〇四七一〇三
讀者服務傳真—（〇二）二三〇四六八五八
郵撥—一九三四四七二四　時報文化出版公司
信箱—一〇八九九臺北華江橋郵局第九九信箱

時報悅讀網—http://www.readingtimes.com.tw
電子郵件信箱—newlife@ readingtimes.com.tw
時報出版愛讀者—http://www.facebook.com/readingtimes.2
法律顧問—理律法律事務所　陳長文律師、李念祖律師
印　　刷—紘億印刷有限公司
初版一刷—二〇二一年十一月十二日
定　　價—新臺幣三九〇元

時報文化出版公司成立於一九七五年，
並於一九九九年股票上櫃公開發行，於二〇〇八年脫離中時集團非屬旺中，
以「尊重智慧與創意的文化事業」為信念。

德意的一年/賴以威著. -- 初版. -- 臺北市：時報文化出版企業股份有限公司, 2021.11
面；　公分. -- (Story；43)
ISBN 978-957-13-9578-4（平裝）

863.57　　110017200

ISBN 978-957-13-9578-4
Printed in Taiwan